Intuição

ALLEGRA GOODMAN

Intuição

Tradução de
JOSÉ EDUARDO MENDONÇA

EDITORA RECORD
RIO DE JANEIRO • SÃO PAULO
2008

CIP-Brasil. Catalogação-na-fonte
Sindicato Nacional dos Editores de Livros, RJ.

G66i

Goodman, Allegra
Intuição / Allegra Goodman; tradução de José Eduardo Mendonça. – Rio de Janeiro: Record, 2008.

Tradução de: Intuition
ISBN 978-85-01-07805-6

1. Câncer – Pesquisa – Ficção. 2. Institutos de pesquisa – Ficção. 3. Pesquisa – Aspectos morais e éticos – Ficção. 4. Romance americano. I. Mendonça, José Eduardo. II. Título.

08-1291

CDD – 813
CDU – 821.111(73)-3

Título original norte-americano:
INTUITION

Impresso no Brasil

ISBN 978-85-01-07805-6

PEDIDOS PELO REEMBOLSO POSTAL
Caixa Postal 23.052
Rio de Janeiro, RJ – 20922-970

EDITORA AFILIADA

Para meus avós,
Calvin e Florence Goodman,
que amam o bom, o verdadeiro e o belo

Parte 1

O laboratório

1

NEVARA O DIA TODO. A neve encobria cada loja e igreja; a nevasca fazia com que pouco a pouco ruas e calçadas desaparecessem. Os punks da parada T da nova Harvard Square haviam se dispersado, radiantes como cardeais no inverno com seus tufos de cabelos roxos e cortes moicanos alaranjados. O sóbrio veterano do Vietnã na Mass Avenue recolhera-se ao Au Bon Pain atrás de um café. A neve aquietara Harvard Yard. Os estudantes que lá acampavam pedindo que Harvard parasse de investir na África do Sul tinham recolhido suas caixas de papelão, tendas e sacos de dormir e começavam a fazer bonecos de neve. As escolas de Cambridge estavam fechadas, mas, como de costume, o Philpott Institute estava funcionando. Trabalhavam no laboratório Meldelssohn-Glass quatro pesquisadores com pós-doutorado e alguns técnicos de laboratório.

Dois em cada bancada, como cozinheiros se acotovelando numa cozinha de restaurante, os pós-doutores extraíam DNA em solução, examinavam células, lavavam as células com substâncias químicas, forçavam as células a se abrir e as alteravam para sempre, inserindo novo material genético. Operavam cubas com pedais, medindo e mexendo soluções milímetro por milímetro com pipetas, seus precisos conta-gotas. Preparavam líquidos, gelos, géis.

Quase não havia espaço sobrando nos balcões do laboratório. Estavam cobertos de cadernos pautados de anotação e travessas de plástico, algumas azuis, outras verdes ou vermelhas, cada uma contendo dezenas de tubos de ensaio. Nas prateleiras acima ficavam os béqueres de vidro, cada um deles cheio de fluido vermelho para o crescimento de células. Eram fechados por papel alumínio, como garrafas de leite seladas para entrega em domicílio. Cartões-postais, post-its amarelados e fotografias de um piquenique com o pessoal do laboratório feito há muito tempo no lago Walden cobriam paredes descascadas e incubadoras sob os balcões. A coifa laminar de fluxo era partilhada, assim como o microscópio bom. Em 1985, o Philpott era famoso, mas estava cheio de velhos instrumentos. Os mostradores e indicadores de agulha pareciam componentes de um aparelho de som do começo da década de 1960. A centrífuga, para células em solução, era tosca como uma antiga máquina de lavar. Não havia recurso suficiente para comprar equipamentos novos — assim como quase também não havia dinheiro para pagar os pós-doutores.

Em dias comuns, os pesquisadores entravam e saíam apressados dos laboratórios para as áreas comuns no andar. A sala refrigerada, a sala aquecida e a despensa eram partilhadas com outros laboratórios do terceiro andar, assim como a pequena sala de reuniões com sua mobília barata de aço cromado e compensado, boa para reuniões e sonecas. Naquela nesta sexta-feira ninguém deixou o laboratório, nem mesmo os técnicos, Aidan e Natalya. Lacaios e ajudantes em tudo para os pós-doutores, estes dois pertenciam a uma classe de serviços científicos, embora ninguém ousasse tratá-los como serviçais. Eram determinados e politicamente conscientes, ligados em cada disputa de poder. Ficavam dardejando olhares um para o outro, como se dissessem: "É hora de descer", mas tardavam em ir à sala de animais com medo de perder alguma coisa. Os diretores do laboratório, Marion Mendelssohn e Sandy Glass, estavam em reunião no escritório no fim do corredor. Conversavam havia meia hora, e isso não parecia um bom agouro. Um dos pós-doutores estava em dificuldade.

Quanta? Ninguém dizia nada. Prithwish mantinha a cabeça abaixada sobre uma bandeja de tubos de plástico, olhos quase nivelados com o abacateiro que tinha plantado a partir da semente. "Meu experimento mais bem-sucedido", sempre dizia ele, com pesar. Robin saiu para espiar o corredor e esbarrou em Feng ao voltar apressadamente para dentro. O relógio preto-e-branco da parede tiquetaqueava passando das três horas, mas, como os relógios nas escolas, este estava sempre atrasado. Natalya lançou um olhar penetrante para Aidan, insinuando: "Da última vez eu desci. Agora, é a sua vez", mas Aidan virou-se de costas, com um ar aéreo. Poderia ter sido engraçado, mas ninguém riu da brincadeira dos técnicos.

— Cliff. — Subitamente Marion Mendelssohn assomou à porta. Lá estava ela, temível, implacável, olhos escuros ameaçadores. — Podemos conversar com você um instante? — Cliff deu um sorriso tenso e encolheu os ombros, abatido, tentando aparentar indiferença.

Os outros desviaram o olhar enquanto a diretora do laboratório conduzia Cliff ao escritório que dividia com Sandy Glass.

As faces de Cliff já queimavam enquanto seguia Marion pelo corredor. Com um metro e noventa, era mais de 30 centímetros mais alto que Marion. Ainda assim, ela estava totalmente no controle, e ele temia o que ela e Glass estavam prestes a dizer. Há anos Cliff vinha desenvolvendo uma variante do Vírus Respiratório Sincicial e sonhava usar seu VRS para transformar células cancerosas em células normais. Mas suas experiências não estavam funcionando. Sandy e Marion ordenaram-lhe que desistisse, e ele desobedecera.

A porta fechou-se atrás dele, e Cliff viu-se de pé no escritório apertado e atulhado.

— Diga-me, Cliff — falou Glass. — Nós já não conversamos sobre a continuação de seus testes com o VRS?

Cliff permaneceu em silêncio.

— Talvez você não se lembre de nossa conversa — disse Glass, sorrindo.

Cliff lembrava-se e achou por bem não sorrir de volta. Sempre jovial, transbordando uma satisfação irreprimível com sua própria inteligência, Sandy Glass sorria mais quando estava com raiva.

— Eu disse para você parar de usar o VRS — lembrou-o Sandy. — Você respondeu que tinha entendido.

Cliff assentiu com a cabeça.

— Nós confirmamos que o VRS tem algum efeito *in vitro* — disse Glass. — Parabéns. Você está a caminho de curar o câncer numa placa de Petri. Mas o que nós confirmamos quando tentamos injetar VRS em ratos vivos?

Cliff desviou o olhar.

— Você não confirmou *nada*. Você injetou VRS em 56 ratos, sem qualquer efeito nos tumores. Portanto, Marion e eu pedimos que você parasse. Pedimos gentilmente a você que trabalhasse em algo novo. E o que você fez em seguida?

— Tentei de novo — disse Cliff, fitando o chão.

— Isso mesmo. Você tentou mais uma vez.

— Sinto muito.

Sandy ignorou isso.

— Nós lhe dissemos para parar de desperdiçar recursos com o VRS.

— Eu não queria desistir — disse Cliff.

— Olhe, eu sei que o VRS é sua criação — disse Sandy. — Reconheço que foram dois anos de trabalho desenvolvendo o vírus.

Dois anos e meio, Cliff emendou silenciosamente.

— Entendemos que você colocou seu coração e sua alma neste projeto. — Sandy olhou para Marion de relance, ela parecia qualquer coisa, menos compreensiva. — A questão é: o VRS não funciona. E agora, você faz ainda outro conjunto de experimentos... apesar de todos os nossos avisos, contra nossas instruções específicas. O que você estava pensando, Cliff? Não diga. A perseverança pode ser um traço valioso, particularmente quando você está *certo*. Mas o que vemos agora é que este terceiro conjunto de testes está dando todos os sinais de um fracasso espetacular. Não, não peça desculpas. Apenas nos diga o que você estava pensando. Diga-nos o que anda pensando, porque nós realmente queremos saber.

Por que ele tentara mais duas vezes com o vírus depois de ter fracassado? Eles esperavam uma resposta, mas Cliff não conseguia falar. A verdade o envergonhava. Era tão simples: ele não podia suportar jogar fora um trabalho que lhe havia tomado tanto tempo. As horas, milhares de horas, que tinha gastado o angustiavam. Como ele podia confessar isso? O método científico era preciso e calibrado. Um cientista era, por definição, impassível. Ele contabilizava suas perdas e seguia em frente com alguma outra coisa. Ficava exausto, talvez, mas nunca obstinado com a exaustão. Um cientista não permitia que emoções governassem seus experimentos.

E, ainda assim, Cliff fora emocional e irrealista com seu trabalho. Comportara-se de maneira imprópria, repetindo sua ambiciosa tentativa de novo, e mais uma vez. Como ele podia explicar isso? Só havia uma explicação razoável: ele não era um cientista. Era isto o que Mendelssohn e Glass estavam insinuando.

— Nós concordamos ou não concordamos — disse Glass — que você pararia com o extermínio em massa dos animais de nosso laboratório?

— Não temos dinheiro — disse Mendelssohn, e ela não falava de fundos para os ratos em si, que custavam cerca de 15 dólares cada, mas do dinheiro para o cuidado infinito que os delicados animais demandavam. — Você há de se recordar que lhe pedimos para trabalhar com Robin.

— Ela se daria melhor com mais ajuda — disse Glass, e Cliff odiou-o por isso e pelo tom paternalista e ligeiramente inquisitivo em sua voz.

— Eu mereço meu próprio projeto — disse Cliff, levantando os olhos.

— Neste laboratório não existe o que você chama de seu próprio projeto — declarou Mendelssohn.

— Olhe, isto é uma equipe — disse Glass —, e você precisa colaborar, em vez de enfraquecer a todos com os vôos de sua imaginação.

Corredor abaixo, no laboratório, os outros estavam reunidos como parentes próximos em um funeral.

— Eles não o demitiriam — disse Prithwish lealmente. — Afinal de contas, ele morava com Cliff.

— Não o demitirão — concordou Feng.

Natalya pensou sobre aquilo.

— Minha sensação é que Mendelssohn não faria isso, mas Glass, sim. — Ela era russa e fora ela mesma uma médica, antes ir para os Estados Unidos. Natalya nunca simpatizara com Glass.

— Vão ficar discutindo, então — disse Prithwish.

— Vão deixá-lo ficar — previu Aidan — e torná-lo tão infeliz que ele vai pedir para sair.

— Ele era infeliz antes — observou Prithwish, mas os outros o silenciaram. Cliff voltava pelo corredor.

Instantaneamente seus amigos se espalharam, desaparecendo no amontoado de vidros e instrumentos como coelhos em arbustos. Todos menos Robin, que puxou Cliff pela manga. Silenciosamente, esgueiraram-se para dentro da despensa contígua, o venenoso estoque farmacológico do laboratório.

Ela fechou a porta atrás de si.

— Você está bem?

As bochechas dele estavam ruborizadas e seus olhos, incomumente brilhantes.

— Estou bem.

Ela se aproximou, mas ele se afastou.

— O que você vai fazer?

— Não sei — disse ele. — Tentaram me passar para o seu projeto.

— Sugeriram que você trabalhasse comigo?

— Há seis meses, mas eu disse não.

Ela ficou surpresa e magoada.

— Você nunca me contou isso.

— Para quê? Eu não queria trabalhar nas suas coisas.

Ela cruzou os braços.

— O que há de errado com as minhas coisas?

— Nada!!! — mentiu ele.

Robin passara cinco anos trabalhando naquilo que um dia parecera um projeto fascinante, uma análise de amostras congeladas de sangue, coletadas durante anos de pacientes com câncer que tinham morrido de várias formas da doença. Sandy Glass estava convencido de que em algum lugar naquelas amostras havia um marcador comum, uma identificação significativa que subitamente iria revelar uma síndrome unificadora subjacente às condições trágicas e diversas de seus pacientes. Glass apresentara o projeto a Robin no primeiro ano com pompas, como se estivesse dando a ela um grande presente. Disse a Robin estar convencido de haver um prêmio Nobel esperando pelo projeto e que, acima de tudo, aquele era um trabalho que ele próprio faria, se não tivesse suas obrigações como médico. E, depois de ter entregue a coleção de amostras junto com uma grande quantidade de documentação desorganizada sobre a doença e a morte de cada doador, deixara-a trabalhando sozinha.

Ele a escolhera por sua inteligência arguta, sua paixão pela descoberta, sua ambição — e, claro, Sandy sempre gostara de belas pesquisadoras. Os olhos de Robin eram de um castanho cálido e brilhavam sob os cílios pálidos. Os cabelos loiros eram sedosos, embora ela os prendesse sem cerimônia com qualquer elástico que encontrasse à frente. Seus traços eram delicados e ela ruborizava com facilidade. Os dentes eram pequenos e quase — mas não totalmente — alinhados. No lado superior direito um dente sobrepunha-se ligeiramente a outro, como uma página dobrada em um livro. Com tudo isso, ela sempre parecera a Cliff uma garota saída de um conto de fadas. Mas nem mesmo ela conseguia transformar o refugo de Glass em ouro.

— Quer dizer que não há nada de errado com meu trabalho, mas ele não é bom o bastante para você — disse ela para Cliff.

— Eu não disse isso.

— Mas era o que você estava pensando.

— Olhe, se algum dia eu pensei isso, sinto muito. Só, por favor...

Ela o atacou, ameaçadora.

— Sente nada.

— Pare com isso!

— Eu só pensei... — começou ela.

— Não pense nada. Só me deixe sozinho.

Cliff atravessou o laboratório com passos largos até o saguão. Como Robin esperava que falasse com ela? O que queria dele? Implorar a ela que o deixasse trabalhar no desolador buraco negro de seu projeto? Cair no choro em seu ombro para que ela o consolasse? Ainda ouvia o desdém jocoso na voz de Glass. Via o severo desapontamento nos olhos de Mendelssohn. Eles não lhe haviam ordenado que saísse; haviam permitido até mesmo que ficasse, mas o fizeram sofrer. Exibiram a prova de sua desobediência e do seu fracasso e depois arremessaram quaisquer restos de um cientista que ele fora na pilha de lixo. Só faltou chamarem: "O próximo!" Prithwish vinha atrás dele no corredor. Cliff não ia se sujeitar a suas condolências. Fugiu, disparando escada abaixo.

Do lado de fora do instituto, a neve parara de cair. O sol de dezembro se punha, e o mundo estava estranhamente quieto. Ele tinha descido correndo quatro lances de escada e parou por um momento, resfolegando. Ao recobrar o fôlego, sua raiva voltou à tona. Saiu chutando neve pelo caminho, movendo os lábios com réplicas. *Quem você pensa que é? Quem você pensa que eu sou?*

Andou sem se dar conta da distância ou da direção. Surpreso, viu um letreiro luminoso de néon vermelho, *LIBBY'S IQUORS*, e percebeu que estava na Central Square. Um ônibus passou, mas quase não havia carros na rua. As lojas estavam fechadas e neve limpa soprava sobre os pontos de táxi vazios. Completamente sozinho, Cliff continuava andando.

Caminhou por quase dois quilômetros, até o Massachusetts Institute of Technology, e então deu a volta e começou a retornar, passando por fábricas vitorianas de janelas tapadas e convertidas em depósitos, baluartes de tijolos vermelhos encobertos pelas sombras de edifícios de escritórios mais altos. Pensou em ligar para seus pais, mas o que eles poderiam lhe dizer? Tinham uma papelaria em West Los Angeles. Sempre haviam encorajado Cliff. Ele freqüentara University High School, fora a acampamentos de ciências nos verões, praticara triangulação em quadras de tênis banhadas de sol, construíra sua própria estação do tempo, cozinhara versões caseiras de massinha de modelar, pasta de dente e cola. Seus pais pagaram estojos de química, microscópios para estudos e até a faculdade em Stanford. Eram bem-educados. Ambos tinham diploma de nível superior, mas Cliff era o primeiro da família a obter um PhD. Seus pais nada sabiam de trabalho de bancada ou das políticas dos laboratórios. Ele pensou no orientador de sua tese, agora morto. O que o professor Oppenheimer teria dito? Teria rido, claro, mostrando seus dentes amarelos. E teria dito: "O que você espera? Se você não ouve o diretor do laboratório, fica relegado ao limbo. Se você se envolve com alguém do laboratório, é claro que vai acabar se desentendendo mais tarde. Você tem o que merece. Quantas vezes tenho de lhe dizer? Onde se come o pão não se come a carne."

Suas mãos estavam frias, mesmo nos bolsos. Ele continuou a andar pela Mass Avenue acima, depois vagueou ao longo do rio Charles, e seu coração começou a se acalmar. O ar frio começou a suavizar e abafar seu orgulho ferido; o desespero entorpecido tomou o lugar da indignação.

Imaginou que poderia caminhar para sempre em círculos cada vez mais amplos, mas, onde o rio fazia uma curva, ele chegou à Weeks Footbridge e lá parou. O rio Charles estendia-se na escuridão; puro, branco, congelado pela neve, como uma rua antiga agora esquecida.

Cliff foi tomado por uma idéia profunda. Andaria através do rio. Invisivelmente, caminharia sobre o rio invisível e deixaria suas próprias pegadas na neve branca sobre a água congelada. No meio da cidade, perambularia sozinho como se estivesse no campo, esmagando levemente o gelo sob seus pés. Andaria até o outro lado.

Correu pela escada de cimento da Weeks Footbridge e, com mais cautela, encontrou sua trilha na terra congelada da margem. Colocou um pé sobre o gelo branco e sentiu uma paz completa tomar conta de si, um esquecimento total. Depois colocou seu peso sobre o pé. O gelo afundou debaixo dele. Como um torno, o frio da água cercou-o, encharcando seus tênis e meias, queimando através de sua pele. Cliff gritou e pulou de volta para a margem.

Instintivamente, voltou para a calçada do Memorial Drive. Continuou a andar, mais rápido que nunca, mas o frio queimava suas orelhas, e ele não conseguia sentir seu pé direito. Um único pensamento racional soava em seus ouvidos. Agora havia demonstrado que era um idiota.

Encontrou algum dinheiro no bolso e parou no Nini's Corner, a pequena loja abarrotada de revistas e maçãs e laranjas de cera empilhadas até o alto do lado de dentro das janelas. Comprou um saco de amêndoas torradas ao mel, que comeu enquanto subia vigorosamente a Battle Street.

Lambia o açúcar misturado ao sal de seus dedos anestesiados pelo frio, enquanto se perguntava onde estavam suas luvas... e se teria de dar aulas num colégio de ensino médio.

Não fosse o pé congelado, poderia ter caminhado para sempre. Com um horror californiano, começou a perguntar a si mesmo se tinha pegado uma gangrena. Quanto tempo demoraria para a necrose se anunciar?

A frase "com os vôos de sua imaginação" tinha perdido um tanto de seu horror inicial. O ressoar da desaprovação de Glass em seus ouvidos era um pouco mais suave. Achava que Prithwish ainda estava no laboratório. Cliff não teria de vê-lo quando chegasse ao apartamento. Mas também, por que se importar? Cliff já tivera sua humilhação e sentia, com algum alívio, que sua capacidade para o constrangimento tinha se esgotado, pelo menos por aquela noite. O que importava se tinha desperdiçado anos? O que importava se tinha arruinado suas chances em pesquisa? Realisticamente, quais tinham sido suas chances de êxito?

O bálsamo da apatia começava a aliviar suas feridas, enquanto ele iniciava sua penosa caminhada para Sommerville, ao norte. Seu desespero parecia derreter e empoçar-se dentro dele. Até quase pôde congratular a si mesmo por não estar mais desesperado, mas simplesmente desmoralizado e deprimido — emoções inteiramente aceitáveis... e até mesmo esperadas no laboratório.

2

— VOCÊ NÃO PODE SE FECHAR numa concha — disse Aidan a Cliff na véspera da festa de Natal de Sandy Glass. Aidan, Natalya e Robin tinham ido buscar Cliff e Prithwish e estavam na porta do apartamento, como um coral de canções natalinas.

— Não estou me fechando numa concha. Apenas não estou com vontade de ir — disse Cliff.

— Ta ta ta *tam*! — Aidan cantou o tema do *Romeu e Julieta* de Zefirelli enquanto tocava um violino no ar. Aidan era um canastrão impossível, e também improvavelmente bonito, um jovem cisne com seus cachos louros e pálidos olhos azuis. A posição de técnico de laboratório era apenas o emprego diário de Aidan. Na verdade, ele era um barítono e fazia seus solos por toda Boston. Trabalhava com o Emmanuel Music, entre outros grupos, e cantava cantatas em qualquer oportunidade, mesmo para os ratos na sala dos animais. — Ta ta ta tammmm, ta ta tam — repetiu para Cliff.

— Muito engraçado — disse Cliff.

— Você vai precisar de cartas de recomendação — lembrou Robin a Cliff. Ela apertou a mão dele, que sorriu um pouco. Só ela podia ser tão austera num vestido negro tão provocativo.

— Você precisa trabalhar — disse Prithwish, dando o nó em sua gravata vermelha.

— Você precisa comer — disse Natalya.

— Não dá para dispensar toda aquela comida de graça — acrescentou Prithwish.

— Vou beber a isso — disse Aidan, tirando uma garrafa de champanhe de dentro de seu casaco, junto com flutes de plástico.

— Vamos ficar aqui — disse Cliff a Robin.

— Nada disso. Você não vai arruinar suas chances assim. Você vai dar um jeito nisso — disse-lhe ela. — Está vendo? Trouxemos um drinque para você se ligar.

Cliff não era o único a precisar de um fortificante antes da festa de Natal. Mesmo nos melhores tempos, os pesquisadores viam com ansiedade a aproximação desse evento. A casa de Sandy era tão imponente, os pisos polidos tão perfeitos, seus tapetes persas tão ricos e delicados que eles nunca sabiam bem onde colocar os pés. Glass morava em Chestnut Hill, numa casa estilo Tudor de tijolos com um torreão, uma sacada de ferro trabalhado e telhado de ardósia, como a couraça de uma besta pré-histórica. Por dentro, os aposentos eram drapejados com cortinas cor de damasco. O piano de pau-rosa cintilava, e embora as cadeiras de couro da biblioteca estivessem rachadas por causa da idade, os aquecedores silvassem e o primeiro andar estivesse cheio de correntes de ar, tudo na casa de Glass parecia precioso e histórico.

Tímidos na chegada, os pesquisadores ficaram na entrada, até que Ann Glass pegasse seus casacos e os conduzisse à sala de estar, amontoada de pessoas da outra vida de Sandy, da área médica onde ele fazia seu dinheiro.

— Quem é essa? Robin? — Sandy abraçou-a e beijou seu rosto. — Não reconheci você toda arrumada. Nunca reconheço nenhum de vocês — disse ele ao grupo: Aidan, Prithwish, Cliff, Feng e sua esposa, Mei. — Peguem algumas bebidas. — Ele os enxotou para o bar. — Fiquem de olho no visco! Passou embaixo, tem que beijar.

Glass não se importava de cumular seus pesquisadores com hospitalidade e de intimidá-los com sua prosperidade. Gostava de mostrar a seus pesquisadores o que podia ser feito com dinheiro, talento e imaginação. Sua casa era uma lição a esse respeito. Afinal de contas, na idade deles ele também fora pobre.

Glass adorava o toque acetinado das madeiras nobres, a pátina do couro rachado, o som de certas palavras. As aparências não eram superficiais, mas de importância substantiva para ele. Assim, anos atrás, Glass tinha descartado Sam, seu nome de batismo, e se apelidara Sandy. Seu sobrenome era inventado, também. No final do curso de medicina, ele desistira do Glazeroff. Tinha feito isso não apenas para esquecer que seus avós eram judeus da Europa Oriental, mas também por razões estéticas. Ele não podia tolerar viver e trabalhar com um nome russo tão enfadonho — e destilou Glazeroff até sua forma mais pura.

O Natal o atraía. Todo ano adornava a árvore com enfeites de Natal. Apreciava as coisas belas, e com o correr dos anos colecionou um número cada vez maior delas. Lembrava-se bem dos ternos baratos que vestira quando era mais jovem, da mobília coberta de paninhos de enfeite na casa de seus pais e das panquecas de batata oleosas que sua mãe fritava para o Hanukkah. Na verdade, lembrava-se destas coisas com uma certa nostalgia. Mesmo assim, logo que pôde pagar por roupas e comidas finas e tradições mais elegantes, aproveitou-se disso. Era Ann, sua esposa, é claro, educada na igreja episcopal, quem lia os livros sobre a história judaica. Foi ela quem acendeu um pequeno menorá de prata naquela noite de sábado para a festa de Natal. Nove velas finas derretiam depressa entre as folhagens e as pinhas sobre a mesa, junto com as sobremesas. Ann acendia o menorá todo ano por achar importante para as crianças.

E nem eram mais tão crianças. Três filhas. Louisa, que tinha 24 anos e se recusara a estudar medicina. Charlotte, no segundo ano de Harvard, que também não seria uma médica. E depois vinha a caçula, Kate. Viera para casa nas férias de inverno da John Parrish Hill Academy apenas para desaparecer dentro de seu quarto com seus livros.

Mesmo depois de a festa ter começado, Kate estava no andar de cima, lendo *Devoções para Ocasiões Emergentes*, de John Donne. Com a empatia febril e imaginativa que lhe granjeava a distinção na cadeira de língua inglesa a cada ano, começara a viver e a respirar cada vez menos como uma garota de 15 anos e mais como uma religiosa protestante.

Concentrada, lia o relato de Donne da doença que o deixou próximo da morte. Estava deitada com a cabeça apoiada nos travesseiros e imaginava a si mesma como John Donne — na cama, a doença dele a ia invadindo, inundando-a como uma enchente, cobrindo seu corpo, afogando-a enquanto lia cada seção. "*Medicusque vocatur*. O médico foi chamado...' *Metuit*. Ele está com medo." Lia em voz alta, como uma obcecada — mas isso também era prático. Memorizava a Quarta Meditação de Donne para o Festival de Discursos e Debates do Sul da Nova Inglaterra.

Sua mãe apareceu na porta diversas vezes e pediu que ela se trocasse e descesse. Quando Kate afinal vestiu descuidadamente uma saia vermelha de lã xadrez e desceu displicente, a casa estava quente, o que a fez se sentir estranhamente desassossegada. As paredes carmim da biblioteca pareciam gritantes demais, e as travessas de prata do serviço de bufê da festa, muito brilhantes. A mesa de jantar estava coberta com um arranjo de broas, bolachinhas de gengibre, madeleines, mil-folhas em miniatura e musses de chocolate em diminutas casquinhas.

Os velhos amigos doutores de seu pai usavam preto e azul-marinho. Todos apertaram a mão de Kate — o esguio e vigoroso

Dr. Hoffbauer, de cabelos brancos e olhos azuis estreitos, o gordo Dr. Krieger, da África do Sul, e o careca Dr. Bier. Todos a examinaram e disseram que ela tinha crescido, como se isso fosse uma observação médica, e não um clichê. As colegas de sua mãe vestiam violeta e quadriculados, tricôs em azul-escuro e dourados, sorriam para ela, queixavam-se entre si sobre "o governo" e fumavam. A pouca distância, segurando seus drinques, estava o pequeno contingente do laboratório de seu pai. Amontoavam-se para proteção mútua, mulheres espigadas em saltos altos, homens engravatados em carmim. Apenas um pesquisador havia se afastado.

Ele sem dúvida era um rato de laboratório, embora ela não conseguisse identificá-lo. Era alto e irrequieto, os cabelos de um louro pálido muito compridos e um paletó curto demais para seus braços. Ainda assim, trazia em torno de si um ar de nobreza, encostado na lareira da biblioteca. Tinha olhos escuros desiludidos e traços finos descompostos pelos começos de uma barba, como se fosse um príncipe disfarçado.

— Você é novo? — perguntou Kate polidamente.

— Não — respondeu ele, atrapalhado. Não a havia notado antes. — Você é?

— Na verdade, não. — Gostou dele por não ter se dado conta de quem ela era.

Ele examinou seu rosto, seus cabelos castanho-acinzentados e seus olhos azuis curiosos. De repente, percebeu que ela era a filha mais nova de Glass.

— Ah — disse ele, infeliz.

— Sim, eu sou Kate — disse ela.

— Você cresceu — disse ele, na defensiva.

Ela se empertigou, constrangida e incomodada.

— É o que eu tenho ouvido.

— Foi por isso que não a reconheci.

— Bom, empatamos. — Ela se acalmou. — Eu também não me lembrava de você.

— Estou no laboratório há quase três anos.

— Isso não é nada — disse-lhe Kate. — Alguns de vocês têm vindo aqui a metade da minha vida.

— Hum. — Ele sorriu de modo fugaz, olhando para os próprios sapatos. — Duvido que eu dure tanto tempo.

— Por quê? — perguntou Kate. — Você não está produzindo?

Nervosos, mas com um lampejo de humor, os olhos de Cliff dardejaram sobre ela, e Kate sentiu-se alvoroçada por estar sendo olhada.

— Quantos anos você tem? — perguntou Cliff.

— Quantos você tem?

— Trinta.

— Você é estudante de medicina?

— Só um PhD — disse ele. — Estive no MIT antes disso.

— Então você deve gostar mesmo de pesquisa.

— Ah, sim — disse ele. — Eu gosto mesmo de pesquisa. Gosto muito, muito mesmo.

Ela o encarou. Preferiria morrer a perguntar, mas "muito, muito?" Aquilo era uma ironia? Ou ele estava falando sério? Parecia muito infeliz, parado ali sozinho.

— Vai melhorar — disse Kate, com sinceridade.

Ele encolheu os ombros.

— Você sabe — disse ela —, aos 30 anos John Donne foi encarcerado.

Na sala de jantar, a mãe de Kate conversava num momento, enquanto no seguinte recomendava com insistência pequenas tortas de carne. Ann Glass era professora assistente no Boston College e havia publicado um livro sobre George Eliot. Além disso, cuidava de tudo na casa. Zelava pela festa, aconselhando-se com o responsável pelo bufê, apresentando Jacob, o marido de Marion, para um lingüista que achava que podia lhe parecer interessante. Pensava nos convidados mesmo quando Sandy se esquecia deles e conversava sobre trabalho na janela da sacada da sala de estar.

Ele debatia alguma questão com Marion, e seus olhos azuis cintilavam enquanto gesticulava. O marido de Ann não era um homem bonito. Seus traços eram rudes; a boca era larga e sua testa estava mais proeminente, já que lhe restavam tão poucos cabelos. Seu nariz começava bem, mas se curvava no final. Suas bochechas eram vermelhas pela acne rosácea. Com Sandy, no entanto, as leis da atração não se aplicavam. Ele tinha uma qualidade que ia muito além da juventude ou da beleza — uma vivacidade irresistível, que parecia sobrepujar o cinismo e a dúvida, uma autoconfiança ocasionalmente insuportável, mas em muitos casos profundamente tranqüilizadora. Se não tivesse se beneficiado da educação médica, Sandy teria sido, sem dúvida, um vendedor extraordinário, como seu pai, Irving. Sapatos, ferramentas, grandes utensílios e letras do Tesouro de Israel voariam de suas mãos como pombas. Mas o borbulhante *savoir faire* de Sandy fizera dele um oncologista estelar. Irradiava esperança para todos os pacientes. Em lugar da morte, dirigia a atenção deles para jogos de beisebol e para a Maratona de Boston. Perguntava sobre o mercado de ações a banqueiros de investimento terminalmente doentes e brincava que deviam lhe dar dicas. Focava-se no dia-a-dia e não no eterno, e seus pacientes o amavam por isso. Não ia desistir deles para se tornar espiritual. Era um médico à moda antiga, que lutava ferozmente contra a doença. Chegavam a ele pacientes que vinham do mundo todo. Milionários, príncipes sauditas e até mesmo outros médicos. Seus residentes estafados o chamavam de VIPologista, e havia alguma verdade nisso. Mesmo assim, ninguém negava seus talentos. Ninguém mergulhava na batalha contra o câncer como Sandy. Confrontava de maneira inequívoca cada célula cancerosa e assim inspirava tanto seus pacientes à luta que, magicamente, mesmo os mais sofisticados acreditavam que ele nunca iria lhes faltar. A preocupação deles era que, ao morrerem, o estivessem desapontando.

Naturalmente, os colegas de Sany o odiavam, e ele florescia na água salobra da aversão deles. Aos 49 anos, Sandy não apenas tolerava seu trabalho — ele o adorava. Seu ambição não era corrosiva, mas sim criativa, um subproduto de seu espírito animado. Egoísta, otimista, Sandy era uma força da natureza, e Ann ressentia-se disso, mas também o amava por isso. Ela balançou a cabeça e sorriu para o marido que divagava, uma taça de vinho na mão e os escassos cabelos grisalhos eriçados por uma espécie de eletricidade estática.

— Temos de conseguir juntar alguma coisa — disse ele a Marion.

— Não temos os resultados — respondeu ela.

— Bom, vamos ter de encontrá-los, não?

— Tenho pensado — disse Mairon — que é mais uma questão de quais resultados vão nos encontrar.

— Passividade não é a resposta — disse Sandy bruscamente.

Marion olhou para ele repreensivamente. Ela também sabia que sua velha bolsa do Serviço Nacional de Saúde estava terminando, que o estratagema de pesquisa do ano que passara fracassara e que precisavam desesperadamente de fundos. Sabia que tinham de elaborar uma proposta de financiamento convincentemente boa até 1º de abril ou contemplar o fechamento. O Philpott Institute era governado por estritos princípios darwinianos. Os investigadores zeravam suas contas ou quebravam, perdendo pessoal e equipamentos para seus rivais. Peter Hawking, o diretor do instituto, se entristecia quando seus pesquisadores fracassavam, mas, preferindo habitar laboratórios mais alegres, desviava seu olhar dos infortúnios deles. Diretores de laboratório sem fundos tinham poucos recursos; adotavam medidas desesperadas: mudavam de área, se aposentavam ou por vezes abandonavam de vez a ciência. Marion sabia que sua posição era precária — e enfrentava isso estoicamente. Ao contrário de seu parceiro de pesquisas, era uma pessimista incondicional. Armada com a constante expectativa de derrotas e desastres, ela enfrentava a catástrofe sem hesitação.

— Vamos ter de começar de novo. — Sandy falava baixo. — E a primeira coisa que acho que devíamos providenciar é a substituição de Cliff.

— Sandy! — sussurrou Marion, aproximando-se dele. — Primeiro, ele está totalmente bancado até junho...

— Então, em junho ele sai. Se ele não consegue acompanhar o programa, quero outra pessoa.

— Você não pode chutá-lo para fora assim. — Marion eriçava-se com a abordagem autoritária de Sandy, mas, como um clínico, ele vinha de um mundo no qual os mais jovens ou sem experiência faziam o que lhes mandavam, ou tinham de arcar com as conseqüências.

— Vamos ver — disse Sandy.

— Se ele quer perseverar, acho que então deveríamos reavaliar a situação daqui a seis meses

— Você está defendendo Cliff? — perguntou Sandy.

— Eu o contratei — observou ela. Sentia-se responsável por ele. Três anos antes, ele havia sido uma grande esperança vinda do MIT. Seus professores tinham se desmanchado em elogios quanto à sua capacidade técnica, sua perspicácia, seu dom de buscar e resolver problemas intratáveis. Max Oppenheimer declarara que Cliff era o estudante mais brilhante que já havia tido. Marion conhecia Oppenheimer havia vinte anos e nunca o ouvira falar daquela maneira. Ela não tinha só contratado Cliff, tinha insistido com Sandy que ele seria uma peça-chave, a promessa de uma estrela. Juntos, receberam Cliff de braços abertos. E depois? Talvez tivessem tido expectativas em demasia para ele suportar. Tacitamente, ela e Sandy tinham ensinado Cliff a ser irrealista.

— Ele é talentoso — disse ela.

— E daí?

Ambos sabiam que no fim, talento pouco interessava, se não havia resultados. Muitas pessoas tinham talento. Talento e inteligência, sem mencionar trabalho duro e incansável, faziam com que os cientistas de laboratório tivessem êxito, mas — e este era o segredo desagradável — era preciso ter sorte. Podia-se ser preparado, brilhante e diligente — e fracassar seguidamente. O gene que se tentava isolar, o fenômeno que parecia sugestivo ainda escapava; a tendência e o padrão significativo da doença podiam degenerar num inferno interminável de ambigüidades.

— Eu ainda acho que ele tem potencial — insistiu Marion.

— Potencial para quê?

Ela não respondeu. Provavelmente Sandy estava certo. Mesmo assim, ela não iria simplesmente abandoná-lo. Sabia o que era lutar. No Philpott, batalhara por sua vida científica, buscara e competira para obter cada simples peça de equipamento em seu laboratório. Depois de anos de incessante competição, tornara-se leve e paciente, crítica em relação a si mesma e aos outros. Qualquer um que trabalhasse com Marion se retesava com seu olhar e temia suas questões — nunca retóricas, nunca dramáticas, mas silenciosamente devastadoras em sua acuidade. Com uma pergunta arguta, raspava o verniz de uma idéia e revelava as insustentáveis suposições subjacentes.

— Você sabe que ele tem de sair — disse Sandy.

Marion um dia fora uma ágil e jovem cientista, uma garota bela e impulsiva que conseguira seu doutorado aos 25 anos e imaginara que Harvard a contrataria por seu elegante trabalho em cristalografia. Sorria com facilidade, alegre em seu departamento, enquanto as estruturas de carbono se abriam para ela, uma de cada vez, adoráveis e elípticas. O mundo científico havia lhe parecido então translúcido, efervescente, metódico como a coleção de flores de vidro do museu Peabody. Mas não havia trabalho para ela em

Harvard. Em vez disso, um pós-doutor astucioso, chamado Arthur Ginsburg, conseguiu um cargo lá, e Marion quase chegou a acreditar no que os outros lhe diziam: que seus trabalhos eram repetitivos, descritivos e nada mais. Ela lutou para achar seu próprio lugar e os meios para continuar com seu trabalho, e quando acabou no Philpott Institute, chegou como uma indigente e teve de mudar de área. Conhecia a miséria de começar tudo de novo.

— "É muito pouco chamar o Homem de um pequeno Mundo" — recitava Kate na biblioteca. Cliff estava sentado numa poltrona de couro marrom e Kate empoleirava-se no divã com tachas de latão que lhe fazia par. — "Exceto Deus, o Homem é um diminutivo para nada. O Homem consiste em mais partes..."

— "Mais pedaços" — corrigiu Cliff. Kate tinha levado para baixo as *Devoções* de Donne para que ele pudesse acompanhá-la.

— "O Homem consiste em mais pedaços..."

— Certo.

— "E se estes pedaços fossem estendidos e esticados no Homem, como o são no mundo, o Homem seria o gigante, e o Mundo, o Anão; o Mundo seria apenas o Mapa, e o Homem, o Mundo." — Parou por um momento, e Cliff achou que ela tinha esquecido o texto de novo, mas ela balançou a cabeça, num parêntese. — "Ele faz do homem um microcosmo da terra... e depois acaba explodindo a metáfora! Porque o homem é mais complexo que o mundo, mais sutil e mais... vasto". — Kate sorriu por um momento, pedante e exultante. Ela mesma era em segredo uma poeta, ensaísta, humanista dedicada... a filha de sua mãe.

— Hum — Cliff fitou a página aberta à sua frente. Para dizer a verdade, até aquele momento ele não ouvira falar de John Donne. Não tinha aprendido muito sobre poetas do século XVII durante seus anos de química e biologia na faculdade. Ocorria-lhe agora que gastara toda a sua vida adulta em um laboratório-prisão. Anos e anos de trabalho manual haviam se passado. Os resultados novos apareciam apenas nas ocasiões mais raras, e sempre para outras pessoas. Milagres não aconteciam, mas Cliff e seus amigos continuavam trabalhando. Meeiros científicos, trabalhavam como escravos o dia todo. Eram muito treinados para parar. Muito educados para outro afazer... permaneciam repetindo seus experimentos. Tentavam sobreviver com seus salários de 17 mil dólares anuais. Não havia muita poesia nisso ou, se houvesse, Cliff certamente não tinha tido o privilégio de enxergá-la.

— Kate, o que você está fazendo?

— Está lendo poemas para os convidados de novo?

As irmãs mais velhas de Kate tinham vindo resgatar Cliff. Irromperam na biblioteca rindo, vestidas imprópria e impudentemente em seus jeans. As jovens eram como Ann, altas, de cabelos castanho-avermelhados, braços elegantemente esguios, pele clara. Não se pareciam em nada com Sandy, mas possuíam algo de sua energia frenética e de sua autoconfiança. Riam porque sabiam que quando entravam como um turbilhão na sala, mudavam o clima — eram as filhas do mágico.

— Não é poesia — disse Kate —, e ele pediu.

— Seja honesto, você pediu mesmo a ela que recitasse para você? — inquiriu Louisa.

— Pedi — disse Cliff. — E eu gosto.

— É mesmo? — Louisa apanhou uma cadeira de espaldar reto e sentou-se nela ao contrário, com as longas pernas escarranchadas no assento. — Deve ser coisa boa, então.

— O que é? Deixe eu ver. — Rindo, Charlotte inclinou-se para ler o título do livro nas mãos de Cliff.

— Não a provoque. — Louisa era protetora, bondosa, embora intimidantemente perfeita.

Cliff ignorou isso e se voltou para Kate com tal simpatia e prazer que ela quase corou.

— Onde você parou? — Ele retornou às *Devoções.*

— "Se todas as Veias em nosso corpo fossem estendidas em Rios" — recitou Kate — "e todos os Nervos em Veios de Mananciais, e todos os Músculos que encobrem uns aos outros em Morros, e todos os Ossos em Pedreiras, e todos os outros pedaços à proporção daqueles que correspondem a eles no mundo, o Ar seria muito pouco neste Orbe para que nele o Homem se movimentasse..."

Bebericando seu drinque, Cliff ouvia, chamando a atenção de Kate quando ela esquecia uma palavra. As irmãs dela saíram, mas ele ficou, deixando sua mente vagar pelos conceitos desdobráveis de Donne. O homem era como um mundo, mas tão maior, tão mais complexo. O mundo era infestado de lagartas, serpentes e víboras. As doenças do homem eram como gigantes. Monstros. Através da grande porta quadrada da biblioteca ele podia ver os outros na sala de jantar, deleitando-se na grande mesa. Robin fazia sua parte, ouvindo Ann atentamente. Não conseguia ver Sandy nem Marion, mas podia facilmente imaginá-los em algum lugar da casa, tramando alguma punição para ele, no disfarce de um novo programa de pesquisa. Era bom se refugiar na biblioteca com Kate. Lá Cliff se sentia seguro, coberto por metáforas, como se estivesse escondido atrás de tapeçarias antigas.

— "E pode o outro mundo nomear tantas criaturas malignas, destrutivas, monstruosas, como nomeamos doenças...?" — Kate lia, e Cliff sorria para ela, por depositar nele seu inesperado eu arcaico, por recitar em vez de forçá-lo a conversar. Ele riu suavemente com as palavras... na verdade, uma boa descrição da vida de um pós-doutor: "Oh, abundância miserável; oh, riquezas desprezíveis!"

3

O GUARDA NO INSTITUTO mal levantou os olhos de seu *Boston Globe* na manhã seguinte quando Marion se dirigiu para as escadas dos fundos, rumo à sala dos animais no porão. Quase todos os domingos ela ia ver os ratos, a pequena criação de seu laboratório.

No andar mais baixo do Philpott, atravessou um labirinto de corredores de ladrilhos brancos tomados por carrinhos e cestos. Havia cestos de jalecos de laboratório amarfanhados, que na segunda-feira iriam para a lavanderia, e carrinhos com gaiolas de plástico limpas com frascos cheios de água fumigada e serragem, tudo amontoado como mil pratos sujos na porta da sala de equipamentos. Os técnicos de laboratório os esterilizariam e os retornariam tinindo de limpos. Aquele instituto nunca havia sofrido sabotagem de ativistas dos direitos dos animais. Mesmo assim, havia cadeados em todas as portas. Havia uma sensação não-declarada de que este trabalho era mais seguro lá, sob o solo.

Num conjunto de armários no corredor, Marion vestiu um jaleco de laboratório de um azul-claro pálido. Todos os funcionários tinham de vesti-los na sala dos animais. Enfiou galochas de papel descartáveis sobre os sapatos e uma touca sobre o cabelo. Rapidamente, rumou para as portas numeradas, onde os ratos do Philpott eram mantidos. Cada porta tinha uma janela pintada de vermelho. Olhando de fora, cada área de manutenção parecia uma pequena sala no inferno, mas o fulgor vermelho diabólico nas salas de animais do Philpott era, na verdade, uma precaução. Os animais precisavam de descanso, e as janelas vermelhas os protegiam das luzes dos corredores durante a noite.

Marion era uma investigadora atenciosa e compassiva, quase apaixonada por seus pequenos protegidos, orgulhosa e cuidadosa em relação a eles — não os tratava como se eles tivessem direitos ou almas, mas sim como um artesão trataria ferramentas preciosas. Trabalhara com muitas variedades de ratos e conhecia seus traços particulares. Conhecia os albinos luzidios, de pêlos brancos finos, maneiras tímidas e olhos de rubi como as pequenas pedras da sorte em jóias de crianças. Conhecia uma espécie particular de ratos negros, sempre agitados, pulando e revirando-se constantemente, como meias escuras em uma secadora de roupas. Estes animais derrubavam bolotas de alimento de seus suportes de arame. O pêlo deles era espetado e oleoso por conta das rações, e seu comportamento, malicioso. Pareciam pequenos punks. Conhecia um tipo cinza que brigava, e outros que não se reproduziam. Conhecia as variedades que habitualmente comiam seus próprios filhotes — embora, em certa extensão, todos os ratos o fizessem. Tinha visto ratos se estraçalharem aos pedaços e, também, três ou quatro deles dormindo juntos, respirando delicadamente, em um montinho macio e musguento. Estes e outros viviam no Philpott; alguns magros, outros gordos, alguns viciados em drogas, alguns saudáveis, alguns doentes por desígnio. Conhecia bem a todos, mas atualmente estava trabalhando com ratos da cor de apagadores de borracha róseos. Eles não tinham o timo e, por causa desta condição, não tinham pêlos. Eram chamados de nus.

Falta aos ratos pelados um sistema imunológico normal. Eles não podem rejeitar enxertos de tecido estranho. Como um rosado ágar tremulante, aceitariam tecido de um lagarto, de um gato ou mesmo um pedaço de pele de galinha, completa com minúsculas penas. Ratos pelados podem aceitar estes tecidos de outros doadores e mantê-los como se fossem seus. Os ratos de Marion abrigavam células humanas cancerosas. Com seus ratos sem timo, ela podia estudar tumores *in vivo*.

Os ratos pelados eram, de muitas formas, veículos ideais para os experimentos de Marion, mas a grande utilidade deles era também sua fraqueza. Eles não podiam lutar contra contaminantes, como os ratos comuns, e assim eram alvo de doenças. O Philpott mantinha regras estritas para o cuidado destes animais. Tudo era esterilizado — a água e a comida, os bebedouros e as gaiolas. As bolotas de comida dos nus tinham uma textura empapada e cozida, feita pela autoclave. Era estritamente proibido entrar na sala de ratos atímicos depois de mexer com outros animais.

Perscrutando através da janela vermelha na porta da sala dos animais do laboratório, ela se sentiu satisfeita de ver que Feng tinha chegado antes dela. Cada pesquisador tinha tarefas de laboratório, e Feng administrava a manutenção dos dados sobre a colônia. Ele vinha freqüentemente nos finais de semana e, como ela, estava ali para checar cada grupo de ratos de experimento do laboratório.

Seu nome todo era Xiang Feng, mas ele atendia por Feng, cuja pronúncia — Marion percebera apenas gradualmente — era Fang. O próprio Feng havia sido polido o bastante para não corrigi-la. Nascera em Pequim, mas crescera no norte, onde seus pais, professores, foram reeducados para plantar soja. Apesar da transformação de seu pai, de biólogo molecular em agricultor, e da metamorfose paralela de sua mãe, de historiadora a membro produtivo do proletariado, Feng havia se superado em ciências e se colocara bem o bastante em seus exames nacionais para ser admitido na Universidade de Pequim. Havia se superado de novo em seu trabalho de graduação, e depois de diversos anos pesquisando e ensinando, ele havia feito — com sucesso — um requerimento para ir para os Estados Unidos se instruir com Marion. Chegara a Cambridge com uma sacola da Pan Am, uma mala e um arsenal formidável de técnicas de laboratório.

Feng matinha uma rotina severa. Escolhia bem seus problemas e trabalhava constantemente. Parecia levar a vida de um asceta científico — exceto por ser tão engraçado. Essa era a sua peculiaridade. Feng era motivado, como poucos que Marion já tinha visto, mas seu comportamento era inteiramente divertido. Usava óculos e ostentava um bigode. Um demônio da acuidade, mantinha registros meticulosos, mas minimizava o esforço. Passara anos batendo de frente com problemas intratáveis, mas isso não o desencorajara. Fazia mais do que qualquer outro pesquisador no laboratório, mas não esperava nada. Trabalhava e usava uma espécie de humor negro ao qual os outros podiam apenas aspirar. Encantadoramente autodepreciativo, menosprezava seus próprios resultados como menores — ou mesmo acidentais. "É sorte pura", dizia sempre que publicava um artigo ou uma nota de pesquisa, e isso, junto com miríades de outros ditos de Feng, haviam se tornado expressões características do laboratório. "Fungos", chamavam-nas os outros pesquisadores. Para a diversão secreta de Marion, os pesquisadores colecionavam Fungos em seus cadernos. Nos últimos seis meses, mais ou menos, os pesquisadores vinham compilando um léxico que incluía definições clássicas como:

Proposta de bolsa bem-sucedida (vernáculo): "grande desastre, a longo prazo"
Analisar (verbo): "debater-se"
Hipótese (substantivo): "pensamento altamente furado"
Conferência (substantivo): "boca-livre do câncer"
Dotação Governamental para Pesquisa de Câncer (acrônimo): "imposto dos doentes"
Descoberta (substantivo): "artefato"

Feng mantinha seu senso de humor e permanecia calmo. Quando o progresso encalhava e parecia a Marion que os outros chafurdavam com pena de si mesmos, Feng perseverava.

Ele a cumprimentou com um movimento de cabeça quando ela abriu a porta, e juntos encararam as gaiolas que enchiam a sala branca sem janelas. Cinco prateleiras de aço abrigavam cada uma de vinte a trinta gaiolas. Mais de uma centena delas, quase trezentos ratos. Uma biblioteca viva de criaturas sem pêlo. Não obstante, a sala estava quase silenciosa. Os animais haviam sido criados para a quietude, assim como tinham sido criados para muitas outras conveniências. Apenas muito raramente um guincho tênue escapava de alguns dos ratos que lá viviam juntos.

— O que você encontrou? — perguntou Marion a Feng.

— Vamos ver. — Feng abriu seu livro de registros. Número da gaiola, número do rato, peso, condição. Tudo era marcado com capricho em colunas na página verde-pálida e branca. Achando o lugar delas no registro, Feng pegou duas das gaiolas de Cliff de sua prateleira e levou-as para a mesa alta de trabalho de aço inoxidável. Então ligou a coifa laminar de fluxo, um mecanismo que soprava uma corrente constante de ar sobre sua superfície e aspirava contaminantes. Sob a coifa, Feng pegou e virou os ratos experimentais um a um. A pele deles se encrespava e enrugava a cada movimento. As criaturas pareciam quase transparentes sob a luz de investigação. Seus órgãos exibiam cores de alfazema e púrpura sob a pele fina, e os vasos sanguíneos em suas orelhas eram claramente visíveis, como as veias vermelhas de folhas em broto. Sob alguns aspectos, os animais agiam como ratos normais, cheirando a comida com curiosidade, mantendo-se sobre as patas traseiras e limpando as dianteiras — mas sem pêlos, assemelhavam-se a pequenos homens encarquilhados. Pareciam meticulosos e cuidadosos. Esforçavam-se para alcançar as bordas de suas gaiolas quando as portas eram removidas; tentavam se erguer pelas laterais; mas nunca lhes havia ocorrido arremeter desenfreadamente, saltar no espaço ou tentar fugir, como ratos normais fariam. Os nus eram criaturas rarefeitas. Do lado de fora da sala dos animais, nenhum rato do campo os reconheceria.

Aqueles animais já estavam bastante doentes. Tumores faziam protuberâncias grotescas, como se os ratos tivessem engolido bolinhas de gude. Pela estimativa de Marion, a maioria dos tumores estava próxima do limite de um centímetro requerido pelo instituto. O câncer havia deformado inteiramente os animais. Na verdade, lá estava a primeira fatalidade, um pequeno corpo deitado num canto da gaiola. Enquanto Marion registrava a morte, Feng colocava o rato morto num saco de plástico preto. Ele guardaria o cadáver num refrigerador que servia de necrotério da sala dos animais.

Feng examinava os ratos em uma gaiola, e Marion estudava os animais em outra. Feng e Marion seguravam cada um deles delicadamente, com polegar e dedo indicador enluvados apanhando a pele atrás do pescoço. Postos de costas, os ratos agitavam as patas impotentemente e não conseguiam se virar nem morder, enquanto Feng e Marion mediam seus tumores com pequenos compassos. Cliff injetara seis grupos de ratos com células de câncer de pulmão. Nove ratos em cada grupo. Cinqüenta e quatro ao todo. Quando os tumores se desenvolveram, injetara três grupos com o vírus e deixara três grupos de lado para seu controle. Cada grupo experimental havia recebido uma variante genética do vírus. Os ratos em dois grupos com o vírus já tinham morrido, e aqueles no terceiro grupo também estavam próximos da morte. Por um momento Marion não pôde deixar de manifestar sua muda desaprovação ao desperdício. Não se sentia orgulhosa de sacrificar criaturas vivas pela repetição ociosa de experimentos fracassados.

— Marion — disse Feng.

Ele raramente falava enquanto trabalhava, e ela se assustou, surpresa por ouvir sua voz.

— O que é isso? — Ele virava um rato lentamente em sua mão. — Este rato está correto?

— Como assim?

— Ele está no protocolo do estudo? Está registrado? — perguntou Feng.

— Já chequei isso. Este é o rato correto. Este é o número 366 — disse ela, apontando para a etiqueta de metal na orelha translúcida do animal.

— Então onde foi parar? — perguntou Feng.

— Foi parar o quê?

— O tumor — disse ele.

Ela pegou o rato, virou-o e sentiu o corpo se contorcendo em sua mão. A criatura dobrou instintivamente as pernas enquanto Marion apalpava o primeiro conjunto de glândulas mamárias. O tumor era apenas perceptível, quase não se projetando do pescoço do animal.

— Agora, veja este. Três meia cinco. — Feng levantou outro rato da gaiola. — Este aqui na semana passada tinha um tumor de meio centímetro de diâmetro. Onde foi parar?

Eles começaram a examinar todos os animais, comparando o tamanho do tumor com os registros no caderno de Feng. Todos tinham tumores tão grandes quanto antes, ou ligeiramente maiores. Três deles, no entanto, apresentavam tumores significativamente menores. Como podia ser? De alguma forma, três tumores tinham, na verdade, encolhido.

Marion e Feng entreolharam-se. Depois do fracasso repetido, poderia alguma das variantes virais de Cliff ter algum efeito? O que tinha mudado? O que Cliff tinha feito? A variante do vírus era R-7. Cliff rabiscara uma nota no cartão indexador azul que rotulava aquela gaiola de ratos. Mas ele nunca antes tinha conseguido fazer o R-7 funcionar efetivamente em outros animais. Estes três ratos eram significativos? Ou eram uma anomalia estatística de alguma espécie — corrompida por alguma outra condição? Esta era a dificuldade da pesquisa com animais: tantas coisas diferentes podiam dar errado. Células cancerosas não cresciam ou cresciam muito lentamente, o trabalho com o sangue era inconclusivo, os animais morriam de doenças estranhas. Apesar de todas as precauções de Marion, houvera uma epidemia na colônia anos antes. Apenas uns poucos animais morreram, mas Marion decidira terminar todos os seus experimentos assim mesmo. "Os ratos foram expostos a uma patogenia e estão contaminados", anunciara ela na reunião do laboratório. "Obviamente não podemos estudar câncer e alguma outra infecção desconhecida ao mesmo tempo. Estaríamos procurando o quê?"

O que procuravam agora? Provavelmente nada. Ainda assim... Quais eram as chances de Cliff ter realmente encontrado alguma coisa? Se havia causa e efeito reais, se o R-7 de fato revertera o processo de crescimento do câncer, então tinham de descobrir como. Marion não se excitou; não comprometeria suas esperanças em uma observação única como aquela, mas não deixaria a coisa solta.

Sabia que Feng estava fazendo os mesmos cálculos. As chances eram contra eles. Mesmo assim, existia uma possibilidade mínima de algum significado, de que a técnica de Cliff pudesse ter tido algum efeito sobre aqueles três ratos. Se fosse este o caso, as ramificações eram enormes. Segurando um rato de costas, Marion acidentalmente cutucou a pele flácida de seu pescoço. Os olhos do rato esbugalharam-se e sua boca abriu-se subitamente, expondo dentes brancos e afiados. A face rosa do animal sobressaltou-se numa pequena máscara de surpresa.

— Não acho que haja alguma coisa aqui — disse Marion.

— Eu duvido — concordou Feng.

— Vamos observá-los, de qualquer maneira — disse Marion. — Vamos ver se o câncer cresce novamente ou se por alguma razão os tumores de outros ratos diminuem. Podemos ver se alguma coisa a mais acontece aqui.

— Acho que nada vai acontecer — disse Feng jovialmente. Quanto se tratava de indiferença e pessimismo, ele ultrapassava até mesmo Marion. A diferença é que o pessimismo de Marion havia sido adquirido, enquanto o de Feng era inato.

Marion chegou em casa e encontrou Jacob jogando xadrez com cronômetro na mesa da cozinha com o filho deles, Aaron. Jacob moveu seu cavalo adiante e abaixou o botão de seu lado do relógio com a mão; Aaron respondeu com o bispo e, por sua vez, comprimiu o botão. Aaron tinha o corpo magricela do pai, cabelos castanhos desarrumados e nariz alcantilado. Era um jogador de xadrez que constava do ranking nacional na categoria subdezoito, mas seu pai ainda o vencia de quando em quando. Embora já não praticasse a sério, Jacob era um contendor ardiloso.

O marido de Marion havia sido a mais rara das criaturas, uma criança prodígio. Criado em Cincinatti, Jacob falou tarde, mas sua primeira palavra, de acordo com o folclore familiar, foi "delicioso". Conseguia ler A. A. Milne para si mesmo aos 4 anos, e Dickens, com pouco mais de 6. Aos 8, debutou num concerto, tocando o segundo concerto de violino de Mozart com a orquestra jovem local. Aos 9, matriculou-se na Universidade de Cincinatti. Graduou-se em biologia pouco antes de seu bar mitzvah — e prosseguiu com o doutorado. Aos 17, tinha saído de casa para trabalhar como pós-doutor com Frank Applebaum, em Columbia. Chegou com recomendações apaixonadas de todos os seus professores... e três publicações. O futuro parecia se desenrolar à sua frente como um tapete vermelho acadêmico.

No laboratório de Applebaum, no entanto, o caminho aparentemente inexorável de Jacob rumo à glória científica sofreu uma surpreendente guinada. Longe de casa, com apenas a supervisão mínima pela qual Applebaum era famoso, Jacob começou, pela primeira vez em sua vida, a refletir criticamente sobre a natureza de suas conquistas. Enquanto resolvia uma miríade de problemas menores em biologia celular e estudava a literatura científica — e observava Applebaum dirigir seu laboratório, escolher linhas de investigação, decidir onde investir melhor seu tempo e energia nos experimentos —, Jacob identificava em si mesmo uma incapacidade fatal para gerar novos problemas. Dominava técnicas e processos, absorvia métodos, sistemas e linguagens com uma velocidade impressionante, mas não conseguia derivar sistemas próprios. Jacob reconhecia esta deficiência, com a clareza tremenda de sua mente de 17 anos. Applebaum deu a ele a gerência do laboratório, mas Jacob se descobriu incapaz de planejar seu próprio programa investigativo. Em resumo, Jacob deu-se conta de que não era criativo.

Esta foi a descoberta mais importante de sua vida, e Jacob, caracteristicamente, a definiu com uma acurácia impiedosa. Preparara-se para pensar em si mesmo como o próximo Pasteur — se não como o próximo Heifetz. Fora educado por um pai rabínico louco pela ciência e por uma mãe pianista para entender que a glória da vida jazia em estruturas moleculares e pesquisa médica. Agora percebia, pela primeira vez, que não era um dos poucos escolhidos; que provavelmente era incapaz de algo mais que avanços incrementais. Faltava-lhe a segunda visão para moldar novos paradigmas e chacoalhar o mundo com propostas revolucionárias.

A descoberta chocou-o e entristeceu-o — todavia, com a compreensão recente de suas limitações, sentiu também um alívio profundo. Jovem como era, Jacob vinha exercitando a mente desde bebê. E agora, subitamente, viu que podia parar. Ele podia simplesmente procurar um emprego, ler e tocar. Podia abandonar suas prodigiosas expectativas e começar a viver.

Seus pais ficaram desconcertados pela reviravolta na situação e alguns de seus professores de Cincinatti se mostraram desolados, mas Jacob não perdeu muito tempo se lamentando pelo que poderia ter sido. Agora estava ocupado crescendo... e acabara de se apaixonar por Marion.

Eles haviam se conhecido no laboratório de Applebaum quando ela chegou de Barnard para fazer sua pesquisa inicial em cristalografia. Ele era pós-doutor, e ela era caloura da faculdade, mas tinham a mesma idade. Jacob viu em Marion tudo o que ele não era. Viu como ela persistia no trabalho, tomando sua própria direção no laboratório. Era pequena, tinha cabelos castanhos encaracolados e olhos negros vivazes e trabalhava com um jaleco de laboratório folgado sobre sua roupa. As mangas, muito compridas para ela, só deixavam as pontas de seus dedos de fora. Jacob mal tinha prestado atenção em mulheres antes, mas aos 18 anos, quando desistiu de ser um gênio, deu seu coração a Marion — mais que isso, colocou sua mente formidável aos seus pés. Quando tinham 20 anos, ele a pediu em casamento. Ela era apenas uma garota, mas ele acreditava que ela faria descobertas radicais.

Foi por isto que Jacob dedicou-se a Marion. Não estava tentando ser um feminista nem se sacrificar. Não se ressentia particularmente de sua carreira como professor em Tufts. Acreditava em Marion. Revisava cada tese que ela escrevia e discutia cada nuance de seu trabalho no laboratório. Amigos e colegas o achavam um santo e bastante estranho. Alguns secretamente sentiam que ele tinha aberto mão de sua masculinidade em sua devoção à carreira da esposa. Jacob havia sido um garoto sobrenaturalmente bem-dotado — e agora era um homem altamente incomum. Sua mente ainda era ágil e seu raciocínio, espantosamente rápido. Era um professor de microbiologia conhecido por sua clareza e por sua paixão pelo assunto. Era famoso, também, por sua dedicação aos estudantes, que acorriam a ele em busca de ajuda. Tentava com paciência, durante os horários de expediente, explicar as matérias de seu curso, mesmo que privadamente se perguntasse alguns dos estudantes tinham sido admitidos na faculdade por engano, já que pareciam ligeiramente retardados. Era um homem feliz porque havia crescido. Na verdade, crescera para além de si mesmo, no que muitas crianças prodígio fracassavam. Era feliz por ter descoberto cedo, e não tarde, que não ganharia um prêmio Nobel. E tinha sido aquinhoado com uma visão que faltava a muitos de seus colegas cientistas — que, quando se tratava de Nobel, ele não precisava de um. Não, aquela distinção pertenceria um dia à sua mulher.

— Algo errado? — perguntou ele a Marion sem levantar os olhos do tabuleiro de xadrez. Em vez de se juntar a eles, ela ficou parada em silêncio na porta da cozinha. — O que há?

— Algo estranho com os ratos — disse ela.

— Os de Cliff?

— Sim. — Marion descreveu o que ela e Feng tinham visto.

— De repente o vírus está funcionando?

— Bem, provavelmente não.

— Você vai ter de checar — disse Jacob. — E aí vai saber.

— Claro.

Ele aquiesceu casualmente, de olho na rainha.

— Não sei se devemos contar a Sandy ainda — disse Marion.

— Porque ele vai soltar um comunicado à imprensa dizendo que vocês curaram o câncer.

— Eu não quis dizer isso...

— Xeque — disse Jacob. — Bom, acho que você está certa em não contar a ele.

— Este é o problema. — queixou-se Marion. — Não acho que seja certo esconder informação dele, mas estou preocupada...

— Ele irá com muita sede ao pote — disse Jacob.

— Sua vez — disse Aaron, saindo engenhosamente de uma situação difícil.

Infeliz, Marion foi até a mesa e largou sua gasta maleta marrom com as iniciais MJM em dourado. O *J* era de Joyce — um fato que divertia Sandy grandemente. Ele a havia provocado: "Um bom nome do meio para você seria Desconfiada. Ou Indecisa."

— Você sabe que estou certo — disse Jacob, franzindo as sobrancelhas para o tabuleiro.

Ela sabia. Sandy era muito atirado: este era o perigo, mas era também inteiramente sua parte boa. Podia-se fazê-lo explodir como fogos de artifícios. Ela não conhecia ninguém tão inflamável. Ele não tinha cautela. Imprudente. Mas Cliff, Prithwish e Robin — especialmente Robin — vinham trabalhando há tanto tempo sem alívio... Precisavam de alguma mudança... ou pelo menos de alguma notícia. Precisavam de um pouco da excitação de Sandy.

— Acho que às vezes o senso de oportunidade dele... — começou Jacob.

— Ele tem um senso de oportunidade excelente.

Jacob moveu uma peça e baixou o pino do relógio.

— Ele é um maravilhoso divulgador. E um grande levantador de fundos. Mas não estou falando de como ele fala bem em conferências nem de como consegue angariar o dinheiro do Serviço Nacional de Saúde.

— Você não acha estas qualidades importantes?

— Sem dúvida. — Os olhos de Jacob esquadrinhavam o tabuleiro de xadrez. — Dou a ele todos os créditos que merece. Particularmente quando se trata de levantar dinheiro. Mas estas não são qualidades científicas, são?

— Isso não é inteiramente justo.

— Por que não?

Aaron levantou os olhos, curioso. Seus pais não guardavam segredos dele, mas por vezes pareciam falar em um código privado, escondendo seu sentido a olhos vistos.

— Olhe — disse Marion —, você sabe como ele é.

— É, eu sei exatamente como ele é.

Distraído por suas vozes sérias, quase altercadas, Aaron cometeu um erro imprudente.

— Ah! — Seu pai arremeteu. — Xeque.

Aaron parou de bisbilhotar instantaneamente. Agora tinha de lutar para se safar de novo.

— Você vai ter de usar seu próprio julgamento — disse Jacob a Marion.

Ele gostava de Sandy. Diria isso a qualquer um. Sandy era um fantástico contador de histórias e tinha um bom ouvido para a sátira. Adorava discutir — discutia brilhantemente sobre qualquer coisa, de aquecimento global ao sistema de defesa Star Wars de Reagan — e freqüentemente adotava o ponto de vista de um opositor, o que na mente de Jacob era uma grande virtude. Sandy era musical, literato e um temível jogador de Scrabble. Era quase tudo que alguém podia pedir. Não obstante, Jacob não o respeitava inteiramente.

Ele não invejava Marion por sua amizade. Quando Sandy abordou Marion pela primeira vez, Jacob a encorajou a colaborar com ele. Percebera imediatamente o dinheiro e a publicidade que o médico traria. Nem Jacob invejava a lealdade de Marion a Sandy, e a crescente proximidade dos dois nos últimos dez anos. Alguns maridos talvez ficassem enciumados, mas Jacob não via nada de interessante na idéia de que o ciúme era uma contrapartida do amor nem achava que quando homens e mulheres trabalham juntos inevitavelmente há subcorrentes sexuais. Estas noções sentimentais — redutivas, lugares-comuns, arraigadas nas fantasias culturais do romance — eram totalmente estranhas a ele, e não tinham relevância, até onde Jacob via, para qualquer pessoa fora da tela, do palco ou das páginas de livros.

As reservas de Jacob quanto a Sandy eram de caráter científico e, portanto, muito mais profundas. Na hora da ciência, os motivos de Sandy não eram inteiramente puros. Verdade, Sandy entusiasmava-se com a descoberta. Quando se envolvia em um programa de pesquisa, ninguém o apregoava como ele. Mas Sandy não era Marion. O trabalho de Sandy não tinha a ver com se dar, mas com construir a si mesmo, seu ego e sua persona. Faltava a ele humildade. Não tinha respeito pela complexidade dos problemas à sua frente e dedicava-se inteiramente à pesquisa com zelo evangélico. Dado qualquer encorajamento, Sandy disparava numa excitação desenfreada atrás de resultados novos e audaciosos, por vezes esquecendo o que podia ser pequeno, acanhado e difícil de descrever — a verdade.

— Eu não diria nada a ele ainda. — Jacob não conseguiu deixar de alertar uma última vez.

— Mas eu devo — concluiu Marion com uma voz tão decidida que Aaron levantou os olhos de novo.

— Quanto menos ele souber, melhor.

— Isso não é verdade — disse Marion.

— Em grande parte, é.

— É um *pouco* verdade — concedeu ela.

Mas agora Jacob estava de volta ao jogo, seus olhos faiscando o fogo competitivo.

— Xeque-mate.

4

SANDY TINHA UM TRUQUE, herdado dos primeiros dias de residência, de acordar sem despertador. Pouco antes de ir dormir, dizia a si mesmo a hora que queria acordar. Daí fechava os olhos e afundava no travesseiro. No dia seguinte, às vezes na hora exata, os seus olhos se abriam subitamente. Adorava acordar cedo. Às cinco da manhã, saía de mansinho da cama enquanto Ann ainda dormia, vestia a roupa de ginástica, descia as escadas compassadamente e desabalava a correr. Acima e abaixo pelas ruas íngremes, respirando fundo, prestando atenção no gelo, traçava sua rota passando por casas de tijolos e entradas de carros traiçoeiramente escarpadas. Corria sem parar, embebendo-se do ar gelado. Esta era sua preparação para a clínica na segunda-feira. Este era o tempo privado de Sandy antes de ir ver seus pacientes — desperto mais cedo que todos, estimulado pela energia da manhã. Estava se preparando para a ação com toda a sua destreza, sua sagacidade e seu humor. Ao correr, envolvia-se em seu manto de invencibilidade.

Quando chegava ao hospital, tinha se banhado e barbeado, tomara café-da-manhã e se trocara, vestindo seu jaleco deslumbrantemente branco. Então, com uma postura presidencial, Glass caminhava vigorosamente pelos largos corredores polidos enquanto seus residentes o informavam sobre as crises do dia. Os internos tentavam acompanhar, enquanto um estudante de medicina se apressava, apertando os botões das portas automáticas nas paredes para que Sandy pudesse passar majestosamente sem interromper o passo.

— Lucia Fiorelli vai para casa hoje — disse-lhe uma pequena residente chamada Asha.

— Não vai, não — disse Sandy. — Ela precisa de uma biópsia.

— Ela quer a alta — disse Asha, num tom de voz nervoso.

— Há uns 15 membros da família dela aqui — disse um outro residente com voz fina.

— E estão muito zangados — disse Asha.

Sandy olhou para ela ironicamente.

— Estão insistindo para que ela vá para casa — disse Asha, cada vez mais agitada.

Sandy bufou.

— Onde eles estão? Na sala de espera?

Os parentes, agrupados nas cadeiras, tinham uma palidez que Sandy reconhecia, um matiz particular de cinza que era trazido por um medo desesperado e por horas em excesso debaixo de desagradáveis luzes fluorescentes. Haviam ficado acordados a noite toda.

Sandy notou isso, mas não revelou nada. Cercou a família com sorrisos e apertos de mão para todo lado.

— Sr. Fiorelli! Sra. Fiorelli! Como estão?

Haviam chorado. A filha deles tinha apenas 21 anos.

— E você é a tia de Lucia? Prazer em conhecê-la. Você é Nana! Ouvi falar de você.

Sua cordialidade os desarmou. A família levantou-se desperta das poltronas revestidas em cor de pêra. Irmãos, primos, todos sacudiram o sono e as migalhas de pão. Mesmo assim, o pai de Lucia instigou Sandy.

— Quero minha filha em casa — disse ele. Esperara a noite inteira para falar. — Ela está sendo furada e cutucada. Está sofrendo aqui. O tratamento a deixa com dores. Ela quer ir para casa... e precisa ir para casa.

— Eu entendo, Sr. Fiorelli. Sei exatamente o que o senhor quer dizer — murmurou Sandy. — Ela precisa descansar.

— Isso mesmo.

— Precisa viver sem as agulhas. O senhor sabe, não há nada como um hospital para fazer a gente se sentir pior. É só entrar pela porta para se sentir dez vezes pior. E nem se consegue uma comida decente aqui. Aposto que não há nada de que Lucia precise mais agora do que a boa cozinha de Nana.

Pelas suas costas, os residentes de Sandy abismavam-se com a familiaridade de sua voz. No hospital, Sandy andava de quarto em quarto achando uma linguagem sob medida para qualquer perfil étnico ou socioeconômico. Como nas intermináveis seqüências de lenços dos mágicos, evocava almôndegas italianas, estatísticas de beisebol, histórias de marinheiros e até mesmo memórias sentimentais de infância das datas mais importantes do calendário judaico. Ninguém conseguia tratar um paciente judeu como Sandy Glass.

— Ninguém sabe cuidar bem como Nana...

Os Fiorelli já estavam se acalmando. Estavam com raiva, mas também estavam vulneráveis: desesperados para fazer alguma coisa por Lucia; desesperados, ainda, depois de sua longa vigília, por algum contato humano com um médico... algumas palavras normais, uma mensagem do mundo cotidiano.

— Por que não tratamos de trazer para Lucia algumas das comidas de Nana? — perguntou Sandy. — Um pouco de macarrão, almôndegas, sopa. Sopa de feijão. *Minestrone*. Do que ela gosta? O que ela prefere?

E a família riu um pouco. Sabiam que o Dr. Glass mudara de assunto, desviando o foco da alta de Lucia para como lidar com sua estada. Não se importavam. Ceder parecia uma troca justa por vê-la sendo tratada como uma pessoa que ainda tinha seus gostos e antipatias e que realmente se beneficiaria do *minestrone*. O Dr. Glass nunca falara dela como uma paciente, apenas como ela mesma — filha e neta deles. Uma jovem ainda muito viva.

Os residentes observavam incrédulos. Não compreendiam inteiramente a alquimia de autoridade, charme e suprema autoconfiança que Glass empregava. Abraçando seus cadernos de notas vazios, seguiram-no para fora da sala de espera. Havia pouca coisa a anotar quando Glass fazia sua ronda no hospital. Ele corria pelos corredores, nunca se detendo muito nos gráficos dos pacientes. Deixava que seus residentes lidassem com medicamentos, doses, efeitos colaterais — e dessem as más notícias. Eles o odiavam pelo jeito como os despachava com os resultados dos exames — os tumores tinham voltado, o câncer tinha se espalhado, a quimioterapia não estava funcionando — enquanto chegava desembaraçado, após a tempestade. Era a suavidade em pessoa. Os jovens doutores seguiam-no pelo corredor em silêncio, ainda espantados com a rapidez com que convencera os Fiorelli. Aquela era a mágica de Glass, mas infelizmente ele não podia ensiná-la. Como logo aprendiam todos os residentes que estagiavam com ele, suas lições eram do tipo mais sutil possível.

Não podia curar seus pacientes. Raramente mudava um prognóstico no longo prazo. Talvez, afinal das contas, não pudesse salvar vidas, mas sempre sabia que tom empregar.

— Veja, somos todos terminais — disse ele a um paciente de câncer do pulmão. — Somos todos pré-mortos.

Para um ancião, um professor emérito do MIT que exigia saber quanto tempo lhe restava, Glass disse:

— Tempo? O que é o tempo? Quem é que sabe quanto tempo qualquer de nós tem? — E encolheu os ombros. — Os físicos não estão há anos curvando o tempo? Não é verdade que os índios hopi acham que tempo é espaço? Está vendo? É por isso que não gosto da pergunta. Eu poderia lhe dar um número, apenas para você me chamar de mentiroso mais tarde.

— Me dê uma estimativa — resmungou o professor de sua cama para Sandy.

— Esta é minha questão — disse Sandy. — No momento em que se começa a falar em estimativas... não há diferença entre a sua expectativa de vida e a de qualquer outra pessoa. Estamos todos no mesmo barco.

Sandy manipulava seus pacientes, mas também falava a verdade. Abraçava a concretude da mortalidade, junto com a falácia profundamente arraigada de que você e eu somos exceções à regra. Reconhecia que a idéia da morte seria aterradora, não fosse a própria vida tão absorvente. Insinuava que, de um momento para o outro, mesmo o tempo no hospital podia dobrar-se e se espichar em algo mais longo, melhor, mais feliz. Demonstrava isso no enorme impacto que criava em apenas alguns minutos sobre cada paciente durante sua ronda. Um olhar direto nos olhos, um aperto de mão afetuoso — tratava os mortalmente doentes como se ainda estivessem entre os vivos. Acima de tudo, nunca desviava os olhos, embora seu coração pudesse se partir.

Ao meio-dia, Sandy saiu do hospital dirigindo e cruzou a ponte da Universidade Boston. Tivera uma manhã produtiva e dera a Asha e aos outros as ordens de rotina. Mas agora, chegando a Cambridge, com o sol de inverno prateando o rio Charles, Sandy conseguia pensar apenas no laboratório e em Marion. Ela havia ligado e falado sobre os ratos de Cliff.

Ele parou seu Mercedes branco suavemente no estacionamento esburacado e lamacento do Philpott e subiu apressado os degraus da frente do prédio vitoriano, de arcos e torreões feitos de pedra avermelhada. Seria este o dia que vinham esperando? Procurou

Marion no escritório, mas ela não estava lá. Depois de anos de progresso lento e arrancadas falsas, teriam finalmente achado um caminho certo?

Irrompeu no laboratório, gloriosamente iluminado pelo sol da tarde. Os arcos curvados de duas grandes janelas ornavam o espaço, junto com parte de uma inscrição que havia sido pintada em 1887: PRESERVAI O VOSSO SERVO. O edifício, que um dia havia sido uma escola para meninos, o Cambridge Manual Training School, estava repleto de tais palavras em vermelho, fragmentos de escritura selecionada para inspirar e ao mesmo tempo disciplinar os estudantes de artes e ofícios, para elevar e reformar o espírito. Anos mais tarde, no entanto, quando o Philpott subdividiu cada andar, e dutos suspensos e luminárias se multiplicaram, as inscrições bíblicas também se fragmentaram, de modo que frases parciais crípticas surgiam em escritórios e passagens: ARA SUA ou A GLÓRIA DE DEU. Ninguém no instituto lia os escritos nas paredes.

— Marion — disse Sandy.

Ela ergueu os olhos do microscópio, surpresa. Não o esperava tão cedo.

— Venha. — Ele a conduziu para o saguão.

— O que foi isso? — perguntou Robin, depois que os dois desapareceram.

Feng deu de ombros, embora tivesse uma clara idéia.

— Ele parecia tão dissimulado. Você não o achou estranho?

— Não — disse Feng.

— Talvez ele estivesse procurando Cliff — disse Natalya.

Cliff chegou uma hora depois. Mecanicamente, abriu a porta da incubadora, abriu a segunda porta de vidro, tirou suas placas de Petri, estudou suas células de câncer de pulmão sob o microscópio, seus caroços irregulares como sementes de gergelim agrupadas. Olhou fixamente para cada grupo de células e fez suas anotações como de costume.

Sentiu Feng olhando por cima de seus ombros, mas não levantou os olhos do microscópio.

— Cliff — disse Feng.

— Sim.

— Eu vim ontem. Marion e eu viemos olhar os seus ratos.

— Legal.

— Aqueles injetados com R-7. — disse Feng. — Parece que alguma coisa aconteceu com eles.

— O quê? — perguntou Cliff.

— Talvez esteja acontecendo alguma coisa — disse Feng.

Se Cliff não estivesse tão deprimido e desligado, se não estivesse cultivando uma calma zen, poderia ter reconhecido esta afirmação pelo que ela era. Poderia ter copiado as palavras de Feng em seu caderno de laboratório como um Fungo clássico:

"Talvez esteja acontecendo alguma coisa" = evento repentino que muda o curso da vida.

— Temos algumas novidades — começou Sandy ao falar na reunião do laboratório naquela tarde. Os pesquisadores sentavam-se atentos, galvanizados pelo que sabiam que ele estava prestes a dizer. Feng tinha contado a todos o que ele e Mendelssohn tinham visto. Os pesquisadores correram para baixo para ver os ratos pessoalmente. Não falaram de outra coisa. Agora Glass tornava tudo oficial. — Há uma possibilidade de que afinal tenhamos um resultado aqui, com o vírus de Cliff e um pequeno número de ratos.

Afinal. Foram estas as palavras que chocaram Cliff. Sentiu a ironia com agudeza. Sandy falava como se houvesse ficado esperando pacientemente meses e meses, observando e aguardando este dia chegar. As palavras eram estranhas e também tranqüilizadoras. Cliff retirou as pernas de cima da mesa da sala de reuniões do terceiro andar e sentou-se ereto. A excitação dos outros pesquisadores o tocava, assim como a pena deles o inflamara dias antes. Cliff olhou para Robin. Os olhos dela estavam tomados de um desejo tão ardente que ele desviou o olhar, confuso.

Os pesquisadores estavam todos atentos: absortos, admirados, invejosos. Prithwish sorria abertamente, mas seu bom ânimo era ligeiramente forçado. Feng sentava-se composto e quieto. Estes eram os irmãos de Cliff. Haviam sido seus pares ali na mesa de compensado e bebido juntos o café ruim naquelas reuniões. Haviam tremido junto com ele quando Marion repreendeu a todos por registro inadequado de dados ou insistiu para que cada um lesse um artigo de publicação científica e apresentasse os resultados ao grupo, explicando o trabalho publicado de outros laboratórios. Todos tinham se esforçado para fazer as perguntas certas, para parecer vigilantes em certas ocasiões e indiferentes em outras. Nunca estiveram mais próximos do que na comiseração. Quanto mais longas as suas horas e piores as suas chances de êxito, mais unidos haviam ficado os pesquisadores. Os outros tinham sentido com toda a força no próprio coração o embaraço e a desesperança de Cliff. Agora o status dele estava mudando perante seus olhos, e suas emoções tornavam-se muito mais complexas.

Com certeza o R-7 produzira um efeito dramático em três ratos, e Sandy estava fascinado. Marion ficava colocando a mão em seu braço enquanto falava, acautelando-o, como se ele estivesse dirigindo depressa demais. Mas Sandy estava em seu elemento, anunciando um novo conjunto de experimentos e colocando Cliff e Feng no comando. Era como se Sandy nunca tivesse dirigido uma palavra dura a Cliff por circular inconseqüentemente por veredas frias e estéreis. Tudo isso estava esquecido. A relutância de Cliff de abandonar seus projetos inaproveitáveis e adotar algo novo agora tinha dado frutos.

Sandy não guardava rancores, nem necessariamente se lembrava de quando feria as pessoas. Não ruminava as coisas, mesmo com relação ao passado recente. A história não o interessava. Aborrecia-se com negociações, reciprocidades, resoluções de velhos conflitos. Estava sempre lidando com o problema à mão, e durante algum tempo o problema vinha sendo a necessidade de novos fundos de vulto. Agora, subitamente, apoderando-se das observações de Marion e Feng, Sandy encontrava valor no trabalho de Cliff.

Marion havia pensando um pouco sobre a espécie genética de ratos que Cliff usara e como o material genético no R-7 funcionara com aqueles animais em particular. Mas Sandy a interrompeu para apresentar seu plano de ataque. Eles se apropriariam dos exíguos resultados de Cliff como uma plataforma para a proposta de novo financiamento do laboratório. Prithwish e Robin preparariam novas células para análise.

— Enquanto isso, Cliff e Feng vão preparar quatro grupos novos de ratos para que sejam injetados. — Sandy sorria de felicidade para todos eles. Refletindo um pouco a imaginação radiante dele, Cliff, Feng e Prithwish não conseguiram evitar sorrir de volta.

Coube a Marion esfriá-los com negativas.

— Como vocês sabem — disse ela —, conexões como esta são, na melhor das hipóteses, tênues. Milhares de outros fatores interferem. Este conjunto de experimentos pode resultar em nada. E sempre há um custo de risco se nós...

— Claro, claro — interrompeu Sandy. Ele confrontou o olhar de ceticismo de Marion com uma expressão quase irresistível de entusiasmo e travessura. Colocou seu braço em torno dos ombros dela e deu-lhe um abraço e uma sacudidela. — Quem não arrisca não petisca.

Sandy precipitou-se de volta para o escritório, e Marion permaneceu para esclarecer os métodos e procedimentos que os pesquisadores deveriam seguir. Falava sobriamente, com uma gravidade característica. Cliff, porém, não conseguia se acalmar o bastante para ouvir. Sua posição mudara muito radicalmente. Como era estranho que nem Marion nem Sandy reconhecessem a turbulência da mudança. Será que esperavam que ele guinasse do fracasso para o sucesso tão facilmente? Ele poderia ser um sujeito na Rússia stalinista, subitamente reabilitado por misteriosos poderes superiores: seu trabalho, no momento, estava totalmente em voga.

Naturalmente, Cliff sentia que Sandy e Marion o estavam manipulando. Entendia que toda a atenção deles fora dominada pelo potencial de pesquisa de três minúsculas criaturas cujos tumores tinham diminuído. Sabia que estava sendo usado, mas mesmo assim não se importava. Começara algo com os ratos, mobilizando circunstâncias que poderiam levar a resultados reais. Via isso nos olhos dos outros pesquisadores: o destino lhe reservava descobertas monumentais. O território tinha se aberto para ele — o mundo todo reverberava em seus ouvidos.

Trabalhou com os outros durante todo o dia, preparando células para os novos experimentos. Corria da sala refrigerada para o laboratório, daí para o estoque e pelos corredores. Quando a noite chegou, os colegas o cercaram, discutindo sobre um lugar para jantar, onde celebrar — todos com exceção de Robin, que estava silenciosa. No meio daquele alvoroço, Cliff arrastou Robin para o corredor.

— Então? — perguntou ele, encantado, puxando-a para perto de si.

Robin encostou-se em Cliff e colocou as mãos nos bolsos de trás dele.

— Parabéns — murmurou ela.

Ele sabia como ela trabalhara duro e por quanto tempo. Compreendia que ela tinha perdido as esperanças de algum dia triunfar, como acontecera a ele naquele dia. Mas desejou que ela se deixasse celebrar, pular e dançar pelo corredor vazio.

— Robin — repreendeu-a com suavidade. Queria dizer a ela que tudo isso aconteceria com ela também, que sua sorte também mudaria. Mas não tinha bons argumentos para isso, e ela não tinha razões para acreditar. Sorte como a dele era rara demais.

— Espero que tudo corra bem — disse ela, levantando os olhos. E acrescentou, como se temesse parecer muito mesquinha — Tenho certeza que vai correr.

Cliff inclinou-se para beijá-la, mas ela se afastou ligeiramente, e os lábios dele tocaram sua orelha enquanto ele sussurrava:

— Por favor, fique feliz por mim.

Parte 2

Ratos

1

Naquele inverno Cliff trabalhou por períodos mais longos do que qualquer colega. Até Feng ia para casa às oito ou nove da noite para poder jantar com Mei. Cliff dava uma rápida escapada até a Store 24.

A ambição, há muito adormecida, despertara nele — e se antes ele estivera fraco por falta de esperança, recobrara seu apetite pela ciência. A observação de Feng tinha significado? Cliff sabia que aquela era a questão da qual tinha de tratar. Eram seus experimentos, seus anos de preparação produzindo uma possível bonança. Aquele era o momento crucial. Se fosse preguiçoso ou perdesse o foco, alguém mais assumiria o comando e se apropriaria do crédito. Agora, na estação mais escura do ano, ele vivia, respirava e sonhava com sua nova fornada de três dúzias de ratos sem pêlos.

— Infelizmente — disse Feng uma noite em janeiro —, acho que no final tudo se mostrará um artefato, e o vírus não terá efeito.

Cliff levantou os olhos, magoado. Sabia que Feng sempre falava daquele jeito, mas mesmo assim sua lógica obscura o feria.

Os dois estavam trabalhando lado a lado na sala de animais, injetando células humanas cancerosas nos novos ratos. O trabalho era delicado e tedioso, e já era tarde. Cliff e Feng estavam exaustos.

Não usavam o fluxo laminar porque Marion não estava por perto para vê-los. Ela teria ficado horrorizada, mas eles injetavam os ratos em toalhas de papel espalhadas sobre a mesa de aço inoxidável. Nenhum dos pesquisadores acreditava de fato nas precauções extras de Marion com os animais. A experiência havia lhe mostrado que os nus não eram nem de longe tão frágeis quanto ela acreditava. Por mais peculiares que parecessem, as criaturas eram surpreendentemente resistentes. Na verdade, Cliff irradiara aqueles ratos no dia anterior, para que as células cancerosas tivessem mais tempo de se multiplicar. Mesmo quando supostamente deviam adoecer e morrer, os nus não morriam tão facilmente quanto todos supunham.

Tentavam trabalhar com rapidez. Feng levara as células para baixo em tubos com tampas cor de laranja mergulhados em um balde de plástico cheio de gelo. Sete tubos com células cancerosas, e dois tubos com células normais para o grupo controle. Em todas as células, Feng adicionou um gel que promovia o crescimento do tumor.

Enquanto Feng preparava as seringas, Cliff dobrou uma toalha de papel, socou-a em um pote de conserva e depois despejou nele uma dose de anestésico de um vidro marrom. Com o anestésico pronto, apanhou duas gaiolas da prateleira e colocou-as sobre a mesa. Removeu a tampa da primeira, derramando água do bebedouro dos animais. Subitamente descobertos, os ratos puseram-se sobre as patas traseiras e se esforçaram para subir, as narinas dilatadas e os corpos oscilantes. Cliff retirou o primeiro rato pela cauda e colocou-o dentro do pote de conserva. A cauda continuava a se agitar, e por isso ele não fechou a tampa até o fim. A tampa chacoalhava enquanto o rato tentava escapar, mas em poucos segundos o pequeno animal sucumbiu e dormiu. Cliff deitou o rato sobre a barriga, o nariz para baixo, a cauda relaxada, totalmente flácido, a não ser pelas orelhas, que se abriam como um leque, rígidas e eretas no topo da cabeça.

Depois daqueles anos todos, os ratos por vezes ainda enervavam Cliff. O anestésico era intenso, mas breve. Trinta segundos no pote garantiam mais ou menos trinta segundos para a injeção. Ocasionalmente um animal acordava, convulsionando-se. Assustado, Cliff podia errar a agulha, perfurar toda a pele e atingir um órgão. Um rato grande poderia precisar de uma segunda dose de anestésico, ou mesmo de uma terceira.

Este animal, no entanto, estava quieto. Cliff pegou a seringa e inseriu a agulha em três lugares diferentes logo abaixo da pele, pressionando delicadamente o êmbolo. A pele inchou e empolou onde as células e o gel penetraram. Em um dos lugares, uma gota de sangue emergiu quando Cliff retirou a agulha. Apenas uma gota, do tamanho e da cor dos olhos vermelhos do próprio animal. Estava terminado. Cliff colocou o rato de volta na gaiola, na forração de espigas de milho esmagadas. O lugar dos três injeções infiltraram-se como desagradáveis mordidas de insetos, e o animal ficou imóvel por alguns segundos — mas depois de alguns cutucões com o dedo enluvado de Cliff, o rato estava de novo em atividade, procurando comida.

— Essa coisa nunca funciona como se espera — disse Feng, amistosamente.

Pela primeira vez trabalhando com Feng, Cliff sentiu-se tomado por um arrepio supersticioso.

— Ei, cara, não torça contra mim desse jeito. — E empurrou outro rato para dentro do pote.

Intrigado, Feng voltou-se para Cliff enquanto lhe entregava uma seringa nova.

— Dá azar torcer contra as pessoas. — Cliff estava exausto; do contrário, teria se lembrado de que Feng acreditava que o oposto era verdadeiro. — De qualquer maneira, esse trabalho também é seu. Você não devia apostar contra você mesmo.

— Se isso não funcionar — disse Feng —, haverá outros experimentos.

— Para você, pode ser — disse Cliff. — Não para mim. Para você, não importa tanto. Merda!!! — Ele percebeu que esquecera o rato no pote. Correu para tirar a tampa e colocá-lo na mesa. O animal estava imóvel.

Cliff debruçou-se sobre o corpo diminuto. Quase imperceptivelmente, as costelas do rato se expandiram e contraíram. Estava respirando.

— Cliff — censurou Feng —, é você quem está falando como o azarado agora. Você não devia pensar assim.

— E como é que eu devia pensar? — explodiu Cliff. Ele cutucou e espetou a pele enrugada do rato. A agulha deslizou nas dobras flácidas. — Isso tem de funcionar! Tem de funcionar!

Cliff sabia que era infantil ficar parado lá desejando que as experiências funcionassem, tendo um chilique e torcendo para que os resultados aparecessem. As forças da doença controlavam a si mesmas nos ratos e em todos os vidros e máquinas do laboratório, assim como faziam no mundo lá fora. Gritar era tão fútil quanto estar lá fora se enfurecendo contra uma tempestade. Não havia imperativos em pesquisa. Mesmo para Marion, não havia experiência que fosse bem-sucedida só porque devia ser. Nenhuma linha de inquirição tinha de estar certa apenas por combinar com a intuição do investigador. Cliff sabia de tudo isso, mas estava acordado havia 24 horas e não conseguia raciocinar direito.

Às vezes assustava-se com a intensidade de suas emoções. Havia dias em que imaginava um sucesso tal que sentia uma espécie de estupefação, como se todo o laboratório já estivesse coberto com nuvens de glória. Quase podia saborear o futuro à sua frente: os resultados, as publicações, os prêmios. Mas também havia épocas em que Cliff imaginava toda a sua boa sorte se evaporando, o que ocorrera com os ratos não sendo mais que uma ocorrência fortuita, e a idéia de usar o R-7 apenas um belo sonho.

Nunca antes se sentira assim com relação à pesquisa. Trabalhava sobressaltado, alerta às mínimas mudanças nos ratos, nervoso até para discutir suas experiências. Vira isso em outras pessoas, mas nunca sentira plenamente a energia propulsora dos problemas científicos, a força inexorável de uma investigação que podia ter êxito. Começou a se esquecer do inverno: a neve semiderretida, o mundo exterior, a cidade lá fora, recoberta de branco. Parou de ler os jornais e ouvir as notícias. Usava o mesmo jeans e a mesma blusa marrom todos os dias. Caminhava inquieta e incansavelmente, febril com os cálculos, suscetível, paranóico. Perdera o contato com o tempo, mas estava obcecado por ele. Era a vítima de suas alterações de humor, atormentado por sua própria imaginação. Jubilante, confuso. Doente de amor.

Não sabia dizer exatamente quando acontecera — se aquilo havia começado quando perdera as esperanças ou se quando ficara em alta novamente —, mas naquele inverno subitamente irrompera dentro dele uma emoção dolorosa, a própria percepção de si mesmo. Agora parecia que todo o seu trabalho anterior não lhe dera nada e que ele, em seus 30 anos, não tinha dado nada ao mundo. Esta era sua chance agora, e vinha com um peso de esperança e expectativa que ele mal podia suportar.

No começo de fevereiro, tumores tinham começado a se formar nos ratos dos grupos experimentais. Pálidos e consistentes, do tamanho de espinhas, pequenos inchaços emergiam dos flancos dos animais. Cinco semanas depois da injeção com as células cancerosas, os tumores formavam saliências, dilatados calombos de carne distorcendo os róseos corpos nus. Cliff registrava os tamanhos dos tumores em seu caderno. Mantinha e copiava seus registros com cuidado, com mais cuidado que nunca. Ainda rabiscava notas e números em pedaços de papel, mas seu caderno era sacrossanto. Alinhava seus números em colunas regulares, escrevendo cada número com extrema atenção. Suas experiências anteriores tinham sido ensaios; suas tentativas e erros, só um teste. Agora, checava seus animais noite e dia. Dispôs suas gaiolas em determinadas prateleiras da estante de quarentena e colocou avisos: NÃO MEXA! Aqueles eram seus ratos, seus tumores proprietários inchando debaixo da pele de animais buliçosos e inconscientes.

— Bom. Bom. Muito bom — murmurava enquanto examinava os ratos infestados pelos tumores, erguendo as criaturas pela cauda.

Compraria uma caixa de rosquinhas polvilhadas, um litro de leite achocolatado, e isso seria seu jantar. Tudo que via da luz do dia eram um súbito céu azul entre as árvores, um vislumbre de arbustos desalinhados e as finas lápides do cemitério em Garden Street, que se projetavam em ângulos elegantes na neve. Algumas horas de descanso no sofá da sala de estar ou, por vezes, em seus próprios lençóis amassados e rançosos serviam como uma noite de sono.

Certa manhã, ao acordar, sentiu-se meio surpreso de se encontrar no apartamento de Robin. Ela estava deitada de costas com o travesseiro sobre a cabeça, os cabelos caindo sobre suas costas e seus ombros nus.

— Robin — murmurou ele.

Ela se remexeu e suspirou.

— Você está dormindo?

— É óbvio que estou dormindo — resmungou ela, ao mesmo tempo em que se virava para ele. Cliff fechou os olhos de novo e abraçou seu corpo nu. Ela era deliciosamente morna. Ele se sentiu como se estivesse afundando secretamente, fugindo do ar gelado, do vento e de todo o trabalho na terra. Mas que trabalho! Que trabalho o aguardava! Naquela manhã iria injetar seus ratos com o

R-7. O vírus estava preparado, os animais estavam prontos, os tumores desenvolvidos. Aquele era o dia. Ele chutou o cobertor.

— Você não vai levantar de verdade.

— Tenho de me apressar.

— Não seja ridículo. — Ela o puxou de volta e enroscou-se nele, colocando a cabeça em seu ombro.

— Vou aplicar as injeções hoje.

— Salvando vidas, hein? — A voz dela estava abafada.

— É. Salvando ratos, pelo menos.

Ela olhou para ele, sonolenta e satírica.

— Pequenas vidas.

— Pequenas por enquanto. — Ele estava inteiramente desperto e disposto, tenso com as possibilidades dos experimentos do dia e já se arrependendo da noite de sono.

— Hoje os ratos, amanhã o mundo — disse ela.

— Você está me gozando?

— Só para você não se tornar um completo idiota — explicou ela.

— Provocação profilática?

— Isso. Eu tenho de inocular você. — Ela levantou a cabeça e beijou-o na boca. — Então, fique.

Ele saiu sub-repticiamente de debaixo dela. Tocou sua face distraidamente, quase inconscientemente.

— Ainda nem são seis horas. — Ela se sentou coberta pelo lençol e levantou os joelhos até o queixo. — Por que não tomamos café da manhã e vamos juntos?

— Não, você não entende...

— Certo. Como é que eu entenderia? — retorquiu ela, ofendida.

— Desculpe. Desculpe — murmurou ele, enquanto se vestia. — Por favor, Robin. — Mas, tacitamente, os fatos forçaram caminho entre eles. Ele tinha resultados; ela, não. Seus experimentos eram como o Natal... toda manhã ele tinha novas questões para desembrulhar, mas Robin não tinha um mundo novo a conquistar.

— Vejo você logo? — perguntou ele.

— Vá embora — disse ela.

— Não seja assim.

— Eu não sou assim. Eu estou bem.

Ele hesitou. Entendeu que ela estava brava com ele, mesmo que fingisse o contrário. Com seus resultados, ele a deixara muito para trás, e ela temia nunca conseguir alcançá-lo. Sentiu que ela o observava enquanto procurava sua velha suéter cinza, primeiro uma meia enrolada, depois a outra. Ele se ajoelhou na cama e deu-lhe um beijo de despedida, mas ela já não estava morna.

— Hoje à noite vamos assistir ao pior filme que encontrarmos — disse ele.

— Hoje à noite você vai estar trabalhando — disse ela.

— Não, vou não. Não vou — disse ele, enquanto saía apressadamente. Mas estaria trabalhando naquela noite... e em todas as outras. — Nós vamos achar uma hora — disse Cliff em voz alta. Simplesmente não sabia mais o que dizer.

Assim que chegou ao instituto, Feng desceu correndo para a sala dos animais, a fim de se encontrar com Cliff.

— Está pronto para injetar? — perguntou Feng.

Cliff levantou os olhos da mesa de aço inoxidável. Já tinha recolocado suas gaiolas na prateleira, juntado as seringas, limpado o pote de anestésico.

— Estou guardando as coisas.

Feng ficou um momento em silêncio, espantado por Cliff ter chegado tão cedo e trabalhado tão rápido. O plano era que Feng ajudaria com aquelas injeções cruciais e especialmente com o registro dos dados. Marion gostava que Feng mantivesse um registro independente dos dados, procedimentos e mortes na colônia. Mas Cliff já tinha registrado as injeções em seu caderno — anotara a data das injeções de R-7 nas placas das gaiolas com caneta preta.

Cliff também se apropriava cada vez mais do registro dos dados, à medida que assumia um interesse de proprietário sobre seus vírus e seus ratos. Marion havia questionado isso na última reunião do laboratório, mas nem ela nem Glass haviam dito a Cliff para relaxar. Ninguém o censurara por disparar à frente sozinho, agora que havia uma chance de ele estar correndo na direção certa.

Ainda assim, ao jogar as seringas usadas no contêiner de plástico para substâncias contaminantes, Cliff sentia uma pontada de culpa ao ver Feng de mãos abanando. Poderia ter esperado duas horas e permitido que Feng injetasse os ratos junto com ele. Ser parte de uma equipe, ou um amigo, naquele assunto — estas eram as coisas que Cliff valorizava. Na maioria dos dias, ele tentava mostrar uma certa generosidade de espírito.

Em torno deles, dentro de suas gaiolas de plástico limpas e ordenadas, os ratos cor-de-rosa moviam-se inquietos. As injeções tinham ido bem. Cliff deveria estar apto a partilhar isso com Feng. Mas considerava os resultados possíveis tão excitantes e preciosos que não podia abrir mão nem por um instante.

Por um momento pareceu que Feng ia girar nos calcanhares e ir embora. Em vez disso, ele andou até as prateleiras e examinou os ratos de Cliff. Esquadrinhou as filas de gaiolas e observou um grupo no qual ele e Cliff haviam testado a potência da família de células que planejavam usar em seus experimentos. Feng e Cliff tinham injetado aqueles ratos com células cancerosas semanas antes de começarem seus experimentos oficiais, e por isso os tumores neles estavam muito mais avançados. Aqueles ratos haviam demonstrado que as células cancerosas de Cliff estavam vivas e bem, dividindo-se intensamente. Feng estava surpreso de Cliff deixá-los viver.

— Esses caras do grupo de teste — disse Feng. — Eles deveriam ser sacrificados.

— É. Estou planejando fazer isso — disse Cliff.

— Eu faço para você — disse Feng.

— Não precisa. — Todos odiavam sacrificar os animais. Fazer a eutanásia dos ratos com monóxido de carbono era um meio limpo e relativamente fácil, assim como as injeções letais. Marion, no entanto, não gostava de ambos os métodos. Ela achava que o gás causava sofrimento desnecessário ao prolongar a morte e deixar os animais excitados. E não permitia injeções porque os barbitúricos utilizados podiam se infiltrar no sangue e nos tecidos, comprometendo a análise posterior. Em vez disso, Marion aceitava as regras dos veterinários do Philpott para a decapitação dos ratos experimentais. O método era sujo, mas era o mais rápido e, portanto, achava, o mais humano. Robin e Feng eram claramente adeptos. Prithwish lidava bem com os ratos sem pêlos, mas não conseguia quebrar o pescoço dos ratos com pêlos. "São como animais de verdade", ele dizia, "não consigo explicar."

Mas Cliff tinha uma fobia real.

— Eu faço isso mais tarde — disse ele a Feng.

— Não, tudo bem. — Feng pegou as gaiolas e colocou luvas de látex. Má prática, pensou, manter aqueles ratos por ali. Em humanos, os tumores deles seriam inimagináveis em escala, do tamanho de melões.

O estômago de Cliff se agitou quando Feng arrancou o primeiro rato de sua gaiola. Mas ele era muito orgulhoso e possessivo em relação a seus animais para deixar a sala.

Feng segurou o rato pouco acima das finas barras de metal do bebedouro e comedouro da gaiola. Instintivamente, os pés do animal se abriram e a criatura se agarrou às barras com seus dedos róseos. Feng tirou um lápis do bolso e colocou-o na parte de trás do pescoço do rato. E então, com um gesto firme, puxou a cauda do animal. Com o movimento abrupto e hábil, a cabeça do rato estalou contra o lápis. Pequena, pesada e sem vida, pendeu para a frente, frouxa. Feng deitou o corpo em uma toalha de papel limpa.

Engolindo em seco, Cliff forçou-se a olhar Feng apanhar o próximo rato pela cauda. Por um momento, irracional e agitadamente, Cliff teve a sensação de que Feng estava lhe dando um troco, expondo sua fraqueza e alimentando-se dela. Sentiu-se ao mesmo tempo envergonhado. Percebia a reprovação nos gestos de Feng — a sugestão de que tinha sido descuidado com seus animais, a humildade agressiva da insistência de Feng em fazer o trabalho sujo de Cliff.

A sala era limpa mas pequena, e fedia levemente a ração, urina e fezes — um cheiro como o de granola vencida. Uma pequena fileira de nus já se alinhava no balcão. Com a morte, a cabeça deles pendia e seus delicados órgãos dos sentidos haviam entrado em falência. Onde o pescoço havia sido quebrado, Cliff via o sangue escuro se empoçando através da pele rosa translúcida.

Boca fechada, mãos ágeis, Feng trabalhava atentamente. Num dado momento, quando estava prestes a sacrificar um rato, seus óculos escorregaram um pouco para baixo em seu nariz. Ele, porém, não hesitou nem perdeu o ritmo.

— Eu fui um babaca egoísta — disse Cliff.

Feng dispôs o corpo do rato e pegou o próximo pela cauda.

— Olhe, isso é um trabalho em colaboração — disse Cliff. — Trabalhamos juntos, e você merece uma parte do que vier disso tanto quanto mim.

— Tanto quanto *eu* — corrigiu Feng.

Cliff abriu um sorriso largo e confiante. Feng adorava corrigir o inglês de Cliff. Tinha estudado gramática a sério na escola e conhecia tudo sobre o assunto pelos nomes apropriados.

Tudo o que Cliff podia ver era o topo do boné azul de Feng, enquanto se dobrava para abater o próximo animal.

— Desculpe — disse Cliff.

Feng esvaziara duas gaiolas de seus habitantes. Colocou de volta as tampas de plástico e as gaiolas vazias do lado de fora para que fossem recolhidas à autoclave.

— Desculpe — disse Cliff de novo. — Tudo bem?

— Tudo bem — respondeu Feng calmamente.

Por um momento Cliff ficou confuso o bastante para perguntar a si mesmo se, na verdade, tinha inventado todo aquele conflito. A raiva silenciosa de Feng era apenas uma fantasia da imaginação de Cliff? A onda de energia que sentira ao acordar dissipara-se, e o sono, o negro nada do sono, atacava Cliff de todos os lados.

— Por que você não vai dormir um pouco? — disse Feng, ecoando o próprio pensamento de Cliff.

Ele suspirou de alívio.

— Obrigado, Feng. — Apanhou seu balde de suprimentos e gelo. — Ouça — Cliff murmurou, contradizendo o que dissera antes sobre colaboração. — Eu lhe devo esta... e prometo que eu mesmo sacrificarei o próximo grupo.

2

SERENO EM MEIO À AGITAÇÃO da hora do almoço no restaurante Harvest, em Harvard Square, Sandy estava à mesa com um copo de água gelada. Examinava superficialmente o *New England Journal of Medicine* quando Louisa adentrou, casaco desabotoado, mochila pendurada em um dos ombros. Ela era a rara estudante mítica de graduação que gostava de seu trabalho, fazia os cursos requeridos de bom grado e se preparava para os exames preenchendo cartões com notas copiosas. A filha de Sandy adorava aprender, e ele não podia se sentir mais orgulhoso dela — exceto pelo fato de ela estar estudando a história da ciência! Aquele campo inteiramente descritivo. Por que alguém iria gostar de ler sobre descobertas em vez de fazê-las? Por que alguém tão capaz como Louisa iria escrever sobre as invenções dos outros? Glass esperava fervorosamente que este programa doutoral dela fosse apenas uma moda passageira.

— Onde estão os cardápios? — perguntou ela.

— Eu já pedi.

— Pediu para mim também?

— Você se atrasou — observou ele.

— Foram só cinco minutos!

Ele abriu um sorriso.

— Quem chega mais cedo pede a entrada. Você vai comer o peito assado de pato de Bombaim com ameixas.

— E se eu não quisesse pato?

— Mas eu sabia que você iria querer — disse ele.

Ela balançou a cabeça, mas não podia discutir. Ele sabia que pato era seu prato favorito.

— Como vão as coisas? — Ele se inclinou para a frente em sua cadeira.

— Eu sei o que quero estudar — disse ela. — Encontrei a coisa que quero fazer.

— Medicina! — exclamou ele.

— Não. Acabei de chegar da Biblioteca Houghton. Finalmente consegui meu cartão de visitante. Acho que é isso. É isso o que quero fazer. Quero estudar Robert Hooke.

A boca de Sandy torceu-se ligeiramente de aversão.

— Robert Hooke.

— Ele é negligenciado — disse ela.

— Maravilhoso.

— Ele brigou com Newton. Provavelmente é o mais negligenciado dos primeiros biólogos modernos...

— Grande.

— Apesar do fato de ele ter inventado a palavra *célula* e de ter visto as primeiras células sob um microscópio composto. E seu livro, *Micrografia*... você o leu, papai?

— Não.

— É inacreditável. Eu estava sentada lá na Houghton com o livro e não conseguia acreditar. Veja. Tenho aqui algumas fotocópias. — Ela fuçou na mochila cheia de papéis e livros debaixo de sua cadeira. — Veja este. O olho e a cabeça de um grande zangão. E esta aqui, uma mosca azul. — Ela empurrou uma ilustração cheia de tinta na frente do pai, com a estranha gravura de um inseto ampliado para uma página cheia: seus pêlos, suas asas e dobras, sua face horrenda.

— Não antes do almoço — disse Sandy.

— Quero dizer, como você acha que foi olhar uma mosca sob um microscópio, aumentada deste jeito pela primeira vez? — perguntou Louisa. Ela queria abrir a cabeça do pai, fazê-lo entender como era ver aqueles pequenos insetos saltarem das páginas do livro de Hooke como grandes máquinas voadoras, revelar as ilustrações de Hooke: a formiga, em toda a sua glória blindada. — Você sabia que este livro foi um enorme best-seller? Sabe quantos exemplares foram vendidos?

— Não — disse Sandy.

— Nem eu, mas vou descobrir — disse Louisa. — É sobre isso que vai ser minha dissertação. Este livro tem tudo que eu amo: o começo da instrumentação, história natural, arte...

— Mas você pensou no assunto que nós discutimos? — perguntou Sandy.

— Papai — disse ela. — A essa altura você já deve ter percebido que eu não quero ser médica.

— Só algumas horas por dia — disse ele. — Vá até Central Square. Tem um curso preparatório lá.

— Mas ouça — disse Louisa. — Eu não quero fazer nenhum para a escola de medicina. Por que pagar centenas e centenas de dólares por um cursinho?

— Eu posso pagar — disse o pai com doçura.

— Não.

— Fazer as provas não significa que você vá ser uma médica — disse ele. — Só quero que você mantenha suas opções abertas. Você vai ter uma idéia de como se sairia, vai afinar seus talentos. Dar ao seu cérebro um pouco de exercício...

— Ótimo. Eu vou ser a primeira pessoa a fazer esta prova por pura diversão — disse ela.

— Você tiraria isso de letra.

— Mas-eu-não-quero — entonou ela, batendo na mesa com a colher.

Ele então cedeu, levantando as mãos. Mesmo assim, murmurou:

— Mas você deveria.

— Por quê? — exclamou ela exasperada.

— Porque você *pode* — disse ele. E esta era a verdade. Ele achava que ela tinha de fazer medicina porque podia, porque tinha tudo o que era necessário. Porque tinha a ele. Podia introduzi-la na comunidade médica de Boston e abrir-lhe o caminho; podia escoltá-la pelos corredores brancos polidos, passando pelos porteiros e competidores, o tempo todo murmurando em seus ouvidos, cuidado com este, nem chegue perto daquele, sorria aqui, não diga nada ali, proteja suas costas. Louisa devia escolher medicina porque era a maior das profissões, quanto a isso não havia dúvida. Mas a motivação dele era mais simples do que isso. Queria que ela se tornasse uma médica porque seria mais fácil para ela, enquanto havia sido duro para ele.

— O cassoulet de carneiro, senhor? — disse o garçom. — O pato é seu?

— Obrigado — disse Sandy ao garçom, ao mesmo tempo em que sua filha se dirigia a ele.

— O que faz você achar — perguntou-lhe Louisa — que as pessoas devem fazer as coisas porque podem? O que aconteceu com fazer as coisas porque você quer ou porque gosta delas?

— Mas a história da ciência? — Sandy gemeu. Apenas alguns anos antes ele tinha mandado sua filha para Swarthmore, e dentre os milhares de campos que ela poderia ter escolhido, esta subdisciplina das humanidades era o que ela trazia para casa.

— Você não gosta — zombou Louisa — porque não entende.

— São detalhes — disse Sandy, juntando as fotocópias de Louisa e devolvendo-as a ela. — Detalhes esotéricos. A mosca azul. Os pés da mosca. Os insetos tufosos. Cristo.

— Mas você está vendo as coisas de trás para frente — disse Louisa. — Não estou falando de detalhes. Estou falando do grande quadro, do contexto histórico da descoberta, da natureza da criatividade, da mudança nos padrões culturais pelos quais os seres humanos enxergam...

Então ela faria seu mestrado em história da ciência, ponderou Sandy. Terminaria seu pequeno projeto e tentaria a escola de medicina no ano seguinte. Tudo bem com Robert Hooke — ele era excêntrico, e a excentricidade estava muito na moda entre os candidatos à escola de medicina. Havia formandos em inglês, músicos, escritores. Sandy cumprira seu tempo nos comitês. Harvard adorava este tipo de coisa. No final, ela seria uma médica. Ele sabia. Louisa não era uma pesquisadora de biblioteca comportadinha. Nem uma tonta com horror a matemática. Ela era sua filha.

— Você devia ver a traça de Hooke.

Sandy ergueu seu copo de água, quase como se fosse fazer um brinde. Mas estava apenas gesticulando para o garçom.

— Pai, você não está ouvindo — disse Louisa.

— Estou ouvindo... e estou extremamente fascinado — respondeu ele.

— Você podia pelo menos fingir interesse.

— Eu *estava* fingindo! — protestou Sandy.

Suspirando, ela abaixou o garfo e a faca.

— Minha fuinha — disse Sandy —, você pode ver qualquer uma das coisas deste livro com um microscópio de brinquedo. E nem precisa ser um bom.

— Mas não é esta a questão — disse ela. — Isso foi em 1665! Eles estavam enxergando este mundo invisível pela primeira vez. Era como ir para a lua! Tudo era novo.

— E daí? Agora é velho. É notícia velha. Olhe: você é jovem, brilhante, cheia de energia. Olhe à sua volta! — Ele fez um gesto expansivo com as mãos para as mesas vizinhas, para as pessoas que falavam, riam, mergulhavam em suas sopas de moluscos. — O mundo está cheio de questões a responder, de doenças a investigar, isso sem falar, Deus me perdoe, de dinheiro a ser ganho. Há problemas gritando para ser solucionados. Eu só não quero ver você se desperdiçar com essa coisa histórica. Eu lhe digo... você não vai arrumar emprego, seus 20 anos passarão...

— Isso soa como um de seus pós-doutores. Parece com Cliff, e não comigo — disse Louisa.

— Ah, não, você não entendeu nada — disse Sandy. — Cliff vai conseguir qualquer emprego que quiser. Ele tem o mundo numa bandeja. Cliff, mais que todos, tem um tremendo futuro pela frente.

O vírus começara a fazer efeito. Duas semanas depois das injeções, Cliff estava certo de que alguns tumores tinham diminuído em diversos ratos. Três semanas depois das injeções, a própria Marion admitia uma diferença mensurável em quatro ratos. Seis semanas depois das injeções, Marion voltou-se para Sandy no escritório deles e disse:

— Quero que você jure que não vai falar sobre isso.

— Falar sobre o quê? — perguntou ele distraidamente.

— Sobre as experiências — disse ela.

— Mas de que parte você quer que eu guarde segredo? — Ele queria que ela dissesse as palavras em voz alta: temos resultados, o R-7 está realmente funcionando em 60 por cento dos ratos. Marion nunca iria levantar e sapatear sobre a mesa, mas Glass queria ter o prazer de ouvir que eles podiam estar certos de alguma coisa. Ele arrastou rapidamente sua cadeira giratória e dirigiu todos os seus pensamentos persuasivos para Marion: Diga. Diga. Diga que de alguma forma, que em meio a toda esta confusão e ambigüidade, podemos ter tropeçado em algo verdadeiro.

— Você sabe do que eu estou falando... e não ouse — disse ela.

Ele empurrou a cadeira de volta para seu canto do escritório e sorriu. Marion estava ficando nervosa, e isso era um bom sinal. Ela ia ao laboratório em todos os momentos e olhava desconfiadamente para todos que entravam e saíam — mesmo os técnicos de laboratório na porta ao lado.

— Você não sabe como estou feliz de ouvir você soar tão defensiva — disse Sandy.

Ela respondeu sarcasticamente.

— É verdade, tem tanto tempo desde que tivemos algo a defender.

O próprio Sandy ficava mais calmo a cada minuto. Tinha uma boa disposição de temperamento para grandes descobertas e para a fama iminente. A proposta de financiamento para o Serviço Nacional de Saúde seria arrasadora, uma absoluta obra-prima. Como podia estar certo disso? Já a havia escrito. Marion não sabia. Teria ficado escandalizada, mas Sandy rascunhara a coisa toda. Deixara de lado os números, claro, as tabelas e os dados reais. Os dados ainda estavam por vir, mas secretamente Sandy tinha elaborado todas as filigranas para a proposta. Ele tinha feito uma extrapolação a partir dos resultados preliminares de Cliff e discutido a fundo seu significado. Os dados viriam; Marion aquiesceria. Habilmente, Sandy fez seu trabalho no meio-tempo, prevendo o futuro. A linguagem era importante quando se tratava de ganhar grandes somas de dinheiro; o estilo era essencial. Até o dia 1º de abril, as exposições de motivos e as declarações de intenções seriam polidos a um tal lustro que os analistas se veriam refletidos nelas. Ele era o poeta do formulário.

Isso era inteiramente fora do padrão. Marion nunca aceitaria um rascunho de propostas feito assim prematuramente, mas na mente de Sandy não havia nada de errado, desde que ele mantivesse o processo para si mesmo — e ele mantinha suas próprias opiniões escrupulosamente. Desejava poder dizer a Marion do grau de discrição de que era capaz. Como ele gostaria de poder exibir seu trabalho para ela, para que Marion pudesse admirar seu texto. Mas ele era esperto. Como um dólar de prata da sorte em seu bolso, mantinha o rascunho confinado e calado.

— Juro a você que não vou proferir uma palavra — prometeu ele, e finalmente ela se recostou, satisfeita, e pegou seu almoço.

Comiam lanches informais no escritório quase todos os dias em que ele estava na cidade. Ninguém ousava nem bater à porta. A equipe, e mesmo alguns colegas, riam nervosamente destas reuniões misteriosas, especulando se eram encontros íntimos, expressões de algum estranho caso de amor. Poucos cientistas no instituto se arriscariam a rir de vez em quando. Mas os pesquisadores de Mendelssohn e Glass ficavam mais perto da verdade quando imaginavam seus mentores juntando as cabeças para julgar, planejar e distribuir trabalho e punição. Glass e Mendelssohn pensavam apenas no laboratório. Nunca sonhavam em poder passar muito tempo juntos ou usufruir muito um do outro. Melhores colegas, permaneciam os melhores dos amigos, criadores de um raro mundo privado: um reino pacífico, onde o leão podia se deitar com o leopardo. (Marion não era um carneiro.)

3

NO DIA 21 DE MARÇO, primeiro dia da primavera, o tumor de mais da metade dos ratos do grupo experimental de Cliff estava em remissão. Cliff via os tumores bulbosos se dissolverem diariamente. Antes grotescos, os ratos agora estavam rosa e delgados, seus corpos livres dos caroços que haviam carregado. A mudança em Cliff era igualmente dramática. Sua própria ansiedade tinha praticamente desaparecido. Seus olhos estavam esperançosos, seus movimentos rápidos e confiantes e, ainda que seu cabelo e sua barba precisassem ser aparados, ele parecia arrojado em seu desleixo — um homem descuidado e com ar de pirata.

Robin convidou-o para ir à casa dela naquela noite para jantar, mas ele declinou e, em vez disso, vagueou pelos corredores com moedas para as máquinas de salgadinhos. Mendelssohn foi a pé para casa e Glass saiu de carro. Os outros tiraram os cadeados de suas bicicletas, acenderam suas lanternas e se foram. Mas Cliff comprou dois pacotes de bolachas de manteiga de amendoim e laranja, um litro de suco de maçã e um brownie embrulhado em celofane. Comeu tudo isso em minutos, fazendo descer o brownie grudento e as bolachas farelentas com o suco frio e metálico. Então, desceu correndo para a sala dos animais. Como prometera a Feng, iria sacrificar sozinho seu grupo de ratos.

Na sala dos animais, uma mistura indistinta de música clássica e comerciais fluía do rádio preto colocado sobre o porta-papel toalha. Um concerto para piano de Mozart seguiu-se a um anúncio de tapetes persas. Cliff mal notou, enquanto tirava suas gaiolas da prateleira. Estava acordado havia tanto tempo que se sentia quase entorpecido.

Virando-se para o alto da bancada com as mãos cheias, viu a porta se abrir.

— Robin, o que você está fazendo aqui?

— Que espécie de pergunta é essa?

— Você tinha ido para casa.

— Eu voltei — disse ela.

— Ah, certo. Bom. — Ele se virou rapidamente e segurou seu rato. — Você quer dar uma olhada nesses comigo?

Ela hesitou, como se tentasse uma resposta polida.

— Na verdade, não.

— O que houve? — Parada ao lado dele, ela parecia pequena e quase abatida; não tensa, como ele estava, por falta de sono, mas exausta.

— Estou pensando em trocar de projeto.

Ele ouvia.

— Já se passaram cinco anos — disse ela. — E eu tenho sido paciente.

— Eu sei — respondeu ele.

— Eu obtive alguns avanços, mas nada... nada para me orgulhar, e sei que todo mundo acha que meu projeto não vai dar em nada. Tentei ignorar isso antes, mas depois percebi que na verdade ninguém pensa que terei êxito... nem mesmo você.

— Ah, Robin. — Ele colocou os braços em torno dela.

— Olhe só — disse ela, olhando-o nos olhos. — Eu quero trabalhar na minha idéia do tumor ósseo. Eu tenho uma linha celular... e quero investir nisso. Mas quando fui falar com Marion, ela me disse que não havia tempo para eu começar. Disse que devo ser um jogador de equipe e segurar a onda para você.

— Os tumores ósseos? — Ele olhou para Robin dubiamente, e ela se livrou de seus braços. — Mas você iria começar do zero.

— Eu sei.

— Por que você não espera até sabermos do financiamento?

— Foi o que eles disseram.

— Bem, eles estão certos.

— Exceto que eu não quero esperar. Não quero trabalhar no projeto.

— Por que não, Robin? Este vai ser financiado.

— Mas e se eu não quiser?

Ele balançou a cabeça, tentando entender.

— Isso é por que eu não quis trabalhar com você? Você ainda acha que desprezei seu projeto?

— Eu sou mais graduada que você — lembrou-lhe ela.

— Mais graduada? Como assim?

— Mas eu...

— O que está acontecendo com a gente?

— Eu estou aqui há muito mais tempo — insistiu ela. — Por que você acha que vou me atirar na oportunidade de fazer o trabalho de rotina em seus experimentos?

— Eu nunca lhe pedi para fazer o trabalho de rotina.

— Você não compreende.

— Compreendo, sim — disse ele —, porque eu estava na sua posição no ano passado, quando queriam que eu trabalhasse com você.

— Mas aquilo era diferente.

— Como assim, diferente? — exclamou ele, exasperado.

— Porque você podia dizer não, e eu não posso. Esperam que eu faça o que me mandam.

— A diferença é que os seus experimentos não estavam funcionando, e os meus estão — disse ele, enquanto colocava as luvas de látex. — Estão pedindo que você trabalhe no R-7 para o seu próprio bem.

— Pegando carona no seu sucesso.

— Por que você simplesmente não os ouve? — perguntou-lhe ele. — Por que você tem de tornar tudo tão difícil?

— Você acha que todas as minhas idéias não são viáveis e que eu nem devia tentar começar algo novo.

— Ora, por favor, não comece a me dizer o que eu acho.

— Tudo bem — disse ela, lentamente, virando-se para sair.

— Robin — chamou ele, enquanto a porta se fechava atrás dela.

Ela o ouviu chamando seu nome e vacilou por um instante do lado de fora. Mas depois de tê-lo procurado uma vez, aberto seu coração, se humilhado, pedido tacitamente a ajuda dele, era muito orgulhosa para ir atrás dele de novo. Em vez disso, andou de um lado para o outro no corredor, meio o odiando, meio esperando que ele saísse e viesse confortá-la.

Robin o havia observado desde o começo, logo que ele chegara ao laboratório. Ele era oito anos mais novo que ela, seu doutorado acabara de sair e seus diplomas de Stanford e do MIT eram muito mais impressionantes que os dela, da Universidade de New Hampshire e da Boston University. O orientador da tese de Robin, John Uppington, era bem respeitado, mas o de Cliff era célebre, e seu trabalho de graduação igualmente mais brilhante. O famoso orientador de Cliff e sua educação em Stanford refletiam seu privilegiado background de classe média alta, enquanto seu orientador menos famoso e sua escola estadual combinavam com suas origens triviais. Cliff nunca reconheceu a enorme diferença das circunstâncias dos dois, mas Robin sempre estava consciente do hiato. E havia a diferença de classe bem ali, transparente.

Ele chegara ao laboratório como o herdeiro aparente. O projeto dela fora um dia de primordial importância, mas, quando chegou, Cliff veio com uma série de planos. Usurpara a posição de Robin, vencendo-a em fundos, espaço, tempo e atenção. Recebera tratamento especial desde o primeiro dia, e ela se enfurecia por ele não reconhecer isso. Lembrava-se de como Marion e Sandy se prontificavam em exibi-lo em conferências. Logo depois de sua chegada, todo o laboratório havia ido a um congresso de virologia num resort decaído no Maine. Cliff fez sua estréia com uma palestra na sessão plenária. Robin, por sua vez, foi relegada à apresentação de um pôster num salão de festas mal iluminado.

À noite os pôsteres foram retirados e duas centenas de virologistas se reuniram lá para jantar e dançar. Uma banda de swing tocava, e Robin viu Sandy apresentar Cliff aos cientistas seniores em outras mesas. Sandy estava em alto astral. Voltou majestosamente para a mesa deles com Cliff a reboque.

— Vejam o herói conquistador — disse Prithwish. Ele havia tido de gritar para sua voz ser ouvida acima da música.

Cliff afundou em sua cadeira perto de Robin e confiou a ela:

— Bom, eu ainda não conquistei nada.

— Eles gostaram de sua palestra — observou Robin.

Ele encolheu os ombros.

— Veio tudo de minha dissertação.

Ela olhou para a pista de dança e viu um casal solitário dançando e rodopiando, marido e mulher, virologistas de Hopkins.

— Quer dançar? — perguntou ele.

— Sim, quero. — Ela pensou que ele estivesse brincando.

— Eu poderia lhe mostrar como — ele disse.

— Eu sei como — replicara ela. Aprendera para o casamento de seu pai.

— Marion, é conosco — anunciou Sandy. — Vamos mostrar a estes garotos como se faz.

E para o espanto de todos, os dois foram para a pista e começaram a dançar. Os pesquisadores não conseguiam parar de rir com os dois — Sandy se exibindo, tentando fazer amplos rodopios com Marion, enquanto ela se movia em direção oposta, se enrijecendo a cada volta. Estavam todos histéricos quando Cliff pegou Robin pela mão e arrastou-a para a pista.

Ela se sentiu subitamente embaraçada. Teve a sensação de corar, com o calor se espalhando em sua pele. Os outros gritavam da mesa chamando a atenção deles, e ela teria corrido se ele não a estivesse segurando. Fechou os olhos um momento, tentando lembrar os passos. Ouviu a música e contou silenciosamente para si mesma: um, dois, um, dois, e mergulhou, como se estivesse pulando na água gelada.

A pressão da mão dele em sua cintura a surpreendeu.

— O que você está fazendo? — perguntou Cliff.

Ela olhou para ele, confusa.

— Eu conduzo — disse ele.

O corredor estava palidamente iluminado à noite, mas a sala dos animais fulgurava resplandecentemente, iluminada pelo lado de dentro, e Robin viu Cliff com clareza através da janela pintada de vermelho. Ele estava vermelho-sangue, vermelho-marasquino, o vermelho das células, das lâminas de microscópio pigmentadas. Encontrara seu caminho no recinto íntimo da descoberta.

Mas como ele havia chegado lá? Que porta secreta tinha destrancado? Ele não sabia mais do que ela. Como Robin, estivera lutando no escuro. Tinha sofrido, confiando a ela estar paralisado pelas esperanças que Mendelssohn e Glass depositavam nele. Ele a havia desarmado, confessando detestar o papel de trabalhador miraculoso que o queriam fazer desempenhar.

— Eu escrevi uma boa dissertação. Foi só isso — havia dito a ela uma noite no Café Algiers. — Eles deviam colocar um carimbo na dissertação de todo mundo que dissesse "Resultados atuais não necessariamente indicativos de desempenho futuro", ou algo assim.

— Como no mercado de ações.

— É. Eles deveriam chamar sua dissertação de um prospecto. — Ele suspirou. — Isso seria mais acertado.

Ele se opusera ao papel de estrela que lhe impingiam, e Robin se condoía com ele. Sofreram juntos numa doce solidariedade de fracassados. Secretamente, zombavam de Marion e Sandy e os chamavam de S&M. Chamavam Marion de Madame Defarge* por seu modo carrancudo e menos avó possível de tricotar durante as apresentações dos pós-doutores. Tornaram-se tão camaradas que Aidan chamava Robin e Cliff de os gêmeos do mal. Mas eles não eram gêmeos; não se pareciam nem um pouco, e Cliff estava sempre se aproximando cada vez mais, tanto quanto ela o permitia.

Em seu primeiro ano no laboratório, ele a havia convidado para sair tantas vezes que as recusas dela tinham se tornado uma piada corrente. Ele começava dizendo:

— Tudo bem, me diga as razões.

— Antes de mais nada — respondia ela —, eu tenho um namorado. Segundo, eu sou velha demais para você. — Naquela época, ela tinha 35 e ele, 27. — Em terceiro lugar, eu não quero.

— Mas nós podíamos mudar isso — ele dizia.

— E quarto — dizia ela —, nunca iria funcionar.

Mas no ano seguinte o namorado dela conseguiu um emprego muito bom no CERN e ela não foi com ele para Genebra. Ela não

*Militante da revolução francesa que bordava constantemente, personagem de *História de duas cidades*, de Charles Dickens. (*N. do T.*)

iria desistir de seus experimentos em Cambridge. E também não queria se afastar tanto de sua família. Não tinha dúvida de que devia ficar. Ainda assim, estava solitária. Triste, por Michael não ter considerado sua posição e seu futuro quando decidiu se mudar. Cliff fora leal então. Parou de se engraçar com ela e trabalhou em silêncio, amigavelmente a seu lado. Desistiu de convidá-la para sair e, em vez disso, ofereceu-lhe simples amizade.

A amizade deles, porém, não era simples, mas plena, deliciosa. Trabalhavam juntos, comiam juntos, despencavam juntos tarde no saguão. Ao despertar, apostavam corrida nas escadas de trás do instituto, o caminho todo da sala dos animais até o terceiro andar, subindo dois degraus de cada vez, derrapando nas curvas, até que seus pulmões arrebentassem com o esforço. Certa vez, ele tomou a dianteira, mas ela obstinadamente o seguiu e o ultrapassou quando ele tropeçou, disparando para cima enquanto ele a chamava:

— Espere, Robin. Isso não é justo.

A adrenalina e um medo vertiginoso a impeliram para a frente enquanto ele se apoiou, levantou e deu um pique atrás dela. Ela sabia que ele a suplantaria se a alcançasse. Por brincadeira, por raiva e por pura frustração, ele a derrubaria, de modo que ela correu ainda mais rápido, escapando por pouco de ser alcançada por ele. Quando tudo acabou, a agressividade deles estava consumida. Ela desabou no último degrau e um instante depois ele se jogou a seu lado. Buscando ar, olharam para as escadas como alpinistas olham para trás, para as rochas e precipícios que ultrapassaram. Examinando-o, ela notou que ele tinha se machucado, de alguma forma havia batido e arranhado as juntas dos dedos, que começavam a sangrar. Foi estranho e desnorteante, mesmo então, mas foi naquele momento que ela começou a se apaixonar por ele. Nada foi dito. Ele não a olhou. Tudo o que ela fez foi pegar a mão dele.

Ela sabia que não devia se envolver com alguém do laboratório. Devia saber. E a reputação dele o seguia desde o MIT. Causara uma enorme sensação por lá, no departamento de biologia. Fora, e ainda era, um terrível namorador. Ela havia lembrado a si mesma que ele era muito jovem, armara-se com a dura verdade de que se importava com ela, mas ainda queria se divertir. Robin sempre soubera que ele partiria seu coração e agora ele tinha feito isso, mas não da maneira que ela havia esperado. Ele a esmagara com seu sucesso.

Robin sabia que era irracional, mas não conseguia deixar de ver a boa sorte dele como uma espécie de traição — como se ele apenas tivesse fingido lutar e se misturado a ela, aparentando desinteresse. Agora ele havia se revelado alguém inteiramente diferente, e ela estava chocada com a mudança. Ela sempre tinha sido a séria, a dedicada; sabia que sempre havia se importado mais com a ciência. Tentou não invejar sua rápida ascensão. Batalhou por entender e até obter alguma satisfação com o brilho dele, para transformar seus sentimentos confusos em admiração.

Desprotegido, distraído, Cliff examinava seus ratos, segurando-os pela cauda, um de cada vez. Tinha resultados. Ela via isso claramente através da janela pintada. Eram os resultados que ele agora segurava pela cauda.

Ele tinha um sorriso quase deslumbrado no rosto, um sorriso de regozijo extremo e inocente. Ela vira aquela expressão antes, um olhar fixo tão familiar quanto sua língua, suas mãos, suas unhas — a percepção de que finalmente obtivera o que queria.

Cliff não enxergava nada a não ser seus ratos. Alguns deles agora estavam cegos por causa da radiação que ele havia utilizado para torná-los mais suscetíveis às células cancerosas. Nenhum lampejo se mostrava entre as dobras de pele rosa onde antes havia olhos cor de rubi. Apenas com uma inspeção cuidadosa sob a luz Cliff conseguia localizar os olhos cegos, de um branco enevoado, como pérolas miúdas em seus encaixes. Fora isso, os seis ratos infectados pelo vírus estavam lindos — ativos, saudáveis, com a pele lisa, perfeita. Onze dos vinte ratos injetados com o vírus ainda tinham tumores nos flancos e no pescoço. Mas estes seis pareciam tão bons quanto novos.

O concerto da noite no rádio havia começado. O som sonhador de Satie. Ele teria de quebrar-lhes o pescoço, claro, e, no entanto, aqueles seis ratos estavam absolutamente bem. Odiava a idéia de quebrar o pescoço de corpos agora tão maravilhosamente curados. Curara aqueles animais. Primeiro os levara para perto da morte e agora os trouxera de volta — e não podia despedaçá-los daquela maneira. Um desejo irresistível e confuso de ver os ratos intatos tomou conta dele.

Pegou apenas um rato e colocou-o no pote de plástico claro que servia como uma câmara de monóxido de carbono. Uma simples mangueira alimentava o pote a partir de uma torneira na parede. Cliff abaixou a alavanca e o monóxido de carbono preencheu a câmara selada. O rato atirou-se contra as paredes. Criado para a timidez, a pequena criatura ainda lutava contra a morte; o animal estava vivo — e queria viver. Mas a agitação logo cessou. O rato pareceu inchar ao expirar, tornando-se mais pesado ao mesmo tempo em que batalhava, até que, vencido, sua vida e sua cor se foram. O animal ficou inerte, como a estátua de um rato cinza no fundo de sua prisão.

Cliff carregou o corpo gentilmente em sua mão enluvada para a sala de dissecação. Acendeu a luz de inspeção e colocou o rato de barriga para cima no grosso bloco de dissecação de poliestireno e forro descartável. Depois de buscar bons instrumentos — os quais, como Marion reclamava, nunca eram postos de volta no lugar certo —, Cliff empoleirou-se num banquinho e começou a trabalhar. Pegou quatro tachinhas e fixou o rato, uma tachinha em cada pata. O animal estava estirado no *rigor mortis*, os membros tesos, as orelhas rígidas, os dois dentes da frente expostos, uma figura lúgubre. Com pinças, Cliff levantou a pele rosa flácida que cobria o abdome do rato e, com tesouras pequenas e afiadas, fez uma incisão vertical e quatro horizontais, criando duas abas precisas e regulares de pele para abrir e dobrar para trás. Ao fazer isso, Cliff não derramou nenhum sangue. Não havia pescoço quebrado com o qual se preocupar, e tomou o cuidado de não cortar nenhum vaso importante. Em vez disso, olhava para um corpo limpo, inviolado. Lá estava o macio coração castanho-avermelhado, do tamanho de um feijão. E o fígado escorregadio, de um púrpura profundo, com seus quatro lóbulos esparramando-se anormalmente enquanto Cliff os apanhava com a pinça. Ali, os pulmões. Os rins, quase do tamanho de lentilhas. E os intestinos, intricadamente enroscados. Uma vez que Cliff os tirasse do corpo, nunca mais conseguiria colocá-los de volta, comprimidos como eram.

Como se descerrasse um par de janelas, Cliff abriu as dobras de pele e começou a pregá-las em sua mesa de dissecação. Vasos de sangue vermelho enfeixados nos cinco pares de glândulas mamárias ziguezagueavam na pele rosa translúcida. Cliff segurou a pele com as pinças e expôs cada glândula, e cada uma delas exibia o tamanho regular, com a disposição dos vasos sanguíneos normal e inalterada. Não havia tumores visíveis por baixo da pele. O coração de Cliff começou a bater mais rápido. Vezes sem conta, seguiu minuciosamente as pálidas linhas vermelhas dos vasos sanguíneos do rato, o mapa do corpo do animal, os rios muito estreitos que se estendiam a partir de cada glândula mamária através da pele. Repetidamente observou, e a cada vez fez de novo a descoberta: seu vírus funcionava em células cancerosas. Nunca havia visto nada tão belo nem tão importante quanto o rato na mesa à sua frente. Nunca se sentira tão solene e cheio de contentamento. Ocorreu-lhe que aquele era o momento mais feliz de sua vida — ou teria sido, se estivesse plenamente desperto. Estava acordado desde as seis da manhã e, embora suas mãos estivessem firmes, o sono o atingia em pequenas ondas, desequilibrando-o a ponto de ter de se apoiar na mesa. Palavras borbulhavam dentro dele, mas não formavam pensamentos coerentes. *Mamária, mamária. Vasos sanguíneos. Veias.* Uma frase martelava sua mente. Ele não conseguia adivinhar de onde vinha: "Se todas as veias se estendessem... Se todas as veias fossem estendidas..." Os vasos sanguíneos filiformes estendiam-se na imaginação de Cliff. Pareciam se espalhar e se estender em infinitos padrões e possibilidades, alinhando-se e realinhando-se contra o câncer. Contra a morte. Todas as suas horas no laboratório, trabalhando com o vírus. Todo o cuidado, e ambigüidade, e sangue e fezes envolvidos com modelos de tumores em ratos vivos — tudo isso agora parecia nada enquanto ele olhava para o corpo normal e saudável à sua frente. Lá estava o caminho adiante. Lá estava o corpo humano em pequena escala.

4

MARION ESPERARA SANDY para se juntar a ela no almoço, mas ele não chegou ao meio-dia — e nem mesmo ao meio dia e quinze. Supondo que o vôo dele de volta da Flórida havia atrasado, ela abriu a gaveta de sua escrivaninha e retirou seu iogurte de amoras, uma maçã verde e um saquinho de palitos de cenoura. Mordiscava as cenouras enquanto aparava e aprimorava a linguagem da proposta do Serviço Nacional de Saúde a ser enviada no dia seguinte. Havia alguma retórica de Sandy na introdução. Ela apagou, eliminando "resultados dramáticos" e "remissão impressionante". *Números falam por si mesmos*, escreveu à margem. Sandy havia protestado com ela antes de viajar para que parasse de editar, mas ela continuou assim mesmo. Quando ele irrompeu no escritório, ela havia reduzido drasticamente sua introdução a tiras.

Seu vôo não tinha atrasado. Ele havia chegado na noite anterior, dormira umas poucas horas e fora correr, depois tinha feito a ronda no hospital, falara com o padre que tinha sido admitido durante a noite e agora, quase uma da tarde, sem se incomodar em dizer oi, Sandy aproximou sua cadeira giratória da mesa de Marion e retirou seu sanduíche de um saco de papel.

— Escute — começou ele.

Ela fez uma careta para ele.

— Atum?

Ele olhou para seu sanduíche. Marion detestava o cheiro. Ele deu de ombros, se desculpando. Se preparasse seus próprios lanches, iria se lembrar de não colocar atum.

— Marion — disse Sandy —, chegou a hora de nos aproveitarmos de nossos resultados.

— Como assim, nos aproveitarmos? Não vamos apresentar esta proposta? — Ela passou o rascunho para ele, ignorando seu olhar de horror ao ver o trabalho coberto de tinta vermelha.

— Temos de anunciar os resultados. — Ele tomou a proposta e a caneta vermelha das mãos dela. — Peça a Hawking que os anuncie. A coisa está vazando.

Do jeito meticuloso que ele conhecia tão bem, Marion remexeu seu iogurte com uma colher de plástico.

— Acho que você está exagerando — disse ela.

— Popper estava falando sobre o vírus em Orlando — disse Sandy.

Ela pareceu surpresa por um momento, mas então seus olhos se estreitaram.

— Ele estava falando sobre isso porque você estava.

— Olhe, ele tocou no assunto. Confrontou-me logo depois da sessão plenária.

Isso a irritou, como ele sabia que irritaria.

— E como ele saberia?

— Faz três semanas ...

— Duas — disse ela.

— Duas semanas que estamos sentados sobre estes resultados. Vamos mandar a proposta de financiamento. As palavras vazam. Agora é a hora, Marion. Ou nós fazemos um comunicado à imprensa ou alguém o fará.

— É prematuro — disse ela. — Precisamos de tempo para preparar o artigo da revista.

Sandy inclinou-se, apoiando os cotovelos na mesa de Marion.

— Não podemos esperar até termos colocado todos os pingos nos *is* e cruzado todos os *tês*. Não podemos esperar até que eles reproduzam tudo e apresentem à *Nature*. Podemos garantir que cada material de pesquisa que sai deste laboratório vai direto para um arquivo, ou podemos aproveitar o momento agora. Podemos anunciar resultados que ainda são preliminares.

— Resultados que podem estar incorretos — disse Marion.

— Certo, podemos arriscar que eles estejam incorretos e asseverar nossos direitos antes que alguém mais o faça. Antes que Popper o faça na Universidade do Texas ou Yamashita roube nossa idéia. Você sabe quanto dinheiro eles têm? Você sabe a rapidez com que eles conseguem fazer os testes?

— A proposta de financiamento vai datar nosso trabalho e estabelecer nossas prioridades — disse Marion.

— Mas isso não é o bastante — exclamou Sandy. — Não podemos nos dar ao luxo de esperar seis meses para a avaliação. Enquanto isso, o mundo todo vai tentar isso.

— Eu não faço comunicados à imprensa de trabalho que ainda não está acabado — disse Marion.

— Ah, claro que não — retorquiu Sandy. — Você prefere ser ultrapassada. Sofrer um furo de reportagem.

— Não seremos ultrapassados.

— Seremos. Seremos! E sabe por quê? Porque é fácil.

— Você acha fácil reproduzir estes experimentos? Pergunte a Cliff. Pergunte a Robin.

— Não, não é um trabalho fácil. Não é esta a questão. Coloque diversas instituições no problema e você pode resolvê-lo. Nosso trabalho é reproduzível porque a idéia é simples... uma vez que você pense nela. Porque qualquer um que a ouvir vai tentar. E eu não vou aceitar ficar de lado e deixar você sentada sobre estes resultados, sejam eles preliminares ou não.

— Sandy! — Ela se sentou rigidamente em sua cadeira e deixou o iogurte sobre a mesa à sua frente. Ele sabia que não devia pressionar mais.

Deixou a conversa esfriar, mas não desistiu. Havia colaborado com Marion durante dez anos. Ele a havia estudado de perto — com o mesmo olhar atencioso que ela empregava de modo tão eficaz em suas próprias pesquisas — e sabia que o coração dela batera mais rápido ao ouvir que outros laboratórios podiam copiar suas técnicas. Ele compreendia que, apesar de toda a falsa aparência e de todo trabalho paciente, Marion era uma criatura competitiva. Estava atrás de mais do que ganhos modestos. Queria grandes resultados e dinheiro sério, mais pessoal e equipamento melhor. Queria conduzir um programa de pesquisa que se equiparasse e ultrapassasse aqueles dos poderosos em Dana-Farber ou em Harvard — ou nunca teria escolhido trabalhar com ele. Ela não o havia escolhido como parceiro por seu charme ou por sua técnica de laboratório. Ele entendia isso. Todos aqueles anos trabalhando por sua própria conta, sem fazer grandes avanços nem solicitar colaboradores, e ela perdera com isso. Não havia feito o jogo do dinheiro com o Serviço Nacional de Saúde nem entendera a política do Instituto Nacional do Câncer. Mas encontrara em Sandy a única qualidade que lhe faltava: a audácia de fazer pressão e vender seu trabalho. Ao mesmo tempo em que a cutucava para capitalizar os resultados preliminares, ele sabia que ela era, bem no fundo, suscetível a cutucadas. Entendia o que a própria Marion não podia admitir. Ela queria mais do que uma sensação privada de realização. Queria a glória.

E, ainda assim, Sandy lutava por marcar sua posição. Ele praticamente podia saborear as vistosas manchetes: "Vírus Causa Remissão em Câncer: Testes Preliminares no Laboratório Mendelssohn-Glass Mostram que Tumores Desaparecerem com Injeções do Vírus R-7." Mas Marion se recusava a permitir que Sandy fizesse um comunicado à imprensa ou mesmo telefonasse para seu amigo no *Boston Globe*. Apesar do poder de seus argumentos, apesar de suas provocações, do conhecimento oportunístico do próprio coração dela, Marion continuava a se recusar. Ele tinha a grande vantagem de conhecê-la perfeitamente. A dificuldade era que com o passar dos anos ela também o havia estudado. Ela também o conhecia.

— Eu não estou me apressando — advertiu-o ela. — E não vou deixar que você se apresse por mim. Não vou arriscar a reputação deste laboratório com resultados incompletos.

— Você é muito conservadora — disse ele.

— Tudo bem, eu sou conservadora — respondeu ela.

— Vamos perder nossa vantagem de atacar primeiro — disse ele. — E depois vamos ter de dividir o crédito com os copiadores em Stanford.

Ela ficou quieta.

— Você não se importa com isso?

Marion encarou-o e disse:

— Tudo bem. Eu dividirei os créditos se tiver de fazê-lo.

Sandy não conseguia parar de pensar na discussão deles. Estava preocupado no jantar, bem como mais tarde, no concerto, naquela noite. Sentou-se no Symphony Hall e pensou nos comunicados à imprensa. Inclinou-se para a frente em sua cadeira regular, E-3, na curva do balcão, e debateu consigo mesmo a linguagem que utilizaria. *Tratamento com R-7 gera resultados assombrosos.* Não. *Resultados notáveis.* Não podia parar de considerar e reconsiderar, mesmo enquanto olhava os músicos fazendo a afinação. Vic Firth, o timpanista, de casaca, chegara cedo para checar seus instrumentos. Tão alto e nobre, como um eminente cirurgião, arranjando seus instrumentos de percussão. Como seriam as manchetes? Resultados preliminares em ratos mostram efeitos espantosos de vírus modificado...

A orquestra em preto-e-branco começava a se agrupar abaixo. Sons em espiral de violinos e oboés preenchiam a sala. Talvez escrevesse um rascunho. Poderia escrever algumas notas para circulação interna no instituto. Ou falar com Lorraine, responsável pelas relações públicas, e de repente encontrar o comunicado escrito, uma peça acabada, sem um toque de impropriedade de sua parte. Eram apenas castelos no ar. Ele nunca faria tais coisas sem o consentimento de Marion. E se o consentimento dela fosse de alguma forma desnecessário? Fitou os tubos dourados do órgão acima do palco, tubos que lhe pareciam fileiras de lápis dourados apontados, perfilados em sua caixa no proscênio.

O maestro subiu ao estrado. Seiji Ozawa recebia os aplausos, puxando para trás sua longa cabeleira negra, prestes a começar. Ergueu a batuta. Onde estariam os músicos sem seu maestro? Que ritmos soltos e melodias bizarras sairiam sem ele? Claro que Sandy não podia pressionar Marion. Mas podia orquestrar a notícia? Ou controlar um fluxo apropriado e necessário de informações? Nunca a magoaria, mas não ficaria esperando enquanto ela se refreava. A cautela boicotava a ambição de Marion: a preocupação a condenava a conferências obscuras, a artigos em publicações esotéricas.

Fazer uma marca, ver seu nome indelevelmente impresso em sua área! Ser um Pasteur, um von Behring ou um Salk, reverenciado por salvar vidas, assim como Beethoven era reverenciado por sua profundidade! Lá estava o nome do compositor sobre o proscênio, inscrito em dourado. BEETHOVEN, rodeado por cornucópias douradas: símbolos duplos de seu talento fecundo e de sua fama transbordante. As outras placas douradas no Symphony Hall estavam vazias como abotoaduras sem monogramas, provas da caprichosa política da história. Outros compositores eram perdedores em uma corrida, com contribuições semipreciosas; ninguém se incomodara de colocar seus nomes em ouro em torno do palco. E assim era com a ciência. Havia aqueles que triunfavam e aqueles que desapareciam gradualmente. Marion podia ter êxito, ele sabia disso, se apenas ela soubesse competir. E ele sabia como. Sabia como disputar uma corrida.

Sorriu quando a música se elevou e aqueceu a sala. Começou o motivo da dança no campo, depois a tempestade iminente espalhando os aldeões na *Pastoral*. Sandy não tinha nada a não ser admiração por Marion. Nunca conhecera ninguém tão inteligente, homem ou mulher. Mas ela era tão teimosa! Tinha de conseguir achar um jeito de contornar seu brilho míope. Afinal de contas, ela queria acabar como Rosalyn Franklin* ou Watson e Crick** Queria ser Wallace ou Darwin? Ele não ficaria como parceiro de um gênio não reconhecido.

Abaixo, a orquestra ergueu-se. O aplauso a envolveu.

— Adorável! — exclamou Ann.

Surpreso, Sandy voltou-se para ela. Tinha esquecido completamente a esposa ao seu lado. Seu delírio terminara, e ele estava de volta a Boston, numa lamacenta noite de quinta-feira. Sentava-se com Ann em meio a um mar de ternos e vestidos de jérsei, gravatas, golas rulê, suéteres de Fair Isle. Aquele era o Symphony Hall na primavera: um aroma de umidade e perfume, uma cintilação de velhos diamantes, um arrastar de estolas, o brilho de lenços de seda e o chapinhar de botas à prova d'água.

— Sandy — censurou-o Ann durante o intervalo. — Você está tramando alguma coisa.

— Quem, eu?

Ela balançou a cabeça. Sempre sabia. Sandy sorria para a orquestra enquanto maquinava e sonhava acordado. Por vezes ele até ria silenciosamente durante os concertos, à maneira que outros riam durante o sono.

---

*A primeira mulher a fotografar o DNA, em 1953. (*N. do T.*)

**James Watson e Francis Crick, ingleses que descobriram a estrutura do DNA, também em 1953. (*N. do T.*)

Ele se ergueu e espreguiçou.

— É Marion — confessou.

— Ela não quer fazer o que você quer — disse Anne, que sabia de todas as últimas discussões deles. Ann estava acostumada a ouvir Sandy se queixar, mas também a ouvir como ele se safava. Perversamente, divertia-se quando Marion colocava Sandy contra a parede. Tão poucas pessoas conseguiam fazer isso... A própria Ann desistira de brigar com ele anos antes e escolhera meios mais tortuosos de conseguir o que desejava. "Você tem de escolher suas batalhas", dissera ela a Louisa uma vez, e ficara mais que um pouco magoada ao ouvir a resposta da filha: "E que batalhas você escolheu?"

— Ela não tem noção de tempo — resmungou Sandy.

— Você quer meu conselho? — perguntou Anne.

— Aconselhe — disse ele. — Vamos lá.

— Não faça nada de que vá se arrepender depois.

— Só isso?

— Não basta?

— Mas isso quer dizer o quê?

— Você sabe o que isso quer dizer.

Ele olhou para ela sombriamente.

Ela apontou um dedo em sua direção.

— Se você tentar soltar um comunicado à imprensa sem Marion, ela jamais irá perdoar você.

— E se sofrermos um furo de reportagem, nunca perdoarei a mim mesmo.

— Ora, você se perdoa o tempo todo — disse Ann. — É com Marion que você tem de se preocupar. — Ela sabia as censuras sob as quais Marion vivia. Marion não era dada a perdões ou meios-termos de qualquer espécie. Na cabeça de Ann, Marion tinha uma noção quase impiedosa de ego e missão. E Marion era preciosa para Sandy, e, por extensão, para sua esposa. A lealdade e a nobreza de Ann chegavam até este ponto. Mais do que generosa, ela era antiquada com relação a isso — ler a mente de seu marido durante a sinfonia, lembrá-lo de não arruinar uma amizade. Amuado, Sandy deixou cair seu programa com a capa virada para baixo no assento de sua cadeira e foi para o corredor esticar as pernas. Como qualquer um acostumado com presentes caros, contava com os conselhos de Ann — e simplesmente odiava o fato de ela estar sempre certa.

5

CLIFF CHEGOU PARA A REUNIÃO seguinte do laboratório com os cabelos ainda molhados do chuveiro. Vestia jeans claros e uma camiseta com a inscrição TOSCANINI'S DARK CHOCOLATE Nº 3. Ele e Feng iriam anunciar os novos resultados: 60 por cento dos ratos cancerosos injetados com o R-7 estavam agora em remissão. A doença seguira seu curso nos experimentos controle, mas nos grupos experimentais o vírus fabricado parecia parar totalmente o crescimento das células cancerosas. Os tumores encolhiam, encolhiam e pareciam desaparecer. O que isso poderia significar no futuro para pacientes de câncer? Uma alternativa aos venenos da quimioterapia? Em mais da metade dos ratos doentes, o R-7 agira como um míssil guiado pelo calor, penetrando e subvertendo apenas as células cancerosas e deixando de lado as células que estavam crescendo normalmente.

Era um grande momento. Enquanto entravam na sala de reuniões, Prithwish, Natalya e Aidan apostavam em como Feng descreveria os novos acontecimentos. Aidan e Natalya apostaram ambos em "sorte aleatória" como o eufemismo escolhido por Feng, enquanto Prithwish apostava em "algum novo acaso feliz".

Na verdade, Feng não disse uma palavra para desqualificar os números em seu caderno. Se o trabalho tivesse sido apenas dele, ele talvez tivesse barateado os resultados. No entanto, Feng referiu-se a Cliff quando chegou a hora de delinear o projeto e extrapolar a partir dos números de ratos em remissão e a saúde quase perfeita que apresentavam. Deu a Cliff toda a glória: a discussão das questões genéticas e moleculares, o trabalho corrente para entender onde e como os genes se infiltravam e subvertiam cada célula cancerosa.

Havia apenas sete pessoas na sala, mas, como Aidan disse depois, Cliff poderia estar num palco na frente de milhares, tal era sua presença. Cliff falava com total maestria. Isso vinha de longas horas e noites adentro. Vinha de sua imersão nos dados. Prithwish não ficou rabiscando. Aidan não se espalhou em duas cadeiras. Cliff estava magnético.

No silêncio que se fez depois, Prithwish e Robin olharam furtivamente para Sandy e Marion, que se sentavam juntos em suas poltronas de aço cromado. Astutamente, Sandy examinava Marion. A própria cor de seus olhos parecia mais quente, um tom mais leve de castanho. Suas feições haviam se suavizado e o tricô jazia esquecido em seu colo. Seus lábios, normalmente tensos e cerrados pela concentração, agora se abriam em deleite. Ela se voltou para ele, e por um momento ficou tão bela que Sandy tomou fôlego. Estranhamente, sentiu como se estivesse se lembrando da Marion de uma outra época, embora não a tivesse conhecido quando ela era verdadeiramente jovem. Sentiu-se quase desorientado pelo encanto do momento. *Agora*, ela dizia a ele sem palavras. Agora devemos colaborar. Agora devemos trabalhar com Hughes em Stanford e contatar Agarwal em Cornell. Esperamos para anunciar os resultados iniciais, mas agora chegou a hora. E você não está feliz?

Jacob estava praticando quando Marion chegou em casa naquela noite. Ele estava no pequeno quarto de dormir nos fundos, que usava como seu estúdio e sala de prática, e trabalhava na Partita em Mi menor de Bach, despejando as notas e os acordes de suas mãos ágeis e suadas. Tinha um modo de mergulhar em Bach que era ao mesmo tempo expressivo e introvertido. O tema e as variações o enveredavam por trilhas distantes, e ele não tinha noção do vergão vermelho que se formava em seu pescoço onde o violino entrava em atrito com seu queixo nem das manchas de suor no braço de ébano. Não pensava nisso, nem nas contas a pagar, nem em suas turmas grandes e mundanas, nos estudantes com seus marcadores amarelos e na confusão com as lições de casa.

Não notou Marion parada na porta até que fez uma pausa por um momento para virar a página. Mesmo assim, não registrou sua presença até terminar.

— Acho que vamos fazer um artigo a partir dos resultados que temos — disse ela.

Jacob deu meia-volta segurando o violino na dobra do braço, o arco oscilando ligeiramente em seu dedo indicador.

— Acho que vamos fazer um... — Ele ecoou as palavras dela como se tivessem caído em suas profundezas. E então disse, surpreso: — É mesmo?

— É — disse ela.

— São bons assim?

— Melhor do que os que tivemos antes.

— Mas você precisa reproduzi-los.

— É claro.

Ele fitou a partitura à sua frente. Era mesmo hora de publicar? Marion estava completamente pronta? Ou a hora era sua capitulação a Sandy? Colocou estas questões silenciosamente, mas tudo que disse a Marion foi:

— Você está com fome?

— Bom, depende.

— Aaron e eu estávamos pensando em esquentar a carne assada.

— Eu faço companhia a vocês — disse ela.

Ele colocou a mão em seu ombro quando acompanhou-a até o corredor. O apartamento tinha certa quietude, como se nenhum vento ousasse entrar. Os papéis de Marion estavam exatamente onde ela os havia deixado, espalhados sobre a mesa da sala de jantar e pelo sofá da sala de estar. A cozinha parecia vazia e estranha. A empregada, Philomena, viera, lavara os pratos e guardara as compras e o tabuleiro de xadrez. Sem o violino de Jacob, o único som era o teque-teque de Aaaron digitando em seu quarto em seu adorado Apple IIe.

Na cozinha, Jacob tirou a carne assada da geladeira.

— Por que você não vai chamar Aaron? — perguntou Jacob a Marion.

Ela se sentiu como se tivesse estado fora por mais de um dia, como se tivesse se ausentado por semanas e viajado para países distantes. Quando Aaron chegou à mesa, achou que ele talvez tivesse crescido alguns centímetros.

— O que você fez na escola? — perguntou ela.

— Tivemos uma prova de matemática.

— E como foi?

Ele deu de ombros, surpreso de ela ter feito uma pergunta tão banal quando tanta coisa estava acontecendo no laboratório. Vira a mudança em sua mãe — ela estava visivelmente fulgurante. Seus olhos estavam quase joviais, seus passos eram rápidos no corredor. Até sua voz estava ligeiramente diferente, despreocupada, e por vezes excitada.

— Você acha que seu artigo vai sair na *Nature*? — perguntou ele.

— Veremos. — A pergunta fez com que ela sorrisse.

Quando tinha 7 ou 8 anos, Aaron costumava perguntar regularmente a Marion:

— Você vai ficar famosa?

— Veremos — respondia ela.

— Você já é famosa?

— Não, ainda não.

— Ela vai ser — dizia Jacob ao filho.

— Muito ou só um pouquinho?

Isso sempre a divertia.

— Pelo menos um pouquinho — dizia ela.

Ela agora comia rápido. Não tinha notado seu apetite. Ao terminar, levantou-se de um salto para lavar os pratos.

— Nós podemos fazer isso — disse Jacob.

— Mas eu estava planejando ficar em casa esta noite — ela disse.

— Por quê? — perguntou Aaron. — Você não quer voltar? — Não havia o mais leve ressentimento nesta pergunta. Ele sabia que correria de volta ao laboratório se estivesse na posição dela. Ela era a viajante da família, e embora Jacob e Aaron sentissem sua falta, esperavam presentes em seu retorno. Novos artigos, novas observações, a decifragem de códigos ocultos. Estavam acostumados com ela e esperavam por isso. A mente dela estava cheia de experimentos: sua imaginação estava em ascensão, e isso banhava o resto de sua vida como um mar em maré cheia.

A casa de Sandy não era exatamente um santuário. As garotas estavam de volta para o final de semana prolongado. Kate estudava piano na sala de estar, enquanto Louisa tentava ler no sofá. Charlotte estava na biblioteca assistindo ao inexorável canal de notícias, CNN. A fumaça tomava conta da cozinha, onde Kate esquecera de tirar a sobremesa do forno. Ela havia saído da cozinha, se distraíra e deixara os merengues queimarem. Ann veio correndo, direto do banho em seu roupão.

Sexta-feira era o dia em que Ann não dava aulas. Ela em geral ficava isolada em seu pequeno escritório doméstico, trabalhando em seu livro. Durante muitos anos seu estudo sobre enfermidades crônicas na vida vitoriana, *Indisposed*, ficara abandonado, bem apropriadamente, em notas e rascunhos, com três capítulos inacabados. Ultimamente, no entanto, o projeto recebera um novo sopro de vida. Com duas filhas crescidas e independentes e a terceira longe, na escola, além de uma licença para pesquisa no ano anterior, suas esperanças haviam revivido. Ela se dedicava ao livro sempre que podia e freqüentemente se imaginava terminando, redigindo seus agradecimentos finais a numerosos colegas e bibliotecários... e particularmente a Sandy e as meninas, *que me desviaram tão... deliciosamente? Tão completamente*? Que palavra escolher?

Pegou correndo uma luva térmica e tirou a bandeja de merengues negros no momento em que Sandy chegou em casa.

— Oi, docinho! — Ele esmagou Kate com seu abraço. — Oi, lindinha. — Abraçou Charlotte e desligou a televisão com a mão livre. — E aí, fuinha? Onde está sua mãe? — Dirigiu-se à cozinha, onde Ann raspava cones de cinzas de chocolate para dentro da pia, e aproximou-se por trás. — Vamos publicar nosso artigo.

— Que bom — disse ela. — Você pode lavar isso para mim?

— O que *era* isso? — Ele lascava os cones de cinza negra com uma faca.

— Pergunte à nossa filha mais nova — disse Ann. — Isso deveria ser a sobremesa.

— Kate! — gritou Sandy em direção à sala de estar. — Venha aqui. Você incinerou nossa sobremesa.

— Sinto muito — começou a dizer a menina enquanto entrava na cozinha. — Eu...

Mas ele já estava desatento, dizendo a Ann:

— Até mesmo Marion disse que temos resultados. Dizer isso quase a matou, mas ela disse.

Jovialmente, ainda transbordando com os acontecimentos do dia, tomou seu lugar à cabeceira da mesa da sala de jantar e passeou os olhos por suas filhas — cada uma delas tão brilhante... e tão realizada. Enquanto olhava para elas, seu prazer foi apenas ligeiramente moderado pelas escolhas frívolas que cada uma delas tinha feito em busca daquela tolice, aquele pássaro de estranha plumagem, a chamada educação liberal. Louisa, com suas gravuras de asas de mosquitos. E Charlotte, se formando em história da arte e estudos femininos, meu Deus do céu. Ninguém nem sequer sonhava em se formar em estudos femininos quando Sandy estava na faculdade. Ninguém ouvira falar de tal disciplina. Quando ele era jovem — tudo bem, um menino judeu legal —, havia economia e havia direito. E, brilhando mais que qualquer dos dois, tão difícil e tão gloriosa, havia a medicina, a tri-perfeita: a promessa de segurança econômica, a possibilidade da grandeza e, ao mesmo tempo, o bem social.

Seriam os tempos em que suas filhas viviam? A relativa estabilidade financeira deles, uma fase do crescimento? O famoso internato que cada uma delas freqüentou? A influência literária da mãe? Nenhuma das meninas estava seguindo seus passos.

— Como vai a escola? — perguntou ele a Kate enquanto se servia do prato de frango.

— Meu ensaio sobre Donne ganhou o prêmio Parrish Hill — disse ela.

— Minha garota — disse Sandy. — Era sobre o quê?

— O macrocosmo e o microcosmo nas *Devoções* de Donne.

— Certo, e qual era a questão?

Ela se eriçou com a pergunta.

— Era sobre seu conceito de que o homem é um pequeno mundo, e que o mundo é como um homem.

— Tudo bem, um conceito — ele disse. — Mas para o que serve?

— Suas meditações são sobre a doença tomando seu corpo como as enchentes cobrem a terra...

— O que ele tinha? — perguntou Sandy imediatamente. — Qual era o diagnóstico?

— Bom, ninguém sabe ao certo — disse Kate.

— Por que não?

— Pai. — Louisa defendeu Kate. — Obviamente os registros médicos de John Donne não sobreviveram.

— Uma vergonha — disse Sandy. E voltando-se para Kate: — E então, qual foi a conclusão final?

— Conclusão final?

— É, o que você descobriu? Qual era o objetivo?

— Ele falava sobre como o homem é complexo e vasto — disse Kate, atrapalhando-se. — E como ele é pequeno e suscetível ao mesmo tempo.

— Suscetível a quê? — perguntou ele com súbito interesse.

— Ao pecado.

Ele riu. Em sua mente, a própria palavra era arcaica. O pecado era como algum contágio medieval pavoroso contido há muito tempo, algum micróbio um dia invisível transportado por ratos ou pulgas. As idéias de Sandy sobre certo e errado eram intricadas e situacionais. Feria os sentimentos de seus subordinados, fazia seus residentes trabalharem demais, exagerava em certas ocasiões, ficava quieto em outras. Profissionalmente, lutava duro e sujo. Mas certamente não pecava.

— Então isso se resume a quê? — perguntou ele a Kate. — As pessoas pecam?

Desconcertada e com raiva, Kate olhou ferozmente para seu prato.

— Sandy — censurou-o Ann. Ele provocava as garotas com uma espécie de arrogância, mas Kate era muito jovem para entendê-lo. E ele já tinha voltado sua atenção para Charlotte.

— Por que você não está comendo?

— Eu não como galinha — respondeu Charlotte.

— É frango capão — observou Ann, como se isso fizesse diferença.

— Estou me inscrevendo para uma bolsa de pesquisa no verão — disse Charlotte, mudando de assunto.

— É mesmo? Para fazer o quê?

— Ir para a América do Sul.

— Ir para a América do Sul...

— Fazer pesquisa para minha tese de mestrado.

— Ah, claro... quer dizer que você vai ficar vagando sozinha por...

— Não sozinha — assegurou-o ela.

— Não com *Jeff* — disse Sandy.

— Se você apenas...

Sandy levantou a mão.

— Pare. Eu não quero ouvir.

— Posso dizer só uma coisa? — perguntou Charlotte.

— Não — disse Sandy. Ele simplesmente estava com um humor muito bom. Não ouviria uma única palavra sobre o pretendente atlético e ambicioso da faculdade de Charlotte. Jeff de Dunster House. Jeff do *Crimson*. Jeff, o jogador de squash. Jeff Yudelstein. E que nome ridículo! Não apenas um nome judeu comum, mas uma designação pomposa. Yudelstein estava a meio caminho entre um yodel e um strudel.

— Pai! Será que você poderia ouvir?

— *Não*! — Ele imitou exatamente o tom de exasperação dela. Seus olhos azuis cintilavam de ferocidade e prazer.

Quando as crianças eram pequenas, Ann cuidava da disciplina à mesa. Havia ensinado às meninas as maneiras, as letras, como contar — "Dois dois um ao lado do outro fazem um doisdedois?", Louisa uma vez perguntara a ela, mostrara a elas como ler pessoas, assim como livros. Durante aqueles anos Sandy raramente estava em casa, e ela acompanhara as meninas durante as tardes e as noites, e nos finais de semana, e nas manhãs antes da escola. Talvez por isso ela fosse a mais calma dos dois, agora que elas estavam crescendo. Ultimamente, não conseguia evitar sentir que ela e Sandy estavam trocando de lugar — que ele estava assumindo o bordão da autoridade. Grata aos esforços dele, por vezes consternada mas com freqüência se divertindo, ela se afastava um pouco do barulho. Depositava mais confiança em suas filhas do que Sandy, porque ela mesma as havia criado.

— Você se acha tão engraçadinho — repreendeu-o Charlotte — sentado aí, controlando a conversa...

— Você é como o pai da Major Bárbara, naquela peça de Bernard Shaw — disse Kate. Sua voz soava rebelde, mesmo enquanto ela se perdia um pouco em sua alusão literária. — Você parece... como é o nome dele?

— Andrew Undershaft — Ann murmurou.

— Você tem este jeito convencido — disse Charlotte. — Fica aí sentado e começa a dar sermões com este...

— Você é como Undershaft, quando ele diz à sua família que o que eles pensam ou fazem não serve para nada, mas que fabricar pólvora é realmente útil — Kate disse para Sandy.

— E você nem mesmo sabe o que eu... — disse Charlotte.

— Eu pego as coisas rápido — disse Sandy a ela.

— Pega, sim. Você nem me deixa terminar uma sentença.

Sandy despachou-a com um gesto.

— Eu sei como elas terminam.

Ao final do jantar as garotas estavam irritadas, mas gostaram quando ele se ofereceu para ajudar com a louça. Assim que terminaram, Sandy estava de pé, empilhando os pratos.

— Traga-os para cá — disse ele a Louisa, da cozinha. Tinha acabado de pensar em um perfeito resumo para o artigo. Teria de ligar para Marion assim que terminasse de lavar a louça. Achou que a encontraria de volta no laboratório.

O laboratório, porém, estava vazio. Robin e Natalya tinham ido para casa. Cliff, Prithwish, Aidan e Feng estavam todos indo para o

Wursthaus, na praça, para celebrar. Os jovens se acotovelaram e empurraram um ao outro ao abrir as pesadas portas do instituto. Saíram para a fria noite de primavera, gozando Feng por seu gorro de pompom, de listras verdes e brancas.

— Onde você achou isso? — perguntou Cliff.

Sorrindo, Feng deu de ombros. Todos conheciam seu gosto frugal e esquisito em matéria de roupas.

Os quatro foram a pé até a Francis Avenue e cortaram caminho pelo estacionamento para chegar aos laboratórios de biologia de Harvard, onde apanhariam Mei.

— Não devíamos nos manter no caminho? — sugeriu Prithwish. Nenhum deles estava de botas.

— Não. — Cliff atirou-se na frente com seus tênis. — Leva muito tempo. — A lua brilhava e o céu estava iluminado, refletindo a luz das poças geladas. Pularam por sobre as correntes do estacionamento que cintilavam com cristais de gelo e fizeram uma trilha até a esquina do pátio dos laboratórios de biologia. Ali, no verão, os estudantes de graduação de Harvard às vezes desafiavam os pós-doutores do Philpott para uma partida de vôlei, mas agora a rede estava guardada, as cordas e pinos enfiados em caixas no porão do prédio de tijolos vermelhos dos laboratórios. O pátio exibia fragmentos de grama e neve derretida no centro, enquanto suas bordas ainda estavam com amontoados de neve envelhecida.

— Já volto. — Feng atravessou grandes portas adornadas com frisas douradas com a vida de animais, plantas e insetos: vespas gigantes, formigas, abelhas, cogumelos, antílopes. Brincalhão, radiante pelo dia, Cliff rapidamente fez uma bola de neve. Mirou cuidadosamente e acertou um dos rinocerontes de bronze que guardavam o prédio. Depois arremessou no outro, só para completar. A neve acertou em cheio e salpicou os flancos verde-oxidados dos grandes animais.

— Desafio você a subir ali — Aidan disse a Cliff.

— Me faça uma escadinha.

— Assim não vale.

Cliff olhou para as estátuas dos rinocerontes, ornamentais, mas anatomicamente corretas. Não eram meros leões ajoelhados: os rinocerontes ficavam sobre pedestais de tijolos, e sua altura da pata ao chifre era de pelo menos um metro e oitenta.

Cliff trepou no pedestal e tentou achar onde firmar as mãos nas costas sulcadas do rinoceronte.

— Me dê um empurrão — gritou para baixo.

— É alto demais — disse Aidan.

— Vamos, me empurre.

— Espere aí, vou te ajudar — disse Prithwish, enquanto tentava empurrar Cliff por baixo. — Ai! — gritou Prithwish quando Cliff despencou no chão enlameado.

— Mais uma.

— É sua última chance — disse Prithwish com uma severidade de mentirinha.

Cliff pulou no pedestal, Prithwish empurrou, e Cliff atirou-se firme nas costas lisas e geladas do rinoceronte.

— Eu subi! — gritou triunfante, montando a besta. E se inclinou, tentando tocar o chifre de metal.

Prithwish e Aidan riam dele. Os jeans de Cliff estavam ensopados.

— Você consegue descer? — perguntou Prithwish polidamente enquanto Feng e Mei saíam do prédio. Ao ver Cliff lá em cima, Mei cobriu a boca com a mão enluvada.

— Sim, estou descendo. Estou descendo — disse Cliff.

Cliff deveria ter escorregado — ou poderia ter caído. Mas não caiu — dobrou as pernas e ajoelhou-se nas costas da estátua. Ficou acocorado lá por um momento e então, em um belo movimento, encontrou um apoio e equilibrou-se como um surfista nas costas do rinoceronte. Ouviu seus amigos aplaudirem e rirem, mas não olhou para baixo. A noite mudou à sua volta. O pátio não era mais quadrado. Com os longos braços esticados, lutou para permanecer ereto por outro momento e mais outro, até que, berrando, pulou longe no ar, longe na suave noite branca, até aterrissar e rolar na grama atapetada e na neve escassa que derretia.

Parte 3

Mídia

1

APENAS ROBIN ESTAVA INFELIZ. Ninguém a excluíra. Ninguém a ignorara. Ao contrário — Marion e Cliff pediam a ela diariamente relatos de progressos em seus experimentos. Em abril, Sandy e Marion apresentaram a tese sobre o R-7 e colocaram Robin para acompanhar o trabalho de Cliff. Ela devia descobrir se o vírus de Cliff era eficaz contra células de câncer pancreático. Enquanto isso, não tinha tempo para seu trabalho sobre tumor ósseo; o novo projeto ficara à margem. Sentira-se solitária antes, labutando no isolamento com as amostras de sangue de Sandy, mas isso era pior. Isso era como ser convocada para se juntar a um esforço de guerra. Isso era todos trabalhando juntos com entusiasmo e alto astral, cantando a política oficial de Sandy. Uma disposição brutal e jingoísta de recursos para o R-7.

Nada havia de inapropriado e inesperado nisso. Cliff tinha resultados, e o laboratório os estava perseguindo. Aquele era o momento dele. Quando estudante de graduação, Robin tivera de esperar quase um ano para apresentar sua dissertação, porque todo o laboratório estava concentrado em apoiar o trabalho de outro colega. Stefan estava lá havia mais tempo; seu caso era mais urgente. Por uns bons nove meses o laboratório dedicou todos os seus recursos ao projeto dele. As técnicas eram novas, as manipulações genéticas, a última palavra em tecnologia mas a psicologia era totalmente tradicional. Diligentemente, como filhas mais moças esperando o casamento, Robin e outros estudantes prestes a colar grau haviam trabalhado e esperado para terminar seus próprios trabalhos. "Com certeza, depois de Stefan", prometera-lhe Uppington, "você vai ser a próxima."

Mas Robin não era mais uma estudante de graduação e não tinha garantias no Philpott de que fosse ser a próxima em qualquer coisa.

À noite, Cliff ficou no laboratório e Robin caminhou até sua casa na Waterhouse Street. Ela adorava seu apartamento, de aluguel barato e fixo e logo no Common, num prédio antigo de tijolos. Sua casa conseguia ser ao mesmo tempo pequena e espalhada, com o banheiro ao final de um longo corredor estreito e a cozinha logo ao lado. Não havia um único canto quadrado — todas as paredes eram em ângulo. Ela adorava tirar os sapatos e deslizar de meias nos pisos lisos de madeira.

Não tinha companheiros de apartamento. Tivera um peixinho dourado, mas por pouco tempo. Um ano e meio antes, ela e Cliff tinham comparecido ao casamento de dois pós-doutores frugais de um laboratório vizinho. Em vez de flores, a peça de decoração de cada mesa era um aquário de vidro com um peixe dourado. Apesar dos protestos dela, Cliff insistira em levar o peixe para o apartamento. Ele o chamou de Linus, em homenagem a Linus Pauling, e colocou-o na estante de livros de Robin. Durante dias o peixe encarou Robin, olhos esbugalhados, abanando inquietantemente a cauda. Tinha certeza de que ele ia morrer e temia entrar em casa e encontrá-lo com a barriga para cima. Finalmente, fez Cliff levar Linus de volta para seu lugar. Dizia freqüentemente a si mesma que preferia viver sozinha.

Ela se sentou no sofá e comeu pão pita com tabule, tomou banho, trocou de roupa e escovou os dentes. De camisola, separou a correspondência e escreveu uma lista de compras. Tomadora de notas, fazedora de listas — inevitavelmente, tornava-se secretária de qualquer grupo a que pertencesse. Mantinha um diário. Nada extravagante, apenas um caderno de capa dura e papel quadriculado que encontrara. Escrevia seus apontamentos em tinta preta, por vezes diversas sentenças, às vezes apenas umas poucas palavras. Não tentava registrar todos os seus sentimentos, como fazia quando era mais jovem. Mantinha um diário pela mais simples das razões — para que o dia não escapulisse.

Tinha um medo secreto de desaparecer e deixar o mundo sem um traço. Não publicara nada de importância. Tinha medo de desaparecer quando ainda mal começara. Não era uma melancolia sentimental e lacrimosa. Suspeitava simplesmente que ia morrer cedo. Sua própria mãe morrera aos 41 anos, quando ela tinha 16. Robin agora tinha 38. Estes eram os fatos, sem causas para crises existenciais. Administrara o problema, mesmo na época. Estava no segundo ano do colegial e não fora à escola no dia do funeral, uma segunda-feira. No dia seguinte havia feito uma prova de história sobre a ascensão da cidade-estado de Veneza. Recebera a nota mais alta da classe. Seus professores assombraram-se com isso. Na verdade, ela ouviu de passagem dois deles conversando em vozes abafadas no corredor: "Você viu quem tirou a nota mais alta?" Imaginou o que pensaram dela, e por que estavam surpresos por ela não ter desabado. A prova fora fácil. Ela estava preparada. Isso era tudo. Suas notas nunca caíram enquanto sua mãe estava doente. Apenas melhoraram. Seus professores poderiam ter entendido, se tivessem pensado a respeito. Sua mãe estava morrendo de câncer no seio, e Robin ficava acordada de noite estudando. Não havia nada mais que ela pudesse fazer.

Agora, tinha um doutorado em biologia pela Boston University, trabalhava muito no laboratório Mendelssohn-Glass e, naturalmente, tinha um pouco de medo — não um medo avassalador, mas ligeiro — de morrer cedo demais e desperdiçar sua vida. Não era nada, na verdade, e quase não transparecia. Era como a claustrofobia ou como ter medo de cachorros. Ela brincava com a questão. "Se eu viver tanto", dizia. Ou então, espirituosa: "Até lá, planejo estar morta". As piadas eram uma crendice, para espantar o destino e o medo.

Sua mãe a havia deixado com o sentimento da impermanência — e também de missão. Brincava com o primeiro, mas nunca dissera uma palavra sobre o segundo. Enterrara a missão em suas profundezas, o desejo corrosivo de combater o câncer como cientista. Corajosa e desesperadamente, sentia que mesmo que não pudesse ter sua mãe de volta, podia fazer algumas incursões contra a doença. Qualquer um poderia ter adivinhado este motivo nela, mas ela tentava escondê-lo, dedicando-se silenciosamente a seu trabalho.

O tempo não estava a seu favor. Isso era verdade para todos, mas era uma coisa que Robin entendia melhor que a maioria. Por causa disso, certas pessoas a incomodavam. Aqueles cujos pais viviam até os 90 anos. Pessoas de meia-idade com os pais vivos. Tentava ser paciente com eles, mas eles se encantavam tanto com eles mesmos. Doenças e desastres aconteciam em outras famílias, enquanto aqueles inocentes apenas seguiam borbulhantes. Viviam muito, e todos em torno deles viviam para sempre. Um mundo sem fim. Apenas muito ocasionalmente o desastre os acometia. Um pai caía morto. Um namorado ficava doente. Um acidente ocorria. O choque era terrível para estes noviços; ficavam com tanta raiva de Deus. Sabiam em teoria, mas não sabiam *de verdade*, que qualquer um podia morrer. Sofriam com isso. E então, como os animais empalhados em *The Velveteen Rabbit* (um livro muito citado no casamento dos peixes dourados), estas vítimas se transformavam. Tornavam-se reais.

Quando se tratava de miséria, isso era um esnobismo preconceituoso e vergonhoso. De novo, Robin tentava não demonstrar. Como ela podia culpar os outros por ainda não saberem, ou por saberem tarde, o que apenas a tragédia poderia lhes ensinar? Ainda assim, secretamente, ela os culpava. Culpava Cliff. Em sua mente, acusava-o de ser desatencioso, egoísta, jovem. Segurando com firmeza sua caneta preta, inclinou-se sobre seu diário e escreveu: *Ele perguntou mesmo se eu ficaria e lhe faria companhia esta noite para observar seu trabalho. E quando eu disse não, ficou surpreso.* Poderia ter escrito mais. Poderia seguir vociferando, mas para Robin isso *era* uma vociferação. Arrancara à força estas poucas sentenças de seu coração... e lamentava cada palavra. De algum modo Cliff presumira que seu trabalho seria excitante para ela mesmo da coxia. Este era o tanto que ele era autocentrado.

Ela se perguntava se ele iria vê-la ou se iria para sua própria casa. Permaneceu acordada na cama e pensando se isso realmente importava. Tinha sido fraca. E solitária. Com gravidade, e um pouco de injustiça, disse a si mesma que não deveria ter sido. Orgulhava-se do pragmatismo e do autocontrole, mas havia se permitido ser possuída por ele. Como foi que ela se apaixonara tanto — pelos menos promissores programas de pesquisa e o mais sortudo dos homens? Desprezava-se e se desesperançava com ele. Tinha de soltar os nós que os atavam. De outro modo, como poderia respirar? Continuamente, considerou como poderia terminar com aquela loucura, aquela necessidade dele, aquele sentimento torturante de competição, o ressentimento secreto que sentia por ele dentro do segredo aberto de seu caso de amor.

À meia-noite ela estava furiosa. Apesar disso, ao ouvi-lo abrindo a porta, sentiu um arrepio de felicidade, e seu coração se acelerou, como sempre acontecia. Como seu corpo era estúpido, como era ansioso e voluntariamente enganado.

Ela caminhou pesadamente até a sala e o beijou. Seu casaco pingava da chuva e seu rosto estava cheio de energia por causa do percurso de bicicleta.

— Quero minha chave de volta.

— O que há de errado agora?

— O que há de errado? — perguntou ela. — Eu não preciso de você entrando e saindo no meio da noite. Não preciso que você me acorde constantemente e me use como sua pensão pessoal.

— Eu nunca confundi você com uma pensão — disse ele.

— Não sorria para mim. Não me pergunte o que há de errado quando você sabe exatamente o que há de errado. Eu estava certa desde o começo. Eu sabia que isso ia acontecer... tudo isso.

— Tudo isso.

— É! Você flanando para lá e para cá à noite, depois chegando em casa como se eu fosse sua namorada resignada. Eu não sou resignada e não vou ser a namorada que fica acordada enquanto você trabalha até tarde. Eu não vou fazer isso. Nunca esperei por ninguém e quero minha chave de volta porque não vou ficar esperando você.

— Robin — disse ele —, eu nunca pedi para você esperar.

— Mas como eu posso evitar, quando estou aqui e você tem minha chave? Você não vê? Você me colocou nesta posição ridícula.

— Eu pedi a você para ficar! — explodiu ele.

— E você tem alguma idéia de como me faz sentir quando me convida para observar seu trabalho? Isso devia ser divertido? Educacional? Eu conheço o trabalho, Cliff. Eu conheço os experimentos. Eles nos colocaram a todos trabalhando em seu projeto também.

Ele balançou a cabeça. Se ele a deixara tão raivosa, por que ela não fizera nada na hora? Ela teria apenas que dizer "Não, obrigado", quando ele perguntou se ela queria ficar, e, no entanto, como era tão próprio dela, fervera, enraivecera-se e deixara seu ódio crescer em proporções vulcânicas. Ele tirou o casaco e afundou no sofá. Estava acordado desde de manhã cedo.

— Venha cá — disse ele.

Ela ficou de pé, como um espírito vingador em sua camisola branca.

— Se você está trabalhando em meu projeto, então é seu projeto também, e você tem parte nele — disse ele. — Não faça de conta que não tem.

— Não, não é meu trabalho — contradisse-o ela. — Nunca será meu trabalho. Eu não tenho mais tempo para o meu trabalho.

— E isso é culpa minha? — cobrou Cliff. — Eu quero mesmo saber, porque desde que obtive estes resultados você vem me culpando por toda a sua carreira.

Ela hesitou um momento.

— Não são os resultados — disse ela. — É como você age com eles.

— E como eu ajo?

— Com egoísmo — disse ela.

— Isso não é verdade!

— Pergunte a Feng — disse ela, pois tinha ouvido murmúrios de Natalya de que Feng não estava feliz. — Pergunte como ele se sentiu quando você o alijou das injeções. — Isso era uma traição de confiança, mas era eficaz. Por um momento Cliff se sentiu ferido. — Pergunte a qualquer um.

Os olhos de Cliff se estreitaram.

— Pergunte você.

— Eu quero minha chave de volta.

— Desde que a conheci tentei ser seu amigo... — começou Cliff.

— Isso é um jeito de colocar as coisas.

— E você sempre duvidou de mim, sempre resistiu, sempre competiu comigo, e eu não entendo por quê.

Ela estava quase em lágrimas.

— Você não entende porque não me conhece. Você não tem idéia de quem eu seja.

Ele a olhou fixamente. Ela estava tão excitada e suas palavras eram tão impetuosas que, na verdade, Robin lhe parecia uma estranha.

— Quem é você, então? — desafiou Cliff.

— Uma igual — disse ela, embora pensasse furiosamente: *melhor*.

— Eu sei disso.

— Tão cientista quanto você. — Mas pensou: *Eu trabalhei por muito mais tempo que você.*

— Você acha que eu não percebo isso?

— Eu sei que não.

— Ouça, nunca adiantou discutir com você. Por isso, acredite no que quiser acreditar, certo?

— Eu disse que quero minha chave.

— E quando você parar com esta ciumeira, me avise.

— Eu não estou com ciúme.

— Não? Claro que não. Você nunca admitiria isso. Você prefere me odiar por algum crime imaginário como... diminuir você, ou a desrespeitar, ou...

— Me dê a chave.

Ele enfiou a mão no bolso.

— Tome, Robin. Fique com sua maldita chave. — Arremessou o molho de chaves com a força que pôde através da sala, e elas se chocaram contra a parede, passando por um triz de um grupo de fotos de família antes de caírem no chão.

Ela não disse outra palavra, nem para pedir que ele saísse. Apenas entrou em seu quarto e bateu a porta.

Não se falaram durante dias. Mal olhavam um para o outro, a não ser quando absolutamente necessário. Os colegas no laboratório andavam em torno deles nas pontas dos pés, como se contornassem a cratera de um meteoro.

No começo, Cliff esperou que a raiva dela fosse passar. No primeiro dia e depois no segundo, pensou que seria paciente e que ela se aproximaria, mas ela se ateve tenazmente a seu ressentimento. Ela anunciou aos outros o rompimento entre eles, silenciosamente provocando-o dentro do apertado espaço do laboratório. Quando seus porta-tubos de ensaio ou seus papéis roçavam nos dele, ela parava o trabalho. Por diversas vezes Cliff afastou-se do caminho dela, tentando controlar seu temperamento.

E então, numa tarde cinzenta, ele perdeu o controle.

— Você pode sair daí? Eu preciso do microscópio.

Robin congelou, chocada em ouvir a voz dele.

— Pode?

E ela disse, lentamente:

— Só estava organizando estas notas.

— E dá para organizá-las em algum outro lugar? — perguntou Cliff, segurando suas placas de Petri. — Porque eu preciso checar minhas células.

— É claro que você precisa — murmurou ela entre os dentes, voltando-se para suas próprias anotações sobre tumor ósseo.

— Robin!

Prithwish e Feng ergueram o olhar de suas bancadas, onde estavam sentados.

— Só um segundo.

— Eu disse saia daí — rosnou ele. No momento seguinte, empurrou Robin e suas anotações para o outro canto do balcão.

Ela perdeu o fôlego e suas costelas doeram.

— Não ouse me tocar.

Recriminadoramente, repugnado, ele a dardejou com o olhar.

Os outros assistiam. Ela estava se comportando mal. Tinha de recuar; o trabalho dele era a prioridade. Cliff afirmava que ela competia com ele. Se apenas ela tivesse a chance! Robin respirou num estremecimento e andou pelo corredor até o velho banheiro das mulheres. Lavou as mãos na pia de porcelana esmaltada e jogou água fria no rosto. Puxando uma toalha de papel, esfregou a face até que ficasse avermelhada. Disse a si mesma que ele não podia feri-la. Ela não era tão fraca. Estava reagindo além do normal. É assim que funciona, ela pensou. Isso é apenas a vida. No momento o trabalho dele é mais importante. Ele precisa do microscópio.

Naquela noite ela foi nadar no Malkin Athletic Center, em Harvard, onde havia se inscrito. Passou pelas balanças a caminho do vestiário das mulheres e colocou seu maiô de uma peça azul-marinho. A água escorria pelos seus ombros no chuveiro de azulejos brancos. Resíduos empoeirados de látex despregavam-se de suas mãos. O cheiro forte da sala de animais escorria ralo abaixo.

E ela nadou sem parar na piscina coberta que provocava ecos. Quando subia para tomar ar, via uma confusão de faixas de raias, sulcos e pranchas vermelhas. Quando voltava de novo o rosto para baixo, o mundo azul através de seus óculos era privado, suave e profundo. Fora uma nadadora no colégio e cortava a água com habilidade; não mais com rapidez, mas ainda forte o bastante para nadar longas distâncias. Vinte voltas, quarenta voltas. Ela se virava e voltava por baixo da água até que o ritmo de suas braçadas abafasse as palavras em sua cabeça. Nadou até que os outros nadadores começassem a sair. A grande piscina se aquietava, e os salva-vidas se aproximavam e apontavam o relógio. Mesmo assim, ela pulou para fora com relutância, tremendo e pingando no deck.

Ele não podia feri-la. Nunca deixaria. Tomou banho de novo e vestiu-se, cobrindo-se com o suéter. Com a cabeça abaixada, escovou o cabelo molhado. Disse a si mesma que esqueceria tudo sobre o dia. Mas ainda se lembrava dele a empurrando, sua voz dura, sua explosão — e a resposta emocional e impensada dela. E então, confusamente, lembrou-se de uma noite quase dois anos antes, quando estavam trabalhando até tarde. A lembrança era vívida e voltou a ela com igual embaraço.

— Você quer que a acompanhe até em casa? — perguntara ele.

Ela não respondeu.

— Não é uma idéia muito boa.

— Provavelmente não.

Ele tirou as luvas e encarou-a.

— Tudo bem, me dê a lista.

— Que lista?

— Você sabe — disse ele. — As razões. Se isso a faz se sentir melhor.

— Tudo bem. — Ela percebeu que precisava de um momento para reconstruí-los. Não tinha mais namorado. — Em primeiro lugar, sou velha demais para você.

— Certo. — Ele se aproximou um pouco mais.

Ela tremia.

— Segundo, definitivamente não iria funcionar.

Ele se aproximou ainda mais.

— Em terceiro, eu não quero — mentiu.

Ele a beijou suave e hesitantemente na boca, depois se afastou como se para checar se ela estava bem. Ela não se moveu.

— Venha aqui — murmurou ele, e carregou-a para a escuridão da despensa. Tomou o rosto dela com as mãos e beijou-a, sôfrego, buscando-a com a boca e as mãos. Colocou seus braços em torno dela enquanto tirava a fita que prendia seu cabelo.

— Isso dói. Por que você fez isso? — censurou-o ela enquanto seus cabelos os envolviam. Tentou afastar as mãos dele, mas ele correu seus dedos através dos longos fios. — Espere, espere — murmurou ela.

— Eu esperei — disse ele.

A luz apunhalou os olhos deles, que congelaram quando Marion abriu a porta e os surpreendeu, um nos braços do outro.

Marion ficou petrificada por um momento, sem voz. O que ela pensara, vendo os dois daquele jeito? Que pensamentos terríveis passaram por sua mente?

— Desculpe — Marion disse. Ela apagou as luzes de novo e fechou a porta.

— *Não* — murmurou Robin assim que Marion se foi. — Não posso acreditar. — E naquele momento ela e Cliff eram amigos e companheiros no sofrimento mais uma vez. Seguraram um ao outro como adolescentes culpados, mortificados na escuridão.

— Ela não viu nada — raciocinou Cliff.

— Viu, viu sim. — Robin afundou sua cabeça no ombro dele ao mesmo tempo que ria de si mesma com o absurdo da situação. — Ela vê tudo. Ela sabe de tudo.

— Não, isso não é verdade. — Ele se recuperava com notável rapidez.

— Mas e se ela...?

— Ela não vai. — Ele alisou os cabelos dela. — *Shh.* — Ele se ocupava de tranqüilizá-la e distraí-la... e desabotoar sua blusa.

— Acho que ela vai...

— Preocupações, preocupações...

Robin colocou sua mochila no ombro e caminhou penosa e cansadamemte para fora do vestiário. Tentou piscar e afastar dos olhos aqueles primeiros beijos, a lembrança dos lábios dele em sua pele nua.

— Eu não tenho medo de Marion Mendelssohn — declarara Cliff então.

— Pois devia ter — disse ela, mas ele apenas a provocou, mordendo seus dedos quando ela cobriu a boca de Cliff com a mão.

Na manhã seguinte, antes de Glass chegar, Robin bateu secamente na porta do escritório.

— Entre — disse Marion tenuamente. Ela estava com os olhos semicerrados, escrevendo na tela negra e âmbar de seu computador, e mal levantou o olhar quando Robin entrou. Digitou um pouco mais, catando milho. Era uma pequena vaidade dela não saber digitar apropriadamente. Vinha de uma época em que as mulheres datilografavam bem, mas aquelas mulheres não eram cientistas.

— Posso falar um minuto com você?

Marion voltou-se, piscando pelo esforço da escrita, para ver a face angustiada de Robin.

— O que foi? O que há de errado?

— Não posso fazer qualquer progresso se esperam que eu desista de tudo por Cliff — disse Robin.

Marion ouviu. Sabia, é claro, que ela e Cliff tinham brigado, que não se falavam mais. Sabia exatamente por que Robin a procurava agora. Mesmo assim, embora sentisse a temperatura da raiva de Robin, resolveu prosseguir. Desaprovando o comportamento de Robin, não iria agora recompensá-la lidando diretamente com a fonte de seu ódio.

— Precisamos trabalhar juntos — disse Marion — ou não vamos terminar os experimentos.

— Sim, mas eu estava fazendo um projeto completamente diferente — disse Robin.

— Estamos estudando o R-7 agora — disse Marion.

— Mas por quê? — exasperou-se Robin. — Por que eu tenho de trabalhar nisso?

— Você está sugerindo que entreguemos seu trabalho para outra pessoa? Todo mundo aqui está fazendo tanto quanto você.

— Eu preciso de tempo para minha própria pesquisa — disse Robin.

— Você tem de ser paciente — disse-lhe Marion.

— Eu tenho sido paciente.

Com surpresa e algum desprazer, Marion viu o feitio dos lábios de Robin, seus punhos cerrando-se inconscientemente. Robin, que sempre fora tão calma, que tinha batalhado no laboratório por tanto tempo, sempre a abelhinha, raramente reclamando, mesmo quando lhe cortavam as asas. Robin, que fora tão disciplinada, até se envolver com Cliff.

Sandy advertira Marion sobre os dois no começo. No momento em que Cliff chegou, Sandy previu:

— Vai haver encrenca. Você vai ver.

Mas Marion não vira nada daquele tipo. Viu um jovem brilhante chegar ao laboratório cheio de energia, transbordando de novos planos.

— Você é tão cega — disse-lhe Sandy uma vez.

— E você é um fofoqueiro — censurou-o ela. Ele adorava especular sobre quem fazia o que com quem, não apenas no laboratório deles, mas também em relação aos outros. — Você é terrível.

— Eu sei — disse ele. — Mas é divertido.

Marion protestou, ele riu dela, e ela entendeu, de passagem, enquanto afastava o próprio pensamento, que fazer fofoca era a maneira de Sandy flertar com ela.

— Veja como ele a olha — murmurara ele numa conferência a que todos compareceram.

Ela ignorou aquilo e concentrou-se no palestrante convidado, de Utrecht.

— E ela está fingindo que não percebe — dissera Sandy.

Marion recusava-se a se deixar convencer, mesmo quando começou a achar que ele estava certo. E se houvesse algo entre Cliff e Robin? Não era da sua conta. Ela havia sentido uma pontada de pânico quando os flagrou na despensa. Ficou horrorizada de encontrá-los lá, mas sentiu-se protetora também. Ela soube no mesmo momento que jamais diria a Sandy que os descobrira abraçados. Recordou sua própria juventude, e como ela e Jacob se encontraram. Lembrou-se de altas horas da noite e de certos corredores escuros, lugares onde podiam se esconder na rede de laboratórios de Applebaum. Ela sentiu, estranhamente, que expor Cliff e Robin seria trair sua própria juventude. Por mais próxima que fosse de Sandy, por mais livre que fosse com suas idéias, havia alguns aspectos da vida que não partilharia com ele.

Ela detestava a confusão entre vida pública e privada, a mistura auto-indulgente de amor e trabalho. Ao ouvir Robin lamentar seu programa de pesquisa e implorar mais uma vez por seu projeto de câncer ósseo, Marion fitou-a com pena e desdém.

— Eu ainda quero prosseguir com ele — dizia Robin agora. — Acho que tenho um bom modelo para metástase. Tenho a linha celular e tudo no lugar. Só preciso de tempo.

— Isso significaria começar do zero — disse Marion.

— Eu sei, mas não me importo — Robin disse.

— Pode ser, mas o trabalho com o vírus está em pleno andamento. Você podia fazer parte da tese. — Marion balançou a cabeça para sua teimosa pós-doutora. Como é que Robin podia chegar a sugerir alguma coisa tão pouco prática? O que havia de errado com ela? Como podia ser tão brilhante e trabalhadora e demonstrar de tantas formas tal falta de julgamento? Anos atrás, Marion aconselhara Robin a parar de trabalhar com as amostras de sangue de Sandy, mas ela não ouvira. Nisso ela era um pouco como Cliff. Seguia com seu trabalho, cega. Cliff, no entanto, sempre tivera o quadro claro à sua frente, não importa quão pretensioso pudesse ser. Sempre trabalhara visando um objetivo maior. Robin atolava-se nos detalhes. Era uma técnica maravilhosa, mas não considerava que cada tarefa podia ajudar nos objetivos do laboratório. Irritava Marion saber que Robin tinha trabalhado durante cinco anos e que agora, por ter brigado com Cliff, se recusava a reconhecer a importância dos resultados para o laboratório. Ela não estava de jeito nenhum pensando no futuro. Marion suspirou. — Por que você não se senta?

Robin hesitou. Havia apenas uma cadeira, e era a de Sandy. O escritório não havia sido planejado para receber visitantes.

Marion deu a volta na mesa de Sandy e pegou ela mesma a cadeira dele.

— Sente-se — ordenou, e Robin obedeceu. — Agora me conte o que você quer.

— Quero meu tempo de volta — disse Robin. — Quero trabalhar em meu próprio projeto sem Cliff...

— Imagino que você possa continuar seu trabalho com os tumores ósseos — assentiu Marion. — Nas próximas semanas haverá tempo para isso.

Robin recostou-se na cadeira, entusiasmada pela promessa, encantada pelo simples pensamento de ter seus dias e horas.

Marion, porém, não tinha terminado.

— O que você quer profissionalmente, no futuro? — insistiu ela. — Como você gostaria que sua carreira de desenvolvesse? O que você acha que seria sua situação ideal?

Os olhos de Robin arregalaram-se. Marion estava mesmo planejando se livrar dela? O desenvolvimento de sua carreira? O futuro? Que eufemismos eram aqueles?

— A coisa com Cliff... — Robin começou a explicar.

— Não quero ouvir sobre Cliff — interrompeu Marion.

Robin encolheu-se.

— Quero ouvir sobre você.

Robin fitou o nada.

— Eu gostaria — disse ela lentamente — de fazer algum progresso e de sentir que meu trabalho faz diferença. Gostaria de fazer parte de uma comunidade na qual os recursos não fossem tão escassos, onde não tivesse que se fazer uma escolha entre o meu trabalho e o dele, agora ou mais tarde. Gostaria de fazer parte de algo em que eu não tenha sempre que seguir, mas possa liderar.

Marion aquiescia enquanto ouvia tudo isso. Ouviu cuidadosamente cada palavra. Como um explorador de cavernas procura criteriosamente seu caminho em um escuro corredor subterrâneo,

Marion tentou se concentrar para se imaginar na posição estreita e de autopiedade de Robin: sem publicações, desconsiderada. Marion preocupava-se enormemente com seus pesquisadores — eram seus filhos acadêmicos, e ela apenas queria lhes dar o melhor conselho. E então disse uma coisa que deixou Robin arrasada:

— Parece que o que você quer mesmo é ensinar.

2

Havia uma sala oculta no Philpott. Os recém-chegados passavam direto por sua porta, que fazia uma quina com a escadaria. A equipe de limpeza às vezes a tomava, por engano, como a sala dos faxineiros e abria a porta, mas encontrava apenas uma grande sala cheia de equipamento científico em vez de baldes e vassouras. Era a cozinha do instituto, onde os cientistas faziam suas encomendas do rico fluido de cultura de microrganismos, o caldo para fazer crescer as células.

A sala não tinha janelas. Um grande freezer e quatro geladeiras ficavam lado a lado contra duas paredes. Nas geladeiras eram mantidos milhares de dólares de ingredientes: litros de soro fetal de bezerros da cor de xarope de bordo; pen-strep (uma solução de penicilina e estreptomicina), Fungizone e outros antibióticos que os pesquisadores misturavam ao fluido para combater micróbios e bolor. Uma mesa encimada por uma estante de livros, a coifa de fluxo laminar e dois grandes carrinhos com rodas tomavam o resto do espaço. A sala estava até o teto de suprimentos: funis de plástico, caixas de papelão com filtros, tubos de ensaio com tampas brancas e cor de laranja, dezenas de béqueres tapados com papel-alumínio, esperando para ser preenchidos. Havia rolos de etiquetas — brancas, amarelas, verde-claras, azul-esverdeadas —, potes de substâncias químicas em pó e dúzias de livros; títulos de obras de ficção e sobre como fazer patchwork junto com catálogos científicos: GIBCO BRL 1986, *The Quilter's Guide to Rotary Cutting*, VWR Scientific Products. O espaço era lotado, mas totalmente organizado. Isso agradava a Nannete Klein, que administrava o local.

Nanette era parte técnica, parte cozinheira, parte bruxa, parte mãe de internato e certamente a principal fofoqueira do laboratório. Também podia lavar os frascos, mas tinha outras pessoas para colocar os vidros na autoclave para ela, *graças a Deus*. Gostava de ter um pessoal de apoio, embora os julgasse preguiçosos. "Eles não fazem *nada*", ela exclamava. "Já os observei, e eles passam metade do tempo tomando chá!" A própria Nanette estava sempre ocupada, sempre se movimentando em sua cadeira giratória. Era um tipo de pessoa afavelmente rabugenta, sem temor de chamar um cientista de relaxado, feliz de passar horas aconselhando um novo pós-doutor do Paquistão, igualmente disposta a gritar com qualquer um que entrasse sem seu conhecimento e deixasse os suprimentos e substâncias químicas desarrumadas. Colocara sinais em seus armários e refrigeradores: FECHE A PORTA!!! E NÃO USE MEU NaOH!!! PARE!!!

Não era francesa, apesar do nome. Quando garota, em Wisconsin, sempre sonhara viajar para Paris, ir ao Louvre e se sentar nos bancos de ferro forjado das Tulherias. E quando finalmente chegou lá como uma jovem mulher, a cidade era tão pavimentada com pedras e enevoada, tão elegantemente cheia de estátuas e impressionistas quanto havia imaginado. A cidade era magnífica, mas os parisienses riam ao ouvir o nome de Nanette. Não era um nome real, diziam a ela. Era, na melhor das hipóteses, um apelido, mas nunca um nome próprio. E Nanette ria com eles, embora as risadas a magoassem. Mesmo assim ela não deu importância, e gostava de contar a história. Sua mãe, claro, nunca estivera na França. Ela havia adorado o filme *No, No, Nanette* e achara que o nome era lindo. Como ela poderia saber?

Nanette encolheu os ombros, franziu os lábios e inclinou-se para trabalhar na coifa. Era baixa e roliça, pálida de trabalhar tantas horas trancada. Tinha costas largas, mas pés pequenos. Vestia elaborados coletes de patchwork que ela mesma fazia — arte para vestir — e prendia seus longos cabelos grisalhos com velhas presilhas. Como sempre, não parava de falar, mas mantinha os olhos atentos no fluido vermelho que escorria do garrafão de plástico branco sobre a mesa, através de um tubo claro que terminava numa campânula protetora de vidro, até chegar a inúmeros vasos esterilizados. Ela filtrava o fluido e o tingia de vermelho para o teste de pH. Com o pé em um pedal, demarcava 450 mililitros em cada vaso, levantava o pé do pedal e cortava o meio remanescente no tubo exatamente no momento certo. Ela sabia de olho o nível apropriado no vidro.

— E então, o que traz *você* aqui neste dia chato de primavera? — perguntou a Robin, que se sentou na pequena cadeira giratória cinza que Nannete mantinha para os visitantes. — Você seguiu meu conselho e chutou-o na...

— Não! — protestou Robin.

— Bem, isso é uma pena. — Embora a voz de Nanette fosse doce, suas opiniões eram ácidas. A lenda dizia que a própria Nanette já fora pesquisadora, que fizera um trabalho brilhante no passado e depois se estressara e desistira de seu doutorado. Certamente ela sabia bastante e se mantinha atualizada com as publicações científicas. Ela era orgulhosamente superqualificada.

— É difícil — admitiu Robin.

— Só se você o deixar atingi-la.

— Não é só ele — disse Robin. — É a situação toda.

— Você quer dizer, a situação toda em torno dele — disse Nanette com irritante autoridade. — Mas eu não vou dizer que lhe avisei. Eu não seria tão...

— Marion disse que eu devia ensinar — interrompeu Robin.

— Ensinar! — cacarejou Nanette. — Ela ficou louca? O que, estudantezinhos metidos, com seus laboratoriozinhos desprezíveis? Eu preferiria morrer.

— Eu sei.

— Ela, de todas as pessoas... — disse Nannete.

— Eu sei.

— Ela veio para o Philpott para evitar dar aulas e fazer seu trabalho em paz. E por qual outra razão alguém viria? Meu Deus.

— Fiquei tão ofendida — disse Robin. — E tão... desapontada, como cientista, por ela ter dito algo assim para mim.

— Você quer dizer que esperava que ela oferecesse apoio, aconselhamento, essa tipo de coisa? — perguntou Nanette. — Está bem. — Olhou por cima de suas quatro dúzias de frascos cheios de fluido vermelho, bombeou todo o líquido remanescente no garrafão para um grande frasco e depois decantou a substância do frasco grande para cinco pequenos. Distribuiu o fluido igualmente até que estes frascos finais contivessem os 450 mililitros apropriados. Usou cada gota do precioso líquido, depois se virou e encarou Robin. — Você não sabe — disse Nanette — que as mulheres são sempre mais mesquinhas com outras mulheres? Especialmente mulheres cientistas.

— Isso não é verdade — disse Robin.

— Não deveria ser, mas é. — Os olhos caramelados de Nanette pareceram dilatar-se ligeiramente, magnificados pela indignação e por seus grandes óculos de tartaruga. — Elas sempre são mais duras com as outras. É porque são tão poucas. Odeiam as jovens que chegam. Sentem-se ameaçadas.

— Marion Mendelssohn não está ameaçada por mim — disse Robin.

— Ela preferiria ver você fora daqui, em algum outro lugar, ensinando. Em alguma escola pequena sem programa de graduação, sem equipamento, com dois cursos por semestre...

— Não! — protestou Robin. — Eu a conheço. Ela nunca desejaria isso para mim.

— No meio científico, as mulheres se *odeiam* — disse Nanette. — Sabe por quê? Porque as poucas que há por aqui foram treinadas por homens. Elas sobrevivem sendo duas vezes melhores, mais competitivas e agressivas que os caras.

— Você é tão cínica — disse Robin.

— Quem, eu? — protestou Nanette juvenilmente. — Trabalhe *você* aqui durante 15 anos. Eu me lembro quando Mendelssohn chegou. Ela mal olhava para os outros. Não dizia oi nem se você cruzasse com ela na escada. Na verdade, hoje ela é muito melhor do que era.

— Ela acha que eu devia ensinar em Tufts em regime de meio expediente — disse Robin.

— Ah, deixe-me adivinhar. Ela quer que você trabalhe para o marido dela como professora assistente de graça!

— Não, ele tem verbas para me pagar — disse Robin. — Não está conseguindo achar um segundo professor assistente e sua classe é maior do que ele achou que seria.

— Ah! — Nanette estava genuinamente surpresa. — Bom, isso é diferente. Não é tão ruim.

— Como assim? Você acabou de me dizer que ela está me dizendo para desistir da pesquisa.

— E daí?

Robin piscou, chocada com a velocidade com que Nanette de repente tinha mudado de rumo.

— Professor assistente de Jacob Mendelssohn? É praticamente dinheiro de graça. E o semestre já está no meio! Apenas corrigir algumas provas...

— Mas simbolicamente...

— Dane-se o simbolismo. Você poderia ganhar 1.200, 1.500 dólares. Pegue a grana e suma!

Robin poderia fazer uso do dinheiro. Ainda assim, estava estupefata com o conselho de Nannete.

— E aquela coisa de as mulheres odiarem umas às outras no meio científico?

— Mas é exatamente esta a questão — disse Nanette a Robin. — As mulheres cientistas se odeiam mesmo. Mendelssohn *nunca* vai alimentar você. Portanto, cabe a você aproveitar qualquer porcaria que apareça em seu caminho. É um presente! — Ela carregou o carrinho com seus frascos.

— Você acabou de dizer que ensinar é um destino pior que a morte.

— Não, eu não disse.

— Praticamente.

— Bom, trabalhar para Jacob não é exatamente ensinar. Ele é tão obsessivo que, na verdade, não a deixaria ensinar nada. Você dá um pouco de notas. E pronto. Corrige alguns exercícios. Muitas pessoas fizeram isso.

— Quem, por exemplo? — perguntou Robin.

— Muitas pessoas... — disse Nanette, procurando em sua memória pós-doutorado de anos passados. — Akira.

— *Akira*? — Robin nunca conhecera Akira O'Keefe, embora tivesse ouvido falar dele. — Akira tentou cometer suicídio — disse Robin.

— E outros — disse Nanette. — Houve outros, também.

— Não acredito que você o esteja usando como exemplo.

— Bom, ele sofria de depressão — disse Nanette. — E ele teve uma má sorte terrível com os ratos... a epidemia na colônia, você sabe. Perdeu dois anos de trabalho e ficou se sentindo miserável. Mas não foi o *ensino* que o atingiu.

Lentamente, Robin subiu de volta as escadas até o terceiro andar. Reconhecia que, à sua maneira, Nanette tinha tentado animá-la.

Tentara todos os seus melhores truques — reminiscências, humor, empatia, irritação, até mesmo conselhos práticos, mas nada disso ajudara.

Na incubadora, as células de Robin dividiam-se freneticamente. Ela não se incomodava. Não contribuiriam em nada com seu futuro. Todas eram parte do grande esforço de reproduzir os resultados de Cliff. Ela odiava trabalhar com aquelas células, mas odiava mais o fato de ninguém considerar seu sentimento em relação àquilo. A proposta de financiamento fora despachada já fazia tempo para o Serviço Nacional de Saúde, e Mendelssohn e Glass seguiam seu curso de ação. Os dois preparavam o artigo para enviar à *Nature*, e isso era tudo em que pensavam. Mas agora, intrometendo-se em seus próprios pensamentos, Sandy Glass se apressava atrás dela no corredor.

— Robin! Robin! Andei procurando você por todo lugar — exclamou Glass.

Surpresa, ela perguntou a si mesma se ele teria alguma notícia boa — ou alguma idéia. Odiou-se pelo modo como seu coração disparou.

— Você não comprou seu ingresso para o concerto de Aidan. — Glass apontou seu dedo para ela.

— Ah — disse ela.

— Tenho os ingressos em um envelope na porta do escritório, e você pode deixar o... — ele se interrompeu e olhou para ela. — Você vai, não vai? Você sabe que ele fará Jesus cantando. Reservei para nós algumas poltronas na frente e no centro do mezanino.

Ela estivera antes em um concerto de Aidan. Todo o laboratório foi porque, como dizia Glass, eles eram uma família, e porque Glass amava música antiga. Aidan era ótimo com os ratos, mas não havia dúvida de que seu canto o ajudara a conseguir a posição de técnico de laboratório. Se Mendelssohn não se importava com tais atividades extracurriculares, Glass se encantava com pessoas que enriqueciam o laboratório com música, ou fotografia, ou parentes famosos ou, pelo menos, com novas línguas, como tagalog ou birmanês. Quando Aidan chegou acompanhado de seu barítono doce e fresco, Glass conseguiu levar o laboratório à maioria de suas apresentações. Ouviram baladas, cantatas e áreas e instrumentos de época — bandolins e violas, alaúdes, trompas e trombones. Robin gostava de música clássica mais do que todos, mas não estava nem um pouco disposta a uma excursão do laboratório.

— Vou tentar estar lá — disse ela.

— Robin, você tem de estar lá. Ele vai representar Jesus na *Paixão de São Mateus.* — Sandy inclinou-se para a frente sobre os dedos dos pés, como sempre fazia quando estava muito excitado. — É um marco na carreira de Aidan.

Além de seu amor pela música e de seu orgulho por Aidan, Sandy tinha um motivo político para a noite. O laboratório tinha 14 ingressos para a *Paixão*, e Sandy também convidara o diretor do Philpott e sua esposa. No momento precisava do apoio do instituto: publicidade e tanto dinheiro quanto o diretor pudesse dispor. A promoção era como sempre essencial, mas, neste caso, ele e Marion tinham produzido resultados reais, patentes. O trabalho do próprio laboratório deles poderia chamar muito a atenção do mundo externo para o Philpott, rios de dinheiro das agências financiadoras de Washington.

Antes do concerto, enquanto o público circulava sob o teto abobadado do Harvard Memorial Hall, Sandy postava-se como o produtor da noite, com o idoso e bastante austero diretor, Peter Hawking, de um lado, e sua esposa rechonchuda e estentórea, Bárbara, do outro. Marion e Jacob completavam o quinteto íntimo, perto do qual se encontravam Ann — escoltando Kate, a única filha que concordara em ir —, Feng e Mei, Prithwish, Natalya e seu marido criptógrafo de barba ruiva, Ivan. Mas onde estava Robin? No momento Sandy estava muito ocupado para pensar em procurá-la. Falava com Hawking sobre o novo artigo da *Nature* e especulava sobre as chances de ele ser publicado logo. Sandy, é claro, tinha muitas idéias sobre como facilitar isso.

— Sim, tenho certeza de que você tem — murmurou Hawking.

Bárbara colocou a mão no braço de Hawking e riu, como se ele tivesse dito algo espirituoso. Mas ninguém além do círculo íntimo de Sandy pôde ouvir a piada no hall em forma de catedral, com o público e os estudantes, trabalhando como lanterninhas, ocupando todos os cantos. Risos ecoavam de encontro às placas com o nome de jovens de Harvard mortos na Guerra Civil: Nathaniel Saltonstall Barstow. Thomas Bayley Fox. Charles Redington Mudge. Nome sobre nome e arco sobre arco. Toda a conversa era engolida pelo espaço abobadado, pelos ornamentos entrelaçados de madeira e pela alegoria do vitral, escura contra a noite do lado de fora.

Cliff esforçava-se para ouvir. Tentou aproximar-se. Afinal de contas, era sua pesquisa. Mas a multidão era muito compacta, e as luzes já piscavam. Seguiu os outros pelas escadas entalhadas até o Sanders Theatre, com seu palco sem cortinas, a madeira amarela coberta de plataformas e cadeiras para os cantores do coro. Os convidados de Sandy ocuparam duas fileiras de assentos, e sem cerimônia Sandy guiou Hawking e sua esposa até a frente para sentá-los entre ele e Marion. Kate e Ann ocuparam as cadeiras à esquerda de Sandy, Jacob sentou-se à direita de Marion, e os pesquisadores se arranjaram nas cadeiras da fila de trás. Os assentos eram em grandes bancos de madeira, como bancos de igreja, e quando Robin entrou apressada, Natalya e Ivan foram buscá-la rapidamente. Chegara bem na hora.

Sandy falava a Hawking com convicção, e ainda assim Cliff não conseguia ouvir. Ele ansiava por fazer parte da conversa. Estava apenas uma fileira atrás e a dois assentos de distância do grande homem, que usava um corte à escovinha da era do Sputnik, gravata-borboleta e um jeito cavalheiresco e lacônico. Se fosse um gesto polido, Cliff esticaria o braço para além de Feng e Mei e bateria no ombro de Hawking, mas tudo o que podia fazer era continuar olhando ansiosamente. Não conseguia compreender as dificuldades de Hawking — seus problemas ao tentar negociar um futuro para o Philpott com seu vizinho gigante, Harvard. Nestes tempos modernos, o Philpott era um principado pobre pronto para a anexação, e Peter Hawking percebera havia muito tempo que a questão não era se, mas em que termos o instituto se afiliaria às outras escolas e programas sob o guarda-chuva carmim de Harvard. Aos olhos de Cliff, Hawking era o todo-poderoso. Conseguira tudo o que Cliff sempre sonhara: o prêmio Nobel, dezenas de patentes, afiliação na Academia Nacional de Ciências e em qualquer organização majestosa que se pudesse citar. Fora isso tudo, Hawking era famoso por suas apresentações espirituosas, sua enunciação austera de piadas maliciosas. Fazia com que Cliff se lembrasse de um biólogo que admirava em Stanford, o idoso professor Carmichael, que ensinava Introdução à Microbiologia. Como era divertido em suas aulas e bem-humorado com relação à sua reputação. Escrevera um livro para seu curso, um clássico na área, e começou cada capítulo com uma epígrafe de Shakespeare, ou Robert Browning, ou Lewis Carrol. De pé ao lado da lousa, impressionava seus estudantes com o guincho do giz. Como Cliff queria ser igual a ele. Como queria ouvir agora a conversa entre Glass e Hawking. Queria muito.

As luzes diminuíram, a pequena orquestra de época terminou a afinação, a conversa silenciou. O coro duplo ocupou o palco em negro solene, e o maestro, Jim Marvin, encontrava-se totalmente a postos em sua persona de condutor. Finalmente os seis solistas se agruparam à frente, onde tinham cadeiras. Os pesquisadores esticavam o pescoço. Lá estava o alto, envolto em veludo carmim; a soprano, drapejada em seda de um azul profundo com um espantoso decote e uma estola que se deslocava e endireitava à medida que andava, como um pássaro de peito branco ajeita suas asas azuis. O tenor solo e o barítono se colocaram à frente, seguidos pelo Evangelista. E, finalmente, Aidan. Glass puxou os aplausos, mas todos bateram palmas com alegria ao ver Aidan como Jesus, tão imaculado e elegante, usando gravata em vez do jaleco da sala de animais do laboratório, sapatos a rigor pretos e brilhantes em vez das botinhas azuis.

Aplaudiram até Jim Marvin silenciá-los. A sala estava cheia até seus caibros entalhados de estudantes, amigos e pais. Na quietude, ao olhar para trás, Sandy viu com satisfação que os assentos com a família do laboratório estavam todos tomados. Amava este tipo de acontecimento cerimonial. Adorava a perspectiva de se sentar com um Hawking cativo durante três horas. Era um homem difícil de se segurar para uma reunião de dez minutos. Agora Glass tinha Hawking a seu lado por todo o concerto — e o intervalo. Apenas começara a falar com ele sobre seus planos em relação ao R-7, e quando a música subia Sandy não podia evitar sorrir, imaginando as sementes que estava prestes a plantar na mente de Hawking.

Jacob Mendelssohn acompanhava com a partitura no colo e aprovava o tempo em que Aidan cantava. Achava Aidan muito bom, mas o Evangelista, com sua enunciação soberba, era melhor. Por sorte os outros não podiam ler a mente de Jacob, porque ele, na verdade, tinha um pouco de pena de Aidan por ele ter de cantar ao lado do tenor puro e claro do Evangelista.

Prithwish, Natalya e Cliff não perceberam que o Evangelista tinha roubado o espetáculo de seu Aidan. Ele ocupava o palco, pés plantados, solenidade de escolar, olhos azuis redondos, a boca estendendo-se para dar forma às notas, todo esforço e sinceridade. Era conhecido no laboratório por suas brincadeiras sem graça, seu gosto terrível com namorados e por inventar apelidos irritantes. Swish para Prithwish, Tia Em para Marion, e If para Cliff. No palco, no entanto, Aidan era grandioso e estóico. Observavam cada um de seus movimentos e esperavam impacientemente ele se levantar.

Robin, porém, esperava os coros. Eram tão simples e singelos, como hinos, e de alguma forma, em sua repetição, começaram a cingi-la. O coro subia e descia em ondas atrás dos solistas, e suas vozes a envolviam com calor. Os solistas eram brilhantes, o recitativo do Evangelista um *tour de force*, mas os cantores do coro representavam a comunidade, e ela começou a sentir a mais profunda consolação nessa associação de vozes. Esqueceu o descaso que vinha sofrendo, a falta de interesse que mostravam por ela, as ordens para devotar seu tempo ao projeto de Cliff. Esqueceu como a pesquisa do laboratório estava se afastando dela. Por um momento, quase esqueceu sua dolorosa separação de Cliff. Seu ressentimento era tão pequeno em comparação com a grandiosidade do coro, um caco de vidro em um oceano de som. E o que importava se ela tinha sido praticamente coagida a comparecer? Que se sentava como uma criança atrás dos mais velhos? Entrara em uma paisagem na qual trabalho e competição, e mesmo um coração partido, pareciam tão pequenos como uma ponte ou barco num majestoso desenho chinês feito a pincel.

Robin não era uma entusiasta, mas naquela noite ela se levantou antes dos demais. Ficou à frente do auditório, aplaudindo, e mal percebeu o que os outros faziam ou quando se levantaram também, batendo palmas, os pés, incentivando, todos em torno dela.

Do lado de fora, no Memorial Hall, os membros do coro, estudantes de graduação, correram no meio do público com suas pastas pretas de partituras, rindo e se amontoando, inebriados por seu sucesso. Pais tiravam fotos, namorados e namoradas se abraçavam, enquanto os músicos contratados abriam caminho sisudamente por entre a aglomeração, carregando seus instrumentos em funcionais estojos marrons. Em um canto do salão de mármore, um jovem tenor chorava, dominado por Bach. Lágrimas escorriam por suas faces enquanto seus colegas do Collegium Musicum chegavam para consolá-lo. Coragem, disse Jacob silenciosamente ao jovem. Não precisa chorar, não foi *tão* bom assim. Ele observou, divertido, as garotas correrem até o rapaz, solicitamente brandindo as flores que haviam ganhado, rosas individuais embrulhadas em celofane.

Robin ficou com os outros, esperando Aidan reaparecer. Viu Glass recomeçar a conversa com Hawking, enquanto a esposa de Hawking conversava tediosamente com Ann. Os pés de Robin pinicavam, como se estivessem dormentes. Todo mundo falava ao mesmo tempo. Glass ainda efervescia, com Cliff bem a seu lado. No momento nada disso a incomodava. No tumulto, com toda a sua mente ocupada pelo coro, ela mal podia ouvir. E então ela falou com Jacob, enquanto a música ainda a protegia.

— Soube que você pode estar interessado em alguma ajuda com as provas.

— Perdão? — perguntou ele, voltando-se para ela polidamente.

Mas assim que ela tentou falar de novo, Jim Marvin entrou no salão, para os gritos e vivas de seu coro.

— Ah, lá está ele — disse Ann, apontando Aidan, que seguia o maestro com os outros solistas.

— Ei, Aidan! Aqui!

— Parabéns, cara. Ficamos esperando uma hora.

— Muito bem, muito bem!

— Aidan — disse Sandy. — Como a gente vai segurar você no laboratório?

Eles o cercaram, enquanto Ann tirava fotos. Muito tempo depois daquela noite, uma foto do concerto permanecia grudada na porta da geladeira. Todos concordaram em que era a melhor foto de grupo que tinham. Até Robin estava sorrindo, praticamente rindo de prazer. Mas era tarde, e Bárbara Hawking disse às pessoas que estava ficando cansada. Sandy disse que acompanharia Hawking para pegar os carros. Ann sugeriu que eles todos começassem a sair, e aí a logística logo cortou a comemoração. O grupo atravessou a porta para a gelada noite de primavera. Caminharam para o estacionamento do Philpott, a apenas uma quadra: primeiro Sandy, Bárbara e Peter, depois Jacob e Aidan, falando sobre música, e finalmente Cliff, que se viu lado a lado com Kate.

Não era um acidente. Kate planejara que ele a encontrasse assim. Durante todo o concerto, sentiu Cliff sentado na fileira de trás e perguntou a si mesma se ele se lembrava dela. Na vasta solidão da Hill School, ela certamente se lembrava dele: um biólogo dado a tropos poéticos e conceitos enigmáticos. Ela se lembrava de como ele a tinha ouvido. Mergulhara em Donne, mesmo na festa de Natal de seu pai, seguira-a através da porta metafórica. E que efeito! Foi como alguém que nunca tivesse visto o oceano. Tornara-se tão quieto e pensativo. Desejara poder recitar eternamente para ele na biblioteca. Havia se sentado com ela e ignorado tudo e todos. Quando finalmente a festa terminou e ele se levantou para partir, ela quis correr para cima, apanhar todos os seus livros e dá-los a ele. Ela quis mais que tudo atacar a biblioteca de sua mãe, tirar das estantes todos os autores dos séculos XVI e XVII e dá-los a ele, como chaves para grandes jardins amuralhados. Vira que ele era um cientista que queria se libertar; sentia sua necessidade de viajar para algum lugar novo.

Ele a percebeu caminhando a seu lado.

— Oi, Kate — disse ele, levemente surpreso. — Como John Donne está tratando você?

— Na boa — murmurou ela, estudando a calçada. Então, levantou os olhos para Cliff e falou diretamente. — Parabéns.

Cliff sentiu-se confuso por um segundo. Todos estavam tão ocupados cumprimentando Aidan.

— Pelos seus resultados — emendou Kate. — Meu pai está entusiasmado.

Cliff corou de prazer. Aquela era uma ovação e tanto. Quis pegar a mão de Kate por fazê-lo tão feliz. Ela parecia tão linda, com sua face delicada e resoluta, os cabelos castanho-claros se espalhando sobre seu suéter. *Meu pai está entusiasmado.* Poderia tê-la beijado. Amou-a por aquelas palavras — embora instantânea e avaramente quisesse ouvir mais.

Ela lhe sorriu de volta e desejou que ele pegasse sua mão. E que a beijasse. Desejou, acima de tudo, não ter 15 anos.

Andaram em silêncio por um momento, e ele pensou em perguntar sobre o concurso de retórica... ou sobre a escola. Em vez disso, perguntou:

— Posso lhe pedir um favor?

— Claro — disse ela.

— Estamos escrevendo o artigo sobre meus resultados, e eu pensei... Você acha que poderia encontrar uma epígrafe?

— Uma epígrafe sobre o quê?

— Não sei. Alguma coisa sobre ratos ou vírus. Tive um professor em Stanford que colocou epígrafes em todos os capítulos de seu livro didático, perfeitas citações literárias.

— Não acho que vá encontrar alguma coisa sobre vírus — disse ela.

— Não, acho que não. — Ele afastou a idéia com a mão. — Não se preocupe. Estou ficando um pouco obsessivo — falou. — É meu primeiro artigo importante.

— Eu sei — disse ela.

Chegaram ao Philpott. Os Hawking finalmente alcançaram seu carro. Sandy e Ann apressaram Kate, Robin pegou uma carona para casa com Natalya e Ivan, enquanto Prithwish e Cliff combinaram encontrar Aidan para uns drinques em Harvard Square. Apenas Aidan e Jacob, alheios a todos ao redor, ainda estavam imersos na conversa, discutindo instrumentos e tempos enquanto Marion ouvia. Ela era humilde quando se tratava de concertos, muito consciente, convivendo com seu marido talentoso, de não ser nada musical.

Havia uma coisa da qual Marion gostara, embora fosse muito pequena para mencionar. Percebera o modo como Aidan havia fechado os olhos depois de seu último solo como Jesus. Uma vez crucificado, ele os mantivera fechados até o fim da *Paixão*. Marion o observara sentado em sua cadeira, olhos cerrados, com toda a música se agitando à sua volta, e ele não havia vacilado em nenhum momento. Desfrutara o canto de Aidan, é claro, e sua voz como um balaústre torneado de madeira... quente, polida, suave... mas apreciara também sua performance silenciosa. Sua quietude na cadeira, sua face tranqüila, os olhos fechados até que a última nota soasse e o maestro abaixasse a batuta. Aidan foi consistente até o fim, e ela admirava isso.

3

BACH FEZ BEM AO LABORATÓRIO. Ninguém sabia exatamente o que Hawking dissera ou com quem falara, mas semanas depois do concerto o artigo tinha pulado uma longa fila de propostas menos interessantes, e uma publicação gloriosa na *Nature* estava planejada para agosto.

O laboratório estava totalmente envolvido na duplicação e no desenvolvimento dos experimentos de Cliff, com Marion como comandante de campo, gastando todos os momentos na coordenação do esforço. Ela estava levantando as reivindicações do laboratório, colocando dados sobre dados, como pequenos tijolos. Ainda assim, de vez em quando se distanciava daquela empreitada ambiciosa e intrincada para admirar a virtuosidade de Glass, vendendo a pesquisa deles ao mundo. Depois de dias na estrada com sua pasta preta de tecido, ele chegava em casa fresco e cheio de energia. Lençóis gastos de hotel não o incomodavam, nem o ar-condicionado barulhento, nem o serviço de quarto lento ou a comida ruim. Ele se repetia uma centena de vezes, mas suas mensagens sobre o R-7 nunca ficavam velhas. Como muitos trovadores antes dele, Sandy se sustinha com o grande material que trazia para apresentar.

Preparara duas apresentações diferentes: uma de vinte minutos, outra de quarenta. Uma popular, para a imprensa; outra técnica, para conferências e workshops. Cada uma delas culminava com uma coleção de slides, as fotos de antes-e-depois dos ratos, como ele as chamava. As fotos do "antes" mostravam animais incapacitados pelos tumores, com os flancos inchados. Clique! Com o apertar de um botão, Sandy transformava essas imagens, avançando os slides para as fotos triunfantes do "depois". Lá estavam os mesmos ratos, esguios, saudáveis e, como Sandy dizia à imprensa, cheios de robustez e entusiasmo.

Sua conversa era audaz, mas nunca imprudente, e sua linguagem era infalivelmente clara e em todos os pontos tranqüilizadoramente científica. Sugeria conclusões fantásticas e sensacionais, mas nunca as enunciava diretamente. Falava das promessas do R-7, mas ele mesmo jamais fazia promessas. Permitia que se imaginasse muitas aplicações dos vetores virais em pacientes humanos com câncer, e então deixava que sua audiência extrapolasse, fosse além. Este era o gênio de Sandy como orador público. Nunca deixava suas próprias palavras lhe escaparem, mas convidava cada doutor e pesquisador presente em sua audiência a espalhar sua mensagem e descobrir seu significado.

Glass sabia que a publicidade era uma vantagem dúbia. Resultados promissores significavam pressa. Ele e todos os seus colegas haviam experimentado isso — a fome de boas notícias e novos resultados, mesmo que mais voláteis. Os pacientes ameaçavam, amaldiçoavam, adulavam. Chegavam com cópias de seus prontuários e filmes de seus tumores. Algumas vezes choravam; em outras, tentavam a persuasão discreta, oferecendo pagamentos ou contribuições privadas para o Philpott ou o hospital. Tais encontros eram quase insuportáveis. Ainda assim, Glass perseguia a publicidade obstinadamente com a intenção de financiar e continuar o trabalho do laboratório.

Glass sabia que outros cientistas do Philpott ressentiam-se dele — ele não fingia ser puro. Ele agradava a mídia e se promovia, mas tratava de pacientes reais — e pretendia trazer financiamentos de uma ordem de magnitude completamente nova. Quando o Serviços Nacional de Saúde examinasse sua proposta de financiamento e lhe concedesse fundos, teria seu artigo *e* seu perfil na imprensa nacional, e talvez alguns cientistas o odiassem, mas a importância de seu trabalho não seria negada. Havia nisso uma sensação de destino manifesto, um toque mitológico. Mas Glass admitia a mitologia. Era um oncologista. Entendia os usos do encantamento.

Sandy fascinava os céticos que se sentavam de cara amarrada e preferiam ouvir resultados complexos que requeriam interpretação sutil e modelos probabilísticos. Compreendia a desconfiança e a inveja deles — e graciosamente reconhecia todas as suas objeções. Concordava com seus pedidos de amostras mais abrangentes e mais trabalho. "É claro que ainda é muito cedo", declarava em salões de hotéis em todas as conferências. "Não devemos apressar as conclusões". E se não desarmava seus críticos permanentemente, ao menos durante suas palestras tirava as armas de suas mãos.

Lidava com pacientes e jornalistas ansiosos com igual presença de espírito, desviando suas perguntas entusiasmadas.

— Você está dizendo que suas injeções virais podem curar o câncer em seres humanos?

Sandy objetava, levantando a mão.

— Não, não temos absolutamente provas disso.

— Mas os resultados sugerem...

— Os resultados com os ratos são notáveis, isso é verdade. Mas extrapolá-los para a doença humana... este é um grande salto.

— Mas você admitiria que seu trabalho...

— O trabalho de meu laboratório e, é claro, o trabalho de muitos em todo o mundo... pode abrir um cenário totalmente novo quando de trata de tratamento do câncer... como médico, posso apenas dizer que rezo para que isso possa ser verdade. Ninguém mais do que eu sabe que precisamos de novas trilhas de esperança para os pacientes e suas famílias. Mas hoje, neste momento, tudo o que posso dizer é que se você for um rato com câncer, posso lhe dar um prognóstico melhor do que você teria antes.

Ligava para Ann em horas estranhas de telefones públicos, e ela ouvia sua voz sobre o rumor de milhares de médicos numa apresentação de pôster ou o ruído de aviões decolando do aeroporto.

— Ann! — irrompia ele, como se estivesse surpreso. Como se à meia-noite alguém mais pudesse estar em casa. — Estou em Cincinatti!... As coisas estão indo bem! Bem demais!

Ela tentava mantê-lo atualizado, contar a ele sobre a reunião de departamento da qual acabara de participar, informá-lo sobre as meninas — o resfriado de Louisa, os problemas de Kate com seu professor de química, o desapontamento de Charlotte por não ter conseguido a bolsa para viajar no verão. As respostas de Sandy eram altas e entusiásticas. Estava gloriosamente muito longe e não tinha um minuto a perder. Seu avião estava partindo, o banquete estava começando, tinha de se apressar. Falava como em telegramas antigos. Não vejo a hora de chegar em casa. Que ótimo que Charlotte não ia. Volto na quinta. Foi tudo bem. Excelente. Fantástico!

Suas conversas com Marion eram completamente diferentes. Antes de amanhecer, da quietude de seu quarto de hotel em Los Angeles, ligava para ela no laboratório e durante duas horas os dois conversavam e traçavam estratégias. Ele queria entender todos os detalhes do trabalho de Cliff e Feng. Sentava-se com um bloco amarelo e um lápis bem apontado e revisava cada detalhe do artigo recém-aceito. E depois discutia com Marion cada entrevista e cada intercâmbio que tivera no dia anterior. Era difícil para Sandy acompanhar todos os detalhes em casa, mas estava sintonizado com o laboratório e com todos nele. Não amava o trabalho do laboratório mais que à sua família, mas pensava mais nele.

— Temos fotógrafos vindo — disse ele a Marion alegremente. Apenas uma semana depois da primeira menção do R-7 no *New York Times*, Sandy havia conseguido uma entrevista exclusiva. Agora, antes mesmo que a matéria fosse publicada, ele lidava com telefonemas de revistas de grande circulação.

Houve um longo silêncio.

— Marion?

— Sim — respondeu ela.

— Eles vão chegar na quarta, pouco antes de mim. E são da *People*.

— A revista *People*! — Ela estava aterrorizada.

— Marion! — A voz dele era séria. — Isso é importante.

— Por que você não me perguntou primeiro?

— Perguntar a você? Isso é um golpe! Um grande golpe!

— Não os quero aqui — disse ela.

— Toque seu trabalho adiante. Ignore-os.

— Não.

— Eles vão aí de qualquer maneira.

Ninguém falou. Ele se sentava inflexível em uma bergère verde-floresta em seu quarto de hotel, enquanto ela se opunha silenciosamente a ele em sua puída cadeira giratória no instituto.

— Marion — tentou Sandy novamente.

— Eu não vou ser fotografada pela *People*.

— Você sabe qual é a circulação deles?

— Não sei e não me importa.

— Sei, mas o que você lê no dentista?

— *Nature* — disse ela, sem um momento de hesitação. E então, com a pitada ácida que era seu humor, ela perguntou: — E você, lê o quê? *Scientific American*?

Ele riu.

— Você é uma esnobe — disse ele. — Olhe, você não tem de ser fotografada. Eles podem tirar fotos de Cliff e Feng.

— Eu não quero fotógrafos no laboratório.

— Tarde demais. Tarde demais — disse ele. — O gênio escapou. Os resultados estão no artigo, assinados, selados e despachados. Seu nome, Marion, está na boca de todos os oncologistas aqui. Você não percebe? — perguntou ele carinhosamente. — Somos famosos.

Marion, porém, estava ocupada demais para ser famosa. Coordenava experimentos demais ao mesmo tempo. De noite fechava os olhos e via placa atrás de placa de células cancerosas, pilhas de gaiolas sujas, página após página do artigo editado. Trabalhava 18 horas por dia e ainda assim não estava acabada. E ainda havia os pesquisadores a considerar, suas tarefas a dirigir, seus sentimentos complicados a aplacar. Havia semanas que Marion lutava para manter Robin e Cliff afastados, permitir que tivessem rotinas diferentes e tarefas separadas e mantê-los polidos em um ambiente tão pequeno. Mesmo assim, eles circulavam emburrados, falando apenas para provocar um ao outro. Eram como lindos peixes de luta, primorosos em suas cores. Era só colocar dois deles no mesmo aquário, e eles se atacavam violentamente, lacerando barbatanas e esfrangalhando caudas diáfanas.

O trabalho de dois dias por semana de Robin como professora assistente em Tufts lhe dera algum descanso. Marion era grata a Jacob por ter pensado naquilo. E ele estava satisfeito com Robin. Ela era uma avaliadora precisa e uma ótima supervisora de laboratório. Parecia gostar dos universitários. Marion gostaria de poder dispensar Robin inteiramente para ensinar em alguma faculdade pequena, mas não podia abrir mão de sua capacidade e seu tempo.

Robin parecia quase jovial quando chegou naquela terça-feira depois de assistir à aula de Jacob em Tufts. Caminhou animadamente pelo corredor, as faces rosadas com o ar fresco da primavera.

No entanto, uma vez dentro do laboratório, o bom humor de Robin evaporou-se. Ela fitava continuamente suas células sob o microscópio. Não havia tido sorte usando o R-7 em células pancreáticas cancerosas e agora também estava fracassando com as células de câncer de mama. Nos dois casos, suas células permaneciam amontoadas em suas divisões anormais. Os genes que portavam o R-7 não tinham nenhum efeito sobre elas. Ela havia tomado todo o cuidado, mas o vírus de Cliff, tão eficiente como ele, parecia impotente em suas mãos.

Levantou os olhos do microscópio, registrou suas descobertas e colocou as células de lado. Sua garganta enrijeceu-se. O que havia de errado com ela? Por que ele conseguia resultados onde ela não conseguia nada? Os deuses da ciência a haviam deserdado. Grandiosos, briguentos, escolhendo favoritos, escolheram Cliff. É claro que o fariam — Cliff era jovem.

Ele estava na outra bancada do laboratório, sorrindo para uma das piadas estúpidas de Aidan. Parado, rindo. Robin respirou fundo e se aproximou por trás dele.

— Cliff — disse ela.

— O quê? — Alegremente, ele girou nos calcanhares.

— Tome. — Ela arrancou as páginas sobre as células de seu caderno de notas e deu-as a ele. — São suas.

Ele se afastou, subitamente defensivo. Frio.

— E o que devo fazer com elas?

— O que você quiser — disse ela. — São suas células. Tome.

Ele olhou de relance as anotações caprichadas dela.

— Você não tem muito para mostrar aqui.

— Isso é problema seu. — Ela tentou fazer com que sua voz parasse de tremer.

— Por que é problema meu?

— É o seu vírus. Você que imagine por que não funcionou.

— Não funcionou — disse ele — porque obviamente você estragou estes experimentos.

— Eu fiz estes experimentos perfeitamente. Como você ousa sugerir que eu fiz errado?

Aidan tentou intervir.

— Por que a gente não dá um tempo?

Cliff olhava apenas para Robin.

— Não estou sugerindo que você fez errado — disse a ela. — Estou apenas lhe *dizendo*...

Ela estapeou seu rosto.

Prithwish, Feng, Aidan, Natalya, todos ficaram em um silêncio perplexo. No momento seguinte, falaram todos ao mesmo tempo.

— Robin!

— Você está bem?

— Leve para fora!

— Eu disse que a gente tinha de dar um tempo. Vamos todos esfriar agora.

O telefone do laboratório começou a tocar. Robin ainda encarava Cliff, furiosa. A face dele estava vermelha onde ela o atingira, mas ela não estava arrependida.

— Não desconte em mim — disse Cliff. Suas palavras eram desafiadoras, mas sua voz era de surpresa. Estava chocado com a força da inveja de Robin. — Não é minha culpa se você agiu errado. Não é minha culpa se você não consegue os mesmos resultados que consegui. Não me culpe por seus erros.

— Eu não cometi erros — contrapôs ela, em desespero. Mas ela não tinha prova disso. Não tinha nada a mostrar a ele, a não ser suas anotações deprimentes.

O telefone ainda tocava. Prithwish finalmente atendeu.

— *Obrigado*! — disse Aidan.

— Laboratório Mendelssohn-Glass. — Prithwish falou com clareza no aparelho negro. — Quem é? Quem? — Ele se esforçou para ouvir a pequena voz do outro lado, uma voz de criança.

— Posso falar com Cliff Bannaker? — perguntou a pequena voz.

— E quem é? — perguntou Prithwish, confuso.

— É Kate.

Silenciosamente, Prithwish passou o aparelho a Cliff.

— Alô — disse ele bruscamente.

Houve um longo silêncio na linha, e depois um tímido:

— Oi, é Kate Glass.

— Ah, Kate — disse ele, surpreso. — E aí?

— Você se lembra que me pediu um favor... achar uma epígrafe para seu artigo? — Sem esperar pela resposta, ela prosseguiu. — Bom, eu achei uma.

Ele recebeu a informação no telefone negro de parede, com Robin fervendo às suas costas, a centrífuga girando e os outros tentando entender o que tinham acabado de ver, observando em silêncio. Há muito tinha esquecido a idéia da epígrafe. Como poderia saber que assim que recebera a encomenda ela tinha começado a pesquisar em seus livros? Havia ficado horas pesquisando na biblioteca Hill, com suas paredes de lambris. Sozinha nas tardes nas longas mesas com cavaletes iluminadas com luminárias de vidro verde, ela havia estudado atenciosamente possíveis textos com ratos: Robert Burns: "Pequenina, suave, tímida e besta"; Roethke e seu *Casa na campina*: "Imagino que ele não mais treme/ Quando dele me aproximo?/ Ele parece não mais tremer."

— Talvez você devesse pegar uma caneta — sugeriu Kate prestimosamente. — Para anotar.

4

ERAM DOIS DELES e chegaram com suas malas de lentes para as câmeras. Rapidamente montaram um tripé e colocaram-no bem no centro do laboratório, deixando um espaço exíguo para os pesquisadores se movimentarem. Usavam medidores de luz pendurados no pescoço e abriram guarda-chuvas brancos para refletir a luz. O que se chamava Stevens era o fotógrafo principal. Usava jeans e camisa xadrez aberta sobre uma camiseta branca. Seu cabelo era longo e loiro e seu olhar desconcertante, pois seus olhos eram de dois tons diferentes de azul. O outro era Darius, seu assistente. Vestia-se de preto dos pés à cabeça, até o boné de beisebol era negro, e se movia para lá e para cá chacoalhando fios de extensão amarelos tirados de uma sacola preta, ligando as luzes auxiliares e segurando seu medidor como um meteorologista de interiores.

Ninguém conseguia se concentrar. Os equipamentos cobriam o chão. Robin não estava, mas Prithwish e Natalya voltaram-se e olhavam. Aidan parou completamente o trabalho para admirar as câmeras de Steve. Até Marion estava na porta, desconfiada mas curiosa, impressionada pelo que as relações públicas de Sandy tinham engendrado.

— Tudo pronto. — Steve pegou um pequeno maço de folhas e consultou Darius por um momento.

— Quem de vocês é Cliff?

— Sou eu — disse Cliff, tentando não parecer indiferente.

— Tudo bem. Certo. — Steve mal levantou o olhar. — Vejamos... Quem é Xiang Feng?

Cliff examinou a sala.

— Ele estava aqui minutos atrás.

— Está lá embaixo — informou Prithwish, sem ser perguntado.

— E onde é lá embaixo? — perguntou Steve.

— Com os animais — disse Prithwish.

— Animais? — Steve entusiasmou-se visivelmente.

— De que tipo? — perguntou Darius.

— São os ratos — Prithwish disse.

— Ah — disse Steve.

— O que ele *achava*? — murmurou Aidan para Natalya.

— Bom, vamos dar uma verificada, de qualquer maneira — disse Steve a Darius.

— Mal não vai fazer — respondeu Darius.

Marion, porém, cruzou os braços sobre seu peito.

— Desculpe. Não podemos admitir visitantes na sala dos animais.

Houve uma pequena confusão. Uma troca de murmúrios entre os fotógrafos, que se perguntavam: quem é ela? A professora. Aquela que não se pode fotografar.

— Perdão, não podemos só dar uma olhada? — perguntou Steve a Marion em tom obsequioso.

— Não — disse Marion.

— Hã... tudo bem. — Steve jogou seus finos cabelos loiros para trás, resignando-se. —Poderíamos trazer os ratos aqui?

— Não — disse Marion.

Steve olhou para Darius.

— Eu poderia trazê-los aqui, mas depois teria de sacrificá-los — explicou Marion.

— Teria de...

— Matá-los — disse Marion. — Se saírem, não podem voltar.

— Bom... hã... certo — gaguejou Steve, resignando-se a mais esta informação. — Ótimo — disse ele a Darius com fingida autopiedade —, o sangue destes animais estará em minhas mãos.

— Não se preocupe, eu não vou tirá-los de lá — disse Marion.

Steve suspirou.

— Vamos pensar. Cliff, você poderia vir aqui e olhar para alguma coisa no microscópio?

— Olhar o quê?

— Não importa. Só olhe pelo microscópio como se o estivesse ajustando.

Cliff aproximou-se.

— Sabe como é... mexa com os botões. Finja que está descobrindo alguma coisa.

Os outros continham o riso enquanto Cliff olhava pela lente.

— Não, não olhe direto para baixo. Levante os olhos dele. Olhe, digamos, uns 45 graus para cima. Não, assim é demais. Mova seu queixo um pouquinho. Isso. *Pare!* Não se mexa. Como está a luz? — perguntou Steve enquanto Darius segurava o medidor na testa de Cliff.

As costas de Cliff estavam começando a doer. A câmera negra e prata clicava continuamente.

— Me passa o filtro verde? — pediu Steve a Darius. — Aquele que usamos no MIT.

Cliff olhou fixamente para dentro do escuro olho da câmera. Milhões de pessoas iriam ver sua foto, ler seu nome, saber de seus resultados. Nunca sonhara que poderia fazer uma coisa no laboratório que merecesse esse tipo de atenção. Com uma superioridade fugaz, sentiu que os outros o olhavam, mas, com a mesma rapidez, logo se sentiu um idiota. Não ousava esfregar seu nariz, que coçava.

Então, subitamente, os fotógrafos se esqueceram dele. Steve jogou os cartuchos de filme dentro de uma bolsa e, como um universitário entediado, começou a olhar em torno. Andou até a bancada de Robin, apanhou um vidro e colocou-o de volta no lugar. Palmilhou o espaço apertado até que de repente seus olhos recaíram sobre Feng, que acabara de subir e esperava ao lado de Marion, na porta.

— Ei, pare aí. Você é Xiang Feng, certo?

— É, certo — disse Feng. Tinha a aparência abstraída, ligeiramente aturdida depois de passar muitas horas com os ratos. Os fotógrafos ficaram fascinados. Cliff era bonito; poderia ter sido um ator fadado ao sucesso ou um cantor de uma banda menor. Mas os ombros de Feng arqueavam-se, a expressão em sua face era totalmente de outro mundo, enquanto seus óculos brilhavam sob a luz fluorescente. Feng era um cientista para acordar os mortos!

Marion afastou-se rapidamente da linha de fogo, mas Steve ordenou a Feng:

— Fique aí! Não se mexa.

Em casa, Mei havia brincado com Feng sobre os fotógrafos.

— Você vai ter paparazzi atrás de você agora.

— É isso aí. Porque somos todos tão famosos.

— Talvez vocês possam todos fazer anúncios para companhias diferentes. — Ela riu. — Você podia vender espectrômetros.

Eles haviam brincado, mas depois se esqueceram da sessão de fotos. Ele ficou perfeitamente imóvel, vendo os dois lidarem com o tripé, o guarda-chuva e os cabos de extensão, as lentes extras, os discos refletores prateados. Feng suspirou. A publicidade importava muito para Mendelssohn e Glass. Sabia que o instituto era pobre e o laboratório, mais pobre ainda. Compreendia que o conhecimento podia ser transformado em dinheiro, e assim fazia o jogo, parado, observando os fotógrafos, posando para o bem maior do laboratório.

Quando criança, Feng às vezes imaginava que seus próprios olhos eram câmeras. Brincava de se recordar das coisas desta maneira, imaginando que quando piscava o obturador fechava e ele registrava o que via para sempre. A luz nas árvores. O rosto de sua mãe. O sol se pondo em casa em tons vermelhos e laranja, resplandecente no ar arenoso. Brincava que podia se lembrar dessas coisas, mas com o passar do tempo, é claro, recordava-se apenas de fragmentos delas. Lera uma vez um livro, em inglês, sobre um menino com memória fotográfica. Ele dava uma olhadela em uma página e decorava cada palavra. Olha uma vez para uma tabela de números e lembrava perfeitamente todos os dígitos. Feng havia ficado muito intrigado com essa história, mas ao mesmo tempo pensara no quanto seria muito mais interessante ter memória fotográfica para rostos ou paisagens. Quão mais valioso seria possuir uma lembrança perfeita das pessoas que se amava ou dos lugares mais belos onde se estivera. Deitar-se na cama e olhá-los repetidamente na mente, como uma projeção de slides antes de dormir. Memorizar dígitos era comum; havia técnicas para isso. Mas qual era a mnemônica para a experiência? Apenas a arte.

Adoraria ter uma câmera de verdade, só sua. Suas mãos coçavam ao tocar o equipamento negro prateado à sua frente. Tinha visto lentes como aquelas nas vitrines da Ferrante-Dege e perguntara a si mesmo que fotos poderia tirar com equipamentos como aqueles. Fotografias de estalactites derretendo gota a gota, precisamente, como líquidos de pipetas. Retratos de uma centena de ônibus escolares amarelos, estacionados lado a lado no estacionamento perto de seu apartamento em Sommerville. Bicicletas em um borrão de luz. *Banal, banal*, ele se censurava, ao mesmo tempo que conjurava estas imagens. Era romântico o bastante para tentar a fotografia ou a pintura, ou mesmo para filmar, mas não auto-indulgente o suficiente, ou americano o bastante, para achar que seria bom nisso.

Era hábil em ciência, cuidadoso quando tinha de ser, habilidoso quando necessário, mas a ciência não o movia. Neste ponto, ele era diferente de Marion. Ela se importava apaixonadamente com seu trabalho, necessitava da descoberta. Tentava esconder seus sentimentos e conseguia com muitas pessoas, mas Feng era mais esperto. Tinha trabalhado tempo suficiente com ela para saber que a pesquisa era a sua vida. As experiências para ela eram belas; ela vivia pela caça. Ele não poderia viver daquela maneira, ansiando pela verdade com um amor incondicional. Era um tanto orgulhoso de seu acanhamento; vestia sua indiferença o tempo todo, como óculos de segurança. Era imaginativo, mas no trabalho não permitia que sua imaginação vazasse. Paciência, diligência, sarcasmo, pessimismo, tudo o protegia do fracasso e da dor. Estava paciente agora, parado, completamente imóvel na porta.

Cliff sentiu um grande alívio enquanto via Darius iluminar Feng. Podia voltar a trabalhar. Ainda assim, manteve-se perto dos guarda-chuvas de Darius. De alguma forma, não podia deixar de observar os fotógrafos. Não conseguia se livrar inteiramente da experiência, de estar no centro do palco, iluminado como uma estrela do cinema. Era um dos mais importantes em cena e meio que acreditava, meio que esperava... que Steve o chamasse para mais fotos. Era ridículo, mas não lhe passava despercebido quanto tempo os fotógrafos gastavam com Feng. Steve chamava Darius repetidamente para olhar no visor — parecia muito satisfeito com o surpreso Feng, hesitando numa poça de luz, seus óculos brilhando como uma espécie de incandescência alienígena.

— Ah — murmurou Steve, olhando através de seu visor. — Ah, acho que adoro esta foto.

O quadro de avisos do terceiro andar começou a se encher de recortes, artigos do *Boston Globe* e do *New York Times*. Havia entrevistas com Sandy, e até com Marion. Mas o retrato de Feng na *People* ocupava um lugar privilegiado no centro do quadro. Lá estava ele, inteiro em cores brilhantes, e ao lado toda uma coluna de texto, com a manchete: "Este homem pode curar o câncer?" Não havia menção a Marion nem a Cliff, e apenas uma pequena referência a Sandy. O artigo, em vez disso, falava da infância de Feng, sua descoberta na madrugada e suas longas horas no laboratório.

> Criado numa remota vila no norte da China, Xiang Feng tinha pouca idéia do que fosse uma universidade, muito menos uma pesquisa científica. Vivia em um apartamento de dois quartos com seus pais — Cheng, 58 anos, um químico aposentado, e An-Ling, 56 anos, uma supervisora escolar. Então, aos 12 anos, tirou o primeiro lugar em um exame nacional para ganhar uma bolsa de estudos em um prestigiado internato. "Meu pai e minha mãe ficaram tristes por eu sair de casa", recorda ele. "Mas ficaram felizes por eu conseguir ter uma educação."
>
> Um estudante brilhante na Universidade de Pequim, Feng, agora aos 28 anos e casado com sua paixão da faculdade, Mei, deixou a China pela primeira vez para trabalhar no famoso Philpott Institute em Cambridge, Massachusetts. "Comida estranha" lembra-se ele de seus primeiros dias nos EUA. "Senti muitas dores de barriga." Seu choque cultural, no entanto, não durou muito.
>
> "Extraordinário", descreve-o seu chefe, Sandy Glass. "Brilhante e esforçado além de tudo que já vi."
>
> O trabalho duro recompensou quando Feng ficou até tarde certa noite para cuidar dos muitos ratos do laboratório afetados pelo câncer. Percebeu então que um grupo de ratos infectados com o vírus R-7 na verdade parecia estar *melhor*, e não pior. Logo contou a seus colegas no laboratório e começou a planejar experimentos para ver se o vírus funcionaria como uma droga natural para exterminar o câncer. Um segundo e um terceiro grupos de ratos começaram a exibir os mesmos resultados impressionantes quando injetados com o R-7.

"Na verdade, os tumores estavam se desfazendo", diz Glass. "Ficamos aturdidos. Feng fez uma descoberta extraordinária, que pode mudar a maneira como vemos o câncer e sua remissão." O que o futuro reserva para este jovem pesquisador e sua corajosa nova abordagem?

"O céu é o limite", diz Glass.

"Quem sabe?", ri Feng.

"Ele é tão modesto como quando chegou aqui", comenta seu colega Prithwish Amirthanayagam. "Não mudou nada."

Exceto, talvez, por uma coisa. Feng agora lista falafel e homus como suas comidas americanas prediletas. E, com certeza, suas dores de estômago são coisa do passado.

Os outros pós-doutores provocaram tanto Feng por conta do artigo que ele o retirou do quadro diversas vezes. Ainda assim, apesar de seus esforços, o artigo continuava reaparecendo no saguão.

Técnicos do segundo andar lhe faziam salamaleques na escadaria.

— Parabéns — diziam-lhe os pesquisadores do laboratório ao lado.

— Desastre — dizia ele a cada vez que Prithwish, Aidan ou Cliff mencionavam sua recém-adquirida celebridade.

— Ele não mudou nada — diziam Aidan e Natalya docemente em coro.

— Puxa, caras — resmungava Feng. — Vocês podem, por favor, me dar um tempo?

— Vou escrever isso — disse Cliff, abrindo seu caderno de laboratório no léxico de Fungi na parte de trás. — Vamos ver. *Desastre*: substantivo que significa "celebridade nacional na revista *People*". E em seguida: *Me dêem um tempo*: expressão idiomática que significa "estou muito ocupado curando câncer para ficar ouvindo as bobagens de vocês agora".

Cliff tentava esconder seu próprio desapontamento por não ter aparecido na *People*. Era um co-autor do artigo, mas a *People* fez parecer que o R-7 vinha do nada. Na revista, a descoberta de Feng era puramente casual, em vez de algo em cuja direção Cliff vinha trabalhando havia anos. Feng estava ainda mais perturbado que Cliff. Levava a coisa com leveza, mas se sentia horrorizado com sua foto e com seu comentário sobre comida.

Glass sentiu-se compelido a tratar do assunto numa reunião do laboratório.

— Esqueçam a mídia. — Falava ao grupo, mas olhava para Feng em particular. — O negócio da *People* é vender contos de fada, só isso. A verdade é que se pode comprar publicidade como esta. O primeiro repórter que escreveu sobre mim entendeu tudo errado. Cada detalhe, incluindo minha data de nascimento.

Naturalmente, quanto mais ele os ignorava, mais os jornalistas amavam Feng. Adoraram sua timidez, seu estrangeirismo, seu brilho aparentemente súbito e inexplicável. Amavam que tivesse vindo do nada — ou de um lugar onde nunca haviam estado. Estavam encantados por Feng ser chinês. E, claro, Cliff nunca poderia competir com isso. Era o californiano de cabelos ruivos, sardento, o graduado de Stanford, inescapavelmente americano.

Era o sucesso, mas não era doce. O sucesso tornou Cliff mais faminto do que antes. Ansiava por resultados — e tinha resultados. Precisava do respeito de Glass e Mendelssohn — e tinha isso também. Tinha provado sua abordagem. Mas o que ele realmente queria era ainda a primeira coisa, a única coisa que importava: a propriedade de seu trabalho. Se havia fotos, queria estar nelas. Se havia um conto de fadas a ser vendido, queria que fosse o seu conto de fadas. Queria reconhecimento de sua própria pesquisa. Isso era uma esperança quixotesca na grande fábrica científica de tijolos do Philpott, irrealista no contexto coletivo do laboratório, egoísta de sua parte como um membro da família Glass-Mendelssohn. Mas era assim.

Ele bateu à porta do escritório de Sandy e Marion.

— Sim? — respondeu Marion.

— Posso mostrar uma coisa para vocês? — disse Cliff, abrindo a porta apenas o suficiente para falar.

— Tudo bem — disse Marion. — Entre.

— Tenho algo para o artigo.

— Cliff, o artigo já está com o editor — lembrou-o Sandy.

— Eu sei, mas seria fácil inserir isso. — Ele entregou a Marion um pedaço de papel de seu caderno de notas.

— Isso é para quê? — perguntou ela.

— É uma epígrafe — disse Cliff.

— E por que nós...?

— Deixe-me ver isso — disse Sandy, que pegou o papel e riu. — "Qual é, rato, seu significado oculto?" *Os trabalhos de amores perdidos*, Ato 5, cena 2, linha 19.

— Achei que podíamos usá-la — disse Cliff. — Sabe, como uma citação no começo do artigo. Uma espécie de toque de leveza.

— Um toque de leveza? — Marion estava genuinamente intrigada.

Sandy respirou fundo.

— Cliff — disse ele —, isto é um artigo para uma publicação científica.

— O professor Carmichael costumava usá-las. Lembram as epígrafes em seu livro?

— Não — disse Sandy.

— Eu me lembro de Carmichael — disse Marion.

— Bom, eu só pensei que suas epígrafes eram algo... bom... sagaz.

— Nós não usamos epígrafes — disse Marion.

Cliff começou a explicar e vacilou.

— Tudo bem — disse —, eu só tinha pensado...

— Não se usa — disse ela simplesmente.

— É infernalmente pretensioso — acrescentou Sandy.

— Tudo bem — disse Cliff, mas não conseguiu se conter. — Kate encontrou-a para mim.

— Quem é Kate?

— Sua filha — disse Cliff a Sandy.

— Ela achou isso? — Sua voz suavizou-se ao pegar o papel pautado.

— Ela achou que poderia aludir ao fato de que estamos procurando significado em ratos, e que o significado é obscuro e fugidio — disse Cliff.

Sandy sorriu suavemente enquanto olhava as palavras que Cliff tinha anotado. *Rato obscuro*. A pequena e doce Kate. Mas o delírio terminara.

— Nós nunca usamos epígrafes — disse ele.

Cliff saiu para o corredor, embaraçado até por ter mencionado a citação. Os dados no artigo eram dele, mas sua autoria não se estendia a floreios pessoais. Ele era apenas um artesão, com suas contribuições todas subsidiárias a Glass e Mendelssohn. Algum dia teria seu próprio laboratório; seria o mestre e manteria os pós-doutores sob seu controle. Teria seu próprio financiamento, seus próprios equipamentos e seu espaço de laboratório; poderia até mesmo, eventualmente, cultivar seu estilo peculiar. Algum dia conquistaria isso tudo, e a hora não parecia tão distante quanto antes — mas ele não tinha adquirido sua plena independência. Como ansiava por um pequeno detalhe só dele.

5

O PESSACH, A PÁSCOA JUDAICA, era o único feriado que Marion celebrava, mas o observava com rigor característico. Philomena limpou o apartamento, desde o topo dos gabinetes na cozinha até o rodapé do closet no saguão. Vieram os limpadores de janelas e os de tapetes. Sandy, é claro, caçoava dela por isso.

— Você gosta do Pessach porque é difícil — acusou-a um dia no escritório. — Porque tem protocolos e você tem de se organizar para isso, virar sua casa de cabeça para baixo por conta, comer matzo e geléia e sofrer por isso.

Havia alguma verdade nisso. Havia uma severidade no feriado que agradava a Marion. Ela gostava da idéia de limpar o corpo, a casa e a alma. A preparação do Pessach tinha para ela o apelo de uma espécie de limpeza dos instrumentos, a checagem periódica e a renovação de materiais para obter melhores resultados.

— Você gosta que tudo seja difícil.

— Não — disse Marion, insinuando um sorriso. — Não é verdade.

Ela celebrava o Pessach em memória de seus pais. Tinha as mobílias e a prataria de sua mãe, e parecia apenas correto limpá-las como sua mãe fazia. Assim, Philomena poliu a delicada escrivaninha e esfregou a prata até ela brilhar. Marion tinha a taça cerimonial de prata de seu pai e o conjunto de louça Noritake verde-pálido de sua mãe, com serviço para 14 pessoas. Assim, Marion usava a taça e a porcelana uma vez por ano para seu ritual. Ganhara aquelas coisas para usá-las.

Num gesto incomum para ela, Marion esteve brevemente no laboratório pela manhã antes do ritual e depois aproveitou o resto do dia para instruir Philomena na cozinha, arrumar a mesa e comprar outra dúzia de ovos para seu pão-de-ló anual. Escreveu cartões para marcar os lugares com sua letra pequena e firme e dispôs os nomes em torno da mesa, desde Jacob, na cabeceira, até Kate e Aaron, na outra ponta. Não eram mais pequenos o bastante para repartir o banquinho do piano, mas ainda eram os mais novos e sentavam-se sempre juntos na ponta da mesa. Além dos Glass, havia diversos conhecidos e freqüentadores habituais. Havia, nesse ano, uma química que não era muito interessante, mas importante, chamada Helene Kaufman, e o biólogo ganhador do prêmio Nobel, Mike Kalb, agora obsoleto, na opinião de Marion, como um profeta do Juízo Final do meio ambiente. Um jovem matemático que estava visitando Harvard, Laslo Boulibas, cujo nome sugeria algo como um ensopado. E o eterno convidado de última hora dos Mendelssohn, um antropólogo inglês chamado Jonathan Collins, que estava na cidade para o feriado a caminho da Tunísia. Um grupo eclético, mas sempre era assim. As pessoas pareciam simplesmente aparecer. Os eruditos visitantes, como Jacob os chamava. Estes convidados misteriosos eram por vezes cientistas brilhantes com fascinantes programas de pesquisa, outras vezes desajustados neuróticos e por vezes ambos, mas parecia essencial a Marion incluí-los na mesa do ritual. Onde mais eles iriam? Ela não os entretinha apenas por prazer, mas com um sentido de tarefa. Com uma generosidade quase supersticiosa, ela e Jacob abriam sua casa todo ano, como se enchessem um copo de vinho e abrissem a porta para uma provável aparição do profeta Elias.

Ela levantou a toalha de mesa rosada e checou se havia poeira nos pés da mesa, que eram parte garras de gato, parte de pássaro, curvando-se em torno de bolas de mogno. Este era o dragão adormecido da infância de Marion, agora limpo e inteiramente em ordem. Gotas de chuva escorriam pelas janelas recém-limpas, mas ela não se importava. Na cozinha, a sopa fervia em fogo baixo na panela no fogão. O saguão de entrada cheirava a sabonete de óleo.

Quando os Glass irromperam pela porta, Marion vislumbrou uma expressão de desgosto no rosto longo e cuidadosamente maquiado de Philomena — a expressão de uma bibliotecária que tinha acabado de retornar os livros à estante apenas para ser assediada por hordas de clientes barulhentos. Havia muitos Glass, e todos falavam ao mesmo tempo, especialmente Sandy. Seus casacos e guarda-chuvas tomavam a entrada, junto com numerosos livros e flores embrulhadas no papel delicado dos floristas.

Sandy plantou-se no centro da sala de estar e apresentou-se aos outros convidados com tal volubilidade e apertos de mão que parecia, naquele diminuto espaço, uma maravilha da natureza que adentrara a porta, alguma árvore se espichando e espalhando seus ramos para todos os lados.

— Mike! — exclamou ele para o biólogo, apertando a mão de Mike Kalb como se o conhecesse bem. — Helene! — clamou com igual força, já que a química octogenária era quase surda. — E Laslo, é claro! Não se levantem. Digam, o que experimentaram?

— Absolutamente nada — replicou o jovem matemático de 26 anos com um olhar de indiferença sonolenta como se, às seis da tarde, tivesse acabado de sair da cama.

— Jacob. Aaron. — Sandy apertou as mãos dos dois. — Quem está faltando? — Marion estava se divertindo por ver que Sandy se esquecera de apresentar o convidado extra que trouxera, Jeff, que fora convidado por Charlotte. Marion examinou o namorado dela curiosamente quando ele entrou. Seu cabelo era grosso e encaracolado, tinha um rosto bronzeado e olhos notavelmente confiantes e azuis. Era um belo rapaz. Usava camisa e gravata, como um pequeno advogado. Então era este o infame Yudelstein? Não parecia assim tão terrível.

— Posso ajudar em alguma coisa? — perguntou Ann.

— Não, não, está tudo pronto. — Marion percorreu a sala com os olhos, contando cabeças. Havia os eruditos, o namorado e as filhas de Sandy, agora muito altas, com os longos cabelos escorrendo pelas costas. Louisa, Charlotte e Kate sempre pareceram a Marion muito caprichosas. Talvez fosse a transparência azul dos olhos delas. As garotas aparentavam ser sérias o bastante, mas nunca pareciam estar pensando em nada em particular. Os Mendelssohn, com seus olhos escuros, eram chegados a quebra-cabeças e jogos científicos e matemáticos em seus pensamentos. As filhas de Glass certamente pertenciam a outra espécie.

— Está faltando Jonathan Collins — disse Marion a Sandy. — Mas ele está sempre atrasado.

— Então devemos começar — disse Jacob, e todos se juntaram à mesa, que se estendia da sala de jantar à sala de estar adjacente.

Jacob limpou a garganta e acenou para Kate e Aaron no outro extremo da mesa. O gesto foi tão afetuoso e orgulhoso que os dois abaixaram a cabeça e se remexeram nas cadeiras. Jacob não percebeu. Começou a ler "A História do Pessach" do *New Revised Reform Haggadah*, um livro bastante gasto, de 30 anos, publicado em Cincinatti e escrito pelo rabino Isidore Mendelssohn, PhD, falecido pai de Jacob.

— Nossos antepassados um dia foram escravos no Egito — começou Jacob. — Agora somos livres. No alvorecer de nossa existência, conhecemos a desumanidade do homem com o homem e, ainda assim, transcendemos as condições desoladoras de nossa existência. Progredimos em direção à libertação espiritual. No deserto, lutamos por um novo acordo que tivesse como base as idéias sociais de verdade e justiça para todos. Que grande sistema legal, que constituição, que normas não tiveram suas fundações no acordo mosaico de nossos antepassados? A história do Pessach não é meramente a história épica de uma nação, mas a história universal da civilização ocidental.

Ninguém gostava do Haggadah de Mendelssohn, nem mesmo Jacob. Nunca se importara com a prosa empolada de seu pai, seu universalismo dogmático, seus constantes paralelismos literários entre o épico do Pessach e o *Paraíso perdido* de Milton. No comentário de Mendelssohn, o faraó tornou-se uma figura trágica como o satã de Milton, e os soldados do faraó eram os anjos rebeldes, caindo no mar. Durante anos Marion sugeriu que Jacob lesse um Haggadah diferente à mesa, algo mais — ou, na verdade, algo menos constrangedoramente — moderno. Mas Jacob não conseguia descartar o trabalho do pai. Ele, que entendia intuitivamente que a velha ciência devia dar lugar à nova, não conseguia condenar os comentários de seu pai como obsoletos. Ouvia a voz do pai em cada frase sentenciosa. Cada linha era sobrecarregada com o PhD em literatura inglesa pelo qual Isidore lutara. Jacob achava o esforço notável — sabia que o pai de seu pai não tinha terminado a faculdade, bem como sabia como seu pai tinha trabalhado e ensinado no seminário do Hebrew Union College e escrito sua dissertação durante muitos anos, à noite. Ouvia o pathos no grandioso e soberbo Haggadah de seu pai. A dignidade solene do livro, seu pedantismo mesmo, significavam para Jacob mais que qualquer outra coisa no Pessach, que significava ser livre de novo.

Sem estas percepções, os outros à mesa suportavam o ritual o melhor que podiam. Sandy começou a se divertir brincando com sua colher de sobremesa de prata — girando-a em ângulos diferentes para flagrar os reflexos do ligeiro cabecear da velha química, Helene, com um camafeu de uma dama, que, por sua vez, usava uma gargantilha em miniatura com um minúsculo diamante numa corrente. O rosto sonolento de Helene agora pendia, e seu queixo quase tocava o camafeu. Logo ela iria roçar seu prato de sopa vazio. Charlotte divertia-se mais. Havia tirado os sapatos e esfregava as pernas de Jeff debaixo da mesa, enquanto ele tentava conter o riso. Do lado de Jeff, Laslo inclinava-se em sua cadeira e olhava para o teto, sem dúvida contemplando todos aqueles teoremas que lhe tinham escapado antes. Apenas Mike Kalb ouvia com atenção enquanto Jacob lia. Havia algum comentário importante que Mike gostaria de fazer, levantando seu dedo indicador e chacoalhando sua juba de Nobel, mas Jacob estava lendo tão rápido quanto possível e nem levantava os olhos. Na ponta da mesa, longe na distância, Aaron lançou um olhar furtivo para Kate, ao mesmo tempo humilde e curioso.

Quando finalmente a leitura terminou — e depois do entoar das canções e da explicação de cada prato do ritual — Philomena serviu a sopa de galinha com os matzos e os convidados retornaram à vida. Mike Kalb fazia agora sua observação de que as dez pragas poderiam ser entendidas como metáforas para a catástrofe ambiental.

— A água se torna sangue, certo? O país está infestado de sapos. O gado está doente. Aquecimento. Todo o ecossistema disfuncional. E ainda o faraó ignora cada novo problema que surge. Toda a ordem da natureza está de cabeça para baixo, e o governo olha para o outro lado. Isto para mim é muito considerável.

— Estou vendo — disse Helene, sorvendo cautelosamente sua sopa — ou, mais precisamente, vendo que você tem colheres de prata de lei, Marion.

— Sim? O que foi, Helene? — respondeu Marion. Helene tinha uma voz suave e trêmula, difícil de ouvir sobre as outras à mesa.

— A prata de lei conduz o calor muito melhor que a prata comum — murmurou Helene para dentro de seu prato de sopa. Estava perto dos 90 anos, e era tão famosa por suas velhas descobertas de cinqüenta anos antes na termodinâmica química que se acostumara ao fato de as pessoas esticarem o pescoço para ouvi-la. Com o passar dos anos sua modéstia crescera, e agora ela falava tão baixo quanto era surda.

— Eu queria lhe perguntar sobre as células de Robin — disse Sandy a Marion.

— Nada de conversa de trabalho — disse-lhe Marion.

— Por que não?

— Por que este é um feriado religioso — respondeu Marion.

— Não para mim — devolveu ele travessamente. — Eu lhe asseguro que nada disso significa algo para mim.

— Você fala como seu pai — murmurou Ann.

— Ele fala como *meu* pai — disse Mike.

Sandy abriu um sorriso.

— Não, meu pai era um assimilacionista. *Eu* sou um assimilado.

— Bravo! — gritou Jonathan Collins, o esguio, barbudo e moroso antropólogo inglês que chegara subitamente, como fazia com tanta freqüência, atravessando a porta destrancada. Carregava uma garrafa de vinho e vestia uma camisa a rigor branca limpa, mas bastante amarrotada. — Já terminou o ritual, Jacob? — perguntou ele, adiantando-se e abraçando cada um dos anfitriões.

— Ah, sim — disse Jacob. — Gostamos de começar cedo e terminar o mais rápido possível.

— Sei, sei — disse Jonathan com interesse profissional. — E isso seria a tradição assimilada?

— Nós não nos apressamos para terminar — protestou Marion, um tanto embaraçada.

— Nos apressamos, sim — disse Jacob.

— Eu gosto do ritual — disse Marion.

— Mas o que é mais importante? — perguntou Sandy. — O Haggadah ou o jantar depois?

O debate esquentou, enquanto Philomena retirava os pratos de sopa. Marion sustentava que o ritual religioso era mais importante, e Sandy a provocava a aceitar que todo o sentido do exercício era a comida. Enquanto isso, Jonathan Collins perguntava se o que tinha ouvido sobre o Pasteur Institute e a nova droga contra a Aids era verdade, e Jacob dizia que sim, e Sandy, que não — ao mesmo tempo que tentava se livrar de Jeff Yudelstein, que estava curioso em saber se Sandy estaria interessado em ser entrevistado para o *Crimson* sobre seu novo trabalho.

— Não, não, não — disse Sandy, mal olhando para o lado de Jeff. — Não, não acho que vá ter tempo para isso.

— Nós adoraríamos fazer uma pequena matéria com vocês, caras.

Sandy lançou-lhe um olhar tão frio quanto uma lufada de nitrogênio líquido, um olhar que queria dizer: E desde quando você é "nós" e desde quando eu sou "cara"?

Jeff não se intimidou, e Mike estava prestes a divulgar uma informação escandalosa, quando Helene derrubou uma taça cheia de vinho na toalha de mesa e Marion apressou-se a secá-la. Jeff ainda insistia, como um pernilongo insinuante, até que Sandy praticamente gritou:

— Olha, você pode falar com os pesquisadores, certo? — e teve a satisfação de ver o desapontamento nos olhos de Jeff.

O som das conversas estava mais baixo. Marion retirava uma travessa com um peito recheado de vitela. Philomena a seguia com as batatas e, em procissão depois dela, Ann, junto com suas três filhas, todas recrutadas compulsoriamente, levavam acompanhamentos.

— Exatamente como as três graças — brincou Jonathan enquanto Louisa, Charlotte e Kate levavam seus pratos. — Melhor dizendo, as graças judaicas, Kugel, Farfel e Tzimmes!

— Oh, Deus — disse Charlotte.

— Tome outra taça de vinho — disse-lhe Louisa.

— Eu tomaria, se não fosse tão ruim — disse Charlotte.

Para as garotas, o Pessach era a mesma coisa todos os anos. O apartamento escuro e apinhado de Marion, a longa mesa branca, o Haggadah miltoniano, os pratos salgados em seus pratos de vidro trabalhado e as colheres em miniatura de prata, as fofocas sobre ciências e as piadas sobre religião, os pratos de sobremesa verde-pálidos com fatias de pão-de-ló de Marion oscilando sobre eles. O pão-de-ló era o que elas esperavam, mesmo agora, já praticamente crescidas. Marion assava um para o Pessach extraordinariamente alto, fino e seco, e quando colocava compota em cada prato, ele absorvia o xarope de frutas. Como Helene afirmou, a reação entre os dois era sublime.

Depois do jantar, Jacob não fez qualquer movimento para conduzir a outra metade do serviço ritual.

— Nós não vamos fazer a segunda parte?— perguntou-lhe Jonathan.

Jacob examinou a mesa com seus convidados saciados e retorquiu, como o experimentado conferencista que era:

— Você não acha que eles já agüentaram o suficiente?

Jonathan então leu suas preces de conclusão sozinho em seu canto, enquanto os outros falavam baixo sobre Robert Gallo e bebericavam chá.

Apenas Sandy andava para lá e para cá na sala, ainda vivaz depois da pesada refeição. Esperou sua chance e pegou Marion quando ela entrava na cozinha. Lá, como um fumante incorrigível surrupiando um cigarro, começou a falar de trabalho de novo.

— Estou preocupado porque Robin anda muito lenta — disse a Marion.

— Eu já lhe disse — respondeu Marion. — Não vou discutir isso no ritual.

— Isso não é o ritual. Isso é bem depois do ritual. — Sandy fez um gesto indicando a mesa da cozinha coberta de bandejas e pratos sujos.

— Você sabe o que eu quero dizer.

— Acho que ela pode estar fazendo corpo mole — disse Sandy.

— Não, Robin jamais faria isso — protestou Marion, envolvida na conversa contra sua vontade. — Ela tem tido problemas com seu...

— Ela está sempre tendo problemas.

— Sim, tudo bem, mas acho que não é por falta de tentar. — Marion estava preocupada, é claro. Ficara ao lado de Robin, revisando os dados dela, observando seu trabalho com as células. Havia encorajado Robin, motivando-a ao prometer que ela poderia seguir com seu trabalho sobre câncer ósseo em tempo integral assim que terminasse de contribuir com o trabalho de Cliff. A esta altura, ela devia ter avançado até a duplicação do trabalho de Cliff *in vivo*. E estar injetando os ratos. Mas estava tendo todo tipo de problemas, problema de equipamento com a incubadeira, problema com sua linha celular. Amarga, chegara a acusar Cliff de lhe dar células corrompidas para trabalhar. Marion a havia censurado por fazer aquele tipo de acusação. Levara uma desgostosa Robin até a despensa e lhe dissera:

— Eu sei que você está frustrada.

— É impossível para mim trabalhar assim — exasperara-se Robin.

— Você não pode apenas culpar Cliff — reprovara-a Marion, delicada o bastante para não acrescentar que culpar ex-namorados por seus fracassos não era a conduta de um cientista.

— Minha posição é insustentável — disse Robin baixinho.

Silenciosamente, Marion concordara. Robin se sentia infeliz. Estava lutando, angustiada por achar que nunca poderia se desvencilhar daquele buraco experimental e voltar à sua própria pesquisa.

— No fim — dizia agora Sandy —, os atrasos com Robin não importarão de verdade.

Marion refletiu sobre isso.

— O artigo está para ser publicado. Nossos nomes estão na *Nature*. E os resultados são fabulosos. — Sandy olhou nos olhos dela. — Admita, são fabulosos.

Philomena começara a lavar a louça. Jacob entrou trazendo o prato do ritual.

— As colaborações estão começando a se firmar. Vamos conseguir que Stanford e Cornell se juntem a nossos esforços, trazendo mais gente. Teremos confirmação externa e objetiva. Consegue imaginar?

— Consigo, mas não quero — disse Marion.

Sandy sorriu maliciosamente.

— Ora, você nunca quer imaginar nada. Mas você está tentada. Está quase pensando em como vai ser.

E ele estava certo. Ela esteve perto de segui-lo em seu castelo no ar. Quase se esqueceu de que estava na cozinha. Mal pensou sobre o feriado, na mancha de vinho na toalha, e em Jacob, que a observava com seus olhos espertos.

6

HAVIA ALGO DE ERRADO com Marion. É claro que Jacob percebeu de imediato. Não era ela mesma. Trabalhava tão duro como sempre, fazia tanto quanto sempre fizera, mas se atirava em suas tarefas com velocidade temerária. Ostentava olheiras, e suas noites eram agitadas. Virava e revirava o travesseiro na cama. Jacob esperava que aquilo fosse passar, mas temia por ela. Fora infectada pela publicidade exuberante de Sandy.

Ele havia acreditado que Marion nunca sucumbiria às idéias de Sandy; que ela nunca se embeberia — ou se eventualmente bebericava o entusiasmo dele, carregava junto de si o tempo todo seu ceticismo. Agora, no entanto, com o R-7, tudo havia mudado. A estratégia era toda Sandy, o tempo todo. O plano era impulsionar seu programa de pesquisa, e rápido. Jacob observara sua agressividade no próprio artigo, mesmo na linguagem técnica dele. O documento era dinâmico, direto, ousado em suas asserções, praticamente passível de ser citado. Isso era tudo Sandy.

— O que há de errado com o artigo, se está bem escrito? — Marion perguntou durante um café-da-manhã depois de Aaron ter saído para a escola.

— Não é só bem escrito — disse Jacob. — É escorregadio.

— Eu não acho — disse ela. — Obviamente, aqueles que julgam não o viram desse modo. — Ela se mostrava completamente irracional em relação à questão; tão próxima de tudo que não conseguia enxergar. Sandy exercia este efeito sobre as pessoas. Ele as trazia para mais e mais perto, para dentro de sua brilhante teia conjetural, e depois as picava com seu entusiasmo.

— Ele está tratando desta publicação como uma campanha de publicidade — Jacob disse.

Ela suspirou.

— Eu sei que você acha prematuro falar dos resultados.

— Prematuro? Eu acho revoltante. — Se Marion estava cautelosa em relação ao modo de Sandy abordar a imprensa, Jacob estava aterrorizado. — Você não percebe? Ele está levantando expectativas com o R-7 que ninguém, nem mesmo você, Marion, pode preencher. — As torradas pularam cedo demais da torradeira, e Jacob impacientemente empurrou as duas fatias de volta.

Marion fora a parceira dominante no laboratório. O laboratório era dela; havia sido assim desde o início. Fora ela quem convidara Sandy para se associar. Ela estabelecera o curso e decidira sobre cada palavra para publicação. Quão insidiosamente Sandy minara a autoridade dela. Ele havia exercido um papel destrutivo com relação às suas dúvidas e, com sua impaciência, aumentara as deficiências do laboratório e as frustrações dela. Com apenas o vislumbre de um possível êxito seguira à frente, e Marion fora arrastada por sua onda.

Jacob arrependia-se do dia em que recomendara Sandy como um recurso para Marion; amaldiçoava-se por ter impelido sua mulher àquela barganha faustiana. Ela era a cientista, mas de repente assumira o papel de apoio. Tinha uma mente única, mas a linguagem de Sandy, a visão de Sandy, sua presença é que tinham visibilidade. Como mulher, ficava na sombra de Sandy. Como mulher, ouvia quieta e trabalhava por trás do pano nos detalhes, enquanto

Sandy se apropriava do cenário maior. E Jacob tinha ciúme — não ciúme de Marion e sua relação com Sandy, mas ciúme *por* ela. Ardia com o desejo de que ela prosseguisse em seus próprios termos. Desenvolvesse suas idéias no seu ritmo. Ganhasse reconhecimento sem Sandy, escrevesse seus trabalhos sem Sandy. Que tivesse êxito sem se apoiar em Sandy para mediar e administrar seu sucesso.

— Ele está apressando você — disse Jacob.

— O que você quer dizer com isso?

— Você parece arrasada. Ele a está forçando demais.

— Os resultados são públicos agora — disse ela simplesmente. — Temos de correr.

— Você agora não se preocupa com o que é público tanto quanto se preocupava antes.

Ela o olhou com estranheza.

— Sempre me preocupei — disse ela. — A diferença agora é que somos os primeiros.

— É perigoso ser o primeiro — observou Jacob. — Ser o primeiro não é, necessariamente, a melhor posição.

— É, sim.

As torradas estavam prontas, e ele as levou para a mesa. Marion pegou seu café puro e suas torradas queimadas. Colocou manteiga na torrada enegrecida e depois cobriu a manteiga com geléia de laranja amarga. Amava o amargo na comida, da mesma forma que outras pessoas amavam o doce.

— De qualquer forma — disse ela —, nós *somos* os primeiros, e não se trata de discutir se esta é ou não uma boa posição. Somos os primeiros e precisamos usar isso.

— Você está parecendo ele — disse Jacob. — Ouça a si mesma. Este é o esporte de Sandy, pensar na ciência como uma competição.

— É uma competição — disse ela.

— Você nunca pensou assim antes.

— Mas você não percebe? — disse Marion. — Eu nunca estive na corrida antes.

— Claro, porque você estava trabalhando — disse Jacob. — Por que você não deixa Sandy fazer suas apostas e ir para as corridas?

— Porque é a minha corrida.

Não a sua, pensou ele. Dele. Toda dele.

Jacob remoeu a conversa durante o dia todo e então, quando esperava falar com ela, Marion teve de ficar até tarde no laboratório e perdeu o jantar. Chegou em casa depois das onze, mas ele esperou, ouvindo seus passos leves e rápidos na escada. Chovia forte. O cabelo dela estava úmido, assim como seu casaco, mas ela não parecia notar. Pendurou o guarda-chuva e entrou, e Jacob surpreendeu-a quando a chamou da cozinha. Ela pensou que ele estivesse dormindo.

— Você está ensopada — disse ele quando ela entrou.

— Os ratos estão lindos — disse ela.

— Sim, bom, mas ouvi dizer que as células de Robin não estão.

— Espero que ela não esteja ventilando seus problemas por aí — disse Marion, sentando-se com ele.

— Ela não anda ventilando nada. Eu a vi hoje depois das aulas e falei com ela.

— Isso não era necessário — disse Marion.

— O que você quer dizer com isso? Que eu a estou encorajando a trair uma confidência?

— Não, o que quero dizer é que você pode perguntar a mim sobre o laboratório. E você me pergunta. Já sabe de tudo. Não precisa falar com ela.

— Ah, bom, mas eu gosto de confirmações externas do que eu ouço — disse Jacob suavemente.

Algo na fala dele a sobressaltou, algo agressivo... e quase zombeteiro. A sugestão de que ele falava com Robin pelas suas costas, a referência jocosa à confirmação dos resultados de Cliff que Robin não teve a capacidade de produzir.

— Eu sei que você não gosta do artigo — disse ela —, mas não tem o direito de ficar atirando de fora. Você tem de parar.

— Não tenho o direito? — perguntou ele.

— Não.

— Eu tenho todo o direito — disse ele. — Porque você pode fazer melhor que isso.

— Eu não posso fazer melhor que isso — exclamou ela, exasperada. — Este é o melhor trabalho que já fiz.

— Psiu. Você vai acordar Aaron.

— Por que você não consegue ver — murmurou ela para ele — que estes são os melhores resultados que já tivemos?

— Porque eles são potencialmente os melhores resultados. E você está se deixando levar. Você sabe mais que isso — murmurou ele de volta. — Pense, Marion. Você é melhor que isso.

— O que sei é que estes resultados são o que há de importante — disse ela. — Eu sei que estou certa.

— Ele sabe que você está certa, e você acredita nele.

— Não, ele acredita em *mim*, e você não. Acho que nunca vai acreditar — acrescentou ela, abismada.

Sentavam-se juntos sob a luz amarela da cozinha, e a mesa estava coberta de publicações científicas e provas de alunos. Jacob tomou as mãos dela nas suas e envolveu seus dedos delicados.

— Eu não vou apenas acreditar em você — disse ele firmemente. — Eu amo você. Quando você puder reproduzir os resultados de Cliff, eu vou acreditar em seus dados.

Em silêncio, os dois se despiram para deitar. Marion colocou seu robe e Jacob a observou escovar os dentes durante todo o minuto e meio que o dentista recomendara. Ela ainda se aborrecia com particularidades. Ainda pensava como uma perfeccionista, mas todo o seu perfeccionismo servia aos propósitos de Sandy. Marion não havia esquecido inteiramente a busca da verdade, mas tinha começado, como Sandy, a pensar que a possuía. Em silêncio, ela entrou debaixo das cobertas e encolheu-se, distante de Jacob. Ele queria dizer alguma coisa. Queria se explicar e sussurrar em seu ouvido: "Marion, sinto muito." Mas ele não sentia muito e, de qualquer maneira, o dano estava feito. Poderia expor sua posição a noite toda, mas sabia que ela estava muito magoada para ouvir.

Sentia falta de sua mulher. Gostaria que ela se voltasse para ele e admitisse que estava se apressando. Ansiava por confiança e por ela pensar seus problemas até o fim junto com ele, mas ela navegava em outra direção, e nada que dissesse poderia fazê-la parar. Ela provara o gosto do futuro, experimentara o sucesso. Jacob queria que ela se desse bem, mas que agisse com correção. Não com comunicados à imprensa e artigos e fotos na imprensa popular. Não com Glass. Pensava continuamente em Sandy Glass. Tentava mapear exatamente como e quando Glass tinha começado a guinar o laboratório de Marion em sua própria direção. Permaneceu acordado considerando como o laboratório havia mudado sob a influência de Glass. Pensou em Cliff. E refletiu sobre Robin.

Ela estava lutando para encontrar um chão. Comparecia fielmente às aulas de Jacob em Tufts e sentava-se na primeira fila com uma pilha de provas corrigidas e lições de casa em sua pasta. Embora nunca deixasse de estar presente, o jeito de Robin havia mudado com o passar das semanas. Mantinha a compostura quando Jacob falava com ela, mas na sala de aula — quando ela, como muitos outros estudantes, acreditava falazmente que o professor não a podia ver —, escorregava na cadeira e olhava para a distância. Parecia extremamente desanimada e perturbada. Seus experimentos ainda não estavam funcionando.

Depois dos exames finais, durante a primeira semana de junho, Robin chegou com uma pilha de papéis e sentou-se com Jacob para registrar as notas de sua turma. Estavam no escritório dele, no sofá laranja encaroçado que Marion havia encostado lá. Jacob perguntou como ia seu trabalho. Perguntou de maneira casual, como sempre fazia, mas desta vez os olhos de Robin se umedeceram.

Ele ficou indeciso sobre o que fazer. Todo o tempo dava lenços de papel a estudantes, mas eles eram crianças. Não podia envergonhar Robin admitindo saber que ela estava prestes a chorar.

Ela o surpreendeu e o impressionou. De alguma forma, conseguiu conter as lágrimas, que não chegaram aos seus cílios pálidos. Jacob aguardou. Robin firmou sua voz e respondeu com clareza.

— Não está indo bem, eu não sei ao certo o que fazer.

— Você sabe que essas coisas normalmente dão errado — disse-lhe Jacob.

— Dão errado para mim — confessou Robin. — Não são só estes experimentos. Os meus também não estão funcionando, e tenho tentado ser paciente. Tentei culpar as pessoas e os equipamentos, mas parece que não consigo...

— Você se deu bem aqui — disse Jacob.

— Obrigada.

— E pode se dar bem lá também.

Ela olhou para ele e se sentiu abatida por todas as suas dúvidas acumuladas. O desespero se alojava em sua garganta; ela mal podia engolir.

Não chore, pensou ele. Não sabia inteiramente por que, mas era muitíssimo importante que ela não chorasse naquele momento.

Ela lutou consigo mesma, mas quando falou sua voz estava firme de novo.

— Os resultados de Cliff são tão bons, tão claros, mas eu não consigo acertar com os experimentos. Não sei o que há de errado comigo.

Jacob pensou cuidadosamente antes de falar. Olhou para Robin sentada ao lado dele com sua blusa de verão de mangas curtas. Considerou seus braços nus, seu delicado rosto desprotegido, a humildade e a confusa tristeza de sua confissão. Pensou no lugar, no tempo e no estado de espírito de Robin. Com grande deliberação, considerou o que suas palavras poderiam significar para ela, hesitou um momento, depois disparou sua flecha sutil.

— Os resultados parecem quase bons demais para ser verdade — disse ele.

Parte 4

Intuição

1

AS PALAVRAS DE JACOB foram absorvidas com facilidade. Introduziram-se por baixo da pele de Robin tão rápido que ela mal as sentiu até vários minutos depois, quando estava praticamente do lado de fora da porta. Mesmo assim, "quase bons demais para ser verdade..." era uma construção tão casual que poderia não ter notado nada, se não fosse pelo decidido controle na voz dele. As palavras foram suaves, mas sua voz era fria, e foi essa frieza que deu calafrios em Robin após o primeiro momento, surpreendendo-a e causando-lhe dor. Do que ele estava realmente falando? O que estava tentando lhe dizer? Enquanto saía do escritório, ela se voltou, confusa.

— Você acha mesmo... — disse ela. — Você acha que há alguma coisa errada?

Jacob levantou os olhos.

— Alguma coisa errada com o quê?

— Sobre o que você falou antes? — Ela não conseguia mencionar especificamente: o aviltamento do artigo científico da própria esposa dele; a abertura aterradora e desorientadora de um mundo de dúvidas.

— E o que foi que eu falei?

— Você acha que há algo de errado com os dados? — sussurrou ela.

Jacob olhou-a no rosto, e seus olhos estavam tão escuros, tão vivazes, que por um momento Robin achou que ele estivesse brincando. Sentiu, por um instante, que ele podia enxergar através dela e recuou, horrorizada. Havia um bom metro e meio de distância entre eles, mas ela sentiu como se Jacob tivesse tocado o interior de sua coxa. Seu coração estava disparado, mas ele já tinha se afastado como se nada tivesse acontecido.

— Algo errado com os dados? — repetiu ele lenta e distraidamente, enquanto embaralhava os papéis de sua mesa. — Não, claro que não.

Ela disse a si mesma que nada havia acontecido. Mais tarde, quase se convenceu de ter imaginado toda a conversa. No entanto, não se desvencilhava das palavras. Elas se repetiam incessantemente dentro dela, agarravam-se tenazmente como sementes com ganchos, como pequenos ouriços. Ele desmentiria, mas as palavras tinham a ela como alvo. Esta era a parte assustadora. Qualquer outra pessoa poderia ter desprezado o comentário sobre os resultados como uma piada amarga ou uma observação casual, mas Robin viu o significado imediatamente. Estava lutando no laboratório. Fracassava na duplicação dos resultados de Cliff. Como poderia ignorar a sugestão dissimulada de Jacob de que os resultados eram imperfeitos? De que talvez os problemas que estivesse tendo no laboratório não fossem algo de sua própria fabricação? De que havia algo errado com os experimentos de Cliff? O que Jacob sabia? Do que ele suspeitava? Nada. Nada. Nada. Ele nunca questionaria o julgamento de Marion. Quando se tratava de ciência, sempre acatava a esposa. Desistira de sua carreira por ela. Todo mundo sabia disso.

Por que, então, falara com ela daquele jeito? Estava apenas a atormentando? Provocando-a? Por que brincaria com ela daquela maneira?

Ele era estranho. Tinha uma daquelas mentes excêntricas e angulares com as quais se topava de vez em quando no mundo científico. Era brilhante e rabugento. Conheciam-no antes de mais nada como o marido de Marion, mas tinha opiniões próprias e muito firmes. Pensou nele com sua partitura no concerto de Bach, fazendo algum comentário sobre a música no intervalo, silenciando o próprio Peter Hawking por ele ter uma opinião diferente. Jacob era uma força a se levar em consideração. Não era o que parecia.

Naquele final de semana ela foi a Plum Island com três amigos de seu prédio. Tomas dirigiu. Era um aquarelista de quase 120 quilos, barba volumosa, que morava sozinho no terceiro andar com Pippin, seu papagaio de aparência amável. Depois de se matricular em Harvard, havia tido problemas em seu primeiro ano e trancara a matrícula por uma década, financiado por seus pais e pontuado por algumas crises nervosas, para poder se devotar à arte. O pai de Tomas era judeu e a mãe, cubana. Ele era bilíngüe, mas falava inglês com um ligeiro ciciar, como se tivesse passado um tempo na Espanha. Seu jeito gentil contrastava com seu exterior buliçoso. Era ele quem todos os anos planejava a expedição a Plum Island, assim como era ele que convidava os vizinhos à sua casa para tomar chá. Era um construtor de comunidades, e um homem de família à sua maneira, devotado aos pais em Georgetown e à irmã em Potomac, Maryland. Timidamente, abordara Robin na entrada dois anos antes e dissera: "Estava pensando se você gostaria de dividir um champanhe comigo. Estou celebrando um novo estágio em minha vida. Acabei de me tornar um tio".

Larry e Wendy estavam no banco de trás. Trabalhavam no MIT, no departamento de ciências da computação. Larry tinha um pronunciado sotaque de Nova York e usava chapéu branco e gravata de vaqueiro, como se para mostrar que viera de alguma parte do Brooklyn que ficasse no sudoeste. Em seus momentos de folga, construía espinetas a partir de kits pré-moldados, mas os tocava mal. Ele e Wendy viviam juntos havia 17 anos, partilhando seu amor por programação e jogos, o gosto pela cozinha indiana e um apetite voraz por ficção científica, música clássica e dança típica escocesa. Harmoniosos em seus entusiasmos, também detestavam da mesma forma religiões, superstições, condomínios e corporações. Larry e Wendy lutavam por manter o software em domínio público e distante de aproveitadores gananciosos como Lotus e WordPerfect — e seu rival principiante, Microsoft. Enquanto outras pessoas usavam camisetas com MANDELA LIVRE, Larry e Wendy ostentavam camisetas com os dizeres SOFTWARE LIVRE. Usavam cabelos longos, em rabos-de-cavalo, e óculos grandes. Larry tinha o rosto mais largo e cheio, e quando sorria sob seu chapéu branco, mostrava um ar estranhamente rabínico. Wendy tinha rosto e nariz longos e olhos azuis próximos um do outro. Vestia-se com saias de jeans e, inexplicavelmente, meias brancas esticadas até seus joelhos ossudos. Não se importava de parecer uma estudante mais velha. Gostava disso. Ela e Larry usavam buttons com os dizeres ORGULHO NERD. O termo fora cunhado pelo mentor de Larry no MIT e encaixava-se em Larry e Wendy perfeitamente. Eles também tinham camisetas com o slogan ORGULHO NERD na frente e, nas costas, a inscrição UMA PESSOA EQUILIBRADA É DESPROPOSITADA.

Certo ano, durante a viagem, Robin havia arriscado, para Larry:

— Você sabe que, na verdade, você e Wendy são muito bem equilibrados.

— Não somos, não — retorquiram Larry e Wendy imediatamente, quase em uníssono.

Nem Larry nem Wendy sabiam dirigir, e por isso se sentavam atrás do Volkswagen Rabbit de Tomas. Jogavam cartas, alegremente alheios às ruidosas aceleradas de Tomas e aos pneus cantando nas curvas.

Estacionaram a uma certa distância da faixa arenosa de terreno pela qual caminhariam, porque as batuíras melodiosas estavam fazendo seus ninhos e as ruas da praia estavam fechadas. A pé, Robin, Tomas, Larry e Wendy levavam seus binóculos e guias de pássaros. Robin carregava garrafas de água e Larry se borrifava de cima a baixo com spray contra insetos. Tinha fobia de pernilongos e carrapatos e regularmente se convencia de que contraíra a doença de Lyme. Ele se borrifava tão compulsivamente que os outros nem se preocupavam — acreditavam que andar perto dele era proteção suficiente.

Caminhavam em grupo através da praia, em passeios de tábuas descoloridas e cinzentas. A areia ondulava sob o céu quente, e a grama escassa tremulava em longas faixas.

— Um pia-cobra — disse Larry, assestando seus binóculos imediatamente. Wendy estava com seu guia de pássaros aberto, e Tomas com seu bloco de desenho, mas Robin permaneceu afastada. Não tinha vontade de identificar nada.

— Toutinegra — declarou Larry.

— Onde? — interpelou Larry.

Robin e Tomas seguiram em frente, onde o passeio atravessava samambaias e árvores retorcidas pelo vento. Os galhos e os troncos pareciam madeira flutuante, mas estavam vivos e se entranhavam num pequeno bosque. O passeio curvava-se sob as folhas protetoras e o lugar era quieto, um refúgio na sombra da areia implacável e das dunas além. Suando e resfolegando, Tomas achou um lugar, descarregou seus suprimentos, ergueu o cavalete e pegou a caixa de tintas, os vidros e pincéis de sua mochila. Suas mãos eram grandes. Mesmo seus dedos eram gordinhos, mas quando começava a pintar, cada linha na página era delicada, cada camada de cor, translúcida. Os galhos sobre eles emergiam na página, junto com a casca grosseira e desgastada das árvores.

— Não olhe — disse Tomas, flagrando Robin.

Ele era tímido com seu trabalho — e facilmente desencorajado. Dizia com freqüência a Robin que não era muito bom e que sua pintura era apenas terapia.

Não viam Larry e Wendy, mas os ouviam entre as árvores, cochichando alto, mergulhados numa conversa.

— Você não vai descobrir nada? — perguntou Tomas a Robin. — Vá. — Ele a despachou com um aceno. — Ache alguns passarinhos.

— Não estou mesmo com vontade — disse Robin. Queria contar para ele. Queria falar com alguém. E, ainda assim, não conseguia. Suas idéias estavam muito confusas. Era problema dela não conseguir reproduzir os resultados de Cliff? Ou era, como Jacob insinuara, algo mais? Desde que falara com Jacob, a mente impaciente de Robin não lhe dera sossego. Por que para ela a reprodução dos resultados de Cliff havia sido impossível? O que estava errado? Problemas com os dados? Erros na análise de Cliff? Algo que Marion poderia ter ignorado? Mas Marion não ignorava nada. Jacob sabia disso. Conhecia Marion melhor que qualquer um.

Os quatro passaram fora toda a tarde e seguiram todo o circuito do passeio através das dunas. Larry e Wendy ficaram mal-humorados pela falta de pássaros. Supuseram que encontrariam chupins de cabeça marrom, narcejas e todo o tipo de pássaros canoros, mas viram apenas o pia-cobra e a toutinegra.

— Acho que fui mordido — lamentou Larry, examinando seu braço.

— Isso é impossível, com a quantidade de substâncias químicas com que você se borrifou — disse Wendy.

— É claro que *é* possível — disparou ele. — Eu tenho uma alta suscetibilidade a insetos. — Mal-humorado, sem paciência com os outros, o ferido Larry marchava à frente no passeio. Binóculos nos olhos, espiava à direita, à esquerda e à frente, à distância.

— Um sorvetinho pode distraí-lo — ponderou Tomas.

Larry, no entanto, parou logo à frente, os binóculos fixos num pontinho marrom perto do estacionamento.

Wendy adiantou-se rapidamente.

— O que é?

— Shh. Shh. — Ele a afastou com um gesto.

Os três pegaram seus binóculos e procuraram. Alguma espécie de lavadeira estava pousada num mourão de cerca. Certamente era uma lavadeira, com seu longo bico e suas pernas rijas, penas marrons mosqueadas e cabeça pequena e elegante. Mas o passarinho não soava de forma alguma como uma lavadeira. Soava como uma criança aprendendo a assobiar.

Por diversos e longos minutos, ficaram mesmerizados pelo pássaro de longas pernas. Não ousaram se mover nem falar até que a estranha lavadeira decolou e voou para longe.

— Aquilo — Larry disse — era um maçarico do campo.

— De jeito nenhum — protestou Wendy.

— Era sim, era sim — gritou Larry com entusiasmo infantil.

— São muito raros aqui — Tomas disse, folheando seu guia. — Eles não vivem aqui...

— Foi raro — exclamou Larry, jubilante. — Foi incrivelmente raro.

— Mas como você sabe? — perguntou Robin.

— Você não ouviu? Não ouviu o assobio?

— Ele não deveria estar aqui — disse Wendy com voz reprovadora. Robin e Tomas não sabiam se ela estava reprovando Larry ou o pássaro.

— Mas nós o vimos, de qualquer maneira — disse Larry, fazendo um registro em seu caderno. — Eu o identifiquei.

Não havia como discutir com ele. Larry não sabia muito sobre pássaros, mas aquilo que sabia era inquestionável. Havia esquecido a picada de inseto, o mau humor e tinha saído emproado, balançando os binóculos pela alça e tentando assoviar como um pássaro.

Robin marchou pesadamente, estupefata. Essas coisas pequenas, vitórias minúsculas — fosse em encontrar pássaros ou ganhar num jogo de cartas — faziam Larry muitíssimo feliz.

Ele jogou seu chapéu de cowboy para trás, pegou a mão de Wendy e deu um sorriso largo até deixar os olhos apertados de prazer, e então gritou para o céu: "Há!", porque tinha encontrado uma ave naquela longa tarde vazia. Não simplesmente uma ave, mas uma descoberta rara.

E foi então que Robin percebeu: viu a expressão no rosto de Larry e soube que já tinha visto aquilo antes. Aquele olhar de triunfo, aquele sorriso de felicidade leviano e idiota. Era Cliff com os ratos; era o olhar que ela vira no rosto de Cliff enquanto o observava pela janela. Ela se sacudiu e piscou, mas tudo o que conseguia enxergar era Cliff segurando um camundongo pelo rabo. O nariz dela se comprimia contra o vidro vermelho enquanto o observava se mover tão ocupado pela sala, carregando gaiolas das prateleiras para o balcão. Ele arrancou um camundongo da gaiola e o colocou na área isolada, e então ligou o CO2 na parede. Aquilo era estranho. Ela pensara assim na hora. Marion não autorizava que seus pesquisadores fizessem experiências com gás nos ratos. Por que ele quebraria as regras assim? Ela fechou os olhos e tentou reconstruir o que havia acontecido depois, mas não conseguiu. Tudo de que conseguia se lembrar era Cliff e seu rosto — iluminado, radiante, triunfante, feliz, arrogante, tudo ao mesmo tempo.

2

No dia seguinte, no laboratório, Robin percebeu, com algum embaraço, ser a única que tomara sol no final de semana. Sardas reveladoras pontilhavam seus braços e seu rosto, enquanto todo mundo parecia pálido como antes. Meio que esperara que os outros perguntassem onde tinha estado e brincassem com ela por ter folgado, mas mal a olharam. Cliff e Feng estavam trabalhando no vírus de Cliff, preparando grupos para serem enviados a Stanford e Cornell. Durante todo o final de semana, haviam congelado amostras de um milímetro de vírus em soluções de lisado e preenchido formulários. Ela fitou Cliff inquieta. Ele estava completamente absorto nos papéis à sua frente.

Cliff não se esforçava mais para ignorá-la. Na verdade, voltara sua mente para outro lugar. Durante semanas e meses, ela fora a implacável, a historiadora silenciosa da amizade arruinada deles e a preservadora de seus corações partidos. Faltava a ele a lembrança perfeita de todas as discussões. Nem possuía a imaginação provocadora dela, a capacidade que ela tinha de encontrar uma insignificância em cada interação. Ele não era insensível, sentia muito, mas montava nas emoções como cavalos até cansá-los. Aceitara o rompimento. Na época, enfurecera-se e lamentara, mas ficou tão sozinho quanto quis ficar e, Robin observou, não ficou sozinho por muito tempo. Já havia uma pessoa nova, uma técnica de laboratório do segundo andar chamada Nella. Surpreendendo-os num flerte no estacionamento das bicicletas, ela se afastou, magoada, e ao mesmo tempo raivosamente feliz por Cliff ser tão insensível quanto ela imaginara.

Durante todo aquele verão Cliff trabalhou assiduamente. Agora eram cada vez mais raras as brigas por espaço ou tarefas no laboratório, bem como por pedidos de informação. Robin mantinha-se recolhida e apenas fervia à distancia. Em julho, Marion começou a permitir que ela trabalhasse parte do tempo no projeto do tumor ósseo, embora se esperasse dela, como de todos, que continuasse a apoiar Cliff.

Os dias estavam abafados, mas Cliff gostava das tardes sufocantes e dos pores-do-sol longos e fotográficos. Por fim, em agosto, o artigo científico foi publicado. Suas idéias estavam no papel. Seus dados espalharam-se pelo mundo. Agora tudo o que tinha a fazer era trabalhar incansavelmente para levar o projeto adiante. Natalya foi para Cape por uma semana e Aidan passou dez dias em um festival de música no Maine, mas Cliff não queria se afastar. As únicas folgas que tirava eram para jogar voleibol nos laboratórios de biologia de Harvard. Ia de noite com Prithwish, e os dois jogavam casualmente com quem aparecesse. Bloqueavam, marcavam e mergulhavam atrás da bola até pingarem de suor, empoeirados.

Certa noite, após uma partida, Cliff sentou-se nos degraus com Jeff Yudelstein. Poucos meses antes, ninguém no laboratório tinha tempo ou paciência para um jornal de faculdade, mas agora que a agitação inicial na mídia havia passado e as sessões de fotos e telefonemas tinham cessado, pareceu divertido recostar-se e responder às perguntas do repórter do *Crimson*, de Harvard, que calhava de ser o namorado de Charlotte Glass. Ela atuava como fotógrafa, e Cliff não pôde deixar de se perguntar se usava a câmera de seu pai.

— Xiang Feng não está aqui? — perguntou Jeff. Tinha uma pasta cheia de recortes da imprensa.

— Não — respondeu Cliff.

Jeff franziu o cenho e exasperou-se com seu gravador, consultou suas notas e então perguntou, sem disfarçar a frustração:

— Onde você estava quando Feng fez a descoberta?

— A descoberta? — disse Cliff, algo irritado. — Foi minha descoberta. Eram meus experimentos.

— O que você quer dizer com isso? — perguntou Jeff.

— Bem, vamos começar do início — disse Cliff friamente. — Vamos começar do vírus. Vírus Respiratório Sincicial.

— Você pode soletrar isso?

— Claro. — Cliff começou a contar a Jeff sobre seu trabalho de modificação do vírus e de sua aplicação do trabalho no câncer de mama de ratos. Não deixou de lado as observações de Feng, mas também não começou de lá. Contou sua história pacientemente, explicando o contexto da observação dramática de Feng em um final de semana. Era apenas um jornal da faculdade, mas Jeff estava disposto o bastante — e era veloz o suficiente — para anotar tudo.

— É muito detalhe para você?

— Não, de jeito nenhum — disse Jeff. O *Crimson* saía apenas uma vez por semana no verão. As notícias do campus eram escassas, e Jeff tinha muito espaço para um longo artigo.

Cliff, é claro, não revelou tudo. Não contou a Jeff sobre sua longa caminhada naquela noite de dezembro nem sobre sua súbita reabilitação no laboratório. Não mencionou que havia se desesperançado em relação à ciência nem sobre como o trabalho o consumira no inverno. Falou, em vez disso, dos anos que passara com seu projeto e de suas esperanças com a pesquisa, agora que se tornara pública.

Ouvindo tudo isso, Charlotte encostou-se indolentemente nos degraus, ligeiramente descontente, esperando que a entrevista terminasse. Usava pequenos óculos inclinados e um vestido de alça da Oona, na Square. Não era alta como Louisa, nem bonita como Kate, mas era mais audaciosa que as duas. Havia tempo deixara de detestar, como suas irmãs, ter sido batizada em homenagem a uma Grande Escritora do Século XIX. Usava seu nome vexatório com discernimento, como pregaria uma grande flor de seda em um casaco negro antigo. Tinha estilo e não estava com muita disposição para ficar assistindo enquanto Jeff se esforçava, rabiscando em seu caderno de estenografia. Jeff era divertido e até despreocupado quando esquecia que queria ser editor da *Crimson* e ganhar uma bolsa para Rhodes, estudar direito e ser oficial de justiça na Suprema Corte. Era espirituoso entre os amigos, mas agora soava obsequioso e agressivo ao mesmo tempo, e ela não via a hora de tirá-lo de lá.

Charlotte estava entediada, supôs Cliff ao olhar para ela. Fizera um favor a Jeff trazendo a câmera e talvez convencendo o pai a arranjar a entrevista. Mas aquilo estava demorando demais. Cliff, assim como ela, estava ficando um pouco cansado de Jeff. Ficou feliz quando terminou e pôde dizer até logo. Apertou as mãos de Jeff e Charlotte, subiu relaxadamente os degraus do grande e velho prédio tão casualmente como se o instituto fosse sua própria casa e depois subiu correndo os lances de escada até o terceiro andar. O laboratório vazio não parecia mais uma prisão, mas seu próprio santuário. No passado, detestara ficar trabalhando até tarde, sozinho, mas agora adorava as noites que passava lá. Tinha todo o equipamento para si.

Sem olhar, procurou seu caderno de laboratório. Por duas vezes correu os dedos pela prateleira de metal vazia sobre sua bancada e percebeu que o caderno sumira. Onde estava? Sempre o guardava ali. Esquadrinhou a confusão nas bancadas e depois correu até a despensa. Ao abrir a porta apressadamente, ouviu uma respiração entrecortada.

— Você me assustou — acusou-o Robin, enquanto apertava uma pilha de livros e papéis contra o peito.

— Desculpe, eu não sabia que você estava aqui. O que está acontecendo?

— Nada — disse ela. — Eu só estava procurando umas coisas. — Ela queria passar. Estava com uma enorme pressa de sair.

— Por que você estava procurando coisas aqui? — perguntou ele, desconcertado. E então viu seu caderno nos braços dela. — O que você está fazendo com isso?

Ela o entregou a ele.

— Por que você o trouxe para cá?

Ele era muito mais forte que Robin. Fugazmente, lembrou-se da maneira como um dia ele parara na porta, barrando o caminho até que ela tentou escapar por baixo de seu braço e ele a beijou. Cliff agora estava parado, indignado, bloqueando a única saída.

— Estou fazendo a escrituração para a colônia. Precisava de seus números de etiquetas — mentiu Robin.

— Por que você não pediu?

Ela não conseguiu encará-lo.

— Robin?

— Você não pode me deixar passar?

— Você estava agindo furtivamente pelas minhas costas. — Ele estava espantado por ela espionar seu caderno e depois tentar escondê-lo como uma criança que roubava uma loja. Estava chocado por ela poder ser tão mesquinha e desonesta.

— Desculpe. — De alguma forma ela se espremeu, passou por ele e escapou para o corredor. Não podia explicar. Simplesmente, não podia. Não podia dizer, nem a si mesma, o que estava fazendo com o caderno de Cliff ou o que procurava. Correu pelo corredor até a escadaria e aí, fechando a porta corta-fogo atrás de si, correu para baixo um lance de escadas e se jogou no último degrau. Estava atrás do quê? Não havia nada de errado com o caderno de Cliff, pelo menos em qualquer dos registros que havia tido tempo de ler. Não havia nada de suspeito em suas notas.

Inclinou-se, descansando a cabeça nos joelhos. Odiava-se por olhar o que não lhe pertencia; desprezava suas próprias suspeitas por serem secretas e especulativas. Não havia nada de errado com o trabalho de Cliff — exceto ser tão melhor que o dela. Não era esse o problema? Ela fechou os olhos e forçou-se a encarar a questão. De onde vinham aquelas dúvidas, senão de sua imaginação invejosa? Não, protestou dentro de si mesma, havia razão para o seu ceticismo. Seus esforços para reproduzir os resultados de Cliff tinham sido meticulosos — na verdade, ela era muito mais conscienciosa no laboratório do que ele. Seu trabalho com o R-7 fora mais que competente. O próprio Jacob havia sugerido que o problema não era ela. Lembrou a si mesma de tudo isso. Ainda assim, sua consciência a aferroava e provocava, e ela estava envergonhada.

Ela se forçou escada acima e voltou ao laboratório, onde Cliff se equilibrava numa banqueta, o caderno à sua frente.

— Que diabo está acontecendo com você? — cobrou ele.

— Eu me comportei mal.

— Olhe — disse ele. — Se você tiver alguma questão sobre meus dados, pergunte, certo? Venha até mim e eu os dou a você.

— Tudo bem — disse ela. — Farei isso.

— Vou lhe dar os números das etiquetas agora. — Ele se arrastou para fora da banqueta. — Sente-se e olhe para eles. Que tal? Podemos fazer uma trégua? — Ele colocou o braço em torno dos ombros dela. Não pretendia nada com isso, apenas uma tentativa de normalidade. Era uma pessoa tátil, tão pronto a abraçar suas amigas mulheres quanto a sorrir. Distribuía olhares e gestos e era charmoso, ou incorrigível, dependendo de como se via a coisa.

Robin encolheu-se, e ele a soltou.

— Sei que as coisas entre nós têm sido ruins, mas não agüento esta animosidade.

— Desculpe — disse ela, quando Cliff abriu o caderno.

Mas, apesar das desculpas, de todas as suas resoluções, a curiosidade levou-a além. Lutara com suas dúvidas por tantos dias que tinha sede de respostas. Quase inaudivelmente, ela perguntou.

— Por que você não quebrou o pescoço de seus animais?

Agora foi ele quem recuou.

— Do que você está falando?

— Eu vi você sacrificando seus ratos — disse ela.

— Quando?

— Em março. Vi através da janela, e você os matou com gás. Você não quebrou o pescoço deles.

— Caramba, Robin, o que está acontecendo?

— Não sei — disse ela. — Você me diga.

Ele se levantou de um salto.

— Você estava me espionando.

As palavras doeram, mas pela primeira vez Robin viu medo nos olhos dele. Ela forçara e forçara, e agora, pela primeira vez, via o sangue aflorar. Ele transgredira as normas, e quando chamara sua atenção, ela o assustara. Por um momento ela ficou tão surpresa que não soube o que fazer.

— Eu achei que havia algo errado — murmurou ela. — Achei que fosse eu, o equipamento, a linha celular, mas não era. Era você.

Ele se indignou de novo, tomado de uma raiva ultrajada.

— O que você está tentando dizer? Que eu estraguei meus próprios experimentos? O que você está fazendo, vindo aqui, pegando meu caderno, checando meus dados? Por que você não pode ser honesta comigo e se abrir?

— Estou sendo honesta agora — disse Robin. — Estou me abrindo com você agora. Por que você não quebrou o pescoço dos animais? Por que não os sacrificou apropriadamente?

Ele poderia ter admitido que nem sempre decapitava os animais ou argumentado que as restrições de Marion não eram necessárias, mas em vez disso entrou em pânico.

— Eu os sacrifiquei corretamente — explodiu.

— Todos eles?

— Olhe. — Ele encontrou a página em seu caderno onde registrara as mortes. Havia a data em março, e todos os dados que ela procurava em colunas ordenadas. Sacrificara 23 animais e depois os dissecara. Os números das etiquetas estavam na página pautada, escritos com firmeza em tinta preta. Os números faziam sentido. Ela o chacoalhara, mas apenas por um momento, agora ele era de novo ele mesmo, seu eu novo e confiante.

3

O PIQUENIQUE ERA SAGRADO. Todo agosto, em Walden Pond, o laboratório celebrava seus êxitos e lamentava os financiamentos perdidos. Era uma celebração e um ressuscitar, um banquete e uma ocasião para a natação. Mendelssohn e Glass falavam — e diziam tipicamente algumas palavras de encorajamento e agradecimento a cada pesquisador, uma forma sutil mas pública de avaliação.

Ninguém perdia o piquenique sem uma boa causa: um ataque de dor de barriga, uma morte na família. Seria complicado para Robin perder o décimo primeiro piquenique anual apenas para comparecer ao casamento de uma amiga. Mas ela não foi ao encontro porque era prima da noiva e ia fazer parte da cerimônia como dama de honra.

— Ela foi a única que não pôde vir — disse Marion a Jacob enquanto descarregavam o carro. Empunhando dois guarda-sóis, Aaron foi à frente para delimitar o território do laboratório na areia irregular.

Os Mendelssohn eram o esquadrão avançado. Marion trouxera uma mesa dobrável de acampamento e cadeiras de alumínio de jardim, cobertores limpos para estender no chão e duas geladeiras portáteis cheias de sanduíches e sobremesas individualmente embalados: brownies, tortas de limão e cookies da Rosie Bakery. Havia condimentos extras, tigelas de batatinhas, salada de batatas, salada verde coberta por grandes croutons, embalagens de blueberries pré-lavados, além de pacotes de pratos de papel, talheres de plástico e guardanapos. Jacob e Aaron trouxeram todas estas coisas do estacionamento no velho carrinho de mão de Aaron.

Embora Sandy estivesse trazendo drinques, Marion colocou com esforço um galão de água mineral com torneira sobre a mesa. Como sempre, havia se planejado para qualquer contingência. Levara sacos de lixo extras, protetor solar e até mesmo um kit de primeiros socorros. Os outros costumavam rir dela por isso, mas no ano anterior, quando Aidan deu uma topada numa pedra, Marion estava preparada.

Sandy, Ann e as garotas chegaram a seguir, trazendo a cidra e os refrigerantes, e Feng e Mei foram com Natalya e Ivan. Prithwish pegara uma carona com Aidan e seu novo namorado, Tim. Cliff foi com Nella. De seu lugar relativamente isolado, Marion e Jacob cumprimentavam a todos que chegavam, balançando suas toalhas. Depois, Marion ajeitou-se em sua cadeira de jardim, satisfeita. Aaron encontrou um bom local próximo das árvores e longe da multidão, embora a praia diminuísse ali e a areia fosse áspera e esparsa.

— Este lugar é tão rochoso — começou a dizer Sandy sentado em sua cadeira perto de Marion.

— Não comece — disse-lhe ela. Todo ano ele trazia o assunto à tona, insistindo que deviam ir para Crane Beach ou Horseneck Beach, ou mesmo para Cape, mas Marion nem pensaria em dirigir até tão longe apenas para fazer um piquenique. Não era uma amante do sol e gostava das praias com árvores. Vestia uma calça de linho azul e um top de linho branco e usava um grande chapéu de palha. Sabia nadar, mas nunca ninguém a vira fazer isso. Preferia observar os outros de debaixo do guarda-sol, apreciando a cena: o clamor na distância, a graciosa curva do lago verde, densamente orlado por carvalhos e pinheiros.

Havia os que tomavam sol e aqueles que nadavam. Aidan e Tim, Louisa, Charlotte e Natalya arrumavam todos seus lugares na areia, cada um preparado para o sol à sua maneira. Cliff passou protetor solar meticulosamente em Nella. Mas Feng, Mei e Prithwish correram para a água e avançaram lentamente. Tremendo em seu maiô inteiro preto, Mei movia-se com cuidado. Era pequena e clara, com uma marca escura de nascença na coxa. Seu cabelo era cortado como o de um menino, bastante curto, uma moldura para seus olhos grandes e suas sobrancelhas tênues. Feng espirrou água atrás de seus joelhos, e ela gritou e espirrou de volta.

— Ei, o que você está fazendo? — protestou Prithwish, apanhado no fogo cruzado.

— Estou saindo — disse Mei a Feng em chinês.

— Por quê?

— Porque estou congelando!

— Fique se movimentando que você se aquece. Vamos, nade.

— Não, eu estou congelada.

— Vamos.

Os três nadaram um pouco mais para o fundo, depois mais fundo ainda, até não poderem mais tocar o fundo do lago, onde a lama se juntava e sugava cada passada. Agora, batiam as pernas e falavam em repentes, sem fôlego por conta do frio e do esforço

— Não é estranho que este seja o lago de Thoureau? — disse Feng em inglês, para o benefício de Prithwish. — Você não acha irônico que haja um caminhão de sorvete?

— E o que há de errado com isso? — perguntou Prithwish.

— E estacionamentos e banheiros?

— Achei que fosse por isso que a gente vinha aqui — disse Prithwish.

— Ah. — Feng virou de costas. Encheu os pulmões de ar e boiou, fitando o céu. Onde Walden fora antes cristalino e calmo, a água estava encapelada pelos caiaques, o ar cheio de conversas e de crianças chorando. Na China, é claro, os locais históricos estavam sempre lotados. Ele nem podia imaginar a Cidade Proibida sem multidões de visitantes. Havia justiça nisso — os palácios imperiais escancarados para o povo. Walden, no entanto, fora apenas um pequeno lago, um local para meditação. E agora, onde Thoureau havia contemplado a autoconfiança, podia-se comprar picolés.

Sentia falta de seu anonimato. Deplorava o modo como se tornara o nome e o rosto associados ao novo trabalho quente do laboratório. A atenção distorcera seu papel no laboratório e prejudicara sua amizade com Cliff. Antes, eles brincavam constantemente e provocavam um ao outro — agora, a relação entre os dois era circunspecta e polida. Glass o havia chamado de lado e falado com ele, tentando encorajá-lo durante o assédio da mídia. Insistiu que no longo prazo tudo aquilo ajudaria Feng a encontrar uma boa posição, começar um laboratório próprio e se estabelecer numa empresa de biotecnologia ou numa universidade.

— Você agora é uma entidade conhecida. Você tem um nome — disse Glass. — Você sabe o valor disso? É ótimo. Você vai conseguir trilhar seu próprio caminho.

Mas trilhar seu próprio caminho e seguir uma trilha eram duas coisas diferentes. Depois de toda a imprensa, Feng perguntava a si mesmo que espécie de valor ele podia ter, celebrado pelas razões erradas, entronado como figura central no programa de pesquisa de outra pessoa.

— Olhe, é só uma questão de ênfase — explicou Glass. — Os artigos não estão errados. Encare isso. Eles gostam de você. Você produz bom material. Aproveite.

— Eu não sou alguma espécie de herói, só para... — protestou Feng.

— Aproveite — disse Glass de novo.

— Vai passar — previu Mendelssohn.

Feng não ficou confortado com isso. Queria dar certo. Ele e Mei não viam a hora de ganhar pelo menos um salário decente. Queriam ter um filho, mas mal falavam sobre isso — um bebê estava muito longe de suas possibilidades. Queria se dar bem, mas esperava ter sucesso cientificamente. O sucesso da mídia era apenas retórica e fofoca, o oposto da ciência.

Na praia, Kate sentava-se de pernas cruzadas em shorts cortados sobre seu traje de banho. Tentava não olhar para as longas pernas de Nella, que deveria ter perto de um metro e oitenta. A nova namorada de Cliff parecia uma Gulliver feminina adornada por sua toalha, com seus dedos finos movendo-se na areia.

— E aí? — perguntou Cliff, amigável como sempre. Ele sentou perto de Kate com seu sanduíche na mão.

— Normal. Nada de mais. — Estava ligeiramente aborrecida, mas ao mesmo tempo sabia que não tinha o direito de estar. Ela o via com um misto de orgulho ferido e a humildade de seus 16 anos.

— Como vai John Donne?

— Morto.

Não pretendia soar tão perfunctória, mas Cliff riu muito.

— Acho que este é o problema com o século XVII — disse ele. — Meio que acabou, não foi?

— Meio — disse ela. Seu coração batia forte e sua mente estava confusa. O caso dele com Nella era sério? Ela havia feito uma piada agora há pouco? — Então agora você é famoso — disse ela.

— Nem tanto.

— Charlotte trouxe o artigo de Jeff. — Ela apanhou o exemplar do *Crimson* que estava na areia. Havia uma foto de Cliff na primeira página e a manchete "Pesquisador Quer Fazer História com o Câncer".

— Espero que ninguém leia isso — murmurou Cliff ao ler superficialmente as primeiras duas colunas.

— Bem, é apenas um jornal de faculdade — ponderou Kate. — E é do verão.

— Será que a gente poderia... esconder isso? — Cliff empurrou as páginas dobradas para baixo da toalha de praia de Kate. Tinha começado a entender a frustração de Feng com a imprensa.

— É embaraçoso?

— Eu pareço um total imbecil tentando roubar o crédito.

— Acho que a idéia era parecer elogioso — arriscou Kate.

— Bom, não parece.

— Na verdade, não é sobre você, de qualquer maneira — disse ela filosoficamente.

— E sobre quem é?

— É sobre Jeff — disse Kate. — Tem a ver com ele querer ser editor do jornal. É ele se exibindo, e não você.

— Hum.

— Hum, o quê?

— Você é muito...

Ela parou, esperando. Ela era muito o quê? Esperta? Pequena? Perceptiva? Persuasiva? Bonita?

A palavra permaneceu sem ser dita. Ele apanhou o livro dela e leu o título em voz alta:

— *She Stoops to Conquer*, de Oliver Goldsmith.

— Nós vamos encenar no outono, na escola.

— Você vai estar no elenco?

— Provavelmente vou escrever as notas do programa. Mas eu gostaria... eu gostaria de poder...

— Quem você seria?

— Kate — disse ela. — Kate Hardcastle.

— Já que você *é* Kate, deviam dar o papel a você — disse Cliff, virando o pequeno livro nas mãos. — Do que é que trata?

— Bom... — começou Kate.

Mas então seu pai anunciou:

— Tudo bem, chega desta comilança e dessa preguiça. Quem vai atravessar o lago nadando? Natalya? Aidan? — Ele avaliou o namorado de Aidan, deitado de costas, se bronzeando. — Tim?

— Oh, não — disse Tim, com a voz abafada pela toalha.

— Onde está Robin quando eu preciso dela? — resmungou Sandy. — Cliff? Você vem?

— É, acho que sim. — Cliff sorriu para Kate desculpando-se, ficou de pé e espreguiçou-se. — Tome. — Devolveu-lhe o livro e jogou suas chaves, a carteira e a camiseta num montinho aos pés dela.

Os quatro homens marcharam para a água, Glass na frente — pequeno, rijo, intrépido, com óxido de zinco no nariz. Depois vinha Aidan, com sua sunga, seus cabelos loiros e seu ar europeu. Prithwish usava calção de banho com desenhos de hibiscos brancos e azuis e sua barriga se dobrava na cintura. Tornara-se corpulento, mas era um nadador rápido e gracioso.

— Apresse-se — disse ele a Cliff, que preferia muito mais o cálido Pacífico àquela água gelada. O calção vermelho de banho de Cliff havia desbotado e ficara com uma cor opaca de ferrugem. Sua pele estava pálida por falta de sol, mas Kate achava que ele tinha costas lindas, largas e fortes. Ela imaginava que Cliff ultrapassaria a todos.

Eles deslizaram, batendo as pernas com vigor. Glass e Prithwish nadavam na frente, Aidan e Cliff seguiam. Competitivo e rápido como sempre, Glass estabeleceu um ritmo punitivo. Prithwish e Aidan desaceleraram um pouco, mas Cliff descobriu, para sua surpresa, que não tinha dificuldade em acompanhar. Seu corpo relaxava a cada braçada e seus músculos pareciam se dobrar e esticar com alegria apenas por se movimentarem de novo na água.

Quando os quatro não eram mais que pontinhos em direção à margem oposta, Kate caminhou até a mesa e apanhou uma bolacha de chocolate. Perto da geladeira portátil, Jacob e Aaaron estavam jogando *go* sentados em toalhas na areia.

— Você sabe jogar? — perguntou Aaron educadamente.

— Não.

— Podíamos lhe ensinar — ofereceu ele.

— Não, obrigada.

Ele ficou magoado, mas nada disse. Ela era apenas um ano mais velha que ele. Quando colegas de escola, ele e Kate haviam brincado durante horas naqueles piqueniques, cavando fossos e moldando castelos de areia úmida, mas isso fora há muito tempo. Agora, ela se afastava rapidamente em direção às irmãs e à mãe.

Charlotte estava deprimida. Jeff estava viajando pelo Brasil porque conseguira sua bolsa de verão. Ela gostaria de ter conseguido a sua, mas nunca falou de seu desapontamento. Não queria dar essa satisfação a seu pai. Descontente, via o lago através de óculos escuros e ouvia os Talking Heads no fone de ouvido até quase estar em outro lugar. Louisa, no entanto, trouxera uma pasta cheia de fotocópias de artigos de jornais e os marcava, diligentemente.

— Pode ser que eu não estude Robert Hooke — informou à mãe.

— Não? — exclamou Ann. —Achei que você o adorasse.

— Eu adorei *Micrografia* — disse Louisa severamente. — Hooke era um imbecil.

— É mesmo?

— Ele dormia com sua sobrinha de 16 anos.

— Bem — começou Ann. — Nestes...

— Eu simplesmente não consigo escrever minha dissertação sobre uma pessoa como essa.

— Eu achava que ele fosse o mais importante e o mais negligenciado cientista inglês.

— E ele descobriu a grande mancha vermelha em Júpiter — ecoou Kate.

— Bom, ele era um grande cientista... e é negligenciado — disse Louisa —, mas também era sujo e pegajoso.

— Ele pode ter tido seus problemas, mas presumivelmente o trabalho é mais importante para você que a vida dele.

Louisa pensou um momento.

— Não.

Ann sorriu.

— O que foi? — perguntou Louisa, irritada.

— Nada. — Ann não ia chamar Louisa de ingênua e ser acusada de condescendência. Não cairia nesta armadilha. Ainda assim, sabia algo sobre a influência mútua entre egoísmo e criatividade. Seu próprio livro inacabado examinava três eminentes vitorianos: Thomas Carlyle, Charles Darwin e Elizabeth Barret Browning. Cada um deles fora atingido por uma misteriosa doença psicossomática, cada um deles libertado pela doença e a neurose para perseguir uma vida intelectual, enquanto suas famílias se sacrificavam por eles e os empregados cuidavam deles. Durante anos Ann refletira sobre como a fraqueza podia se tornar força. Mais de uma vez, ao administrar sua casa movimentada e organizar a vida de seu marido e de suas filhas, desejara, também, poder ser atingida por alguma doença misteriosa que não ameaçasse sua vida. Que ela, também, pudesse se livrar dos reinos ordinários dos pequenos afazeres e compromissos, o ensino na faculdade e a rotina, para entrar no reino rarefeito da arte, ou da medicina, ou da ciência. Chegou a invejar — e mesmo admirar — a reclusão de Browning, o estômago delicado de Darwin e a hipocondria aguda de Carlyle. Em sua vida profissional, assim como na pessoal, Ann aprendera não apenas a perdoar, mas a encontrar o poder criativo na obstinação e na fragilidade humana. Assim, quando Louisa se desapaixonou de Robert Hooke por ser um predador sexual, como eram muitos de sua classe em sua época, e um gênio, como muitos não eram, Ann achou sua filha um pouco míope.

— Se eu tiver de devotar anos de minha vida estudando um cientista, vai ser alguém que eu respeite — disse Louisa.

— Você tem critérios elevados — murmurou Ann.

— Por não admitir relações incestuosas? Isso é um critério elevado?

— Eu só quis dizer que pode ser difícil encontrar um grande cientista negligenciado do começo da era moderna que também fosse um homem inteiramente bom. Você pode achar alguém grande e bom, mas duvido que neste caso seja também negligenciado.

Louisa guardou seus artigos de jornal e o marcador de texto em sua sacola de praia e despencou em sua toalha.

— Eu faria uma concessão, no caso da negligência — disse ela. — Se ele, ou ela, tem de ser famoso, que seja.

— Isso é muito generoso da sua parte — disse Ann.

— Ah, pare, mãe.

— Parar com o quê?

— Pare de brincar comigo. Você parece o papai.

— Eu não estou brincando com você, querida — disse Ann. E, na verdade, seu coração se partiu um pouco ao pensar em Louisa lutando como um Diógenes contemporâneo, procurando um homem honesto através da história.

Cliff agora estava aquecido com a natação. Estavam a pelo menos meio caminho da outra margem, e as árvores se erguiam à frente deles, viçosas e verdes. Mas Aidan estava ficando muito para trás e gritou:

— Ei! Ei, gente! — Glass a princípio não ouviu Aidan, e continuou nadando, mas Cliff parou, batendo as pernas.

— Você está bem ?

— Estou ficando cansado — disse Aidan. — Acho que quero voltar.

— Eu vou com você — ofereceu Prithwish.

— Tudo bem. Eu vou na boa.

— Você não deveria nadar sozinho — disse Prithwish.

— Eu estou bem, mesmo.

Prithwish e Cliff hesitaram por um momento, a cabeça dos dois sobressaindo na água verde e prateada. O lago era profundo, e era preciso nadar pelo menos uns bons vinte minutos para atingir qualquer das margens.

— Eu vou com você — decidiu Prithwish, nadando de volta em direção a Aidan.

— Venha, Cliff — chamou Glass. Cliff também estava ficando um pouco cansado. Mas sentiu que não tinha escolha, a não ser seguir. Baixou a cabeça e regulou a marcha, nadando na esteira de Glass. Não era à toa que Glass corria toda manhã. Não era por nada que treinava e corria a maratona de Boston todo ano. Mantinha um fôlego quase normal quando finalmente chegaram a terra firme.

Não havia praia no outro extremo de Walden Pond. Ninguém transportara areia para lá. Cliff ergueu-se nas rochas.

— Ei, não pare agora — reclamou Glass, e Cliff lembrou-se de que Glass gostava de nadar de volta sem qualquer descanso.

— Me deixe recobrar meu fôlego — disse Cliff.

— Você apenas vai ficar frio — advertiu-o Glass, mas também saiu da água. — Fique aqui no sol. Meu Deus, este laboratório podia se exercitar um pouco. — Ele olhou para seu relógio Rolex e balançou a cabeça. — Vocês estão atrofiando. — E emendou, sem perder o ritmo — Eu queria falar com você sobre o artigo do *Crimson.*

Cansado como estava, Cliff desejou estar de volta à água. Não devia ter pedido um descanso a Glass.

— Não é assim que nós queremos nos apresentar.

— Eu sei — disse Cliff. — Eu não achei...

— Bom, devia ter achado.

— É só um jornal estudantil — disse Cliff. — E é a edição de verão. Ninguém vai ler.

— Sua entrevista é um registro público agora — falou Glass bruscamente.

— Você disse para me encontrar com ele! — exaltou-se Cliff. — Você me pediu para falar com ele.

— Achei que ao falar com Jeff você usaria seu bom senso.

— Olhe, ele me perguntou sobre meu papel no trabalho. Eu apenas respondi suas perguntas.

— Suas respostas — disse Glass — não combinam com qualquer das outras matérias publicadas.

— Você quer dizer as matérias sobre Feng. Bem, Feng não quis falar com Jeff. Ninguém queria falar com ele. Então sinto muito, eu tinha de falar. Jeff perguntou o que eu fazia, e eu disse a verdade.

— Jornalismo não tem nada a ver com a verdade — respondeu Glass. — Existe um lugar e uma hora para a verdade, mas o jornalismo é muito simples: uma entrevista, uma matéria. Só essa história, e depois o outro lado dessa história. Não há tempo para sua versão alternativa, nem para um comentário meu ou para as preocupações triviais de quem quer que seja. Simplesmente não há tempo. Estamos vendendo aqui exatamente uma coisa. Estamos vendendo o R-7. Não você. Não sua carreira.

— Eu não estava tentando me vender no *Crimson* — disse Cliff com calma.

— É assim que parece. — Glass escorregou de volta para a água. — É assim que se entende. E isso é mau para o laboratório. Torna muito mais difícil para nós fazermos o que precisamos fazer.

Cliff conteve-se quando estava prestes a falar. Engoliu as palavras raivosas, mas não conseguiu se segurar e deixou-as escapar do mesmo jeito.

— Se você estava tão preocupado em manter a linguagem do laboratório, devia ter dado a entrevista você mesmo.

Glass não disse nada. Afastou-se da margem e nem olhou para Cliff.

— O artigo não era sobre mim, de qualquer maneira — disse Cliff enquanto seguia bracejando atrás de Glass. — Não era sobre mim, nem sobre o laboratório; era tudo sobre Jeff. Era apenas sobre o quanto ele quer se tornar o editor do jornal.

Como uma lontra, Glass deslizou de costas, cabeça erguida, olhando para Cliff. Com olhar firme, mas com uma pitada de humor, ele disse:

— Bom, isso certamente é verdade.

Agachada aos pés de suas irmãs, Kate brincava na areia com as peças magnéticas do xadrez de Aaron.

— Estava me perguntando onde essas tinham ido parar — disse Aaron. Ele limpou a areia das peças e colocou-as no pequeno tabuleiro. — Brancas ou pretas?

— Eu não quero.

— Olhe, eu estou usando estas peças. — Ele apontou para o grupo em miniatura de homens que alinhara do seu lado. — Você pode ficar com as brancas.

— Vamos lá, Kate — entusiasmou Louisa.

— Oh, meu Deus — resmungou ela.

— Você costumava jogar tão bem — lembrou-lhe Ann.

— No começo do ginásio. — Ela estudou o tabuleiro e tentou se lembrar da abertura que seu pai um dia lhe ensinara.

— Não foi mal — disse Aaron, reagindo imediatamente.

Tentava ignorá-lo enquanto ele permanecia ajoelhado na areia à sua frente. Sempre gostara do jogo, mas perfeccionista como era, odiava jogar naquelas circunstâncias. Depois de pensar um pouco, arriscou mover seu cavalo à frente.

— Você tem certeza de que quer fazer isso? — perguntou Aaron.

— Ah...

— Tente outra coisa.

— Não, eu já joguei.

— Não importa. Melhor assim — disse ele, acrescentando, duas jogadas depois: — Você já pensou em seu bispo? Bom.

Ele a orientava, guiando-a em seus movimentos. Gradualmente, suas muitas peças brancas e as poucas pretas dele chegaram em um empate.

— Bom jogo — disse ele.

Ela olhou para ele.

— Não, não foi.

— Por que não?

— Porque você estava me dando as respostas. Você estava praticamente me forçando a ganhar!

— Não estava forçando você. Estava ensinando — disse Aaron.

— Foi assim que seu pai lhe ensinou? — perguntou Kate ceticamente.

— Foi. — Aaron olhou em direção a seu pai. — Mais ou menos.

Jacob, sentado em sua cadeira, gargalhou.

— Lá estão eles. — Ann apontou para Cliff e Sandy na água. Os dois nadavam mais lentamente agora, dando braçadas constantes em direção à margem. — Estava ficando preocupada com você — censurou ela quando Sandy finalmente chegou.

— Por quê? — perguntou ele, enxugando-se com sua toalha.

Descontente, e mais do que um pouco sem fôlego, Cliff arrastava-se pela areia. Teria preferido caminhar pela praia, seguir a trilha sob as árvores e tirar uns minutos para si mesmo, mas era hora do brinde. Marion distribuía taças de champanhe de plástico. Prithwish e Aidan estavam espocando as rolhas das garrafas verdes do espumante Martinelli.

— Você nadou isso tudo? — perguntou Nella a Cliff com seu sotaque sul-africano. — Então, você vai ter de tomar um drinque de verdade.

— Certo, todo mundo. Aproximem-se. Aproximem-se — ordenou Sandy em seu tom de comando jovial enquanto ele e Prithwish serviam. E todos se aproximaram, com as taças transbordando. Mesmo as crianças, já tão crescidas. Louisa e Charlotte ficaram ao lado de Ann, e Kate e Aaron apanharam suas taças. Aqueles que tomavam banho e sol se animaram. Natalya e Tim se aproximaram. — Temos muito a celebrar este ano — disse Sandy. — Alguns grandes resultados, alguns grandes desdobramentos. Nosso artigo na *Nature*. — Os pesquisadores festejaram, e Aidan assobiou quando Sandy segurou alto no ar um impresso em preto-e-branco recém-recebido, uma pequena bandeira resoluta na brisa. — E por último, mas não menos importante, o novo financiamento do Serviço Nacional de Saúde, com início em setembro.

— Uau — disse Prithwish, em meio a aplausos e risadas. Agora podiam brincar. Obter o financiamento, depois de uma longa seca, era como retornar do reino dos mortos.

— Temos muito trabalho pela frente — disse Marion.

— Acreditem ou não, estamos apenas lançando as fundações — disse Sandy. — Aidan e Natalya, já disse isso antes e vou dizer de novo. Temos os melhores técnicos de laboratório do instituto. Sem mencionar o melhor barítono!

— E com o novo financiamento, esperamos contratar um terceiro técnico para tirar um pouco da carga de vocês — anunciou Marion.

Cliff olhou para Nella de soslaio e sorriu, imaginando que ela poderia ser a convidada para o andar de cima. Ela revirou os olhos e riu comicamente.

— Tudo bem, isso é o que você *quer* — sussurrou ela.

Aidan e Natalya eram mais experientes e trocaram olhares nervosos. Temiam a chegada de um técnico completamente diferente do segundo andar — uma mulher altamente competente, mas também excêntrica, chorosa, preguiçosa, deprimida e sem sutiã.

— Por Deus, Billie não — murmurou Aidan quase inaudivelmente, enquanto Natalya sussurrava furiosamente para seu marido em russo.

— Prithwish, seu trabalho de equipe no R-7 tem sido excepcional. Mais uma vez, você sempre fez o que nós pedimos e foi além. Feng, o que eu posso dizer? Somos abençoados. Quem eu estou deixando de fora? — Fez questão que notassem que olhava atrás de si e então sorriu. — Ah, sim, Cliff.

Cliff olhou para a areia, infeliz, enquanto Marion o elogiava com palavras que eram, para ela, superlativos:

— Você trabalhou muito bem.

— Você chocou o mundo — acrescentou Sandy, cujos superlativos eram assim mesmo. — E seu trabalho vai virar a comunidade que trata de câncer de cabeça para baixo. — Cliff ergueu o olhar. Como sempre, estava surpreso pela rapidez com que Sandy mudava de humor. Sandy, então, olhou Cliff direto nos olhos e acrescentou, caçoando: — Tudo que você precisa é de um pouco de humildade e paciência.

Esta conclusão confundiu e agitou o grupo. Por um momento ninguém falou ou se moveu. Mas a brisa fria do lago desarranjou as pilhas de guardanapos brancos de papel de Marion e os brindes seguiram alegremente.

— Ao R-7! Ao laboratório!

Apenas mais tarde, no estacionamento, Marion chamou a atenção de Sandy.

— Aquilo não era necessário.

— O quê?

— Criticar Cliff daquele jeito, em público.

— Eu não o critiquei publicamente. Eu falei com ele sobre a entrevista, em particular. Lá do outro lado do lago.

Jacob e Aaron subiam a trilha com o carrinho de mão vermelho carregado a tempo de ouvir Marion dizer a Sandy:

— Eu não pedi para você ser meu procurador.

— Ora, Marion, por favor — disse Glass, em tom conciliador.

— Eu falo por mim mesma, muito obrigado — disparou ela, e Jacob silenciosamente se alegrou de ouvir sua esposa falar daquele jeito. Ele adorava vê-la manter-se firme perante Sandy, como antigamente.

4

ENQUANTO OS ÚLTIMOS CARROS eram carregados e a geladeira portátil era esvaziada do gelo derretido, Robin marchava pelo corredor central da Phillips Congregational Church em Watertown, de braços dados com um padrinho do noivo chamado Tom. No altar, conforme havia sido ensaiado, ela e Tom se separaram, e Robin ocupou seu lugar em linha com as outras cinco damas de honra. Como elas, portava um ramalhete branco — e como elas vestia um vestido de tafetá verde com um corpete apertado e anágua, uma faixa amarrada em um laço grande nas costas e mangas bufantes do tamanho de melões gigantes. Tentava ter pensamentos felizes.

Pensava em como a igreja apresentava-se na luz do fim de tarde, com paredes brancas e bancos de madeira escura. Considerou como sua prima estava adorável, com seus cabelos castanho-avermelhados, caminhando pela passadeira de tecido branco. A cauda de Carolyn ondeou e encrespou-se nos degraus do altar, e ao parar lá com o noivo ela parecia fulgurar até as pontas dos dedos. Robin pensou em como estava satisfeita por seu pai e seu tio terem voltado a se falar e por haver paz na família, pelo menos por um tempo. E então, inexoravelmente, sua mente se voltou para Cliff. Não parava de questionar os dados dele. Houvera um tempo em que ela perscrutava o rosto dele para julgar seus humores. Ela o observara observando amigos, ou mesmo mulheres que ele mal conhecia, e constantemente se perguntava o que ele sentia ou pensava. Agora, no entanto, estava consumida pela curiosidade sobre o que ele tinha feito.

Tinha sua própria cópia do artigo científico — e já devia tê-lo lido vinte vezes. Sabia de cor a forma de cada coluna na página e a colocação de cada figura. Os dados dele no artigo pareciam corretos. Mas os dados eram mais que bons; eram espetaculares. Bons demais para ser verdade? Estava horrorizada consigo mesma — que apenas um grão de ceticismo e ressentimento pudesse inchar dentro dela daquela maneira. Mesmo agora, na igreja, no casamento de sua prima, sua imaginação corria: não havia ninguém no laboratório. Todo mundo deveria estar voltando de Walden Pond. Mendelssohn e Glass iriam para casa, e os pesquisadores se encontrariam para comer hambúrgueres no Elsie's, como sempre faziam. O laboratório estava vazio, e o trabalho de Cliff estava lá para ser lido.

Que estranha febre tomara conta dela. Na recepção, com a banda tocando e a família toda em torno dela, ainda assim, mesmo nos períodos de quietude, a suspeita a tragava de volta. Ela se mantinha à parte.

Era a única cientista na família, famosamente erudita e famosamente solteira. Seus intermináveis estudos de pós-graduação eram uma fonte de orgulho estonteante para seu pai, que freqüentemente se perguntava em voz alta quando ela arrumaria um "emprego de verdade". Sua vida em Cambridge era assunto de muita conversa entre seus primos, que já haviam desistido de arranjar alguém para Robin entre os amigos. Mesmo agora, sob a tenda branca da recepção, os primos a incitavam e a pressionavam para a frente em meio ao aperto enquanto Carolyn se preparava para jogar seu buquê. Robin, porém, não queria as flores e permaneceu indiferente nas bordas da multidão. Carolyn virou-se de costas para as garotas e jogou o buquê por sobre a cabeça, e as damas de honra gritaram e pularam para o alto da mesma maneira que Robin havia visto no parque os cães pularem para pegar bolas de tênis com a boca. Uma das garotas pequenas apanhou o prêmio envolto em fitas, e as damas de honra se afastaram sorrindo, mas ligeiramente desapontadas, em direção aos namorados.

— Não vi você tentar com muita vontade — provocou o pai dela.

— Desculpe, papai — disse ela. — Acho que eu simplesmente serei uma velha solteirona.

— Não diga isso. — Ele enxugou a face que transpirava com um lenço. Estava corado e acima do peso, fervendo dentro do terno. Ela se preocupava com o pai e freqüentemente o aborrecia pedindo que ele fizesse uma dieta, parasse de fumar e realizasse um teste de esforço. Temia que ele viesse a ter câncer de pulmão ou enfisema, e, mais imediatamente, que estivesse hipertenso —, mas ele nunca a ouvia quando ela entrava nestes assuntos. Irritado, ele sempre dizia: "Você pode começar a me dar conselhos médicos quando tiver um diploma de medicina". E a madrasta de Robin, Lynn, saía em sua defesa.

— Gosto do seu estilo — dissera Robin a Lynn certa vez. — Gosto como você apóia o papai e defende seu direito de morrer.

Robin desesperava-se com seu pai, mas o amava. Não tinha paciência com sua madrasta.

Quando todos os discursos terminaram e a dança acabou, Tom levou Robin de volta a Cambridge.

— Só me diga onde — falou ele. E ela o guiou através de Harvard Square, subindo a Broadway até Felton Street. — É aqui? — perguntou ele incerto, enquanto olhava para o Philpott Institute.

— Obrigada, aqui está perfeito — disse ela, saindo apressadamente. — Tenho de checar algumas coisas no laboratório.

— Bela roupa — disse o guarda a Robin enquanto ela passava correndo com seu vestido bufante. Ela corou, mas não se deteve. Abriu as pesadas portas que levavam ao corredor dos fundos e correu escada acima até o segundo andar, com seu cheiro peculiar de amônia e aparas de lápis apontados, seus ladrinhos de linóleo num xadrez de preto e verde como as capas mosqueadas de cadernos de redação. Enquanto subia de novo as escadas pretas de ferro, seus saltos retiniam no piso de metal e seu ramalhete de rosas brancas murchou. Ela o jogou fora em cima da mesa do saguão.

Disparou para dentro do laboratório, acendeu as luzes fluorescentes sob os gabinetes e encontrou sua cópia do artigo em sua mesa. Depois, pegou o caderno de Cliff e folheou as páginas alternadamente brancas e amarelas, devorando os números.

Já havia visto a maior parte daquilo antes, mas agora comparava as notas dele com os dados impressos no artigo. Seu coração estava disparado e seus pulmões se comprimiam sob o corpete apertado de seu vestido. Não há nada aqui, disse a si mesma. Ainda assim, checou os números em cada tabela. Meticulosa como uma bibliotecária, vasculhou os dados brutos e o rascunho final. Linha por linha, auditou os cômputos de Cliff. Respirou fundo e fechou o caderno. Não havia discrepâncias.

Apagou as luzes e permaneceu por um momento incerta no laboratório escuro. Seu tremor diminuiu; a enorme expectativa sucumbiu. Andou deliberadamente corredor abaixo e depois forçou mais o passo. Seus sapatos estalavam contra o piso duro, cada vez mais depressa. Os saltos tiquetaquearam nas escadas até o primeiro andar, e ela correu para a sala dos animais.

Enquanto Robin destrancava cada porta no andar de baixo, seu vestido ondulava em seus joelhos, e o tecido sintético farfalhava em torno dela como uma cortina de banheiro. Embora se sentisse agitada, fez uma pausa com os cadeados e vestiu o jaleco do laboratório e a touca de cabelo. Pegou um par de galochas descartáveis na pilha e enfiou-as sobre cada um dos escarpins. Não temia a luz lúgubre ou os animais se contorcendo, o cheiro opressivo, a geladeira de cozinha que servia como necrotério — ainda mais horripilante por sua aparência ordinária, branca e de aço cromado —, com o compartimento de manteiga, as gavetas de vegetais e até a gaveta de petiscos, onde deveria haver queijo, tomados de corpos rígidos em sacos plásticos. Não tinha medo dos ratos que brigavam renhidamente, animais feridos tingindo-se de sangue em suas brigas. Não temia nada disso. Temia a si mesma por se precipitar tão desesperadamente em busca... do quê? Provas de que Cliff não era tão sortudo ou talentoso como todos pensavam.

Na sala de animais acendeu a luz de inspeção e tirou as pranchetas penduradas nas prateleiras das gaiolas. Examinou os registros de nascimento e morte e os procedimentos entre os dois. As anotações eram todas de rotina, fossem os garranchos de Cliff ou as letras firmes e de fôrma de Feng. Olhou para os ratos pelados em suas gaiolas. Gerações haviam chegado e partido desde março, e cada um dos animais sobreviventes desde então estava velho e cego. Ela ia para casa. Esqueceria aquilo tudo. Ainda assim, entrou em uma última sala.

A sala de dissecação estava extraordinariamente arrumada, com a mesa limpa exceto pelas almofadas de dissecação de poliestireno. As gavetas embaixo estavam trancadas, mas Robin sabia onde estavam as chaves, e abriu-as uma a uma. Apareceram bandejas de percevejos enferrujados, caixas de luvas extras e sacos de plástico preto — e, na gaveta debaixo, uma pilha desorganizada de papéis, a maior parte rascunhos, junto com um par de marcas permanentes feitas com linhas finas. Os dedos de Robin tremeram quando ela ergueu as páginas para examiná-las sob a luz. Era a letra de Cliff, inclinada, pontiaguda, inequívoca em três páginas arrancadas de um caderno de espiral. Não sabia dizer se eram apenas notas de rascunho para seu artigo ou de outro conjunto. Na segunda página ela viu uma anotação para injeção com R-7, datada de 21 de março.

Começou a correr pelo corredor, os saltos deslizando dentro das galochas escorregadias. Ela as tirou e arrancou a touca de cabelo. Largou o jaleco em uma cesta de roupa suja. Acabou por tirar os sapatos e começou a subir correndo as escadas calçando apenas as meias. Carregando as chaves, o artigo científico, três páginas de dados e seus sapatos de cetim tingidos, correu para a fotocopiadora do primeiro andar.

5

CLIFF E FENG PASSARAM A MANHÃ de segunda montando um pôster para uma conferência no MIT. Estavam em uma mesa do saguão do terceiro andar com diagramas que detalhavam como o R-7 entrava nas células cancerosas e as subvertia. O processo era ao mesmo tempo simples e elegante em teoria: o vírus com forças de cobertura a reboque se aproximando, caindo de pára-quedas atrás das linhas inimigas e derrubando o sentinela canceroso, vestindo o uniforme do inimigo e passando a destruir a infra-estrutura do inimigo. No entanto, ilustrar estes jogos de guerra no papel não era fácil. Cliff preparara diagramas elaborados que mostravam a estrutura genética do R-7 e a estrutura genética da célula-alvo cancerosa. Feng digitara várias páginas expositivas explicando exatamente como o vírus e as células cancerosas se encaixavam. Os dois agora arranjavam e rearranjavam diagramas e notas na prancha de espuma.

— Está muito amontoado — disse Cliff depois de pensar um pouco. — Devemos deixar isso de fora. — E descartou duas páginas da descrição de Feng.

— Acho que precisamos disso — disse Feng.

— Essas páginas têm palavras demais.

— Eu acho — disse Feng — que os diagramas precisam de uma chave.

— Não deveriam precisar de uma... — Cliff respirou fundo e espirrou. — O que foi isso? — Esfregou os olhos. — Sou alérgico a alguma coisa nesta sala. — Um ramo de flores jazia meio morto em uma mesa de canto perto do sofá. — Quem deixou isso aqui? Meu Deus! — Jogou os botões desmaiados no lixo. — Os diagramas deveriam falar por si mesmos — disse, citando Sandy Glass.

— A acurácia é mais importante que a elegância — retorquiu Feng, citando Marion Mendelssohn.

Os dois se encararam por um momento, tensos e quase como rivais, como irmãos, opostos na mesma família, um que puxou o pai e outro a mãe, nenhum dos dois disposto a fazer concessões. Feng apresentou seu argumento, mas Cliff sabia que estava certo. O cartaz devia divulgar, e não explicar. Quantas vezes ele não ouvira isso na faculdade? O cartaz era um esboço seqüencial, uma versão em quadrinhos. E por isso, com certa autoridade, deixou de lado as páginas prolixas de Feng.

Cliff exercia o controle como nunca o fizera antes, e o controle era sua prerrogativa. Feng não discutia isso. Feng, caracteristicamente, não levou o debate adiante, mas naquele exato momento decidiu trabalhar em alguma outra coisa. Precisava de algo seu, ainda que fosse o problema mais trivial. No laboratório, a solidão sempre fora sua amiga e a obscuridade significava liberdade. O léxico de Fungi feito por Cliff fazia Feng parecer meramente cínico. As definições rabiscadas — "axioma = afirmação; afirmação = confusão; confusão = status quo" — todas estas transcrições dos ditos de Feng mal capturavam as contradições de seu caráter: sua imaginação reticente; a sublimação do eu profundo, dissimulando a independência. Estava cansado de Cliff e de sua famosa descoberta.

Irrequieto, Cliff colocou o cartaz no sofá, depois numa cadeira e, finalmente, no balcão encostado no forno de microondas. Recuou até a porta para observar o resultado, considerou sua composição e depois caminhou um pouco pelo corredor. Desejava apenas tornar a apresentação correta. Todos os seus pensamentos e ações serviam ao R-7. Cliff agora via que não podia se sentir possessivo em relação a este tipo de pesquisa. Em vez disso, ele, o pesquisador, fora possuído por sua criação. Havia algum jeito de simplificar o diagrama? Ele queria gráficos afirmativos o bastante para parar pessoas do outro lado do salão.

Perambulando pelo corredor, Cliff quase colidiu com Robin.

— Ops, desculpe — disse ele.

Ela o olhou fixamente. Não pôde evitar: era como se o visse pela primeira vez.

— Eu falei desculpe — disse ele, irritado com seu olhar penetrante, e continuou andando.

Robin entrou rapidamente na sala refrigerada com suas estantes atulhadas de velhos equipamentos, suas defuntas centrífugas Beckman. Tremendo, tentou se recompor.

Passara metade da noite examinando as fotocópias. As notas incluíam os dados de vários ratos, junto com o resultado da injeção do R-7. Aquele material era familiar a Robin. Não havia nada de errado com os dados, exceto por uma coisa. Havia dados demais.

Ela se fixara nas colunas com a escrita relaxada de Cliff. Ele registrara os números das etiquetas das orelhas de cada rato sacrificado. O registro continuava de uma página para outra, transbordando confusamente. Havia se repetido? Escrito duas vezes o mesmo dado? Não. Cada número de rato era único. Mas havia ratos demais. O número total de ratos dissecados nas notas era de 33, dez a mais do que Cliff registrara em seu artigo.

Robin checou e tornou a checar. Cliff se esquecera de incluir alguns ratos em seus resultados finais ou os excluíra intencionalmente? Por que publicaria seus resultados com alguns animais e não com outros? Havia algo de errado com os que faltavam? Haviam sido contaminados?

Sem sono, Robin ficara sentada em seu apartamento com os rascunhos de Cliff de um lado do sofá e o denso artigo científico do outro. As notas e o artigo não combinavam.

O ressentimento a havia empurrado até aquele ponto, um desejo vergonhoso de esquadrinhar seus resultados, talvez mesmo de feri-lo um pouco, como a dor da remoção de uma casca ferida. Havia tido esperança de encontrar algo errado, mas agora que encontrara, não sabia o que fazer. A suspeita lhe dera forças, mas a prova que justificava sua suspeita a aterrorizava. Ao procurar erros, não havia esperado outra coisa a não ser alívio. Não tinha considerado o que aconteceria se fosse bem-sucedida. Poderia ter sentido júbilo, mas a inveja não a conduziu tão longe e levou, em vez disso, a emoções mais sombrias. Nunca sentira tanta raiva em sua vida. Raiva pelo artigo, que certamente não era nada além de um castelo de cartas. Raiva por Sandy e Marion, por apostarem tudo no trabalho dele. E, mais que tudo, raiva de si mesma. Ela sentiu agudamente a ironia, o fato de ser aquela a única descoberta que havia feito em quase seis anos no Philpott — e que a descoberta era puramente negativa. Havia revelado não a verdade, mas a falsidade. Como ela pareceria desprezível aos outros. Quão odiosa ela parecia para si mesma por chegar a contemplar uma denúncia.

Naquela noite o céu estava cinzento e sombrio, o ar de agosto tão pesado que ela sentia como se estivesse abrindo cortinas ao caminhar para casa. Vestia uma saia comprida, confortável no ar-condicionado do laboratório, mas insuportável do lado de fora. Limpou o suor dos olhos enquanto atravessava o quadrângulo de Harvard, composto por laboratórios de tijolos vermelhos. No pátio coberto de grama os cientistas, sem camisa, aqueciam-se, sacando a bola para lá e para cá por cima da rede, apesar do calor. Cliff, Prithwish e algumas pessoas do segundo andar preparavam-se para jogar contra os biólogos de Harvard. Ela parou e por uns momentos observou os homens colocando e bloqueando a bola. O pátio ressoava com os gritos — os jogadores batalhavam cada ponto. Cliff pulou na rede, esticou seu longo braço e cortou a bola para baixo na diagonal. Depois, voltou para o lado de Prithwish, fez uma reverência e sorriu. O sorriso esmaeceu ligeiramente no momento em que viu Robin parada ao lado da quadra.

Uma gota de chuva tamborilou sobre seu rosto, e logo outra. Começou a chover forte. Robin abrigou-se na portaria dos laboratórios de biologia, guardada pelos rinocerontes. Mesmo no aguaceiro, os jogadores gritavam e saltavam com a bola. Cliff mergulhou para salvar uma jogada e esfolou os joelhos e os cotovelos. Estava molhado, sangrando e feliz como uma criança. A chuva o deliciava, mesmo que o derrubasse.

— Pólo aquático! — gritou ele, segurando a bola com uma das mãos e sacando-a para a rede.

Robin nunca vira alguém menos culpado. Mas como pareciam as pessoas culpadas? Ele estava mesmo tão iludido? Conseguira se enganar tão bem? Por que não? Encantava a todos — falava, sorria e tinha a todos como a bola na palma de sua mão. Ela sabia que Cliff era um encantador, mas não entendera nem a metade.

Naquela noite, ela subiu até o quinto andar de seu prédio e bateu suavemente à porta de Larry e Wendy.

Não houve resposta. Devia ter ligado primeiro, é claro. Retrocedeu, embaraçada, quando Larry finalmente abriu a porta.

— Eu estava pensando se... — começou Robin.

— Você quer ir ao Festival Toshiro Mifune? — interrompeu Wendy por cima do ombro de Larry. Ela estava segurando o programa do Brattle Theater.

— Na verdade — disse Robin —, eu estava pensando se poderia me aconselhar com vocês sobre umas coisas estranhas que andam acontecendo no laboratório.

— Coisas estranhas no laboratório. Entre, entre, isso parece divertido — disse Larry, conduzindo Robin para dentro.

O apartamento era pelo menos três vezes maior que o dela, com vista para o Common. O lugar era pintado de branco e tinha um aspecto arejado, embora fosse ligeiramente bagunçado. Havia um hall de entrada de verdade e uma sala de jantar formal, que Larry usava como sua marcenaria. A cristaleira embutida exibia as ferramentas de Larry por trás das portas de vidro, e um cavalete de apoio tomava o lugar de uma mesa. Na sala de estar, diversas espinetas em graus diferentes de acabamento permaneciam em cavaletes ou no chão. Estantes eram tomadas até o alto por textos sobre ciência da computação e jogos em suas caixas. As paredes eram adornadas com quebra-cabeças acabados borrifados com fixador, montados e enquadrados. Nas paredes do apartamento, via-se *A dança em Bougival*, de Renoir, e a *Noite estrelada*, de Van Gogh. Robin sentou-se no futon que funcionava como sofá e cama de hóspedes. Wendy serviu-lhe um copo de água mineral com gás e colocou-a na mesa de centro próxima das mil peças de *A rendeira*, de Vermeer, enquanto Larry perguntava:

— Qual é a sujeira?

Robin contou a eles sobre o artigo científico e sobre suas apreensões. Contou como chegara às três páginas de dados enfiadas na gaveta. Disse o que tinha visto e o que havia concluído.

— Eu o vi sacrificar seus ratos no dia 21 de março — disse ela — e este foi o mesmo dia registrado aqui. — Ela mostrou as três páginas fotocopiadas a Wendy.

— Como você se lembra de que dia era? — perguntou Wendy.

Robin corou.

— Meu diário — disse ela. — Eu tomei nota.

Tirou da bolsa o artigo, amarrotado e gasto pela leitura, e começou a colocar de lado as peças de Vermeer para poder espalhar as folhas na mesa.

— Não, não, não — advertiu Wendy quando Robin desordenou a beirada do quebra-cabeças. Robin parou e simplesmente entregou as páginas a Larry, que aquiescia ao seguir o raciocínio dela, à medida que ela apontava o dedo de um conjunto de dados para outro.

Estava surpresa por se sentir tão melhor ao tirar de si aquele peso. Seus pensamentos terríveis tomavam forma racional. Suas dúvidas transformavam-se de monstros secretos em questões convincentes. Ao falar, todas as suas idéias e ações ficavam acima da suspeita; eram inteiramente justificáveis.

Não estava preparada para a resposta de Larry.

— O que você está sugerindo? Você está dizendo que Cliff, na verdade, está escondendo dados?

— Por que ele tentaria esconder seus dados? — perguntou Wendy.

— Acho que ele estava... Acho que os dados não se ajustavam às idéias dele — disse Robin precipitadamente —, e assim ele suprimiu os resultados que não combinavam.

— Nenhum cientista faria uma coisa dessas — disse Larry.

— Nunca — disse Wendy. — Além disso, se ele estava tão ansioso em suprimir dados, por que deixaria suas notas na sala de dissecação para que você as encontrasse?

— Acho que possivelmente ele cometeu um erro ou esqueceu...

— Ele pode ter deixado alguma espécie de rascunho solto, mas mentir em uma publicação? — Wendy virou-se para Larry. — Você já ouviu falar de algo assim?

Larry cerrou os olhos pensativamente, como se estivesse esquadrinhando cada campo científico.

— Existem casos. Quer dizer, houve escândalos no passado, mas eles são raros. E são quase sempre controversos. Sempre há alguma explicação. Ouça — disse ele a Robin —, as pessoas não chegam simplesmente a publicações nas quais as coisas são julgadas e mentem sobre seu trabalho. Isso é uma loucura. Primeiro, nunca iriam conseguir se safar. Há muitas salvaguardas. Seriam apanhadas pelo investigador principal. Ou os juízes encontrariam algo duvidoso no artigo. E aí, mesmo que a coisa fosse publicada, ninguém seria capaz de reproduzir o trabalho mais tarde, e a comunidade científica iria apanhá-las. Pense nisso logicamente. Uma vez que seu trabalho é publicado, todo mundo vai querer seguir seus passos experimentais... e vão chegar a resultados ruins em suas tentativas. É inevitável. Pode ser seis meses ou seis anos depois, mas a verdade virá à tona. Você suprime dados ruins... e isso lhe custa sua carreira.

— Ninguém faria isso? Ou ninguém deveria fazer isso? — perguntou Robin.

— As duas coisas — disse Larry.

Robin podia ver que eles pensavam o pior dela por se manifestar. Ela os ofendera, blasfemando contra suas noções do que um pesquisador sempre fez, disse e quis dizer. Larry e Wendy eram ambos ateus, é claro, mas mantinham a fé científica, reverenciavam a honestidade intelectual, a tecnologia e a busca do progresso. Embora fossem excêntricos, eram puros de coração. Ela era conhecida no MIT como a Rainha dos Bugs. Eram alarmantemente habilidosos e infernalmente imaginativos, mas nenhum dos dois conseguia conceber desonestidade tal qual a proposta por Robin.

— Então você está alegando que alguns destes dados não estão no artigo — disse Wendy. — E seu caderno de laboratório?

— Não estou certa — confessou Robin —, mas não acho que esteja tudo lá também.

Larry levantou uma sobrancelha.

— O que você está tentando dizer?

Robin fitou as peças de quebra-cabeça de colorido sombrio à sua frente.

— O registro de dados dele é uma confusão — disse Wendy. — Isso eu admito.

— Mesmo que seja — disse Robin —, você simplesmente não deixa de considerar dez animais no processo de publicação.

Larry e Wendy olharam um para o outro, e Robin sentiu-se embaraçada de ver a si mesma pelos olhos deles, desesperadamente recolhendo os rascunhos descartados de Cliff, maliciosamente à cata de alguma arma contra ele. Ainda assim, seus vizinhos não tinham uma explicação para os dados brutos que ela encontrara.

— Eu acho que há um problema aqui — insistiu ela.

— Altamente improvável — disse Larry.

Robin vacilou, mas contrapôs.

— Altamente improvável não é a mesma coisa que impossível.

— Não, não, não — recomeçou Larry.

Ela ouviu seu argumento. Mesmo assim, não estava convencida. Sua intuição dizia-lhe que Cliff tinha trapaceado.

No laboratório, intuição era uma substância restrita. Como a imaginação e a emoção, a intuição enganava os pesquisadores, levando-os a interpretações voluntariosas. Cientistas como Mendelssohn sabiam como lidar com ela apropriadamente, mas os jovens pesquisadores tinham sua intuição firmemente contida para que não inundassem o laboratório com suas presunções, como o aprendiz de feiticeiro. Mourejando no trabalho pesado e maçante do dia-a-dia, Robin não tinha uma intuição científica havia anos. Tinha aprendido, a partir da dura experiência, a não confiar em suas convicções interiores para que elas não a traíssem Agora, no entanto, sua intuição era bastante clara.

— Eu não posso guardar isso comigo — disse ela.

— Bom, claro que não pode — disse Wendy.

— Quando examinar isso tudo junto com Cliff, você vai esclarecer as coisas — disse Larry.

Robin olhou seus vizinhos com inquietação. Eles realmente acreditavam que se tratava de alguma espécie de mal-entendido.

— Você vai falar com ele, não vai? — perguntou Wendy.

Robin não respondeu.

— Você tem de falar com ele — disse Larry.

— Eu sei — disse Robin —, mas não consigo.

— Por que não?

Prometera a Cliff que não iria espionar pelas suas costas; concordara em falar com ele primeiro. Como podia admitir que tinha quebrado sua promessa? Em seu crédito, ele conseguira deixar sua animosidade de lado e levar as coisas com calma. Se ela o confrontasse com aquelas notas, não haveria mais como manter as aparências. Isso significaria guerra.

6

CLIFF NÃO ERA UM ADVERSÁRIO inteiramente desavisado. Sofrera a hostilidade de Robin durante semanas, suportara sua suspeita e seus olhos perscrutadores. Ainda assim, estava horrorizado por sua nova campanha contra ele. Ela havia desenterrado algumas de suas notas de rascunho e fora até Mendelssohn com elas como se tivesse encontrado uma prova conclusiva, agitando o que era essencialmente papel rabiscado às pressas. Sandy estava fora da cidade. Robin, naturalmente, escolhera um momento em que ele estava distante. Sabia que Sandy tinha pouca paciência com as queixas dos pesquisadores.

— Isso é inacreditável — disse Cliff a Marion. — Ela está roubando minhas notas.

— Eu não as roubei — disse Robin. — Elas estavam na sala de dissecação para quem as quisesse encontrar.

— E você as copiou às escondidas? Não acredito...

— Parem com isso — cortou Mendelssohn. Os dois silenciaram, postados diante dela como crianças malcriadas, envergonhadas, mas não arrependidas. — Robin — disse Marion —, você pediu tempo para seu próprio trabalho. Em junho concordamos que você iniciaria seu próprio projeto sobre câncer ósseo. Você insistiu que Cliff parasse de lhe fazer exigências e, até onde entendo, ele parou. Por que, então, você tem se devotado a avaliar os resultados dele? Por que você perdeu tanto tempo estudando os dados? Seu próprio trabalho não é mais premente?

Cliff olhou furtivamente para Robin e viu-a corar. Estava feliz de vê-la ser repreendida e, mais uma vez, quase sentiu pena dela. Ela sempre havia sido fraca, mas subitamente parecia frágil demais. Os traços dela revelavam ansiedade, e sua aparência era miserável. Era uma pessoa tão atormentada, tão consumida pela dúvida.

— O que você quer? — perguntara a ele certa vez, quando os dois se encontravam na cama, saciados.

— Nada — respondera ele, a sério.

Ela se apoiara no cotovelo, encarando-o.

— Quero dizer, o que você quer da vida científica?

Ele escorregara o dedo pelo pescoço dela, chegando à sua clavícula.

— Ah, fama e fortuna. O que mais?

Ela o estudara, examinando seu rosto. Viu as pintas de sol em seus olhos castanhos, pontinhos dourados.

— O que foi? — perguntara ele.

— Eu decidi ser bióloga quando tinha 16 anos — dissera ela.

Ele havia rido pesarosamente.

— Nós todos, não?

Os olhos dela haviam escurecido; o dourado desaparecera. Ela se virara, ficando de costas para ele.

— Ei, onde você vai? — protestara ele. — Não se esconda.

— Eu não acho — continuou Marion — que alguém devesse examinar as notas privadas de Cliff sem sua permissão e não quero gratificar este tipo de comportamento de sua parte ao julgá-la, Robin. Você entendeu?

Robin aquiesceu.

— Nosso trabalho requer uma certa dose de confiança e, se isso faltar, um mínimo de respeito. — Marion devolveu a Robin sua prova fotocopiada e Robin apanhou as páginas, humilde e calada. Aliviado, porque Robin iria parar de espioná-lo, Cliff ficou contente de novo. Mendelssohn continuou falando. — No entanto, Cliff, dei uma olhada nestas notas e estou um pouco intrigada com os dados. Há números aqui que não tinha visto antes.

Agora era a vez de Cliff agüentar as perguntas aguçadas de Marion e os olhares furtivos de Robin. Segundos antes Robin estava abatida, mas agora se mostrava alerta. Cliff teve de explicar que usara aquelas três páginas apenas para rabiscar anotações e que, de fato, elas continham números de mais de um conjunto de dados. Escrevera suas notas nas mesmas páginas que usara para experimentos anteriores. Apontou onde uma coluna de ratos terminava e onde começava a outra.

— E a data? — interrompeu Robin. — Por que são todas de 21 de março?

Ele teve de explicar que a data estava apenas na segunda página e se referia apenas àqueles ratos, e não aos outros.

— Então aqueles outros ratos eram do último inverno? — cobrou Robin. — Quando? Novembro? Dezembro? Por que seus números estão todos nas três centenas?

— Você sabe que todos os ratos desta linha estão nas três centenas — disse Cliff.

— Por que você usou a mesma caneta meses depois?

— Robin! — Marion balançou a cabeça, perplexa.

— Você ainda tinha a mesma caneta três meses depois? — pressionou Robin.

Até Marion assustou-se com a pequenez de Robin. Confrontado com suas notas desleixadas, Cliff ficara na defensiva; lutara para explicar as colunas de esferográfica e decifrar suas próprias garatujas. Sofrera uma emboscada e fora forçado a interpretar registros que nunca havia intencionado que fossem vistos. No entanto, seus pobres registros e sua fala agitada mal se comparavam ao desespero, à quase histeria das perguntas de Robin. Ao utilizar as anotações dele de forma embaraçosa, Robin fora tão desmedida que chegava a não ser razoável. Como alguém poderia responder às perguntas dela? Cliff só podia estar grato por Marion entender isso.

Os outros se afastavam dela. Lamentavam por ela, mas se acautelavam. Muito obsessiva e errática em seu comportamento, Robin agora aparecia menos, e em horas estranhas. Os colegas entendiam que cedo ou tarde ela deixaria o laboratório de vez. Instintivamente, evitavam confrontá-la ou mesmo discutir pesquisas com ela. Robin falara com Feng e Prithwish e tentara sondar Aidan sobre informações dos animais de Cliff. Estava tecendo uma trama intrincada sobre Cliff e o R-7, e todos os fios vinham de sua própria cabeça.

Certa tarde, naquele outono, Prithwish encontrou Robin na sala dos animais estudando o registro. Balançou a cabeça e perguntou a ela, cordialmente:

— O que você está procurando?

— Nada — disse ela.

Não perguntou mais, mas ela sabia o que ele estava pensando. Então por que você está aqui embaixo? Por que você não continua com seu próprio trabalho? Ela sabia exatamente o que os outros pensavam e lhe doía ser tratada como um material de risco, ser isolada e manipulada com luvas de borracha.

Havia momentos em que achava que os outros deviam estar certos a seu respeito. Ela era obsessiva. Devia estar louca. As provas de Cliff estavam todas lá para serem vistas, publicadas como fato sólido, e ela estava apenas se ferindo ao tentar enfraquecer o que era demonstravelmente verdadeiro. Estranhamente, porém, a impopularidade de sua posição parecia a ela ser a prova da verdade e um sinal de desinteressada autenticidade. Não tinha aliados. Suas afirmativas eram improfícuas e prejudicavam sua carreira. Seu próprio trabalho desaparecia sob suas suspeitas e seus dias no laboratório estavam contados. Já tinha começado a conversar com Mendelssohn e Glass sobre para onde poderia ir ou o que poderia fazer em seguida. Cliff, por outro lado, tinha todos junto a ele. Os colegas queriam e precisavam acreditar nele. Ele próprio, como um peregrino da ciência, abordara seus experimentos desesperado por um milagre — e por esta mesma razão ela acreditava que ele selecionara dados para contar a história que quis publicar.

Uma pessoa no laboratório ainda falava com Robin livremente, e esta era Billie, a nova técnica. Alta, delgada, lastimosa, estava sempre fungando e tinha, ainda que moderadamente, uma tristeza angustiada. Depois de dez anos no Philpott, sofria de asma e problemas de sinusite, que atribuía a fungos nas paredes do instituto. O prédio era mesmo velho e mal ventilado, mas Billie também acreditava que o metal nos sutiãs das mulheres conduzia eletricidade dos computadores e de outros equipamentos do laboratório e causava câncer de mama. Com o passar dos anos, suas preocupações evoluíram para uma maneira fantasiosa de ver o mundo, na qual as instalações físicas estrangulavam seus próprios ocupantes, plantando fungos parasitas nos corpos dos pesquisadores — e gradualmente os cientistas do Philpott tornavam-se suscetíveis às próprias doenças que estudavam. Ruminava constantemente sobre deixar o instituto, mas, para o bem e para o mal, protelava a decisão, dotando o Philpott de suas habilidades e neuroses.

Infelizmente, os outros técnicos estavam presos ao trabalho com o R-7, e Robin precisava de Billie. Robin acumulara algumas pistas modestas em seu projeto de câncer ósseo, e Mendelssohn e Glass a pressionavam para apresentar uma resenha antes de sair, na primavera. O laboratório não precisava da publicação. Marion impusera Billie a Robin com a mais pura das intenções — para que Robin economizasse tempo e prosseguisse. Mas Billie precisava de direção e aconselhamento, e assim Robin começou uma nova fase em seu exílio: ela e Billie juntas, as menos queridas do laboratório.

— Acho que sei porque eles atacam uns aos outros — confiou Billie a Robin em uma tarde em que elas colocavam etiquetas nos ratos. Com um instrumento do tamanho de um pequeno alicate, Billie perfurava a orelha de cada animal, afixando uma etiqueta de metal numerada com movimentos hábeis e delicados, como se colocasse etiquetas de preços em peras na mercearia. — Sabe por quê?

— Por quê? — perguntou Robin, estoicamente.

— Por que o *chi* deste prédio é muito fraco — disse Billie. — Você não vê como ele é frio e clínico? Como tem metal em todo canto? No topo das bancadas. Nas estantes de gaiolas. Nas paredes.

Robin olhou circunspectamente para as paredes brancas sem janelas.

— Não há energia da terra aqui, nem energia da água, só metal — disse Billie.

— O metal é fácil de limpar — enfatizou Robin.

— Acho que este prédio é um campo fértil para o conflito. — Billie jogou um rato ruidosamente para dentro de sua gaiola. — Imagine só se trouxéssemos flores frescas para esta sala e pintássemos as paredes de cor-de-rosa. — Ela olhou para o rato cor-de-rosa. — Ou da cor de alfazema. E se mudássemos a iluminação e déssemos aos pequenos ratos estruturas para eles escalarem e ninhos feitos de material natural.

— Estruturas para eles escalarem? — perguntou Robin, incrédula.

— Venho procurando há tempos outras pessoas com SPD, a Síndrome dos Prédios Doentes — explicou Billie. — Agora vejo que centenas de animais também estão afetados. — Ela etiquetou outro animal. — Os ratos estão estressados. O ambiente está tornando-os doentes. Eles não têm privacidade. Não têm onde se esconder.

— Hã... Billie — disse Robin. — Você poderia só... colocar...

Billie depositou o animal de volta na gaiola e pegou mais um.

— Eu me vejo neles — confessou ela. — Estão sofrendo por causa deste lugar. Olhe para esta coisinha. — Billie segurou o animal bem na cara de Robin.

— Eu gostaria de terminar. — Robin recuou para longe do rato agitado e indefeso nas pontas dos dedos de Billie. Curioso, o animal explorou as beiradas da mão de Billie e depois disparou pelo seu braço. Ela apanhou o rato e recolocou-o na palma de sua mão. — Eles lutam porque este lugar os faz lutar — disse Billie. — É por isso que mordem uns aos outros. Não estou dizendo que os libertemos. Não estou dizendo que desistamos dos experimentos. Só estou começando a imaginar o que podemos fazer para mudar o feng shui aqui e pensar um pouco nos desequilíbrios...

— Billie — interrompeu Robin exasperada. — Será que podemos continuar?

— ...nestas salas — continuou Billie.

Naquele exato momento o rato em sua mão pulou sobre Robin.

Ela gritou. Não tinha medo dos ratos, mas ficou tão surpresa que gritou. Os nus, mirrados, raramente pulavam daquele jeito, tão alto e tão longe. Não agiam com tal animação durante os procedimentos. Ouvindo seu grito, o rato de olhos vermelhos congelou, agarrado ao seu jaleco como um minúsculo monstro trazido à vida.

— Tire-o daqui! — gritou ela para Billie. — Tire-o daqui!

— Fique parada. — Com cuidado, lentamente, Billie tentou pegar o rato, mas ele correu até a lapela do jaleco de Robin. Ela sentiu seu pequeno corpo através do material fino. Repugnada, imaginou que o animal entraria por sua gola. Em pânico, ela batia no jaleco e agitava-o violentamente.

— Se você pelo menos ficasse quieta — sugeriu Billie. Robin, porém, arrancou o jaleco e jogou-o sobre a bancada. Saiu correndo da sala para o final do corredor... e então chorou como não chorava desde que era uma garotinha. Chorou porque perdera o controle, porque sua situação era absurda. Chorou por solidão.

Forçou-se a parar. Sabia que Billie viria atrás dela e que a qualquer momento alguém do andar de cima poderia passar por ali. Engoliu as lágrimas, tirou as luvas e enxugou o rosto o melhor que pôde com um lenço de papel limpo que encontrou no bolso da saia. Sentia o rosto inchado e sabia que seus olhos estavam vermelhos. Colocou um jaleco novo e caminhou de volta até a sala dos animais, onde Billie ainda estava atarantada com os ratos, como se nada tivesse acontecido.

— Tudo bem com ele — tranqüilizou-a Billie imediatamente. — Eu o peguei e ele está ali. — Apontou para o pequeno valentão, agora etiquetado e trancado. — E etiquetei estes aqui, 603, 604...

— Só um segundo — disse Robin, apanhando seu caderno de registros.

— Você viu o que isso faz com eles — disse Billie. — Como aquele pobre animal se descontrolou. Estou realmente começando a acreditar que eles estão desequilibrados. E expressam o desequilíbrio do ambiente.

Naquela noite Robin foi encontrar Nanette no andar de baixo, onde ela ensinava patchwork para principiantes na lanchonete do primeiro andar. Havia cerca de uma dúzia de pessoas, todas mulheres, algumas pós-doutoras, algumas secretárias, junto com diversas esposas de funcionários do instituto. Eram do Paquistão, do Japão, do Brasil e da África do Sul.

Quando Robin atravessou a porta, Nanette brandia uma pequena ferramenta de cabo alaranjado.

— Senhoras — disse ela —, peguem seus cortadores rotativos. Segurando-os suave mas firmemente em sua mão favorita, vocês vão conduzi-los pelo tecido usando suas réguas como guia. Vejam enquanto eu demonstro. — Nanette adorava ensinar mulheres de outros países. Com suas exóticas escolhas de cores, apropriavam-se de sua arte, colocando um medalhão magenta contra um fundo do mais pálido verde ou triângulos de vermelho-vivo como grous de origami num mar de cinza. — O cortador rotativo é como um cortador de pizza. É muito, muito afiado. O que fazemos se nos cortarmos com nossos instrumentos? — Ela fez uma pausa para criar efeito, depois disse, alto: — Pelo amor de Deus, afastem-se para o sangue não arruinar o tecido.

Nanette sempre dissera a Robin que adotara o patchwork porque seu trabalho de misturar fluidos não era geometricamente desafiador o bastante. Robin sabia, no entanto, que não eram apenas formas e bordas que Nanette queria na vida, mas gente.

— Você está horrível — sussurrou Nanette para Robin quando finalmente conseguiu chegar ao fundo da sala.

— Muito obrigada.

— O que foi? O que houve? — E assumiu sua voz professoral. — Se me permitem um momento, senhoras. — Guiou Robin para o corredor.

— Tive um dia ruim — admitiu Robin.

— Você parece exausta. Não tem dormido?

— Não muito bem — disse Robin.

— Você sabe o que está acontecendo com você? — começou Nanette.

— Frustrada — disse Robin.

— Deprimida — disse Nanette. — Você sabe que insônia é um sinal de depressão clínica?

— Estou empacada trabalhando com Billie num artigo sem saída; o laboratório segue em frente com os resultados de Cliff...

— Durma com os problemas e esqueça-os — disse Nanette. — Siga em frente.

— Mas eu segui em frente.

— Estou ficando preocupada que... — começou Nanette.

— Eu também — interrompeu Robin. — Tenho pensado em ir visitar Uppington.

— Seu supervisor?

— Você acha errado? Preciso ter algum aconselhamento de fora. Eu simplesmente não sei se ele ferrou com seus registros por erro ou de propósito...

— Não estou preocupada com os resultados de Cliff. Não estou nem aí para resultados — disse Nanette, tocando o ombro de Robin. — Estou preocupada com você. Este lugar incomoda as pessoas depois de algum tempo. É venenoso.

Robin sacudiu-se de rir.

— Por favor, não me venha falar das toxinas do instituto. Escutei Billie o dia todo.

Nanette examinou-a.

— Você sabe que pode me chamar a qualquer hora, dia ou noite — disse ela.

— Você já está me colocando na vigília dos suicidas? — perguntou Robin.

— Isso não é uma piada, minha jovem.

— Você devia voltar para a sua aula — disse Robin.

— Elas estão bem — disse Nanette. — Posso lhe contar um segredo sobre este lugar? O instituto não vale nada. Pessoas estão salvando vidas todo dia em teoria, no futuro. Acham que o trabalho que fazem é a coisa mais importante do mundo e não têm idéia do que realmente importa. E sabe o que importa? O aqui e o agora. Isso é tudo. O resto é zero, mas os cientistas não conseguem enxergar isso. Seus próprios pesquisadores pedem ajuda, e eles não se importam.

— Não estou pedindo ajuda — disse Robin, ofendida.

— Está sim — disse Nanette.

— Não, estou apontando falhas nos dados de Cliff.

— Robin, os problemas de Cliff não importam — disse Nanette. — Comparada à sua saúde mental, esta pesquisa não importa realmente.

— Eu discordo — disse Robin simplesmente.

— Se cuide — advertiu-a Nanette.

— Tenho me cuidado — disse Robin — e não funciona.

7

JOHN UPPINGTON ERA INGLÊS e ocupado demais. Tinha muitos estudantes para orientar e futuros a solidificar. Quando Robin terminou sua tese, Uppington sugeriu que ela fosse trabalhar com Mendelssohn no Philpott, porque o laboratório de Mendelssohn era bem pequeno. "Acho que você pode ser menos ignorada lá", disse a ela em seu jeito autodepreciativo. Era um orientador baixo, sólido, ligeiramente surdo, próximo dos 70 anos. Seu cabelo negro quase desaparecera, mas depois brotara de novo, esperançosamente, em pequenos tufos em suas orelhas e nariz, especialmente nas sobrancelhas. Com o pico de sua carreira bem para trás, Uppington se estabelecera como uma eminência média, e a partir dela via sua disciplina e se pronunciava sobre o futuro da pesquisa biológica. Era membro de toda academia e sociedade devotada ao bem-estar nacional e às boas causas públicas. Seu laboratório estava sempre em alvoroço, embora, como o próprio Uppington, o lugar já não fosse o que havia sido vinte anos antes.

Ao ouvir Robin em seu escritório, Uppington surpreendeu-se com a história dela e, embora não tenha dito, sentiu-se chocado com seu relato sobre a resposta fria de Marion. Ele a havia enviado a Marion exatamente por achar que elas tinham muito em comum.

Havia nelas uma pureza, um desejo pela verdade como um fim em si mesmo. Eram ambas perfeccionistas, minuciosas e pacientes.

Desagradava-o descobrir que as duas tinham se desentendido. Marion, que trabalhava com tanto zelo e concentração, devia ter respeitado as opiniões de Robin.

— Bem, Robin — disse ele quando ela terminou. — Eu não gosto de interferir no que não é meu trabalho.

Ela estudou a mesa dele.

— Esta é realmente uma questão para Marion e Sandy discutirem juntos. Eu não gostaria de contrapor minha própria opinião. No entanto...

Ela olhou para ele com ansiedade e suspense.

— Os dados parecem mesmo estranhos — concedeu ele.

Ela respirou de novo.

— O senhor acha que eu errei em apontá-los?

— Não, de jeito nenhum — disse ele. — Eu certamente teria observado as discrepâncias eu mesmo, embora eu esteja certo de que há uma boa razão para elas. Geralmente, em casos como estes... e eles aparecem... eu sugeriria uma reunião com os diretores, e um ou dois cientistas de fora do instituto, com a proposta geral de desemaranhar o que pode estar emaranhado e clarear o que pode estar turvo. Muitas dificuldades podem ser evitadas com a infusão de um pouco de ar fresco. Outro dia desses dirigi uma comissão deste tipo no MIT, onde mediamos algumas divergências internas. No final, estavam todos sorrindo e trocando apertos de mãos. É realmente notável o que uma sala de reunião quieta e uma caixa de biscoitos podem conseguir.

Sandy rejeitou de imediato a idéia de Uppington.

— Você não vê o que ela está fazendo? — disse a Marion. — Está nos espionando pelas costas, nos difamando para quem quiser ouvir. — Era um dia brilhante de outubro, e depois de terminarem o almoço, os dois saíram para caminhar pela Oxford Street, passando pelos prédios de tijolos dos museus Peabody e Semitic de Harvard, com seus majestosos bordos tingidos de verde e vermelho.

— Ela está tentando minar a credibilidade do laboratório.

— Possivelmente — disse Marion com calma.

— Você acha uma coincidência que no momento em que nossa nova tese vai para julgamento ela esteja cavando este interrogatório público?

— Seminário privado — corrigiu Marion.

— Você nem se importa, não é? — Ele parou de andar por um momento e olhou para ela, surpreso.

— É claro que eu me importo — disse ela. — Mas tenho confiança em nosso trabalho. Não tenho nada a esconder.

— Você sabe que tudo isso tem a ver com a obsessão dela com Cliff.

— Você quer dizer o rompimento deles.

— É claro.

Marion pensou por uns instantes e disse:

— Acho que os motivos dela são confusos.

— Meu Deus, Marion, pare de ser tão superior e elevada.

— Pare de entrar em pânico — disse ela. — Isso não adianta nada.

— Eu avisei a você que eles criariam problemas.

— É, e você parecia desejar isso — disse ela secamente.

— Acho que você não entende o quanto ela o odeia.

Marion recusou-se a deixar que isso a irritasse.

— Nós vamos sentar juntos e separar suas preocupações legítimas de suas queixas pessoais. Acho que será um exercício útil.

— Uma sessão de terapia, você imagina — resmungou Sandy.

— E se de fato Robin achou erros que valha a pena corrigir, tanto melhor.

— Isso não é bom, Marion.

— Não, é muito bom para o trabalho — contradisse ela. — Talvez não seja bom para o marketing do trabalho.

Magoado, Sandy desviou o olhar. Havia uma desigualdade na parceria deles, e naquele momento ele sentiu intensamente a sugestão de que Marion era a verdadeira cientista e ele, apenas o clínico vulgar.

— Você sempre exagera — disse ela em tom grave. — Por que não aceitar a crítica, qualquer que seja sua fonte? Por que sempre temos de nos apressar em repudiar qualquer oposição a nossas idéias? Leve as objeções a sério e use-as para tornar seu trabalho mais forte.

— Então você quer recompensar o comportamento de Robin.

— Eu quero colocá-la num foro apropriado.

— Dar a ela munição.

— Não, dissipar sua raiva.

— Vai ser um desastre, e você sabe disso — resmungou ele.

— Não vai, não — disse ela.

Com um gesto de cabeça, ele desaprovou sua fé na crítica e seu rigor acadêmico.

— Sandy não quer se sentar com Robin — disse Marion a Jacob naquela noite, no jantar.

— É mesmo?

— O que você quer dizer com "é mesmo"?

— Nada — disse Jacob.

Ela e Aaron olharam para ele por sobre a mesa da cozinha. Jacob nunca falava nada sem querer dizer alguma coisa.

— Ele está preocupado com o que Robin pode dizer, se tiver uma chance.

— Você está preocupada com ela? — perguntou Jacob.

— Estou preocupada por ela — disse Marion.

— Ah, isso é diferente.

— Ela se tornou muito...

— Deprimida? — disse Jacob.

— Eu ia dizer desesperada.

— Nunca me ocorreu que ela fosse o tipo desesperado — disse ele.

— E o que lhe ocorre, então?

Ele não respondeu de imediato. Lembrava-se da tarde em que Robin fora ao seu escritório. Naquele dia ele dera a ela um presente. Não tinha idéia de como ela o usaria, mas dera do mesmo jeito — uma partícula de informação. Não um fato, mas um fragmento de sua própria perspectiva. Os resultados de Cliff eram bons demais para que fossem verdadeiros. Ela poderia ter descartado a informação desinteressada, pequena e afiada como um caco de vidro. Mas sabia que ela não descartaria a idéia. Estava preparada para ouvi-la e entendera seu significado. Pegara o fragmento que ele lhe dera e o usara como a lente que ele realmente era. Havia começado a questionar a apressada coleta de dados de Cliff, a desafiar seus procedimentos, se não os resultados no grande artigo sobre o R-7.

Em seus momentos mais nobres, Jacob sentia uma pontada de culpa por ter armado Robin daquela maneira. Ele não se preocupava com Cliff nem com Sandy, mas realmente temia ter deixado Marion aberta ao ataque. Dera a Robin um presente perigoso; dera a ela seu próprio ceticismo. Não sabia o quão longe ela levaria seu ponto de vista. Mas sabia que Marion se purgaria de qualquer coisa ou pessoa que interferisse com seu trabalho. No final das contas, a pesquisa de Marion era muito mais importante que o R-7 ou a conversa fiada de Sandy de um dia curar o câncer. Até onde Jacob enxergava, o trabalho de sua mulher era ciência básica. O câncer era o instrumento dela, não seu inimigo. A doença era sua revelação, o enquadrar e exibir os funcionamentos da célula.

— O que me ocorre? — cismou Jacob. — Que ela seja, digamos... disciplinada. O oposto de Cliff.

— Por que você está dizendo que Cliff não é disciplinado? — perguntou Marion abruptamente.

— É a minha impressão — disse Jacob. — Você discorda?

Desanimadamente, ela limpou seu lugar na mesa e levou junto o prato vazio de Aaron.

— Ei, espere. Eu não terminei. Queria comer mais — protestou Aaron. Com uma perturbada afeição, Marion esqueceu-se de Cliff e olhou para seu garotinho, seu campeão de xadrez, agora com quase um metro e oitenta, pronto para deglutir outra porção de frango.

— Espere. Vou pegar para você. — Jacob pegou o prato de volta com Marion.

As esperanças que depositava em sua esposa eram ainda mais audaciosas que as dela própria. Ele tinha uma tendência a impor sobre ela seu próprio e intenso brilho e de antever em sua imaginação o sucesso incondicional dela. Haviam desejado a ele tal brilho e sucesso quando era menino. Jacob conhecia intimamente a futilidade de tais desejos, mas não conseguia evitar. Amava Marion abnegada e exigentemente — e pouco imparcialmente. Em certas épocas, como fizera com Robin, aproveitava-se de Marion para o próprio bem dela. E suas ações eram tão sutis que não havia meios de Marion perceber. Amava sua mulher não apenas com todo o seu coração, mas também com toda a sua mente. Marion aceitava os sacrifícios dele por ela e aprendera a esperá-los como um direito seu — e, por sorte, não conseguia ler mentes, nem mesmo a de Jacob. Iria se amedrontar com a devoção encontrada lá.

Passando por cima das objeções de Sandy, Marion calmamente marcou em sua agenda uma reunião com Uppington. Apesar dos registros malfeitos de Cliff, ela fortaleceu sua confiança nele em uma conversa privada com Feng.

— Feng — começou ela, ao sentar-se com ele no escritório. — Quero que você saiba que manterei tudo o que for dito aqui no mais rigoroso sigilo. Mas eu queria perguntar a você, porque você trabalhou tão próximo de Cliff, se você sentiu algo não muito... qualquer coisa... mesmo que ligeiramente... fora do normal no trabalho dele.

Feng assustou-se, e com algum remorso Marion viu a posição na qual o tinha colocado: possível informante sobre seu colega e amigo.

— Eu só pergunto — disse ela — porque quero entender como os dados se desordenaram e os números foram transpostos. Boas práticas no laboratório são responsabilidade minha. Se houver um lapso, eu culpo a mim mesma. Eu suspeito que a pressão para apresentar nosso projeto de subvenção teve muito a ver com isso. Você se sentiu apressado? Você sentiu que nossos experimentos poderiam ter ido... melhor?

Ele a observou pegar seu tricô, um suéter de textura elaborada de lã crua.

— Eles sempre podem ser melhores — disse ele.

— Sim, claro, mas chega um ponto em que o resultado é posto em risco — apertou-o Marion. — De acordo com sua própria experiência com Cliff, você em algum momento se sentiu desconfortável com os métodos dele?

Um grande número de pensamentos e imagens atravessou a mente de Feng: o comportamento tenso de Cliff na sala dos animais, suas horas tardias e particularmente sua insistência em injetar os animais ele mesmo. Feng lembrou-se da manhã em que havia chegado e visto que Cliff já havia terminado as injeções. Ressentira-se com o comportamento de proprietário de Cliff, embora o entendesse. No entanto, não ousou confessar isso a Mendelssohn, ao mesmo tempo que não a mostrava a Cliff seus sentimentos verdadeiros. Mendelssohn havia lhe dado uma abertura para ele ventilar suas queixas, mas ele não era Robin.

Tinha uma aversão arraigada por cenários como aquele — um pesquisador forçado a dar informações sobre outro. Seu pai fora denunciado daquela forma por seus próprios colegas e havia sido forçado a usar um chapéu de asno inscrito com seus crimes. Fora exibido publicamente e já havia sido obrigado a recapitular os erros de seu comportamento. Naquela época, a mãe de Feng o havia ensinado a mentir. Ela pegara as fotos da família e o ensinara a mentir sobre cada uma das pessoas que apareciam nelas. Os dois praticaram até que as mentiras se tornaram uma segunda natureza. Tudo isso porque eles eram o tipo errado de pessoas — ricos, intelectuais e donos de terras. A desgraça de seu pai nada tivera a ver com a ciência. Os colegas que traíram seu pai foram eles mesmos coagidos e, com o passar do tempo, os próprios traidores foram traídos. Toda a farsa terminara anos antes, mas ninguém da família de Feng jamais havia sido o mesmo.

— Ele forçou o ritmo perto do final — sugeriu Mendelssohn.

— Ele trabalhou demais — concedeu Feng.

— Temo que ele tenha feito seu trabalho com muita pressa — disse ela.

Feng aquiesceu com a cabeça, mas nada disse, e seu silêncio serenou Marion. Não havia ninguém no laboratório que ela respeitasse mais que Feng. Sua integridade parecia ser inatacável, e naquele momento seu profundo envolvimento com o trabalho de Cliff a confortou mais do que ela saberia dizer. Com seu tricô em uma das mãos, levantou-se para se despedir e agradeceu a Feng por ter conversado com ela, o que ele nunca a havia visto fazer antes. Não parecia ela mesma. Marion estava agradecendo e se desculpando ao mesmo tempo.

8

O ENCONTRO ACONTECEU NUMA sala emprestada de Harvard — um lugar ao mesmo tempo arejado e empoeirado, pintado de marfim desde suas cornijas até seus radiadores. Cliff chegou com uma pilha de anotações, seguido de Feng, e os dois se sentaram ao lado de Mendelssohn e Glass no extremo da mesa de reuniões de madeira escura.

Robin mal podia evitar que suas mãos tremessem e não conseguia olhar para Cliff. Art Ginsburg, um dia a nêmesis de Marion e agora um professor de Harvard, chegou e apertou a mão de Sandy, cumprimentou Uppington como um velho amigo e beijou Marion no rosto. Robin sabia que o professor Ginsburg havia roubado idéias de Marion no passado. Anos atrás, ao saber de seu trabalho metabólico com ratos, ele perseguira uma linha similar e depois apresentara seus resultados primeiro numa importante conferência, efetivamente se apropriando do impacto do trabalho dela. Robin não pôde deixar de estremecer ao vê-lo. Trabalhando com Marion, fora ensinada a desconfiar dele. Era arrogante e desengonçado, com cabelos grisalhos encaracolados, um nariz altivo e olhos castanhos profundos que variavam em sua expressão, mergulhados em conjeturas ou impiedosos. Usava um casaco de tweed com calças de veludo e tinha o hábito de abrir bem a boca e depois fechá-la de novo, como se estivesse tentando desentupir os ouvidos depois de um longo vôo. Apanhou um maço de folhas de papel e se ocupava com uma caneta vermelha, enquanto Uppington abria a reunião e Jeremy Choi irrompia pela porta.

— Sinto muito! — Choi era um jovem professor da Boston University e um protegido de Uppington, o que significava estar obrigado a comparecer à reunião, ainda que fosse mais ocupado que Ginsburg. Fora criado em Hong Kong e estudara em Cambridge, e seu sotaque inglês era bem mais pronunciado que o de Uppington, cujas palavras e tons haviam se aplainado e suavizado como pedras nos rios por seus longos anos na América. O sotaque de Choi não tinha tido tempo de se abrandar daquela maneira... ele não tinha tempo para nada. — Vocês já começaram?

— Ainda não — disse Uppington.

Ginsburg anunciou:

— Tenho de sair às onze.

— Bom, vamos começar, então — disse Uppington, acenando com a cabeça para Robin em seguida. — Vamos começar com um pequeno resumo de suas observações e suas preocupações com o artigo da *Nature*.

Deu a Robin a vez de falar e sorriu encorajadoramente. Mesmo assim, no longo e nauseante momento que antecedeu o início de sua fala, ela sentiu todos os olhos sobre si e ouviu o relógio de Ginsburg tiquetaquear. Como devia parecer estranha, insubordinada, quixotesca, lutando por erros que ninguém mais conseguia ver. Haviam lhe concedido uma audiência, mas ela não significava nada para aqueles homens — não tinha direitos nem reputação, nenhum resultado útil a oferecer, apenas sua crítica, suas pequenas dúvidas sobre um belo artigo de pesquisa e seu fracasso em reproduzir o que Cliff fizera tão bem.

Choi apanhou um bloco de notas de papel amarelo e colocou a data no canto superior direito. Ginsburg abria e fechava a boca. Ela estava certa de que se houvesse uma mosca, ele a teria engolido ali mesmo. Desejou poder voar para longe, quis muito desaparecer, mas em vez disso começou a falar — e falou com clareza.

Falou de seu alto respeito pelo artigo de Cliff e de seu desejo de ver seus resultados reproduzidos em seu próprio laboratório e em outros lugares. Mencionou suas dificuldades em duplicar o trabalho de Cliff, primeiro com células de câncer pancreático e depois com células de câncer de mama da própria linha celular dele. O problema era com o equipamento? Com as linhas celulares que estava usando? Com sua própria técnica? Havia eliminado cada um destes fatores em seu turno quando, de repente, acidentalmente, tropeçou nas três páginas de notas.

— Eu acho que talvez os dados nestas páginas não tenham sido transcritos acuradamente nos rascunhos finais do artigo — disse ela ao grupo. — Os dados brutos ajustam-se mais aos meus pobres resultados do que aos resultados excelentes que o laboratório publicou. — E distribuiu fotocópias das notas de Cliff junto com cópias anotadas do artigo da publicação. — As discrepâncias estão realçadas em amarelo — explicou, enquanto os cientistas estudavam as provas à sua frente. Coluna por coluna, linha por linha, ponto por ponto, ela referenciou os dados que faltavam no artigo. — Os dados dos rascunhos de Cliff sugerem um resultado diferente daquele publicado no artigo — disse ela.

— Diferente até que ponto? — perguntou Ginsburg.

— Desenhei dois gráficos ilustrando as divergências — disse Robin, distribuindo-os.

Uppington limpou a garganta ruidosamente em sinal de aprovação. Choi inclinou-se e pegou os dois gráficos que Robin lhe ofereceu. Até Ginsburg sacou seus óculos de leitura.

— O primeiro gráfico mostra os resultados do R-7 publicados, e o segundo mostra como seria a curva se todos os resultados dos dados brutos fossem incluídos. Como vocês podem ver, os resultados publicados ajustam-se lindamente. Mas quando observamos os dados publicados e os não publicados juntos, eles... se tornam difusos. Nos resultados publicados, quase 60 por cento dos ratos estão livres do câncer. Quando juntamos os resultados publicados e os não publicados, descobrimos que apenas 30 por cento dos animais estão livres do câncer e que quase 70 por cento deles ainda têm câncer após o tratamento com o R-7.

Seu jeito era controlado e seus argumentos, rigorosos. O cuidado que ela havia tomado com as provas, os gráficos, a expressão clara de suas idéias — aquilo era o melhor de Robin. Ninguém ouviu as batidas de seu coração. Apenas Cliff percebeu o ligeiro tremor de seus dedos.

Ele quase tremia de raiva. Robin o estava acusando de mentir — e como apresentava ardilosamente seu caso. Nenhuma palavra traduzia sua inveja. Cada frase apoiava suas alegações de um julgamento desapaixonado. Segundo seu relato, ela não buscara suas notas, mas as encontrara por acidente! Não o acusou diretamente de interpretar mal seus resultados, mas sugeriu que os havia transcrito incorretamente. Naturalmente, ela não mencionou tê-lo espionado na sala de animais ou fuçado em seu bloco de notas. Não trouxe à tona o fato de que pegara notas que pertenciam a ele e as fotocopiara e distribuíra sem sua permissão. Ela era o modelo do recato. Teve vontade de levantar-se subitamente e esclarecer as coisas. Mas via como a maneira calma de Robin a servia, como suas observações pareciam agudas, refinadas com insinuações. Como ele ficaria se a atacasse? Cliff permaneceu quieto e anotou os pontos dela para responder a cada um deles quando chegasse a sua vez.

— Não tenho qualquer gráfico ou quadro — começou ele. — Só um pequeno pedido de desculpas e uma explicação. As desculpas são pelas notas que Robin encontrou, que incluem dados de diferentes conjuntos de experimentos. Anotei os números em papel de rascunho e assim que minhas mãos ficaram livres eu os copiei em meu caderno de laboratório. Meus papéis de rascunho ficaram soltos em desarranjo por muito tempo, e eu reconheço que isso foi ao mesmo tempo relaxado e enganoso. Ao escrever meus resultados, nunca me referi a estes rascunhos, mas trabalhei apenas a partir do meu caderno, que trouxe comigo hoje. É um livro aberto a quem quiser ver. Agora, para começar com a primeira... a primeira preocupação de Robin...

Cliff falou das afirmações de Robin uma a uma e, pareceu a ela, contornou cada uma delas. Confessou ter sido descuidado. Fora pressionado. Neste ponto Marion Mendelssohn concordou com a cabeça. Fora negligente por ter tentado fazer demais sozinho. Virou-se para Feng, como se ele pudesse atestar isso. Depois, abriu seu caderno sobre a mesa, e nele as datas e os dados combinavam precisamente. Enquanto mostrava seu caderno e interpretava os números, sua voz era vigorosa e seu entusiasmo, infeccioso. As conexões tortuosas que Robin tentara cederam caminho a um argumento científico tão natural, tão convincente e intuitivo que todos na sala pareceram relaxar. Choi inclinou-se para trás e pegou um lenço em seu bolso para limpar os óculos. Sandy Glass entrelaçou seus dedos com maravilhado orgulho. Até Ginsburg curvou a boca numa torta semelhança de um sorriso.

E Robin assistia à reunião lhe escapulir. Seus gráficos jaziam esquecidos na mesa. Falara bem, mas Cliff o fizera melhor. Ele tinha o argumento mais convincente, porque seus resultados eram belos. Os resultados dela eram negativos e seus argumentos, de mau gosto. Ele trabalhava no brilhante reinado empírico, e ela agira tolamente com augúrios morais obscuros e dúbios. Talvez os registros de Cliff tivessem sido pobres, mas sua realização era tangível. Seus ratos haviam estado doentes e agora estavam sãos. Robin sentiu o clima mudar enquanto ele falava de seu trabalho. Num piscar de olhos, a reunião tornou-se um seminário de pesquisa. Ginsburg, Choi e até mesmo Uppington olhavam para Cliff com verdadeiro interesse, como se dissessem: "Agora temos a coisa de verdade, um tema para discussão". Como estavam deliciados em retornar à ciência.

Marion proferiu seus conselhos sobre a observância dos formatos corretos no futuro e Uppington agradeceu a Robin por ter se manifestado a respeito de possíveis confusões. Ginsburg sugeriu imperiosamente que a ata da reunião fosse escrita minuciosamente e distribuída. Cliff sussurrou algo para Feng, que sorriu e encolheu os ombros. Todos pregavam o rigor, pensou Robin, mas baseavam seu trabalho na confiança. Cliff era tão inteligente, tão vencedor — ele seria uma estrela. E por que se preocupara tanto por ele ter sido relaxado? Muitos pesquisadores eram. Os diretores de laboratório não podiam observar cada pedaço de papel em seus laboratórios a cada minuto do dia. Havia o método convencional de se trabalhar, mas havia a realidade. Havia a presunção de que tudo que tocava os nus era estéril, e a realidade de que com freqüência os equipamentos eram apenas razoavelmente limpos. Havia as regras e os regulamentos pendurados no laboratório e na sala dos animais, e os padrões gerais da comunidade. O caso de Robin contra Cliff poderia bem ter sido um caso contra o status quo, um argumento contra os percalços e os solavancos naturais ao processo criativo. Se apenas ela pudesse encurralá-lo, espremê-lo até que dissesse a verdade. Mesmo imóvel na mesa, sua raiva toda fervia dentro dela, e desejava pular em cima dele e pegá-lo pelo pescoço até que ele falasse a verdade. Mas que armas possuía? Que recurso lhe sobrara? Ela seria sempre a pequena e diligente rebelde, enquanto ele era o criativo. Feng era o favorito nas revistas por seu sucesso como imigrante, mas na comunidade científica a história de perseverança de Cliff era a única que todos amavam ouvir. Na verdade, os registros malfeitos no passado tornavam o triunfo de Cliff ainda mais brilhante.

Ele era o pós-doutor que finalmente dera certo, o príncipe de uma peça de Shakespeare se desfazendo de sua vida desleixada e mostrando suas cores verdadeiras, chegando finalmente à maioridade.

Deprimida, ela juntou seus papéis.

— Acho que você se conduziu muito bem — Uppington disse.

Naquela tarde, no laboratório, Robin soube que não poderia ficar até a primavera. Não poderia continuar a partilhar uma sala com Cliff, engolindo tudo o que sabia e sentia.

Através das janelas a luz de outubro parecia toldada, e o sol brilhava furtivamente. Decidindo-se a partir, ela começou a sentir um pouco de paz. Ao menos este poder ela tinha — o de virar as costas e ir embora. Ainda assim, mesmo naquele momento de alívio, sentiu uma onda de arrependimento percorrê-la. Ia ter de deixar o instituto com seu projeto sobre câncer ósseo inacabado. Seu trabalho pertencia ao laboratório. As linhas celulares, o equipamento e os animais que havia utilizado não podiam ser removidos.

Provavelmente ela abriria mão de qualquer esperança de um emprego acadêmico de primeira linha. Lamentava isso — embora soubesse que depois de todos aqueles anos de curso tortuoso, tal posição era de qualquer maneira uma possibilidade remota. Lamentava que os outros fossem perceber sua saída em grande parte como pessoal, o resultado de seu rompimento com Cliff. Estremeceu com a idéia, mas não podia permanecer.

Não se despediu naquela noite, nem pegou nada de sua bancada no laboratório, a não ser sua bolsa. Mesmo assim, olhou uma vez em volta da sala rapidamente, numa espécie de adeus. Depois saiu para o corredor e desceu as escadas.

Alguém vinha subindo enquanto ela descia, alguém ofegante.

— Robin — disse Nanette. — Estava procurando você. Tenho uma coisa para você.

Robin ficou parada. Agüentara até o fim do dia e iria aturar aquilo.

— Eu tenho o telefone — disse Nanette — de alguém que descobriu algumas coisas deste instituto que não deveria. É um cara que revelou um monte de merda e sofreu por isso. Ele sabe o que aconteceu aqui... e teve de lidar com pessoas que tentaram silenciá-lo. Quero que você fique com isso. — Ela mostrou uma pequena folha de bloco cor-de-rosa, notou Robin, com bordas de corações púrpura. Nela havia um número de telefone e um endereço escritos com caneta preta embaixo do nome Akira.

Parte 5

Inquérito

1

O MUNDO DO LADO DE FORA estava úmido. A chuva da manhã cessara, e folhas brilhantes de outono depositavam-se despedaçadas no chão, cobrindo ruas e calçadas. Cliff e Prithwish lideravam o esforço com o R-7 e todos trabalhavam intensamente, com exceção de Feng. Ele se ocupava de um projeto em paralelo, apenas uma coisa pequena, modesta em escopo, mas inteiramente dele. O projeto era o estudo de tumor ósseo de Robin. Com a bênção dela, Feng assumira o projeto e estava tentando completá-lo.

— Não quero que você abarque coisas demais — advertira-o Marion.

— Está tudo bem — disse ele.

Ela franziu as sobrancelhas.

— Não quero que isso seja uma esforço baldado para você. — Não conseguia deixar de ser supersticiosa em relação ao trabalho inacabado que Robin tinha deixado para trás. Sabia que era irracional, mas tudo que Robin tocara parecia agourento para Marion. Fadado ao desapontamento.

Feng olhou para Marion com curiosidade. Ela se perguntou se ele compreendia o quanto ela havia tentado por Robin, discutido com ela, insistido para que não desistisse, para que não sucumbisse à amargura e ao isolamento. Agora percebia que devia ter dado a Robin mais aconselhamento, cuidado de seu orgulho ferido. Ela também se envolvera demais com o trabalho e administrara mal seus filhos acadêmicos. Culpava-se por isso e, como sempre, o seu julgamento era severo. Tentara um final mais satisfatório. Deplorava a maneira como Robin havia saído tão rapidamente, com o trabalho inacabado. Era uma espécie de suicídio, pelo menos profissionalmente, um gesto destrutivo, vingativo e assustador. Marion viu a expressão perturbada nos olhos de Feng, uma reprovação silenciosa.

Mas ela interpretou mal o olhar de Feng. Ele não pensava em Robin, mas na linguagem que Mendelssohn usara. Seu inglês era excelente. Raramente ele encontrava um termo que desconhecia, mas pela primeira vez ela o desnorteara. Ele nunca tinha ouvido antes a palavra *baldado*.

O laboratório estava diferente agora, com um clima muito mais leve. Até Robin sair, Cliff não tinha se dado conta de como estava tenso. Ele a sentira encarando-o, seu olhar tão penetrante que por vezes pensara que ela queria destampá-lo, da maneira como havia visto joalheiros abrindo a parte de trás de um relógio. Depois, havia seus papéis, suas notas e seu caderno. Não se sentia mais seguro de deixar suas notas espalhadas por ali — juntava-as no final do dia e as trancava na gaveta embaixo de sua bancada. Nunca havia nem pensando em usar aquela chave antes de Robin começar a espionar. Teve de pedi-la a Marion.

Havia chegado a pensar que Robin sofrera um colapso nervoso. As pessoas surtavam no ambiente estéril e claustrofóbico do laboratório. Os pesquisadores eram como mineiros ou tripulantes de um submarino — e inevitavelmente alguns sucumbiam. Era uma vida confinante. Havia conhecido uma pessoa na faculdade que tivera um colapso nervoso e tinha sido hospitalizada. Conhecera outras cujos casamentos haviam acabado — um amigo em particular tivera um caso desastroso com uma professora. Era difícil dizer quantos problemas chegavam ao laboratório junto com as pessoas e quantos eram causados pelo trabalho. No caso de Robin, tudo o que sabia é que alguma coisa tinha se rompido, e que ela havia transferido para ele toda a frustração com seus próprios fracassos. Fora uma transformação horrorosa. Ela, que sempre tinha sido tão controlada, abandonara-se a acusações e teorias conspiratórias. O que ela possivelmente poderia ter ganho com aquilo? Absolutamente nada. Ela parecia ter perdido qualquer esperança de avanço profissional. Furiosa e irracionalmente, apenas tentara derrubá-lo, e por isso ele havia começado a pensar que ela estava doente. Os colegas também pensavam assim.

Prithwish disse:

— Eu acho que havia algo de errado com ela.

Billie ouviu este comentário quando entrava no laboratório.

— Dava para ver que ela estava desequilibrada. O ambiente era venenoso para ela. Foi por isso que ela desmoronou na sala dos animais.

— Desmoronou? — perguntou Cliff.

— Ela surtou — disse Billie.

— Quando foi isso?

— Duas, três semanas atrás.

Cliff e Feng entreolharam-se. Isto teria sido pouco antes da reunião com Uppington.

— Ela não foi ajudada — disse Billie. — Isso me deixa muito triste.

— É claro que isso é triste — disse Prithwish.

— Eu gostaria de poder ter feito alguma coisa por ela — disse Billie. — Tinha um livro que ia emprestar a ela, mas agora Robin se foi.

— Ela não morreu — interrompeu Aidan. — Apenas deixou o laboratório.

— Bom, eu sinto falta dela.

— Você não a conhecia — retorquiu Natalya, e Billie encolheu-se, rejeitada. Não adiantava. Os outros não gostavam dela. E ela era nova no laboratório. Sempre seria nova.

— Foi melhor assim — disse Aidan. — Ela estava mal.

— Ela mudou — disse Prithwish simplesmente.

— Agora ela pode seguir em frente — declarou Aidan.

— Mas para onde? — Natalya perguntou.

Ninguém sabia. Billie ouvira dizer que ela tinha ido para New Hampshire por uns dias, e havia um rumor de que estava mudando de volta para lá. Prithwish tinha uma informação segura, vinda de Nanette, de que ela estava assistindo Uppington na Boston University, pelo menos por um tempo, para pagar as contas.

Na verdade, Robin estava a apenas alguns quarteirões, atravessando a Mass Avenue. Sob parcas folhas douradas, subiu a Avon Street até chegar a uma casa na esquina, com uma cerca de um verde-pálido. A cerca tinha um metro e noventa de altura, e ela teve de contornar toda a casa até achar o portão.

Ao entrar, encontrou-se nas ruínas outonais de um roseiral. Caules espinhosos e folhas murchas cercavam uma casa vitoriana com um telhado grande como o de um celeiro, com duas águas e pintura marrom descascada.

Um jardineiro estava reunindo as folhas debaixo de alguns arbustos de hortênsias com um ancinho, e ela se encantou com as flores de um rosa profundo ainda se apegando aos troncos.

— Perdão — disse Robin. — Estou procurando Akira O'Keefe.

— Está olhando para ele — disse o jardineiro. Pareceu se divertir com a surpresa dela.

Ela não esperava que ele tivesse cabelos castanhos-avermelhados. Não era o que tinha imaginado. Em sua ignorância, havia presumido que ele pareceria muito mais japonês. Akira era extremamente alto e esguio. Tinha nariz sardento e olhos rápidos e negros atrás do óculos de aviador de armação dourada. Parecia ter problemas com a vista — piscava continuamente, com os olhos dardejando para lá e para cá, de Robin para a pilha crescente de folhas e daí para seu amontoado de sacos de folhas dobrados.

— Nanette sugeriu que eu viesse vê-lo. — Ela parou a uma pequena distância, tentando não pisar na lama.

— Eu já li uma cópia do artigo de Cliff — disse Akira.

— Creio que Nanette lhe contou tudo sobre mim — disse Robin, sentindo-se um pouco exposta.

— Eu sei de tudo. — Seu ancinho era de metal, com forcados retorcidos. — Espero que antes de deixar o laboratório você tenha feito cópias de todo o material encontrado lá. Você tem mantido um diário?

— Bem... — começou Robin.

— Você vai precisar de tudo isso.

— Eu não estava exatamente certa...

— Mendelssohn e Glass são muito bons em instilar a dúvida nos outros — disse Akira — porque eles não têm nenhuma. Eles a transferem para seus pesquisadores.

Robin retraiu-se. Já havia experimentado a amargura, mas nunca numa concentração tão forte.

— A essa altura você já deve ter percebido — disse Akira — que as pessoas no instituto têm tendência a mentir.

— As pessoas em geral? Não — disse Robin.

— Sim, as pessoas em geral.

— E para quem eles estariam mentindo?

— Para eles mesmos — disse Akira. — Marion matou meu trabalho porque não gostou da direção que tomava. Ela viu para onde me dirigia e sacrificou meus ratos.

Com tristeza, Robin enfiou as mãos nos bolsos do casaco. Ele era um maluco.

— O senhor está falando da epidemia na colônia.

— Eles *disseram* que houve uma epidemia na colônia — disse Akira. — A verdade é que não gostaram de meus resultados. Eles foram negativos.

Ela balançou a cabeça, indignada. Marion jamais teria sacrificado toda uma colônia de ratos sem prova de contaminação.

— Eles me odeiam — disse ele. — Marion barrou minha entrada no instituto. Você sabia disso?

— Não.

— É, ela não gostava de me ver por lá depois que saí oficialmente. — Ele virou o ancinho para cima e limpou os forcados. — Ela não queria que eu falasse com as pessoas e num dado momento chamou a segurança e listou meu nome como Não Permitido Nos Andares de Cima. Eu devo ser a única pessoa oficialmente barrada do Philpott. Pode haver outras, mas acredito que eu seja o único. Ela me odeia. Ambos me odeiam. Em meu último ano, os dois se voltaram contra mim com tudo. Não gostavam de mim, não gostavam de meu trabalho, queriam que eu fosse embora e por isso mataram meus ratos. Quase mataram a mim, mas Nanette interveio e me levou para o hospital. Infelizmente — disse ele —, as pessoas muitas vezes são sacrificadas pela ciência. Pode segurar este saco para mim? Não dá para ver isso com muita clareza quando você está do lado de dentro — disse ele. — Você sempre acha que é você, mas não é. O sistema os favorece. É feudal, na verdade. Há os lordes e as damas, como Glass e Mendelssohn, e depois os pesquisadores, como vassalos, pagando tributos todos os anos na forma de publicações, sangue, suor, lágrima etc. Se ocorre um conflito, eles arbitram e não há mesmo nada que você possa fazer a respeito. Lorde Glass e lady Mendelssohn conhecem a verdade. Você protesta contra uma injustiça, e eles aniquilam você.

— Nós tivemos um seminário sobre minhas inquietações — disse Robin.

— É, você ganhou seu pequeno espetáculo. Foi só um encontro de camaradas. Você achou uma prova de algo errado...

— Bem... — resguardou-se Robin.

— Ou você está fazendo uma alegação ou não. — Ele tomou o pesado saco de folhas dela e dobrou a parte de cima. — Você está lidando com investigadores que acreditam no que querem acreditar. Olhe, mentir é um traço humano e funciona bem em religiões e filosofias, mas na ciência é uma receita para o desastre. Há dinheiro demais envolvido. Dinheiro das drogas... e eu não estou falando dos caras em Harvard Square. Estou falando das empresas farmacêuticas. Você não acha que os acadêmicos estão todos envolvidos com corporações? Você não acha que Sandy Glass está no bolso de uma companhia... ou que estaria, se pudesse? Há muito dinheiro nisso, e onde há dinheiro como esse não existe essa coisa de liberdade acadêmica nem de pesquisa independente.

— O Philpott é independente — disse Robin.

— Sim, claro. É um principado de Harvard. O Philpott é como a França de Vichy. Deixe-me perguntar uma coisa.

Ele estava tenso demais, com movimentos agitados pela energia contida. Falava muito depressa, como se tivesse medo de que ela o interrompesse ou fosse embora cedo demais. Soava como se não falasse com ninguém há semanas.

— Você quer justiça?

— É claro — disse ela.

— Você está preparada para sofrer por isso?

Ela desejou poder desviar o assunto e rir, contar uma piada, qualquer coisa para quebrar a tensão. Mas ele não estava brincando: olhava-a com olhos penetrantes.

— Está? — perguntou ele.

— Talvez — disse ela.

Ele expeliu o ar em um jato, sem se impressionar.

— Resposta errada.

— Olhe, eu não vim aqui para ser interrogada — disse Robin. — Eu só queria falar com o senhor sobre sua experiência e talvez discutir... — Ela murchou. Não parecia haver muito que pudesse discutir com Akira. Ele podia ser bom para entregar manifestos ou juntar tropas para uma guerra de guerrilha, mas certamente não era o tipo de pessoa para se conversar seriamente. — Eu vim aqui me aconselhar — disse ela.

— Tudo bem — respondeu ele. — Vamos lá. Eu li tudo que Nanette me deu. Olhei os dados e acho que isso é exatamente o que estamos procurando. Falei com Hackett e Schneiderman no CIPC e eles estão dispostos a encontrá-la.

— O quê? CIPC?

— Sim, o CIPC, do Serviço Nacional de Saúde. O Comitê pela Integridade da Pesquisa na Ciência.

Robin gaguejou

— Eu... eu nunca dei a ninguém autorização para...

— Trabalhei muito próximo a Alan Hackett e Jonathan Schneiderman no passado. Não mencionei seu nome a eles, apenas um resumo do seu caso. Não fiz promessas nem revelei sua identidade. Estou apenas transmitindo o interesse deles. Encontrar-se com eles ou não é uma decisão sua.

— Não vou me encontrar com ninguém — protestou Robin furiosamente. — Eu não os conheço. Não conheço nem o senhor... e eu nunca o autorizei a ser meu porta-voz junto ao Serviço Nacional de Saúde!

— Bem, isso foi um erro meu, então — disse Akira —, porque eu pensei que suas alegações de fraude eram um assunto sério.

— Não há alegações de fraude — disse Robin. — Minhas únicas alegações são sobre possíveis erros.

Um leve sorriso pairou nos lábios de Akira.

— Ou você está fazendo uma acusação ou não — disse ele de novo. — Se você vai perseguir isso, tem de decidir exatamente o que está perseguindo.

— Estou perseguindo a verdade — disse Robin.

— E isso seria uma verdade suave, conciliatória, ou a coisa verdadeira? — perguntou Akira. — Porque não há motivo para se trabalhar nisso se você não sabe onde está. Naturalmente, você não está acostumada a fazer julgamentos — concedeu ele. — O laboratório não era o lugar para você pensar no que estava certo ou errado.

Ela estava pasma. Em vez de estar se desculpando com ela por ter apresentado seu caso ao CIPC — ainda que anonimamente —, ele a estava desculpando; desculpando sua ignorância e timidez. Ele falava com uma mistura tão notável de inteligência e paranóia que ela mal sabia o que ouvir.

— Você era apenas uma empregada — disse ele. — Demora um tanto parar de pensar como uma. Pense mais nisso, está bem?

Ela lhe dirigiu um olhar que o fez apanhar ele mesmo o saco de folhas dobrado.

— Tenho de ir embora — ela disse.

— Eu quero lhe mostrar algo — ele disse.

— Eu tenho mesmo de ir.

— Não, espere — disse ele. — Veja isso primeiro.

Eram as maiores dálias que ela já tinha visto. Floriam pouco acima de sua cabeça, cada botão infiltrado pelo mais profundo púrpura.

— São deslumbrantes — disse ela.

— São as favoritas de Art.

— Esta é a casa de Art Ginsburg? — Ela mirou com novo respeito a enorme construção marrom.

— Ele estava em meu comitê em Harvard e me aceitou. Me contratou há uns dois anos.

Ela estava chocada. Nunca imaginou a nêmesis de Marion capaz de ajudar quem quer que fosse. Ele, com seus sorrisos reptilianos na mesa do seminário.

— Ele é um cara bom — disse Akira. — Colocou-me trabalhando aqui como terapia horticultural. Foi ele que me chamou a atenção para as dálias. Eu não sabia nada sobre plantas quando estava lá dentro. Eles estavam ocupados demais me matando.

Robin pensou na rapidez com que tinha caminhado da pesquisa dedicada para o mundo lamacento dos descontentes. Apenas semanas antes ela era uma acadêmica, e agora ouvia um jardineiro vingativo. Se a ciência era cruel e feudal, ainda assim ela tinha desfrutado os privilégios da corte, os instrumentos e o tempo, os grandes estoques de material, os corredores labirínticos da descoberta que em grande parte levavam a becos sem saída, mas sempre prometendo mais, uma entrevisão da grandeza não muito distante, o resplendor do sucesso logo ali na esquina. Era ainda nova demais no mundo exterior para ver quem tinha rejeitado a ciência como os deserdados e para esperar que não permanecesse entre eles. Sentia por Akira, mas ele também a assustava. Não queria ser usada por ele nem se tornar como ele. Não queria amaldiçoar o reino do lado de fora, mas justificar-se e achar seu caminho de volta.

2

OS RUMORES SOBRE ELA não eram sem fundamento. Ela cavara um trabalho temporário como técnica no laboratório de Uppington durante a semana e nos finais de semana tomava o ônibus para Portsmouth e ajudava seu pai em alguns trabalhos ocasionais na casa. Seu pai não subia mais escadas, e ela trabalhou um pouco no telhado. Limpou as calhas, embora não fosse tão ágil como quando era menina. Seus braços eram tão finos e suas mãos tão pequenas que ela podia serpentear para lá e para cá, limpando entulhos dos lugares mais apertados. Consertava telhas de ardósia, também. Sabia em que ângulo usar a machadinha para cortar a borda acuradamente, bem como cavar um buraco na pedra com um buril e um martelo. Gostava de estar no telhado, mesmo com os dias se tornando mais frios. Gostava de se equilibrar lá, perto do céu de novembro. Trabalhara tempo demais com os animais no porão. A vista do telhado a surpreendia e deliciava. Como o mundo parecia colorido e nítido visto de cima, as macieiras retorcidas com suas frutas enrugadas, os rododendros enormes, os rios carregando folhas mortas. No alto da casa, permitiu-se pensar que Nanette estava certa. Como a ciência parecia pequena olhada de fora. Como o futuro parecia irrisório perto do aqui e agora.

— Como vai indo aí em cima? — chamou seu pai do chão.

— Tudo ótimo — respondeu ela. — Encontrei minha verdadeira vocação. Vou consertar telhados.

Achou que seu pai fosse rir, mas ele a surpreendeu com palavras fortes quando ela desceu.

— Você não vai desistir de sua pesquisa depois desse tempo todo! Não depois de todos os anos que você gastou.

Robin, parada na frente dele de jeans e suéter sujos, encolheu os ombros. Tinha o rosto queimado pelo vento e os lábios rachados.

— Eu não sabia que você se importava tanto com o meu trabalho — disse ela.

— Esse tempo todo — repreendeu ele —, todo o seu treino. Não se pode simplesmente jogar isso fora. — Sua censura fez com que Robin se lembrasse da noite em que ela, Cliff, Feng e Mei, Aidan e seu antigo namorado Russel estavam na escuridão do Battle Theater assistindo ao *...E o vento levou*, mordiscando confeitos de chocolate e passando sacos de pipoca de um para o outro. Ela e Cliff haviam sido um pouco irreverentes e riram baixo em tom de escárnio em algumas das cenas melodramáticas, enquanto Aidan e Feng os silenciavam. No momento em que Scarlett implorou para Ashley: "Leve-me embora, não há nada para nos manter aqui!", Cliff e Robin sacudiram-se de rir.

— Shhhh! — manifestou-se Feng.

"*Nada?*", indignou-se Ashley com Scarlett, na tela. "Nada a não ser a honra."

O refrigerante de Cliff saiu pelo seu nariz e Robin afundou o rosto no suéter.

— Esta é a melhor parte! — sussurrou Aidan furiosamente, censurando-os.

— A melhor parte ou a pior parte? — perguntou Cliff.

— Comportem-se — exigiu Aidan, e não estava brincando. — Vocês estão arruinando meu filme.

— Você não acha que este filme é só um pouquinho estúpido? — perguntou Cliff, o que fez com que Robin se descontrolasse de novo. Não havia jeito: os dois estavam tendo um ataque de riso e não conseguiam se controlar. Cliff pegou Robin e tropeçaram até a saída no momento em que Leslie Howard e Vivien Leigh se beijavam. As pessoas começaram a vaiá-los. Estavam bloqueando a visão do cabelo loiro e caprichoso de Ashley pendendo sobre os cabelos escuros de Scarlett.

— Espere aí. Espere — guinchou Robin para Cliff.

Ao atravessarem a porta, encontraram-se do lado de fora — não apenas fora, no saguão, mas fora do cinema totalmente. Eles haviam escapulido pela saída de emergência e terminaram na rua, agarrando seus casacos no frio.

— Droga — disse Cliff, ao perceber que tinham deixado todos os seus doces no cinema. Não havia nada a fazer, a não ser arrumar um sorvete. Depois disso, sempre que alguém no laboratório reclamava ou fazia alarido querendo sair, Cliff e Robin gritavam: "Não há nada para me manter aqui!", e então Feng e até mesmo Aidan faziam coro: "Nada? Nada a não ser a honra."

Era assim que o pai de Robin soava agora, enquanto continuava a falar sobre o tempo que ela havia gasto e a vergonha que seria ela desistir — como se ela tivesse sido treinada para ser um cavaleiro e agora devesse se cobrir de vergonha. Ou ela estaria desonrando o pai? Ele sempre se queixara do treinamento dela porque tomava muito tempo e pagava tão pouco — e porque ninguém na família realmente entendia o que ela fazia. Por outro lado, ele também se jactava. Estava chocado por ela chegar a considerar desistir.

Mas ela não havia desistido. Durante o dia fez uma brincadeira sobre largar tudo, mas acordou durante a noite. Como um despertador, sua imaginação ressoava de possibilidades.

Em Cambridge, Larry e Wendy disseram a ela que fosse paciente, que confiasse no lento avanço do progresso científico, na seleção natural de idéias pela qual o falso e não comprovado era deixado de lado.

— Olhe, se houver um problema, ele vai aparecer. É inevitável — disse Larry enquanto eles tomavam chá no apartamento de Tomas.

— Não dá para esconder por muito tempo um trabalho furado — disse Wendy.

Tomas ergueu os olhos de seu caderno de esboços.

— Tudo chega para aqueles que esperam? — especulou.

Por quanto tempo?, perguntava-se Robin. Dezoito meses? Três anos? Quanto tempo antes que experimentos posteriores fracassassem e imitadores impetuosos reexaminassem as premissas de Cliff e seus métodos falhos? Será que Larry e Sandy esperavam mesmo que ela soubesse da verdade e sofresse em silêncio?

Robin olhou para seus amigos com uma certa agitação e fez seu anúncio.

— Eu contatei o CIPC no NHS.

— Meu Deus! — bradou Larry.

— Ah, fala sério — disse Wendy.

— Você contatou o CIPC? — perguntou Larry, como se odiasse a própria sigla.

— Por quê? O que há de errado nisso? — perguntou Robin. — Falei com Alan Hackett e mandei cópias do meu material.

— Você falou com Hackett? — exclamou Larry. — Robin, você não tem idéia de onde está se metendo.

— Por que você não nos procurou? — cobrou Wendy.

— Espero que você não tenha dito nada a ele — disse Larry.

— Por que eu iria querer falar com ele se não quisesse dizer nada?

— Você é muito, muito ingênua — reprovou-a Wendy.

— Ele vive atrás do desastre — disse Larry — e tem um caráter extremamente dúbio.

— Ele é um respeitado erudito.

— Um erudito respeitado vinte anos atrás.

— Ele testemunhou perante o Congresso...

— Ah — disse Larry. — Ele é um arruinador profissional de carreiras e vidas.

— Você não leu o trabalho dele sobre Dillmore? — perguntou Wendy.

— Não.

— Ele passou um ano dissecando o artigo de Richard Dillmore na *Science* para poder publicar um ataque detalhado aos métodos dele, à sua análise dos dados, à supervisão de seus estudantes e ao seu caráter.

— Ele fez um trabalho bom — concedeu Wendy. — A exposição do caso Fienberg...

— Desculpe, mas o que é o caso Fienberg? — perguntou Tomas.

Wendy virou-se para ele.

— Você não ouviu falar de Leonard Fienberg?

— Na verdade, você mais que todos vai se sensibilizar com isso, já que é um artista — disse Larry a Tomas. — Leonard Fienberg era um pesquisador que falsificou seus resultados pintando seus ratos. Ele queria mostrar que podia enxertar pele branca em ratos marrons e pele marrom em ratos brancos... e aí pintou seus ratos com as cores apropriadas.

— Na verdade, ele pintou a barriga dos ratos — disse Wendy.

— Ciência de aquarela — disse Tomas.

— Exato, e Hackett o expôs, em 1980, e vem vivendo da glória desde então. Deram a ele uma mesa no Serviço Nacional de Saúde e um telefone. Ele não é um pesquisador, Robin. Você sabe disso, não? Não é um pensador. É só um... um...

— Um picareta — disse Wendy.

— É como um agente funerário. Não está interessado em trabalho construtivo. Apenas fica sentado lá procurando fraquezas, dissecando artigos em revistas científicas para seus *post-mortems*. Ele vê fraude em todo canto. Fraude é sua obsessão. Na verdade, ele alimenta a desconfiança pública com a ciência.

— Ele parece um vampiro — disse Wendy.

— Ele dorme num caixão? — perguntou Tomas. — Reaviva os mortos? — Quase inconscientemente, começou a esboçar uma figura cadavérica de dentes longos, com patas em vez de mãos, um homem com uma capa saindo de uma tumba, os lábios pingando sangue.

— Ele não é criativo — declarou Wendy.

— Eu discordo — disse Larry. — Ele é extremamente criativo. Como é que ele e Schneiderman apareceram com aquilo tudo? Eu lhe digo, os dois se sentam durante o dia todo selecionando artigos de publicações científicas para que possam derrubar os autores.

— Pelo telefone eles pareceram completamente profissionais e articulados — disse Robin.

— É claro que eles soam profissionais e articulados — disse Larry. — É o trabalho deles. Ouça, siga meu conselho. Não se envolva com eles.

— Mas por que eu não deveria me envolver com eles? — Robin deixou escapar. — Não são doidos. São funcionários do Serviço Nacional de Saúde.

— Não, não, não — disse Larry. — Você não entendeu. Eles são os doidos oficiais do Serviço Nacional de Saúde. Todos os odeiam.

— Detestam — acrescentou Wendy.

— Eles olham para você — disse Larry — e sentem o cheiro de sangue.

— De Mendelssohn e Glass?

— Não, o *seu*. Olhe, você não pegou a política da situação. Você seria o cordeiro do sacrifício.

Robin arrepiou-se. Quer dizer que Larry era um expert nisso, também. Podia ver movimentos obscuros no Serviço Nacional de Saúde, mesmo que nunca tivesse feito pesquisa biológica em sua vida.

— E como é que você sabe tanto sobre o CIPC?

— Richard Dillmore é um amigo meu muito próximo — disse Larry. — E, infelizmente, eu tenho uma compreensão muito clara do que fizeram com ele.

— É um lugar realmente orwelliano — disse Wendy.

— Não foi a minha impressão — disse Robin.

— Robin, você viveu em um laboratório durante dez anos — admoestou-a Larry. — Você brinca com ratos o dia todo. E não sabe nada da interferência política na vida científica deste país.

— É o Grande Irmão olhando você — disse Wendy.

— Perdão — disse Robin, as faces queimando de indignação. — Se não existisse o CIPC, que recurso eu teria? O que se poderia fazer?

— Desculpe, mas você certamente não tem um entendimento de como o CIPC funciona — disse Larry.

— Parem, vocês. Parem! — exclamou Tomas. — Parem de atormentar Robin. Se ela quer punir alguém por ter mentido, deixem que ela o faça!

Por um momento os três permaneceram sentados em um aturdido silêncio. Nunca antes tinham ouvido Tomas levantar a voz. O próprio Tomas parecia surpreso.

— Ela pode fazer o que bem entender.

— Nós não a estamos atormentando — disse Wendy.

— Estávamos tentando proteger você — disse-lhe Larry.

— Obrigada, mas eu acho que sei tomar conta de mim mesma — disse Robin.

— Você os encontrou cara a cara? — perguntou Larry. — Você tem um advogado? Tem conselheiros? Fez direito seu trabalho de casa?

Ela sabia que Wendy e Larry desaprovariam, mas estava abalada com a veemência deles. Como poderia ter sabido que os dois eram experts no CIPC e em seus feitos? Robin desviou o olhar e flagrou a expressão nos olhos de Tomas, ao mesmo tempo terna e frustrada. Ele gostaria de poder ajudá-la, mas nada sabia sobre o Serviço Nacional de Saúde ou fraude científica. Cabia a Robin defender sua posição para Larry e Wendy — e especialmente para si mesma.

Larry e Wendy sabiam de tudo, mas não entendiam a posição dela. Ela não tinha dinheiro nem poupança, mal tinha como pagar o aluguel e manter seu apartamento. Não tinha uma posição no mundo científico; já não tinha sequer uma ligação com alguma entidade. Tinha apenas sua descoberta, seu único pedaço de propriedade intelectual, a brecha entre os dados brutos de Cliff e seu trabalho publicado. Não se tratava de inveja nem de dor-de-cotovelo. Tudo o que tinha era conhecer Cliff e o que ele havia feito. Podiam adverti-la o quanto quisessem — ela cruzara o caminho para dentro de sua câmara interior da descoberta; sabia o que sabia. Não estava mais sufocada, fraca e angustiada pelo sucesso dele, mas se movimentando livremente, além do campo gravitacional dele, inflamada pelas convicções de uma força maior. Sabia que ele tinha adulterado suas descobertas, e mesmo que saber disso fosse constrangedor, deselegante e inaceitável, ela, ainda assim, confiaria em sua intuição e a utilizaria.

Ela ouvia as advertências lúgubres de seus vizinhos e tentava se lembrar da voz de Hackett ao telefone: ligeiramente metálica e precisa, nada atraente, na verdade, muito parecida com a própria voz de Larry. Falara com ela com um leve tom de zombaria.

— Bem — dissera a Robin, depois de ter recebido as fotocópias que ela enviara —, isso é muito interessante, é claro. E acho que o melhor que tenho a lhe dizer é que teremos de esperar e ver o que Jonathan dirá quando voltar ao escritório na semana que vem.

— Jonathan Schneiderman — disse ela.

— Isso, correto, Schneiderman. Ele tende a ter um bom faro para estas coisas.

— Akira provavelmente mencionou meu nome a ele.

— Ah, sim, Akira — Hackett suspirou.

Robin ouvia com atenção. Se importava muito com o significado daquele suspiro.

— Ele foi um caso triste — disse Hackett.

— Ele achou que Glass e Mendelssohn estavam tentando destruí-lo — disse Robin cautelosamente.

— Hum, verdade. Ele sentiu isso. Mas eles não estavam. Ele é um sujeito adorável, e ainda conversamos de vez em quando. Infelizmente, sua visão de mundo é tão conspiratória que você deve ouvi-lo com um pé atrás. Para dizer a verdade, eu não prestei a menor atenção quando ele nos ligou falando de você.

A confiança de Robin em Hackett decuplicou.

— Você tem uma idéia do que pode acontecer com meu caso? — perguntou ela.

— Sim — disse ele laconicamente. — Quer dizer, tenho uma *sensação*, mas a gente aprende bem cedo neste negócio a olhar antes de saltar.

Schneiderman era o acessível. Tinha uma voz profunda e robusta e uma maneira direta e combativa, aumentada pelo fato de ele e Hackett usarem o viva-voz. Schneiderman soara como um grande urso no fundo de um grande buraco.

— Gostaríamos de encontrá-la — disse ele a Robin quando ligou na semana seguinte. — Gostaríamos de marcar uma data.

— Vocês nunca vêm a Boston? — perguntou ela.

— Se vamos a Boston? Deveríamos. Deveríamos viajar para Boston o tempo todo. E para Nova York, Pasadena e todos os lugares no meio do caminho. Infelizmente, não temos fundos.

— Ah! — Aquele era Hackett, no fundo. — Apenas para esclarecer: esta é uma operação quase sem capital. Estamos comprometidos com a ética com dinheiro curto.

— E isso é possível? — perguntou Robin. — Para fazer o que vocês precisam fazer?

— É necessário — disse Schneiderman com firmeza.

— Se você me perguntasse dez anos atrás se este departamento era possível, eu teria dito que não — disse Hackett. — O que acontece agora é que o improvável se tornou nossa área de especialidade.

— Por que vocês estudam resultados improváveis — disse Robin, inferindo.

— Não — objetou Hackett. — Somos antropólogos, na verdade. Estudamos gente, só isso.

— Estudamos dados — disse Schneiderman a Robin, a voz ressoando tranqüilizadoramente como o motor de um carro em ponto morto.

— Mas, na verdade, tudo termina no erro humano — disse Hackett secamente. — Erro humano, intenções humanas.

— Nosso trabalho — disse Schneiderman — é investigar possíveis más condutas, adulterações ou manipulações de dados, de modo que acho que seria extremamente valoroso que nos sentássemos juntos, Robin, e você realmente abrisse os seus dados.

Seus dados, ela pensou. Que estranho que os dados de Cliff fossem agora, sob certos aspectos, dela.

Schneiderman continuou.

— Acho que um encontro pessoal sobre isso seria de real valor.

Pronto. Ele o dissera, e ela se apegou à palavra. Havia valor em sua empreitada. Sua causa não era sem esperanças, nem mal fundamentada, nem imaginária. Hackett e Schneiderman estavam dispostos a encontrá-la — mesmo eles, que já tinham visto de tudo. Ela não se enganava achando que seria fácil trabalhar com eles, mas estava esperançosa com a perspectiva. Poderia obter uma retratação do artigo publicado ou até uma desculpa de Glass e Mendelssohn. Havia algum valor em economizar o tempo de outros cientistas que tentassem reproduzir os resultados de Cliff. Economizando o tempo deles, ela poderia estar fazendo sua pequena contribuição. Não ficaria ressentida e sozinha para sempre. Não deixaria que Marion a descartasse como incompetente no mesmo momento em que Cliff fabricava seu sucesso. Não, ela se justificaria. E se era ingênua e tola, se suas ações eram irresponsáveis, lutaria do mesmo jeito.

— Você não tem idéia de onde está se metendo — advertia-a Larry agora, no apartamento de Tomas. — Estão apenas procurando por novos encrenqueiros... e se conseguirem botar as mãos em você, você nunca mais será outra coisa. Eles vão arruinar sua vida.

E daí, se arruinassem? Robin perguntava a si mesma, desafiadoramente. Mesmo assim, ela sentia que podia fazer pior do que advogar a verdade.

3

ENQUANTO O TEMPO ESFRIAVA, o clima de festa no laboratório aquecia. Depois do Dia de Ação de Graças, Aidan e Natalya acharam uma caixa com pipetas velhas e as penduraram para as festas. As pipetas — azuis, verdes, vermelhas e cor de laranja — pendiam festivamente do teto. Prithwish ia para casa, no Sri Lanka, em dezembro, para se casar, e por conta disso os colegas provocavam-no impiedosamente. Faziam provocações com a garota, que ele parecia mal conhecer, com suas contas de telefone, com sua viagem para casa e até mesmo com a data marcada para o casamento.

— Como é que a gente sabe que você não escolheu a data para fugir do trabalho? — perguntou-lhe Cliff.

— Eu disse a você que não tinha nada a declarar sobre o assunto — respondeu Prithwish aereamente. — Nossos pais escolheram a data e não houve nada que pudéssemos fazer a respeito.

— Tudo bem, mas como *eles* escolheram a data? — perguntou Cliff, fingindo desconfiança.

— Na verdade, foram nossos avós — corrigiu-se Prithwish. — Escolheram a data de acordo com nossos horóscopos.

— Você não acredita em horóscopos, acredita?

— Não, claro que não — disse Prithwish. — Meus pais também não. São ambos físicos e acham os horóscopos muito inconvenientes.

— Então para que usá-los, cara? — interrompeu Aidan.

— Minha mãe achou que deveríamos usar os horóscopos, só para constar — disse Prithwish. — Ela acha altamente improvável que eles sejam verdadeiros, mas os acompanha para o caso de eles serem.

— Isso não faz qualquer sentido — disse Cliff. — Um dia você está solteiro, no outro você chega sem avisar e anuncia que está noivo, e eu tenho de procurar outro companheiro de quarto.

— Agora você admite que é com isso que você realmente se preocupa — disse Natalya a Cliff irascivelmente, da soleira da porta. — Você vai ter de procurar outra pessoa para rachar o aluguel. Egoísta.

— Muito obrigado — retorquiu Cliff, tranqüilo. Ele não vinha pensando no aluguel. Ele e Prithwish tinham vivido juntos na alegre pobreza por três anos, e Cliff ia realmente sentir falta de seu companheiro. Havia oferecido dividir o apartamento com Prithwish e sua noiva quando chegassem — pelo menos até que o casal encontrasse um lugar próprio, mas Prithwish não parecera muito ansioso e continuara a pesquisar anúncios de aluguel nos jornais espalhados por sobre o tampo da bancada. — Você vai me deixar receitas, não vai? — perguntou Cliff num tom de lamento.

Os outros riram. Todos sabiam que Prithwish não sabia cozinhar.

— O que foi? — perguntou Feng ao subir da sala dos animais.

Cliff e Prithwish foram os que mais riram. Aidan enxugou os olhos. Era tão fácil rir quando o trabalho ia bem. Um segundo artigo importante sobre o R-7 estava a caminho, e um novo e maior grupo de ratos havia sido injetado na sala abaixo. Cliff era agora o líder deles, e um líder incansável e afável. Ele cooperava com todo o serviço de rotina e se oferecia como voluntário para as tarefas mais entediantes. Ficava até tarde para terminar relatórios e chegava cedo para os procedimentos com os ratos. Seu entusiasmo era contagioso. Prithwish, Aidan e Natalya partilhavam o espírito jubilante de Cliff, da mesma maneira que participavam de seus resultados. Até Feng parecia moderadamente otimista. A agitação da mídia havia cessado e Feng fazia progressos com o projeto de tumor ósseo. Ele e Cliff estavam trabalhando alegremente em paralelo.

Se antes o laboratório refletia a cautela sombria e severa que Marion cultivava, o lugar agora estava afinado com a imaginação vivaz de Sandy. Sempre, antes, o futuro parecera temível, frio e íngreme, quase impossível de escalar. No momento, a vista era deslumbrante.

— Onde está Billie? — perguntou Aidan a Feng.

— Lá embaixo — disse Feng.

— Você conseguiu mantê-la lá embaixo?

— Claro — disse Feng.

— Você realmente é um gênio — disse Cliff.

Feng abriu um sorriso largo. Não tinha problemas de trabalhar com Billie. Ela o achava rude e taciturno, e ele não desautorizava essa impressão. Havia explicado que não tinha interesse em feng shui, treinou-a para fazer exatamente o que queria e deixou-a fazendo.

— Eu tenho só um pergunta para você — disse Aidan a Feng. — Como vai seu chi?

— Quem sabe? — disse Feng.

— Como vão seus ratos? — perguntou Cliff.

— Não muito bem — disse Feng.

— O que quer dizer... — Cliff olhou por um momento para o teto buscando inspiração. — Os ratos estão morrendo porque seus tumores ósseos são grandes demais, porque você, na verdade, botou o promotor de tumores de Robin para trabalhar. O que quer dizer que você tem uma publicação! Ergo, *não muito bem* é um sinônimo para uma "descoberta importante"! Sou bom ou não sou? — Cliff ergueu o braço e golpeou as pipetas pendentes com a mão.

— Ah, vocês estão aí — disse Marion, da soleira da porta. — Cliff e Feng, posso falar com vocês um minuto?

Sandy estava no escritório, mas isso não surpreendeu Cliff, uma vez que era quase hora do almoço. Os dois o chamavam com freqüência naqueles dias. Eles haviam começado a tratá-lo mais como um colega júnior — e menos como um estudante glorificado.

— E aí? — Cliff girou o corpo e sentou-se na ponta de mesa de Marion, enquanto Feng polidamente tomou o menor espaço possível perto da porta.

Marion varreu os dois com um de seus olhares críticos. Parecia pálida, Cliff notou subitamente, triste e ameaçadora.

— Recebemos um pedido de informação do CIPC — disse ela, entregando-lhe um pedaço de papel com o cabeçalho do Serviço Nacional de Saúde. — Estão auditando o laboratório.

Cliff olhou para a carta confuso. As palavras estavam bem na sua frente, mas ele não podia compreendê-las. Passou a carta a Feng.

— O que você disse?

— Veja, eles nomearam você e Feng, especificamente — disse Sandy, apontando para o lugar —, numa queixa apresentada por Robin Decker, para investigação de uma possível fraude.

Feng não ergueu os olhos. Devorava os parágrafos à sua frente.

— Isso é irreal — murmurou Cliff. — Robin fez isso? Não posso acreditar que ela tenha feito algo assim.

— É, bom para ela — disse Sandy sombriamente. — Sempre disse que ela era uma pessoa empreendedora.

— Mas o que isso quer dizer? — perguntou Cliff.

— Ah. O que significa? — perguntou Sandy com estilo retórico. — Significa que quando Robin deixou o laboratório, ela não foi embora de verdade. Significa que ela caiu nas mãos de tipos odiosos que usarão qualquer oportunidade para explorá-la e à sua chamada causa.

— Odioso! — explodiu Cliff. — Isso é uma violação. Não posso acreditar que ela tenha feito algo assim. É uma tremenda violação de confiança.

— E o que significa — continuou Sandy — é que Marion e eu teremos de desviar nosso tempo para montarmos uma defesa de tudo o que fizemos com o R-7, tempo durante o qual perderemos terreno em todos os avanços que fizemos. Significa um inquérito público no Serviço Nacional de Saúde e uma sombra de culpa sobre todo o nosso trabalho, mesmo quando provarmos nossa integridade para nossos colegas da área.

Cliff olhou para Feng.

— Por que ela nomeou você? — perguntou ele. Robin nunca antes tinha dirigido suas suspeitas para Feng.

— Isso é algo que estou curioso para descobrir — disse Sandy. — Suspeito que seja algo com que Alan Hackett e Jonathan Schneiderman contribuíram. Uma expansão geral da queixa para fazer com se pareça menos uma vingança pessoal.

— Eu vou ser mandado para casa? — perguntou Feng.

— Você quer dizer deportado? Não, claro que não — declarou Marion. Ela falou com total convicção, embora não soubesse nada sobre deportação, vistos de trabalho e vistos de estudante.

— Olhem, chega de profecias agourentas — disse Sandy. — A auditoria vai ser desagradável? Vai. Uma investigação vai obstruir nosso trabalho? Sem dúvida. Mas a questão é quem prevalecerá, e sobre isso não há dúvida nenhuma. Vamos esmagá-los, porque temos os resultados e a documentação para fazê-lo, e isso é tudo. Marion e eu falamos com Peter Hawking e ele nos deu sua garantia de que todo o recurso do instituto estará à nossa disposição. Peter está muito consciente da situação com Robin. Conhece muito bem esse tipo de queixa e sabe como lutar contra elas. — Sandy não falava apenas figurativamente. Hawking sabia como dispor de fundos do instituto para as batalhas necessárias. Era mestra na arte do custo indireto, da administração e do direcionamento de gastos, mesmo de faturas para despesas legais. — Ele fez um trabalho extraordinário com Akira O'Keefe, por exemplo — disse Sandy. — Peter, infelizmente, já lidou com coisas como esta antes.

Magicamente, perante os olhos deles, Sandy pegou sua lança e seu bordão e mostrou-se em posição total de batalha. A animação dele era extraordinária, e seus olhos azuis cintilavam. Conheciam seu temperamento e seu otimismo contagioso, mas nunca tinham visto Sandy administrar uma grande crise. Não o tinham visto com seus pacientes no hospital. Por um momento, mesmo em meio à sua confusão e angústia, Marion, Cliff e Feng olharam para ele com reverência. Por um fugaz minuto, quase saborearam a idéia de seguir Sandy Glass na batalha contra os descrentes e aqueles que buscavam vingança, os bárbaros nos portões da ciência.

Ainda assim o choque foi terrível. Em algumas horas, os colegas de laboratório sabiam. Em meio dia, o resto do instituto também. Afirmava-se que Peter Hawking estava rascunhando um memorando secreto para o CJPC sobre o assunto. Sandy supostamente teria contratado os serviços de Leo Sonenberg, advogado de defesa de estrelas, políticos indignados e ricos em litígio, assim como às vezes professor de direito em Harvard. Pesquisadores vizinhos do terceiro andar declararam o laboratório Mendelssohn-Glass em crise, e técnicos de outros laboratórios apareciam regularmente em pequenas missões no andar de cima. Aidan, Natalya e Billie foram abordados para informações.

— Sem comentários — respondeu Aidan por cima do ombro enquanto subia a escada.

— Não sei de nada disso — disse Natalya.

Mas Billie descrevia o desmoronamento de Robin na sala de animais para quem quisesse ouvir.

— Ela começou a gritar — disse Billie a um grupo de pesquisadores no saguão —, e então eu tentei acalmá-la, mas ela saiu correndo. — Ela estava um pouco feliz com a atenção que estava recebendo ao falar sobre a situação. Seus olhos se expandiam por trás dos óculos e seus cabelos macios e acinzentados ondeavam sobre os ombros como um dente-de-leão semidespetalado. Quieta e determinadamente, Billie deixava as sementes dos novos rumores voarem. — Acho que ela estava realmente sofrendo aqui. Era a sala dos animais... e principalmente dos ratos. Ela não podia mais agüentar.

Havia aqueles que acreditavam que Robin se tornara histérica — ou mesmo suicida. Havia aqueles que começavam a acreditar que Robin havia juntado forças com Billie para exigir uma investigação sobre as condições de trabalho no laboratório Mendelssohn-Glass. E até mesmo aqueles que haviam ouvido falar que Robin estava nos primeiros estágios de algum tipo de ação coletiva contra o laboratório. Não havia provas disso, exceto que Glass e Mendelssohn estavam trancados juntos no escritório de Peter Hawking. Novas e sucessivas especulações seguiam umas às outras através dos corredores e em cada escadaria. O Philpott estava agitado por diagnósticos, desalento e excitação.

De dentro da sala de fluidos sem janelas, uma esbaforida Nanette telefonava para Robin, mas só conseguia chegar até a secretária eletrônica.

— Ligue para mim! — sussurrou Nanette. — Isso aqui está um inferno e estou convencida de que você vai botar o laboratório abaixo. Sua garota esperta... Como é que você não me contou que estava começando uma investigação? Por favor, me ligue e conte tudo!

Mas não houve resposta de Robin durante o dia todo, e nenhuma explicação apareceu.

Na hora do almoço, Feng caminhou até os laboratórios de biologia de Harvard. Suavemente, abriu a porta para o enorme laboratório Krakauer, com seu pé-direito alto, onde seis pós-doutores e quatro estudantes formados estudavam algas.

— O que houve? — perguntou Mei em chinês, assim que o viu. Ele nunca aparecia tão cedo.

Feng conduziu-a apressadamente até a bancada do laboratório e respondeu também em chinês.

— O CJPC está auditando nosso laboratório. Estão investigando a mim e a Cliff.

Mei suspirou.

— Mas por quê? — Seus colegas estavam todos trabalhando ali perto, mas como falavam em seu próprio idioma, eles se encontravam totalmente sozinhos, e para os outros a conversa não era mais que uma música de fundo ou um cantar de pássaros.

Ele contou a ela tudo o que tinha acontecido, mas estava tão confuso quanto estivera antes. Não podia acreditar muito na garantia de Glass de que o laboratório prevaleceria. Nem acreditava totalmente nas garantias de Marion de que não seria penalizado por ser um estrangeiro — e ainda por cima um cidadão chinês. E, ainda assim, apesar de sua ansiedade, a violência da atitude de Robin eclipsava tudo o mais. Ir até as mais altas autoridades e apresentar queixas contra os dados de Cliff! Ela poderia ter entrado no laboratório com uma faca e rasgado as notas de Cliff em tiras, quebrado os vidros, pegado os pobres ratos e os jogado contra a parede. Ela estava empenhada em destruir o trabalho e seus próprios colegas, as palavras deles, sua reputação. Fazer tudo isso... e cuspir na cara de seus mentores. O que a influenciara a agir assim? Debaixo de qual encanto ela se encontrava?

— Glass e Mendelssohn acham que ela incluiu meu nome para mascarar o fato de que na verdade ela está atrás de Cliff — disse Feng a Mei.

— Ela deve ter sentido que ele lhe roubou a posição — disse Mei, pensando alto. — Quando Cliff teve êxito, ela deve ter se sentido humilhada de alguma forma, porque ela era a pesquisadora mais antiga.

— Talvez — disse Feng. — Quem sabe por que ela fez isso?

Mei franziu as sobrancelhas.

— Tenho certeza de que ele sabe.

Cliff estava entorpecido. Estava tomado por uma paralisia estrangulante, o desespero que superara um ano antes. Sua sorte havia mudado de novo, e apesar de todas as suas realizações e de todos os protestos de apoio de Marion e Sandy, não conseguia espantar a melancolia que se movia furtivamente dentro dele. Já podia sentir os ventos se virarem contra ele... e sua boa fortuna definhar.

Robin havia soltado seus cachorros contra ele, e Cliff sabia que eles não descansariam enquanto não encontrassem algum erro. Seu trabalho fora brilhante, mas ele já sabia que o inquérito iria macular os resultados. O CIPC iria divulgar as suspeitas de Robin publicamente. Poderia correr para algum lado. Escaparia às garras deles, mas estaria marcado. Já ouvia o mundo sussurrando à sua volta. Quanto a isso, sentia-se impotente. Estava condenado.

No final do dia, um pequeno punhado de flocos de neve flutuava no ar como partículas de pó. Pensou por um momento em caminhar até o rio, mas desta vez não queria estar sozinho. Destravou sua bicicleta e começou a pedalar para casa, em Sommerville, de volta para seu prédio de tijolos com suas feias sacadas de ferro batido. Os vizinhos haviam pendurado luzes de Natal, vermelhas, verdes e douradas, que formavam as palavras ALEGRIA, PAZ e AMOR. Suspendeu a bicicleta e levou-a até o apartamento escada acima.

— Ei, cara — chamou Prithwish, enfiando a cara na passagem entre a cozinha e a área de jantar. O coração de Cliff afundou. Prithwish estava de novo ao telefone.

— Estou só pedindo pizza — disse Prithwish.

— Ah, que bom — respondeu ele, porque naquele exato momento percebeu que estava com fome. — Obrigado!

— Meia calabresa?

— Sim. — Cliff largou a mochila no chão e esticou-se inteiro no futon. — Meu Deus, estou tão cansado. O que será de mim?

— O quê? Amendoim?

— Não. Eu disse, o que será de mim? — berrou Cliff, em tom meio zombeteiro.

— Ah, só isso? Achei que você queria mudar a encomenda. — Com a ordem concluída, Prithwish apareceu com duas cervejas, jogou uma para Cliff e afundou na rangente poltrona de pés circulares de junco.

— Pare de ser tão alegre — disse Cliff, embora gostasse do jeito divertido de Prithwish. — Só porque você está se casando e mudando... não precisa tripudiar.

— Tudo bem. — Prithwish amarrou a cara. — O que será de você?

— Não era uma questão retórica.

— Bom, eu não acho que nada de tão terrível vá acontecer com você — disse Prithwish a Cliff com mais seriedade. — Trabalho como o seu se sustenta.

— Eu sei, seu sei... se eu conseguir terminá-lo.

— Ah, pare, nós vamos nos manter firmes.

— Sinto que tivemos uma tese perfeita, brilhante, e que agora tudo vai ser aviltado.

— Como pode ser aviltado se é verdadeiro? — perguntou Prithwish.

— Inveja. Política.

— Estas coisas sempre vão existir — disse Prithwish filosoficamente. — São parte do jogo.

— Não deveriam ser — disse Cliff.

— Mas são, e você deve se acostumar com elas — disse Prithwish. — Você não deve se deixar atingir.

— Eu só quero continuar trabalhando. — Pela primeira vez, a voz de Cliff tremeu. Até aquele momento não havia articulado o tamanho do desespero que sentia para continuar avançando com o projeto. O R-7 era tudo o que ele tinha... e tudo com que tinha sonhado: sua vida, seu futuro, sua contribuição.

— Você pode continuar trabalhando — disse Prithwish. — E vai continuar trabalhando. Você não vai parar.

Cliff virou-se e olhou para Prithwish. Adorava seu companheiro. Amava a lealdade de Prithwish e sua confiança no R-7. Prithwish nunca invejara o sucesso de Cliff —, ou se havia invejado, jamais dera mostras disso. Ele iria retribuir a Prithwish. Algum dia, quando Prithwish precisasse de uma palavra amiga, de sua mão estendida ou do despacho de anticorpos, Cliff aproveitaria avidamente a oportunidade para ajudar seu velho amigo. Sua imaginação já se reanimava, e ele se viu em uma posição superior, capaz de grandeza, como se enxergasse através de uma porta. Sua mente ainda estava maleável, flexível o bastante para que se sentisse condenado em um momento e famoso no próximo. Primeiro melancólico, depois sentimental, emoção após idéia agitavam-se desordenadamente dentro dele, que se sentia muito grato por não estar sozinho. Não era Cliff sozinho contra o CJPC, mas todo o laboratório, e eles manteriam a fé. Eles prevaleceriam.

Marion também tinha certeza disso. Pessimista devota que era, conhecia seu próprio laboratório e os resultados dele. Bastava ir até a sala dos animais para ver o R-7 em ação. Um total de 65 por cento dos ratos experimentais de Cliff estavam respondendo ao vírus. Seus tumores haviam definhado e, em muitos animais, desaparecido completamente. Estes eram resultados tangíveis, inequívocos, e ela os defenderia contra quaisquer ataques. Cliff bem poderia ter mantido registros melhores.

Meticulosa como sempre, Marion colocou-se na tarefa de cotejar e copiar todos os materiais do R-7 para o CIPC. Preparara pastas rotuladas cheias de notas e zelosamente anotou páginas de dados brutos.

Sandy estava orgulhoso pelas resmas de provas que Marion havia compilado. Via os papéis como pilhas de munição, cuidadosamente arranjadas como bananas de dinamite.

— É como ligar um detonador — disse ele a Marion no escritório. — Não vejo a hora de disparar essa coisa.

— Hum... — Ela franziu a sobrancelha enquanto estudava as notas à sua frente.

— Por que tão tristonha?

— Se as anotações de Cliff estivessem em ordem, nós nunca teríamos tido esse problema. Os registros de Aidan também são uma confusão. — Ela pressionou o furador de três buracos com todo seu peso, mas colocara papel demais junto. Mal conseguiu produzir uma marca.

— Deixe eu tentar — disse Sandy, que demoliu o furador ao tentar fazer o serviço.

— Agora você quebrou essa coisa! — exclamou Marion, horrorizada.

— E daí? Marion, você está exagerando tudo.

— Eu acho que você não percebe como isso vai ser ruim.

— Para nós ou para eles? — perguntou Sandy.

Ele ganhou um sorriso pálido por sua bravata, mas Marion estava sofrendo com a massa confusa de papéis desordenados que encontrara. Toda a papelada referente ao R-7 era precipitada, desorganizada e às vezes até fragmentada. Ela havia passado dias juntando os pedaços de papel. Tornara-se uma arqueóloga do passado recente.

— Ora, nenhum laboratório tem registros totalmente transparentes — disse Sandy. — Ninguém vai ser coerente no meio de um processo de descobertas inovadoras. Essas notas são particulares! — Ele pegou um maço de papéis com a letra de Cliff. — Não foram escritas para que fossem submetidas a algum tipo de interrogatório forjado. E você deve tomar cuidado, Marion, de não organizá-las tão bem. Você está rearranjando e anotando demais, e o CIPC vai usar isso contra você.

Ela levantou os olhos surpresa, porque Jacob fizera a mesma observação poucas noites antes. Ele acrescentara:

— Quem deve juntar suas anotações é Cliff, e não você.

— Não, em última instância elas são minha responsabilidade — dissera Marion a ele estoicamente.

— Eu discordo — disse Jacob. — Você vai perder muito sono com isso. Você está tentando dar cobertura a Cliff quando devia estar seguindo em frente.

— Eu não posso seguir em frente sem defender o trabalho que nós fizemos — retorquiu Marion, que disse o mesmo para Sandy naquele momento, acrescentando: — Eu tenho de juntar os registros e torná-los coerentes.

— Não os embeleze demais — disse Sandy.

— Embelezar? Não há perigo de isso acontecer. — Ela suspirou e voltou para o trabalho, colocando fotocópias em um conjunto de pastas e anotações originais em outro.

— Vai dar tudo certo — disse-lhe Sandy suavemente. — Você vai ver.

Ela o olhou com um misto de irritação e afeição.

— Eu sei que você quer ver isso acabado — disse ele.

— Você sabe o que eu quero? — perguntou ela. — Quero os originais das três páginas que Sandy descobriu.

— Cliff não as tem?

— Ele achou que tinha, mas de alguma maneira elas desapareceram. Temos diversos conjuntos de fotocópias e nenhum original. É com isso que estou lidando, Sandy. Então não me diga que está tudo bem.

— Que vai *ficar* bem.

— Ah, você admite que as coisas não estão exatamente bem nesse momento.

— Não admito nada. Não tenho nada a declarar nem nada a esconder — disse Sandy — e nem você deveria ter. Pare de agir como culpada quando não é. Pare de temer tudo quando você não tem de ter medo de nada. — Ele pegou Marion gentilmente pelos ombros, como se quisesse chacoalhar para fora dela a autocrítica e a antecipação. — Erga-se.

Apesar de seu estado, ela se sentiu um pouco melhor ao ouvir Sandy falar daquela maneira. Ele tinha uma fé tão completa no trabalho deles e nela que ela poderia desistir de seu agnosticismo se ele apresentasse os originais das três páginas. Ela o buscara, e Feng também procurara. Cliff passara a maior parte do tempo atrás deles, mas eles não estavam em lugar nenhum.

4

ELES NÃO PARECIAM MONSTROS. Tinham a lousa coberta de rascunhos e esboços, o escritório tomado por publicações acadêmicas, monitores de computador pelo chão e plantas mortas, como se Hackett e Schneiderman fossem realmente cientistas — e não criaturas que houvessem passado para o lado do mal, como Larry e Wendy haviam sugerido. Eram homens grandes, mas grandes em sentidos diferentes. Alan Hackett estava na casa dos 60 anos, tinha bem mais de um metro e oitenta, mas era magro e tinha rosto de bebê. Seu cabelo castanho era cortado como o de um menino e suas orelhas sobressaíam. Seus olhos azuis também eram de tamanho extra, como se para torná-lo extra-alerta. Mascava chiclete constantemente, movimentando o queixo ossudo enquanto falava, mastigando junto as palavras e depois as enunciando lentamente para examiná-las e mesmo rir delas, como se suas idéias fossem meio ridículas, prestes a se desmanchar. Jonathan Schneiderman, por outro lado, tinha talvez 50 anos, barriga proeminente, era totalmente careca e barbudo. Seus argumentos eram detalhados e rápidos e todas as suas sentenças pontuadas por uma ressonância severa.

— Bem, você sabe — começou a falar Hackett, com seu acanhamento usual —, nós nunca podemos prever como isso vai se desenrolar...

— Você tem um dos casos mais fortes que já vimos — concluiu Schneiderman. — Lemos o artigo com atenção, recapitulamos seus materiais e começamos a analisar os deles. As discrepâncias entre os dados brutos e os publicados são inacreditáveis. Como você deve imaginar, as entrevistas não jogaram muita luz sobre isso.

— Mais calor que luz — disse Hackeet arrastadamente.

— Você entrevistou Cliff?

Hackett olhou para Robin com fingida surpresa, e ela ficou mortificada. Não tencionara soar tão ansiosa, mas seu interesse prevalecente escapou. Como ele iria se proteger agora? Será que o CIPC poderia encurralá-lo, ainda que só um pouquinho?

— Estamos no processo de entrevistar todos pelo telefone — disse Schneiderman.

— Mas os documentos são o centro da investigação — disse Hackett. — Começamos pelo trabalho publicado e então traçamos um caminho de frente para trás. É uma espécie de engenharia reversa, se é que você me entende. Mas você ficará satisfeita de saber que, como sugeriu, os dados ficam cada vez mais irregulares à medida que prosseguimos.

— Bem, eu não estou *satisfeita* de ouvir isso — disse Robin.

Hackett abriu um sorriso largo.

— Você trouxe as três páginas? — perguntou Schneiderman.

Ela hesitou, com a mão no fecho da pasta. Era fina, de couro marrom, em perfeitas condições. Seu pai e sua madrasta haviam comprado para ela quando conseguiu o doutorado, imaginando que precisaria dela para entrevistas de emprego ou apresentações formais. Sentiu a ironia de até aquele momento a pasta não ter sido usada.

— É muito importante que tenhamos os originais — disse Schneiderman.

— Os materiais que seus ex-colegas mandaram eram bastante enganosos, para dizer o mínimo — disse Hackett.

— Como assim? — Robin levantou a pasta até o colo.

— Foram reunidos da maneira mais ardilosa. Acho que foi Marion Mendelssohn que escreveu as anotações e montou as pastas. — Hackett fez um gesto indicando uma prateleira baixa ocupada por três enormes pastas de três argolas. Com uma pontada, Robin reconheceu a letra caprichada de Marion nas etiquetas das lombadas. — São muito bem-feitas — disse Hackett. — Em especial as anotações que visam a preencher as lacunas nos conjuntos de dados.

Schneiderman inclinou-se para Robin.

— Temos aqui um amplo padrão de logro.

— Marion jamais tentaria lograr ninguém — disse Robin. — Quero deixar isso claro. Fiz uma queixa muito específica sobre uma linha de investigação muito específica.

— Entendido — disse Schneiderman com firmeza. — Infelizmente, essas queixas por vezes nos levam a problemas maiores, questões posteriores que resultam em implicações maiores para o laboratório como um todo.

— Investigações limitadas se ampliam com o tempo — disse Hackett. — Apesar de nossos melhores esforços, é isso que acontecerá com elas. Parece ser da natureza da besta.

— É da natureza de qualquer pesquisa — disse Schneiderman. — E neste caso, o que temos é uma colaboração cuidadosa para encobrir algumas interpolações iniciais e manipulações de dados ou, em termos leigos, mentiras.

A mão de Robin roçou o fecho de sua pasta. Ela estreitou contra si a pasta de couro liso, com seu conteúdo precioso: as três páginas originais das anotações de Cliff.

— Você pode nos entregar os originais? — perguntou Hackett.

Ela balançou a cabeça ligeiramente.

— Nossos métodos são forenses — explicou Schneiderman. — Nosso objetivo é descobrir exatamente o que aconteceu com estes dados, mas neste ponto estamos trabalhando a partir de fotocópias turvas arranjadas e editadas pelas mesmas pessoas que estamos investigando e encaminhadas pelo próprio diretor do instituto. — Ele entregou a Robin uma carta formal de Peter Hawking com o papel timbrado do instituto. — Tenho certeza de que você vai entender nosso desejo de pôr as mãos nas anotações originais... ou dados brutos, se preferir.

Os investigadores a estavam atordoando com advogados e conexões que ela não havia considerado. Marion maquiando problemas. Feng conivente na manipulação dos dados. Ela chegara com apenas uma reclamação contra Cliff — uma acusação de desonestidade. Hackett e Schneiderman pareciam ter a intenção de descobrir uma rede de falsidades em todo o laboratório, se estendendo através do instituto. Um pequeno conjunto de incorreções poderia dizer tanto? As linhas de imperfeição no trabalho de Cliff se estendiam realmente para tão longe? Ela não queria pensar dessa maneira. Mas então de que outra maneira os cientistas mentirosos poderiam prosperar, exceto com o consentimento tácito da comunidade em torno deles — um desejo irresponsável de acreditar por parte de seus pares, colaboradores e mentores? O escopo desta especulação a fascinava e causava repulsa. Ela olhou fixamente para os cães de guarda da ética à sua frente, não mais cientistas verdadeiros, mas sentinelas anticientíficas. Não era um problema imaginá-los demolindo anos de trabalho.

— Devíamos ter o material original que você encontrou — insistiu Hackett. — Precisamos de nossas "fontes primárias", se é que você me entende.

— Eu entendo — disse Robin —, mas não tenho certeza de que vou entregá-las a vocês.

Schneiderman pareceu desapontado e Hackett, genuinamente surpreso com tal recusa.

— Não estou certa de que quando falamos de possibilidade de fraude estejamos falando da mesma coisa — disse Robin.

— Quando você quer respostas, de maneira geral você não limita as perguntas — disse Hackett impacientemente. — Vamos precisar dos originais.

Robin inflamou-se com a arrogância.

— Não vou dá-los a vocês.

— Tudo bem — disse Schneiderman.

Mas Hackett sorriu para ela e disse:

— Vai, sim.

Os escritórios de Paul Redfield, deputado democrata de Illinois, eram espaçosos e modestos, com mobiliário simétrico, pesado e de cantos acentuados. A própria recepcionista parecia um personagem de época, com sua voz contralto de fumante e óculos presos a uma corrente.

— Você está aqui para ver Ian Morgenstern?

— Sim.

— Um momento; vou avisar que você chegou.

Robin sentou-se e esperou por vários minutos, enquanto a recepcionista sorria amistosamente.

— São todos artistas de Illinois — explicou enquanto Robin olhava com um ar nervoso para os quadros nas paredes. — São da época da Depressão, e a maior parte deles foi criada sob os auspícios do Projeto Federal de Arte. Esta ponte aqui é de Emil Armin. Esta xilogravura é de Todros Geller.

Robin levantou-se e examinou a gravura dos dois homens trabalhando nas sombras que assomavam das chaminés. A imagem parecia ter sido desenhada em fuligem, suor e lágrimas. Mas o animado assistente que veio buscá-la nem se deu conta da obra ao conduzi-la para um escritório interior.

— Pronto — disse ele, ao deixar Robin em um escritório sem obras de arte nem mobiliário de estilo artesanal, mas apenas com pilhas e pilhas de papéis, uma televisão, um computador e uma impressora matricial que cuspia uma torrente de páginas no chão.

— Bem-vinda. — Ian Morgenstern levantou-se e inclinou-se por sobre a mesa para apertar a mão dela.

Ele parecia ainda mais jovem do que soara nas conversas ao telefone. Morgenstern tinha um nariz pronunciado e uma constituição delgada, cabelos de um louro-claro que formavam cachos sobre a testa, quase num topete. Seus olhos eram de um azul metálico e sua gravata pendia frouxa do pescoço. As mangas de sua camisa branca estavam enroladas, mas o paletó encontrava-se cuidadosamente colocado sobre o encosto de sua cadeira. Ela sentou e observou-o. Seria cuidadosa.

— Tenho certeza de que sabe como estamos gratos por você se dispor a vir aqui — disse ele a Robin. — Como você sabe, a ciência e a conduta científica são duas áreas nas quais o deputado Redfield vem se concentrando há anos...

— Por quê? — perguntou Robin.

— Como foi que você disse? — Surpreso pela interrupção, ele quase perdeu o fio da meada.

— Por que ele está interessado na ciência? — testou-o Robin.

— Ah! Por que a ciência? Por que a má conduta científica? Por que elas se encontram no âmbito do Comitê da Câmara para Energia e Comércio? Muito simples: dólares dos impostos. Os Institutos Nacionais de Saúde receberam seis *bilhões* de dólares no ano passado. Esse dinheiro não foi aplicado em nossas escolas primárias, nem para abrigar os sem-teto etc., mas sim gasto inteiramente com pesquisa. Há pessoas na comunidade científica que encaram esta apropriação como seu direito divino. O deputado Redfield polidamente discorda. Num ano em que todos os programas nacionais, desde os serviços para os idosos até o apoio às artes, encontram-se sob escrutínio, se não sob constante ataque, ele acha que alguém tem de ser mais ativo e dizer: "Para onde estão mesmo indo estes seis bilhões de dólares?" — Com o crescer de sua excitação, a fala de Morgenstern tornou-se acelerada e sua voz ganhou um diapasão mais alto. — Nós ficamos aqui, sacrificando recursos escassos para financiar pesquisas que achamos que vão melhorar nossa vida. Isso significa que damos carta branca ao Serviço Nacional de Saúde? Há três anos publicamos uma lista anual de prêmios destinados a chamar a atenção para os desperdícios financiados pelo governo na área científica. Você já viu? Fique com esta cópia. Ela é chamada de a Lista Redfield de Apropriações Imprevidentes e Indulgentes, ou Lista Vermelha, em resumo. Todo mês escolhemos uma bolsa ou um projeto para colocar na lista, como maneira de realçar exatamente para onde estão indo nossos fundos federais de pesquisa.

Robin esperara sondar a motivação de Redfield, qualificar seu interesse, e se via sentada com a Lista Vermelha nas mãos, atordoada por aquela barragem de palavras. Morgenstern sem dúvida não era um mero membro da equipe, mas o redator dos discursos de Redfield, seu ajudante de campo e sua cavalaria, tudo numa pessoa só. Mesmo mais tarde, ao dormir no trem, Robin ouvia a voz rápida e aguda de Morgenstern, suas palavras sibilando em sua cabeça implacavelmente, como o tropel de mil pequeninos cavalos.

Ele apontou um registro na Lista Vermelha.

— Aqui, como você vê, temos um estudo sobre a obesidade dos pombos urbanos. É um dos meus favoritos. E este: uma bolsa para ensinar as crianças a assistir TV melhor! Não é fantástico? Vamos ensinar as crianças a ver TV! E aqui tem um item que eu amo: uma bolsa para conduzir uma etnografia comparativa de visões de OVNIs em comunidades de imigrantes. Isto é um estudo financiado por fundos federais a respeito de fenômenos que não existem! Mas não foi por isso que a chamei aqui hoje. No ano passado, cresceu a preocupação do deputado Redfield com o espectro das fraudes na comunidade científica... incidentes que ressaltam uma cultura de logros em muitos projetos com financiamento federal. Sua própria experiência como informadora de atividades ilícitas num prestigioso instituto, suas observações e particularmente as provas que você compilou nos levam a acreditar que você seria uma testemunha importante. — O rosto de Morgenstern incandescia-se de prazer, como se estivesse congratulando Robin, na verdade oferecendo a ela uma coroa de louros. — Nós gostaríamos de convidá-la a testemunhar perante a Subcomissão para Ciência e Tecnologia.

A calma desceu sobre o escritório. Robin percebeu com alguma surpresa que era sua vez de falar.

— Isso é interessante — disse ela. — Mas como eu mencionei antes, minha queixa é muito limitada, e acho que vocês vão considerá-la muito técnica. Não tenho certeza de que seja apropriada para este tipo de depoimento.

— Ah, eu discordo muito — disse Morgenstern.

— Com relação às minhas observações e à documentação, quero deixar claro que elas foram planejadas apenas para uma audiência limitada de eruditos e investigadores do CIPC. Nunca tencionei expô-las num foro público... e não acho que isso seja necessário para...

— Ah, mas um foro é necessário, se estamos falando do bem público — aparteou Morgenstern.

— Eu não estou falando sobre o bem público — respondeu Robin deliberadamente.

Morgenstern franziu o cenho. Ela o havia silenciado — e gostou da sensação. Ele era escorregadio demais, rápido demais, estava ansioso demais para aliciá-la para a causa política de seu senhor.

— Eu me conheço — disse ela — e não estou tão certa de querer testemunhar.

— Mas você deveria — disse Morgenstern encorajadoramente, como se ela fosse apenas tímida. — E nós podemos intimá-la, se for o caso.

O coração dela saltou. Fora-se a distância sóbria que ela acreditara ter conquistado. Pensara que havia sido cuidadosa ao ir lá. Dissera a si mesma que ia testar a temperatura da água — e subitamente estava espadanando e se debatendo, sem ter idéia de onde estava o fundo. Consumia-se de raiva e angústia. Apenas seu orgulho a compeliu a falar. Ela disse:

— Não vou continuar esta conversa sem um advogado.

5

— ESTOU ACHANDO que vou voltar — disse Feng para seu advogado.

— Como assim, voltar?

— Para a China.

— Do que é que você está falando? — cobrou Byron Zouzoua. Ele era um advogado de aparência impressionante, sua família vinha de Camarões, criado em Nova Jersey, educado em Oxford e Harvard, saído havia apenas alguns anos da faculdade de direito de Yale e ansioso por fazer seu nome. Sua tez era negra como a obsidiana, e tinha cabelos cortados curtos, voz profunda e dedos longos e delicados. Aos olhos de Feng, seus ternos eram incisivos, maravilhosamente cortados, e as camisas, perfeitas. — Você não vai a lugar nenhum, cara. Você não vai se isolar desta controvérsia.

Feng não discutiu, mas olhou para Zouzoua com uma mistura de ceticismo e grande desconforto — e uma pitada de deleite, pela severa reprimenda. Seu humor sombrio não o deserdara.

— Você não vai voltar para lugar nenhum. Esta agitação da mídia não tem nada a ver com você nem com a ciência. Você acha que essas pessoas têm idéia do que seja ciência? — Zouzoua olhou de modo derrisório para as pastas de recortes de jornais em sua mesa.

A esta altura o arquivo era mesmo vultoso. Feng fora elevado, tornado celebridade, adorado como o jovem pesquisador chinês que havia tropeçado em uma possível cura para o câncer. Fora o gênio de fala amena, inconsciente de seus poderes, aquele que percebera pela primeira vez que o R-7 diminuía os tumores em ratos cobaias. Sempre, nas matérias, estava no escuro, labutando silenciosamente, longe de casa. Sempre, sacrificara sua pátria e sua culinária, sua família, sua infância (sua longa jornada para a escola era épica) — tudo pela ciência. Fora um Horatio Alger* da idade científica, construindo seu caminho dos andrajos camponeses às riquezas intelectuais, da pobreza e ignorância de um vilarejo na China para um mundo de possibilidades na América.

E agora o sonho se desfazia em todos os jornais. O trabalho com o R-7 era suspeito. Havia um inquérito nas mais altas esferas, e a integridade de Feng era questionada. O *Boston Globe* publicou grandes artigos, surpresos e admirados. O *New York Times* publicou uma análise crítica em sua seção de ciência. O retrato de Feng pululava nos boletins da televisão e repórteres começavam a ligar para o laboratório e até para o apartamento dele. Com a mesma rapidez com que corporificara a esperança, tornava-se agora alvo de suspeitas. Sua face tímida e perplexa, antes intrigante e encantadora, era agora a face da dúvida.

Zouzoua enrugou a testa olhando o perfil de Feng recortado da revista *People*.

— O que você está experimentando é a xenofobia deste país. Esta é a primeira coisa que você tem de entender e a primeira declaração que temos de fazer. Não há nos Estados Unidos qualquer área de investigação livre da política e, infelizmente, não há arena política intocada pelo espectro da raça. — Zouzoua esticou suas mãos

*Escritor americano do século XIX, autor de 135 romances populares que tinham como tema central a conquista pessoal. (*N. do T.*)

abertas na frente de Feng como se para dizer: "Preciso falar mais alguma coisa?", e Feng se maravilhou com suas perfeitas mangas brancas, o brilho de suas abotoaduras, o rosa das palmas de suas mãos.

— Eles me fascinam — disse Zouzoua sobre os artigos em sua mesa. — Todos são o mesmo. Cada artigo, cada afirmação, da *People* ao *New York Times*, cada assinatura e cada data. Todos contam a mesma história... e tratam do modo como encaramos a diferença. Seria muito significativo se pudéssemos expor isso, se realmente conseguíssemos abrir os olhos das pessoas para os preconceitos e as políticas raciais que sustentam a investigação.

— Seria significativo para mim também? — perguntou Feng. Estimava a visão ampla que Zouzoua tinha da situação, mas não conseguia acreditar de verdade que tais opiniões ou declarações arrojadas fossem de alguma ajuda. Desde quando repórteres se retratavam por suas matérias porque haviam chegado a perceber seu sutil racismo? Achava que no laboratório havia se vacinado contra forças além de seu controle, mas todos os mistérios e dificuldades de lá pareciam pequenos e administráveis comparados à tempestade lá fora, o temporal de matérias provocadas pelo quê? CJPC? Interesse público? Xenofobia? Ou as novas matérias eram geradas pelas que vieram antes?

Agora ninguém mais caçoava de Feng pela atenção que recebia. Não havia mais recortes no quadro de avisos. Até o velho recorte da *People* desaparecera.

As reuniões no laboratório eram carregadas. Marion tricotava furiosamente, debruçada sobre o suéter de pescador que fazia para Jacob. Seu desenho tornava-se mais elaborado à medida que sua ansiedade crescia. Tricotava pares trançados e colméias, ziguezagues duplos, diamantes e treliças, e os pontos eram perfeitos, firmes e uniformes. Segurava o fio de lã esticado contra seu dedo indicador ao mesmo tempo que estudava documentos sobre a mesa. Mantinha a tensão da lã consistente, não importava o que estivesse acontecendo.

Cliff envergonhava-se de pensar que um dia havia sentido inveja de Feng por ele obter tanto espaço na imprensa. Havia tido medo de que Feng recebesse os créditos pelo R-7 e nunca imaginara que ele também fosse ser responsabilizado. Quanto tempo tinha passado se lamuriando porque Feng iria ficar com toda a glória. Como fora tolo. Atualmente, nada estava mais longe da mente de Cliff do que invejar Feng. Não sobrara mais inveja, e ele não tinha tempo.

A história de Feng vinha sendo cruelmente divulgada na imprensa popular, mas todos na comunidade científica sabiam que Cliff era a força condutora por trás do R-7. Feng diminuíra suas contribuições enquanto Cliff aumentara seus esforços. Os pesquisadores no campo estavam absolutamente conscientes disso. Calibravam com precisão a reputação dos colegas e competidores e concediam a Cliff a parte do leão no crédito pelo R-7. Aos olhos deles, todo o peso da investigação da CJPC recaía sobre Cliff também.

Nada preparara Cliff para este bombardeamento constante. Sentia que Hackett e Schneiderman tomavam seu silêncio como admissão de culpa toda vez que ele fazia uma pausa para responder às perguntas deles ao telefone. Tinha certeza de que cada detalhe que não conseguisse lembrar seria usado contra ele. O severo advogado de Cliff, Tim Borland, falava em uma defesa vigorosa. Usava as palavras *ultraje*, *descrença* e *farsa*. Sandy Glass zombava do CJPC e o que chamava de expedições de pesca deles. Palavras corajosas, mas apenas palavras. A investigação prosseguia, sombreando dias e semanas, e a certeza interior de Cliff não bastava para protegê-lo das acusações e suposições que despencavam sobre sua cabeça.

No dia em que Prithwish partiu para o Sri Lanka, Cliff refugiou-se na sala dos animais. Examinou as prateleiras de gaiolas com seus ratos e tentou consolar-se com a boa saúde deles. Marion e Sandy haviam decidido protelar a entrega do novo artigo científico.

— Isso não é uma crítica a você — tranqüilizara-o Sandy.

— Queremos que o artigo tenha uma apreciação justa, só isso — dissera Marion.

Cliff entendia a lógica deles, mas se sentia infeliz do mesmo jeito. Estava perdendo tempo e a chance de publicar quando seu trabalho estava mais fresco. O CIPC podia passar meses deliberando. Anunciariam as descobertas no ritmo deles, e seu novo trabalho permaneceria escondido, sufocado por insinuações.

Sabia agora que ele, Feng, Marion e Sandy testemunhariam perante a Subcomissão para Ciência e Tecnologia do deputado Redfield. Não foram chamados a testemunhar, mas intimados a comparecer. Os documentos e dados que o CIPC havia coletado — mesmo as notas pessoais de Cliff — seriam apresentados e registrados nos anais do Congresso. Empoleirado numa banqueta na sala onde vivia a maior parte de seus animais, tentou considerar isso. Que chance teria perante Redfield? Seu trabalho era lindo, mas o mundo era arbitrário e injusto. Seus métodos eram elegantes e seu trabalho, naquele último ano, fora a alegria mais profunda que experimentara. E agora, no momento em que encontrara seu caminho no mundo científico, o CIPC o bloqueara. Ficara parado na soleira da porta, e o CIPC a trancara. Disse a si mesmo que não entraria em pânico nem desistiria — mas iria testemunhar perante políticos cujas opiniões eram predeterminadas. Tinha tão pouca esperança de escapar de um julgamento sumário quanto os animais que arranhavam suas gaiolas.

Era tão pouco o que podia controlar. Laboratórios em Stanford e Cornell trabalhavam para reproduzir seus resultados. Estes pesquisadores haviam sido um dia a competição. Agora, não conseguiam trabalhar rápido o bastante para satisfazer Cliff. Ele rezava pelo sucesso de Hugues e Agarwal como um refém reza para que a família o resgate. Se ao menos pudesse abandonar a espera e ir para Ithaca ou Palo Alto aconselhar os cientistas. É claro que não podia interferir — estas tentativas tinham de seguir independentes. Mesmo assim, ansiava por guiá-los.

Como Stanford devia estar bonita agora, a grande avenida ladeada por palmeiras, o pátio central de azulejos vermelhos se embebendo do sol. No momento, até Cornell lhe parecia adorável, com seu campus dividido por vales, os seixos cobertos de gelo e todos os campos com neve até os joelhos. Queria fugir, mas não podia. Não era um covarde e não permitiria que Robin o derrotasse. E não estava sozinho naquilo: seus amigos permaneciam com ele, conversando e provocando como sempre tinham feito.

— Você vai levar Nella? — perguntou Feng em um dia úmido de dezembro enquanto dividiam colônias de células em novas lâminas. A festa de Natal de Glass era naquela noite.

Cliff franziu o cenho, concentrado.

— Eu não a vejo há um tempo.

— E isso seria porque você está saindo com Beth? — perguntou Aidan.

Os outros seguraram o riso. Todos conheciam Beth Leibowitz, a secretária do andar de baixo.

— Não fale de Beth — disse Cliff com fingida severidade.

— Por que não? — perguntou Natalya.

— Beth é uma flor delicada — disse Aidan.

Natalya esbravejou.

— Uma delicada o quê?

— Ela é *tímida* — disse Cliff.

— Verdade? — disse Aidan. — Vamos ter de tomar alguma atitude a respeito.

— Não vão, não. — Cliff virou-se para ele. — Ela já tem medo de você o bastante.

— De mim? — disse Aidan, lisonjeado.

— De todos vocês. Então, nem comecem — advertiu ele, e sentiu-se bem brigando e gracejando daquele jeito. A gravidade da situação era tal que até pequenas disputas o divertiam agora.

— É quase uma sentença de morte — disse ele a Beth naquela noite, enquanto se dirigiam para a festa no Volkswagen Rabbit dela.

— Não diga isso.

— Isso faz você entender.

Ela olhou para Cliff com terna preocupação. Ela era gentil, suave e extremamente não-científica.

— Entender o quê?

— Agora eu vejo que a ciência é o que eu amo. É minha vida, e estão tentando tirá-la de mim. Eu nunca havia tido apreço pela pesquisa antes, e agora vejo que ela é minha...

Cliff parou subitamente. Não conseguia dizer a palavra.

Estes sentimentos eram de Robin. Inconscientemente, ele havia seguido as palavras dela, sua declaração angustiada.

— Eu odeio aquele lugar. — Robin havia confidenciado isso a ele ao final de um dia particularmente horrível.

— Então faça alguma outra coisa — dissera ele. — Vá estudar administração ou vá para a Nova Guiné, sei lá. Suba até as copas das árvores da floresta amazônica. Você gosta de altura, não?

Ela rira, mas logo ficara séria de novo.

— Eu quero desistir, mas não posso.

— Você não pode fazer o que quer?

— Não. Eu percebo que você sempre faz o que quer, e isso para você não é um problema.

— Hum...

— Mas eu não posso desistir da pesquisa, porque é a minha vocação.

Naquele ano os cientistas beberam mais do que o costumeiro. Ann notou logo de saída. Riam mais alto e falavam mais rápido que os outros convidados. Até Marion bebeu quase uma taça inteira de licor de cereja, e Sandy provocou-a impiedosamente.

— Vamos ver se você consegue ficar firme. Seu rosto está um pouco vermelho.

— Eu duvido muito — devolveu Marion, tomando outro golinho. Bebericava com grande deliberação, como se estivesse cortejando um perigo mortal. Seu rosto distorcido fazia as pessoas à sua volta se sacudirem de rir.

A alegria ruidosa parecia a Ann um pouco forçada. Agora tanto Sandy quanto Marion estavam legalmente representados. Marion contratou Sybil Halbfinger, famosa por seu trabalho inicial com direitos civis, seus argumentos perante a Suprema Corte, seus artigos seminais sobre jurisprudência, seu cabelo branco com corte de pajem, sua voz de menina e seus balangandãs. Ao contrário da expectativa, Sandy não contratou Leo Sonenberg, advogado das estrelas, mas o subestimado Thayer Houghton-Smith, que litigava muito acima do horizonte de Boston, em escritórios decorados com poltronas de braços e pinturas náuticas, relógios de parede antigos e urnas de porcelana — lastro clássico para contrabalançar a vista vertiginosa. Estes advogados eram agora necessários, cada um deles servindo como uma *masque de guerre*, projetando uma ostentação de formalidade.

— Quem quer outra dose? — perguntou Sandy, esquadrinhando a sala.

Cliff e Beth escapuliram para se sentar na escada. Kate vinha passando casualmente e encontrou-os lá.

— Oi, Kate — disse Cliff.

Ela notou o jeito como os dedos deles se entrelaçavam.

— Como vai? — Ela estendeu a mão para Beth.

Surpreendida pela formalidade, Beth levantou-se para cumprimentá-la. Não era alta como Nella nem pré-rafaelita como Robin. Tinha um rosto pequeno, olhos castanhos intensos, nariz pequeno, boca suave, queixo frágil e uma grande massa de cabelos de um castanho desigual presa para trás. Ao sorrir, Beth parecia se encolher para dentro de si mesma — com um discreto prazer, os olhos se enrugavam e diminuíam, a boca e o queixo recuavam. Surpresa, quase ofendida. Kate só conseguiu pensar: *Ela não é bonita!*

— E aí, o que anda acontecendo? — perguntou Cliff.

— Não sei — disse ela. É claro que sabia tudo sobre a investigação.

— Você não tem nada para ensaiar? — Cliff virou-se para Beth. — Kate está me educando em literatura e teatro ingleses.

Beth sorriu suavemente e recostou-se nele.

— Bom, eu não estou mais competindo na equipe de oratória — disse Kate.

— O quê? Você desistiu? — Com fingida surpresa, ele colocou os cotovelos no corrimão e recostou-se.

— Eu não era muito boa — disse ela.

— Achei que você fosse — insistiu ele. — Não tem algo para ler para nós?

— Não — disse ela, arrependendo-se imediatamente de seu tom brusco. Sabia que ele devia estar sofrendo. Devia estar exausto, acossado como estava por todos os lados. — Bem, não sei — disse ela em tom mais brando, desaparecendo um tanto confusa dentro da biblioteca.

Beth tinha ido à mesa de sobremesas quando Kate voltou com uma cópia surrada de ensaios de Francis Bacon.

Mais atento agora, Cliff voltou-se para ela, e Kate sentiu o sorriso dele roçá-la, como se estivessem muito próximos e os cílios, o nariz e os lábios dele esbarrassem levemente nos dela. Queria se sentar perto dele, mas era tímida demais.

— Encontrei isso — disse ela, sentando-se tão perto dele quanto conseguiu ousar, apenas um degrau abaixo. — Este é o ensaio sobre a verdade.

— Excelente. — Ele se inclinou por sobre o ombro dela para ver a página.

— "O que é a verdade? Disse o sarcástico Pilate, e não ficou para ouvir uma resposta"... — A voz dela tremia um pouco ao ler. Esperava que ele percebesse por que ela escolhera o ensaio... que entendesse tudo que ela pretendia dizer com aquele texto: todas as mentiras, as dúvidas e a sujeira da investigação não dariam em nada — no final, a verdade viria à tona, a verdade de tudo que ele, seu pai, Marion e todo o laboratório haviam feito. — "A verdade é um dia nu e aberto" — leu ela — "que não mostra as máscaras, os disfarces e os triunfos do mundo, não de forma tão majestática e detalhada como à luz de velas. A verdade talvez possa vir com o preço de uma pérola, que se mostra melhor no dia, mas não chegará ao preço de um diamante ou de um carbúnculo, que se mostram melhor na luz variada...

— Espere. Devagar — disse ele.

— Quer ler você mesmo?

— Estou um pouco.... só preciso acompanhar um pouco mais devagar — disse ele. — Então a verdade é uma pérola... e o que era mesmo o diamante?

— Ele não diz, exatamente. Talvez meias-verdades sejam os diamantes e carbúnculos, por serem facetados. São mais complicados, e por isso parecem melhor à luz de velas.

— Ah, claro, é isso. — Ele olhou através da arcada no saguão de entrada para a mesa da sala de jantar, que tremeluzia com a luz suave das velas de Hanukah de Ann. — E como é um carbúnculo? Eu achava que um carbúnculo fosse uma ferida grande, feia e pustulenta.

— É uma jóia — disse ela.

— Não creio.

— É, sim.

— Quanto você quer apostar? — perguntou ele.

Ela arrebanhou a bainha de seu vestido preto novo.

— Nada — disse ela.

— Nada? Você não parece muito confiante.

— Eu sei que estou certa — disse ela. — Pode procurar.

— Tudo bem, vamos procurar então. Onde está o dicionário?

Ela o levou à biblioteca e além, ao escritório de sua mãe. Acendeu a lâmpada da mesa da pequena sala, que antes fora um alpendre, mas havia sido convertido em um espaço para Ann escrever. A mesa de madeira gasta estava coberta com pilhas de provas corrigidas. Um volume muito manuseado das cartas de Darwin jazia aberto perto do computador, junto com contas de cartões de crédito e listas de compras, pesos de papel de argila e madeira pintada, retratos emoldurados, uma Kate em miniatura e um Sandy chocantemente jovem e barbudo, abraçando um bebê e duas meninas pequenas. Cliff hesitou na porta. Não se esperava que convidados entrassem no escritório de Ann.

Mas Kate já estava abrindo o *American Heritage Dictionary* bem em cima dos papéis de sua mãe na mesa. Examinava rapidamente as páginas da letra C.

— Olhe, veja aqui — disse ela. — Carbúnculo.

— Ah! — disse Cliff. — Uma infecção bacteriana dolorida da pele através da qual o pus supura.

— Tudo bem — concedeu ela, lembrando um pouco seu pai. — Mas veja a definição dois: "Uma granada de vermelho profundo." E, neste caso, Bacon fala de pedras preciosas. Portanto, eu estou certa. — Ela fechou o livro.

— Acho que você está meio certa — disse Cliff.

— No contexto do ensaio, eu estou completamente certa.

— Então a verdade depende do contexto?

— Não deveria — disse Kate.

— Mas às vezes depende — disse ele.

— Não vou deixar você se safar assim.

— Não? — Ele esticou o braço, apagando a luz para que saíssem. — O que você diria, então?

— Uma porção de coisas. — Mas ela estava agitada demais pela presença dele na escuridão súbita para argumentar.

6

No casamento de Angeli e Nate estava uns 38 graus à sombra. Voltei para casa a pé e descalça do T. Meu calcanhar sangrava. C. carregou meus sapatos e um peixinho dourado apesar de eu dizer...

ROBIN FECHOU O DIÁRIO sobre a mesa de sua advogada. A própria visão das páginas fazia com que se encolhesse de repugnância.

— Eles podem mesmo fazer isso? — perguntou Robin à sua advogada.

— Sim, podem intimar suas anotações, seus cadernos e seu diário pessoal. Podem mesmo — disse a advogada a ela. Era uma profissional agressiva chamada Laura Sabbatini: infatigável, com óculos pequenos, rosto sardento e um cabelo castanho curto e espetado. Quando falava, Sabbatini o fazia com ênfase, como alguém acostumado a instruir crianças pequenas ou explicar o mundo àqueles menos brilhantes ou mais ingênuos do que ela. Fazia as duas coisas freqüentemente, como mãe de dois meninos pequenos e de longe como a mais talentosa associada no Brooks, Weinbach, McCabe. Era um torvelinho de energia, e tinha o que as pessoas chamavam variadamente de um instinto assassino, uma mentalidade implacável ou um traço maldoso. Da maneira como ela via as coisas, conquistara sua fama de fatal simplesmente por gostar de trabalhar.

— Não o meu diário — disse Robin. Ela já tinha aquiescido aos argumentos de Hackett de que seu caso estaria mais bem colocado com documentos originais e enviara a ele por correio registrado as notas originais de Cliff. Ceder ao CIPC já tinha sido ruim o bastante.

— Seu diário contém algumas das melhores provas que temos — disse Sabbatini.

— Vão tentar usá-lo contra mim.

— Ah, isso é uma via mão dupla — disse Sabbatini. — Onde estava aquele trecho? — Ela folheou o caderno de capa dura. — Eu gosto deste parágrafo — e ajustou os óculos.

> *Eu disse que não queria e ele perguntou por quê. Disse a ele que era muito cedo, mas ele disse que não achava. Eu o acusei de não me ouvir, mas...*

— Pare! Pare! — exclamou Robin, cobrindo os ouvidos.

Sabbatini ergueu os olhos, deleitada.

— Quando se trata de relações no lugar de trabalho, há uma linha muito tênue entre sexo consensual e assédio sexual. Por isso, se Cliff e sua turma quiserem usar seu diário, é melhor tomarem cuidado.

Robin demorou um momento para assimilar aquilo. Seis meses depois de ela ter deixado o laboratório, as perguntas não eram mais dela — suas dúvidas haviam se transformando em sistemas meteorológicos próprios, e sua intuição singular havia se tornado uma teoria da conspiração que implicava não apenas Cliff, mas quase todos os que trabalhavam com ele. Depois de trabalhar próximo a ele por tanto tempo, por que Feng não mencionara o modo heterodoxo de Cliff manter seus registros? Como Marion, famosa por inspecionar cada detalhe, pôde deixar Cliff trabalhar absolutamente sem supervisão? Haviam se aproveitado predatoriamente da promessa sugerida pelo trabalho de Cliff? Famintos por resultados, invocaram um banquete. Cliff principiou, depois os outros seguiram, e toda a comunidade científica começou a compartilhar. E não estavam todos, no final das contas, comendo ar?

— Não quero usar meu diário como uma arma — disse ela a Sabbatini.

— Mas é uma arma — devolveu Sabbatini, como se saboreasse a idéia.

Em momentos como aquele, Robin sentia-se como se tivesse atravessado o espelho para um outro mundo, no qual advogados e políticos eram os verdadeiros investigadores e os cientistas, os peões. Nele, a evidência era pessoal, e não química ou biológica. Olhava em torno de si naquele mundo alienígena e entendia que estava sendo usada.

Ainda assim, ela tinha informações que mereciam publicidade. Resgatara dados que requereram um inquérito, e ele dera a Robin uma audiência. Na terra do CIPC, a suspeita de Robin era elogiada como um insight, sua frustração era chamada de premonição e seu ceticismo não era mais considerado uma inveja autodestrutiva, mas sim valoroso, honesto e raro. A publicidade tinha seu preço, assim como o silêncio. Ela não tinha escolha, a não ser deixar suas dúvidas soltas e esperar e se preocupar enquanto os advogados do outro lado as examinavam.

— Não quero que você torça minhas palavras — advertiu Robin.

— É como eu estava dizendo... se eles começarem a forçar, nós forçaremos também — disse Sabbatini. — Ouça. Quanto mais isso se tornar desagradável, melhor a gente se sairá. Quanto mais pessoais e *ad hominem* eles forem, melhor. Vamos provocar! Quanto mais lama, mais divertido. Você sabe por quê, não? Porque eles estão desesperados. Estão muito desesperados. — Sabbatini saltou um pouco de sua cadeira. — Você ainda não acredita em mim, não é? Vamos fazer um pequeno balanço, está bem? Vejamos! O que você conseguiu? Conseguiu que o CIPC questionasse seriamente o laboratório, colocou Redfield na disputa, deixou a imprensa sentir o cheiro de sangue e há um escândalo incipiente e um acobertamento sendo tramado no instituto. Você tem a verdade. Sem mencionar a mim! E eu lhe falei do Serviço Secreto. Começaram a analisar a tinta nas anotações de Cliff. Vão fazer os testes forenses para descobrir exatamente quantas canetas Cliff usou, e se alguns dos dados são realmente bem mais antigos ou se são todos do mesmo conjunto e ele de fato deixou alguns de fora. Você achava que as questões que levantou nunca teriam uma resposta real, mas elas serão respondidas. Você tem o Serviço Secreto do seu lado. Você tem tecnologia de ponta. E eles, têm o quê? Hum... Têm seus desvios da verdade, seus orgulhos e seu diário.

— Mas eu não quero que eles tenham meu diário — disse Robin, aflita.

Laura Sabbatini cruzou os dedos e descansou o queixo sobre as mãos.

— Ora, vamos, Robin — repreendeu-a ela, como se Robin estivesse com medo de aranhas. — Você tem praticamente todo o governo trabalhando no seu caso.

— Isso é um exagero — disse Robin.

— E todo mundo pronto para encetar lanças pela sua causa.

— Isso foi apenas um editorial — disse Robin.

— Tudo bem. Quase todo mundo, então. Nós vamos lá abater os mentirosos e os enganadores e desmascarar toda uma cultura de estratagemas e fraudes científicas. Não me diga que você espera que tudo isso seja agradável, também.

O inquérito não era agradável, e era esta característica que agradava tanto a Nanette. Telefonava para Robin regularmente e deixava recados com uma voz entusiasmada de Mata Hari. As duas se encontraram para um café no Café Algiers, cercadas por paredes vermelhas e polidos samovares de cobre. Sentaram-se no fundo, onde a porta da cozinha se abria para revelar um retrato de Yasser Arafat colado na parede, e Nanette previu a derrocada do instituto. Estava certa de que o inquérito do CIPC ia levar o Philpott a se espatifar no solo, e Robin pensou que ela parecia estranhamente ansiosa pela catástrofe, uma vez que o instituto era seu empregador.

— Não importa — disse Nanette com displicência. — Eu conseguiria um emprego no MIT em um instante. Eu sou boa.

— Verdade — disse Robin.

— A única questão — disse Nanette — é se Harvard vai nos desmantelar ou se vamos implodir primeiro pelo escândalo e o esbanjamento. Você viu o artigo no *Globe*, não? 'Philpott Quase Vazio: As Duras Escolhas do Laboratório de Cambridge'? Na verdade, esta era só a primeira parte.

— Eu sei — disse Robin, que fora contatada para uma entrevista para a segunda parte.

— Está todo mundo morrendo de medo. Dá para ver. As pessoas estão começando a ser parcimoniosas com a mídia — declarou Nanette, exagerando só um pouquinho. — Estão pegando pesado, aumentando os orçamentos para poderem conduzir mais julgamentos ao mesmo tempo. É uma coisa psicológica, como o jeito que as pessoas enfrentam uma nevasca ou uma guerra. Com a auditoria e a lista negra de Redfield e todo o resto, não estão nem certas de onde virá o próximo financiamento. — Nanette esticou as pernas e girou lentamente seus pequenos pés. — Estou trabalhando dez horas por dia. Vê o inchaço nos meus tornozelos? O doutor disse que o trabalho está exacerbando meu edema.

Robin olhou para baixo com alguma preocupação. De fato, os tornozelos de Nanette estavam protuberantes, saltando sobre seus sapatos.

— Eu deveria manter meus pés elevados, mas tenho de usar os pedais. — Nanette encolheu os ombros e sorriu. — Está vendo? Não vejo a hora de chegarem as audiências da comissão. Seria mesmo melhor para mim se o instituto falisse.

— Você não está falando sério.

— Ah, ia ser tão fascinante. Eu adoro ver babacas que correm cronicamente atrás do sucesso ficarem de quatro. As pessoas que não dispensam aos seus subalternos qualquer consideração. Coisas pequenas, como *por favor*, ou *obrigado*. Todos os chefões matando seus pesquisadores e ignorando suas esposas pelo bem da ciência, lutando selvagemente para progredir. Todos e suas neuroses correndo para se esconder. Eu adoro o troco.— Ela esfregou as mãos. — O troco é uma coisa linda. Eu simplesmente adoro.

— Mas onde eu iria trabalhar, então? — perguntou Robin.

— Trabalhar? — exclamou Nanette. — Você iria escrever seu livro relatando tudo. E nunca mais precisaria trabalhar na vida.

— Mas eu não quero contar tudo. Quem me contrataria? Essa é a última coisa que eu faria — disse Robin. — Eu amo a pesquisa. — Ela disse isso tão baixinho que Nanette teve de se inclinar para ouvi-la.

— Você o quê? — Nanette envolveu as mãos de Robin nas suas. — Você ama o quê? — E balançou a cabeça, pasma. — Pobre, pobre garota. — Nanette ergueu as mãos. — Ela ama a pesquisa.

7

As FESTIVIDADES NO SAGUÃO eram para Prithwish e sua noiva, Sarojini, que tinham finalmente retornado do Sri Lanka e se estabelecido em um apartamento na Elmer Street. Havia vinho, queijo e latas azuis de biscoitos de manteiga dinamarqueses. Aidan montara o projetor de slides para mostrar as fotos do casamento na parede, e o salão bege encheu-se de seda, ouro e sol. Eles riam, brincavam e assistiam com olhares amorosos ao banquete, mas a comemoração era contida. Do lado de fora, a neve suja começara a derreter, e cada noite pálida se tornava mais intensa e mais longa. A audiência ia começar em 12 dias.

— Foi uma boa semana — insistiu Sandy com Marion assim que os outros foram embora.

— Boa para quê? — Perguntou ela. — Não temos quase nada. — A pressão das audiências, o medo delas, faziam com que as tarefas mais mundanas requeressem uma concentração sobre-humana.

— Nada? Temos cartas de apoio do Consulado Chinês, da Asian Law Caucus e da ACLU. Temos Houghton-Smith protestando contra os jornalistas que estão em conluio num caso contra a liberdade acadêmica. E há a minha carta, é claro. Você viu o novo rascunho?

Tomou-a pela mão e levou-a pelo corredor até o escritório.

— Sente-se. Agora, dê uma olhada nisso.

— Em Defesa da Ciência — murmurou ela. — "Uma carta aberta."

— Leia alto — disse ele.

— "Quando o Serviço Nacional de Saúde alimenta o Congresso com acusações sem provas; quando disputas científicas são julgadas pelos representantes de agências governamentais..." — recitou ela.

— Não, não deste jeito, Marion. Você não percebeu? Há um ritmo aí. Deixe eu ler. — Ele apanhou as páginas das mãos dela. "Quando dados científicos são apropriados por intimação por vontade e capricho do Congresso; quando o Serviço Secreto é empregado para analisar documentos pessoais; quando caracteres e carreiras são abalados e publicações vitais são suspensas apenas por suspeita; quando cientistas são atacados, intimidados e tidos como culpados até prova em contrário; quando o discurso público sobre a ciência é poluído por alegações de negligência e fraude; quando a comunidade científica é demonizada como fraca, corrupta e incapaz de se regular independente da interferência do governo, *então acreditamos* que a própria ciência está sob cerco. As liberdades intelectuais que prezamos na América estão em risco." — Glass levantou o olhar para ela.

— Isto foi o preâmbulo?

— Exatamente. — Ele se orgulhava daquela carta como nunca se orgulhara de nada na vida. — Mas olhe embaixo. Olhe para a assinatura.

— Peter Hawking.

— Com certeza — disse ele. — Eu sou brilhante.

Ela balançou a cabeça. A assinatura era uma jogada de gênio. Ele havia elaborado uma defesa jeffersoniana da ciência que o diretor de um instituto no calor da batalha podia defender com dignidade — e disseminar entre seus colegas.

— Temos a assinatura de 11 prêmios Nobel, contando com Peter — disse ele. — Quero alcançar vinte. Daí começamos a publicar nos jornais mais importantes.

— Às vezes eu acho que você na verdade está gostando disso — disse ela.

— Falsas acusações? Tentativas de nos derrubar? — retorquiu ele. — Absolutamente não. Mas se você está falando de lutar a boa luta e lidar com o outro lado, então sim, eu admito que gosto disso. Eu *vou* gostar disso. — Ele colocou seu manifesto sobre a mesa. — E tenho certeza — disse com doçura — que você se preocupa o bastante por nós dois.

Naquela noite, Cliff foi o último a sair do laboratório. Um pouco depois da meia-noite ele começou a arrumar suas coisas. Empoleirou-se em sua banqueta e fuçou nos papéis em sua bancada até encontrar um livro que chegara naquele dia. O volume era uma cópia em brochura de *A casa sombria*, que viera com uma mensagem: "Caro Cliff: se algum romance reflete o tempo em que vivemos, o livro é este." Kate enviara o livro e uma nota breve — os rascunhos haviam sido muito mais longos. Ficara remoendo sobre o que fazer e então se decidira pelo livro, porque ele sempre pedira a ela algum trecho de literatura. Cliff sorriu palidamente e abriu o pequeno livro no primeiro capítulo: "Londres. A festa de São Miguel terminou tarde e o lorde Chancellor estava sentado no Lincoln's Inn Hall. Tempo implacável de novembro. Tanta lama nas ruas..." — Seu olhar pulou para mais baixo na página. — "Neblina por todo canto. Neblina rio acima, onde se derrama entre verdes ilhotas e campinas; neblina rio abaixo, onde flutua deificado entre as fileiras de barcos e as poluições ribeirinhas de uma grande (e suja) cidade. Neblina nas charnecas de Essex, neblina nas colinas de Kentish. Neblina rastejando..."

Kate havia começado a escrever: "Eu não tinha entendido antes que a burocracia americana podia funcionar de forma tão dickensiana, esmagando pessoas inocentes em seu caminho." E depois amassara o papel e escrevera: "A máquina do governo e seus fins egoístas, acrescentada à ignorância dos burocratas dominados por acusações irresponsáveis, fazem Dickens parecer presciente, para dizer o mínimo." Mas isso acabou soando estentóreo e afetado ao mesmo tempo. Queria dizer que confiava e acreditava que tudo daria certo, sem soar como uma Poliana. Queria dizer a ele o que sabia sobre seu pai, mas era difícil colocar isso em palavras. Sabia que, mesmo difícil como podia ser, seu pai era esperto demais para perder uma batalha como aquela. Sabia que ele protegeria Cliff num apuro, que no final seu pai era alguém a se querer ter do seu lado.

Sandy Glass era muito presente na cabeça de suas filhas. As garotas reclamavam muito de suas palavras duras e de suas expectativas, mas nunca antes haviam se sentido protetoras com relação a ele. Agora, chegada a hora de Sandy viajar para Washington, suas filhas começaram a se preocupar. Louisa atravessou o Infinite Corridor do MIT, com seus pôsteres de clubes, salas de aulas, laboratórios de computação e janelas de escritórios com vidro branco à moda antiga, e imaginou seu pai debaixo do fogo, atacado por apoiar o trabalho de seu jovem pesquisador. Seu pai com freqüência a irritava e a frustrava, mas agora estava surpresa pelo orgulho que tinha dele. Ele podia ter se distanciado de seus pesquisadores. Em vez disso, escolheu defender Cliff e Feng e reunir outros cientistas em torno de sua causa.

Seu pai era leal. Marion também era leal, é claro, mas, como sempre, Sandy era o ativo, o que não tinha papas na língua. Era o homem na linha de frente, defendendo o trabalho de seus pesquisadores — defendendo Marion, também. O que ela faria sem ele?

Louisa queria ir às audiências, sentar perto de seu pai. Caracteristicamente, no entanto, Sandy rejeitou a idéia. "Nunca ouvi nada tão ridículo em minha vida. Você não vai perder aulas por conta deste exercício particular de futilidade, e eu não vou colocar toda esta família à disposição do Sr. Redfield."

Ele era tão corajoso. Será que poderia ser emboscado no Capitólio? Diria alguma coisa politicamente incorreta? Ele era afeiçoado ao *beau geste* e, o que causava aflição a Louisa, era mais um debatedor que um estrategista. Se tinha a natureza terna de sua mãe, Louisa também possuía o jeito impenetravelmente disposto de seu pai. Desviava qualquer questão dos amigos com uma risada e um gesto da mão.

Louisa podia evitar o assunto, mas rio acima, em Harvard, Charlotte não tinha como se dar a este luxo. Dias antes de seu pai voar para Washington, ela sentou-se na sala de jantar de lambri escuro de Dunster House com Jeff, e ele disse:

— Nós temos uma credencial para as audiências.

— O quê? — retraiu-se ela.

— Temos uma credencial de imprensa do *Crimson* — disse ele.

Estavam sentados em uma longa mesa com cavaletes, e as bandejas verdes da cafeteria repousavam sobre a madeira polida. Retratos de antigos diretores da casa alinhavam-se no saguão abobadado, junto com a cabeça empalhada de um alce infeliz.

— Eu quero ir — disse ele.

— Não quer, não — respondeu ela.

— Quero mesmo — confessou ele. Acompanhara a história do R-7 desde que entrevistara Cliff. Lera todos os artigos sobre Feng e olhara, fascinado, como se visse o retrato de um assassino em série, o retrato em preto-e-branco de Robin no *Boston Globe*.

— Você não quer ir — disse Charlotte, chocada. — Em primeiro lugar, há um conflito de interesses, e você sabe disso.

— Eu não escreveria a matéria — disse ele, resguardando-se. — É só por eu ter todo o conhecimento da pesquisa. Na verdade, eu praticamente fiz a única entrevista extensa com Cliff Bannaker antes do inquérito. Minha matéria é o único registro de seu lado da...

— O que é que você *pensa*? — exigiu Charlotte. — Seria totalmente antiético da sua parte comparecer às audiências. Não posso acreditar nem que você esteja sugerindo isso. Nenhum jornalista faria uma coisa dessas.

— Bem... — começou ele, mas a conversa estava indo mal, e ele não queria chateá-la ainda mais. Omitiu dizer a ela que tinha sido contatado por diversas publicações interessadas em suas perspectivas, seus insights sobre onde a investigação do CIPC poderia terminar.

— É de meu pai que estamos falando — disse Charlotte, meio erguida da cadeira.

— Eu sei — disse Jeff. — Eu sei que é seu pai.

— Claro, claro que você sabe. De que outra forma você teria conseguido a entrevista com Cliff, em primeiro lugar?

— Eu apenas disse que desejava ir — falou ele. — E não que estava indo.

— Não posso acreditar que você chegou a cogitar ir a Washington... para assistir.

— Desculpe — disse ele, realmente arrependido, mas o universitário dentro dele, um pouco jovem demais, um pouco ansioso demais, não pôde evitar acrescentar: — É só que... vai ser uma grande matéria.

— É claro que você adoraria — explodiu Charlotte. — É claro que você adoraria uma cadeira de frente para o ringue. O que há de errado com você?

— Eu não vou — disse ele. — Eu absolutamente não vou... e peço desculpas.

Mas era tarde demais. A autopromoção cedera à autopreservação tarde demais. Charlotte levantou-se furiosa, com a bandeja na mão. Seu bife Salisbury, as batatas cozidas e as vagens chapinhavam intocados em seu prato. Perplexa e exacerbada pela intuição de seu pai a respeito de seu namorado, ela jogou a bandeja na mesa e atirou seu suco de cranberry na cara de Jeff.

Vivos apupos de uma mesa de jogadores de rugby seguiram Charlotte enquanto ela deixava a sala de jantar, tendo atrás de si o azarado Jeff Yudelstein.

É claro que, em retrospecto, ele entendera muito melhor o ponto de vista dela... e se arrependeu de cada palavra que disse. Mas Jeff ainda não aprendera como lidar com a sensibilidade antes de ela se manifestar e nem sabia como fingir distanciamento. Não parava de ansiar pelas audiências do subcomitê. Trabalhara e dormira no pequeno prédio do *Crimson* por noites a fio e fora mordido pela mosca azul, o desejo intenso de divulgar, de investigar e interpretar os acontecimentos do dia. Jeff despertara para o mundo da política e dos negócios públicos da mesma maneira que os cientistas jovens se entusiasmam com possíveis descobertas e os jovens pintores abrem os olhos para os infinitos tons e cores da luz. O mundo era tão complexo e novo para ele, com suas lutas de poder, seus julgamentos e suas dissimulações tão sedutoras. Como ele poderia não querer ir a Washington presenciar as audiências?

Todo o resto da semana ele caminhou pelo Yard se odiando, amaldiçoando sua estupidez. Sentava-se nos escuros salões de leitura compondo desculpas, totalmente perturbado pelo que se passara, mas, ainda assim, não parava de pensar nas audiências. Por mais melancólico que estivesse, não deixava de suprimir sua curiosidade.

8

SENTARAM-SE EM SILÊNCIO no banco de trás do táxi. O trânsito parava e fluía em torno deles enquanto passavam lentamente por fontes ornadas por amores-perfeitos, estátuas, prédios de pedra calcária, associações nacionais de quase tudo.

— O que foi, Sandy? — perguntou Ann, por fim.

— Nada — disse ele.

— Você está nervoso?

— É claro que não — respondeu ele de pronto. No entanto, ele parecia desapontado, quase derrotado, em seu terno escuro com gravata amarela.

— O que foi então? — insistiu ela.

— Não é o que eu previ — murmurou ele.

— O quê? Washington?

Haviam estado em Washington uma centena de vezes antes, mas ela não entendera. Não era assim que ele previra seu debut no Congresso. Secretamente, sempre desejara chegar a Washington como um herói conquistador ou, na verdade, um co-herói, com Marion. Planejara faixas e sessões cerimoniais de retratos, alegres festas nos jardins da National Academy of Sciences, onde ele e Marion mordiscariam morangos recobertos de chocolate e conversariam amigavelmente com seus senadores debaixo de tendas brancas. Desejara jantares formais e tributos, diplomas caligrafados em vermelho, lápis-lazúli e dourado. Imaginara entrar na cidade por seu lado mais grandioso e expansivo. Em vez disso, fora convocado para um formigueiro de burocratas e contabilistas. Chegara algemado pelas proibições de seu advogado. Reduzido a defender seu laboratório, ele fantasiara liderar milhares de cientistas em marcha pela Hill. Mas a realidade era diferente. Carregava em sua pasta uma declaração escrita suavizada por Houghton-Smith. Estava de mãos atadas.

Ann olhou fixamente para seu marido. Ele parecia quase doente no táxi sacolejante. Seus ombros estavam caídos e seus olhos, doloridos e cansados. Percebia que estava com dor de cabeça, embora soubesse que a desmentiria. Queria confortá-lo, mas o que poderia dizer a ele? Ele conhecia todos os truques, era o mestre em restaurar a confiança de seus amigos e pacientes. O que ela poderia dizer, agora que finalmente chegara a hora de tranqüilizá-lo?

— Nós vamos atravessar isso — disse ela.

Virando-se para a janela semi-aberta, ele disse:

— Não é assim que deveria ser.

A sala de audiências era pequena e de mau gosto, uma caixa de sapatos abarrotada de mesas ensebadas, cadeiras angulosas, equipamento de vídeo e microfones desajeitados deixando atrás de si grossos cabos pretos. Um punhado de repórteres se agachava entre a segunda fila de cadeiras e a parede do fundo. Cansados e ansiosos, sussurravam. Yudelstein! Com um pequeno choque de surpresa e raiva, Sandy viu Yudelstein entre os roedores. O golpe foi doloroso, mas forçou Sandy a ficar em um estado de alerta. A animosidade movia-se em ondas em seu corpo melancólico à medida que ele olhava em torno e para a frente. Agitado, ocupou seu assento e olhou direto para o rosto do deputado Redfield.

Paul Redfield tinha quase 70 anos. Seus olhos eram pálidos, penetrantes e azuis. Tinha um nariz pontiagudo e faces delicadas, cuidadosamente barbeadas. Estava com uma saúde ótima — o homem que sobrevive a todos os seus médicos. Servira na marinha na Segunda Guerra Mundial e sustentou sua família como repórter e depois como advogado. Depois de cinco mandatos na Câmara, dois filhos, cinco netos e 49 anos de casamento com a Sra. Redfield (Shirley), era conhecido em sua região como A Rocha. Era imperturbável e, como seus oponentes mencionavam, um homem sólido. Quando falava, e o fazia demoradamente, era martelando suas opiniões imutáveis.

— No que ela tem de melhor — leu Redfield de sua declaração de abertura —, a comunidade científica da América se dedica à saúde e ao bem-estar da população, à prosperidade e à segurança da nação. Nós, os contribuintes, encarregamos o Serviço Nacional de Saúde e os programas que ele pesquisa e financia a tratar dos problemas médicos que assolam nossa sociedade: doenças do coração, câncer, diabete e outras aflições que separam tantas famílias e destroem tantas vidas. Nós, os membros de família, os que provemos cuidados, os pacientes que sofrem, temos esperado pacientemente pelo progresso e por novas esperanças onde não tem havido nenhuma. Nós, os contribuintes, pagamos a conta de 6 bilhões de dólares. E como é desolador e apavorante descobrirmos, então, em anos recentes, um número crescente de escândalos científicos que violam a confiança da comunidade. Como é chocante desmascarar uma cultura de fraudes a corromper os mesmos programas de pesquisa para os quais confiamos nossos dólares de impostos e nossas esperanças. — Redfield ergueu os olhos do texto e mirou a estreita brecha entre a mesa dos congressistas e a mesa dos pesquisadores convocados a testemunhar.

Eles estavam totalmente quietos, Cliff e Tim Borland, Feng e

Byron Zouzoua e, é claro, Marion, que ouvia de mãos vazias, tendo deixado seguramente guardado no hotel seu suéter de pescador tricotado pelo meio. Humilde e mudo, Sandy tomou sua medicação enquanto Ann o observava, ao lado de Jacob e Mei na segunda fila de cadeiras. Estavam todos lá, com exceção da instigadora. Ann sentiu-se aliviada de não ter de encarar Robin. Que ingratidão, que falta de decência! Ela era nada menos que uma incendiária, colocando fogo em seu próprio laboratório com faíscas furiosas e depois olhando a conflagração se espalhar pelo instituto — na verdade, avivando as chamas. Que bom que Robin estava ausente, depois de ter terminado seu testemunho no dia anterior, detalhando o que Redfield chamou de sua provação.

O congressista tinha um termo para tudo. Usou seu discurso de abertura como um aríete, discorrendo sobre a confiança dos contribuintes e sua crença pessoal na responsabilidade final. Declarou que aqueles financiados pelo público eram, na verdade, servidores públicos, e não nobres cientistas, príncipes do reino, exploradores — mas servidores públicos, como ele mesmo era, assim como todos os seus colegas na subcomissão. Diversos auxiliares concordaram com um movimento de cabeça. A lógica de Redfield era inexpugnável, sua dogmática servitude pública irrepreensível e, acima de tudo, sua oratória era incorruptível.

Uma câmera do canal de assuntos jurídicos gravava sobre um tripé, e os jornalistas da imprensa escrita tomavam nota até Redfield falar tanto que começaram a escrever menos. Redfield refinara a técnica de usar argumentos circulares e de reformulá-los com força ainda maior quando retornava a eles. Se entediava seus ouvintes, era esta sua maliciosa intenção. Falava até que seus oponentes perdiam a concentração, anestesiados pela retórica. Até mesmo Sandy parecia envolvido em seu transe, pensou Ann. Como uma jibóia, Redfield espremia a vida e o ar da sala.

Seus argumentos eram totalmente rasos, concluiu Jacob, ao lado de Ann. Mas Jacob tendia fortemente a olhar um político como nada menos que um débil mental. Enquanto Ann temia que Sandy não tivesse tempo ou espírito para se defender, Jacob olhava para Redfield e via apenas uma ignorância pomposa. Ele subestimava seriamente o oponente de Marion.

Quando as perguntas finalmente começaram, o mais graduado republicano da comissão, Brock Lindell, aproveitou sua vez e perguntou calmamente a Feng há quanto tempo ele trabalhava no laboratório, quanto tempo trabalhara com Cliff, em quantos projetos trabalhara e se pensava ser possível levar adiante tantos projetos de uma só vez sem nunca se atrapalhar com os registros de dados. Lindell remeteu suas questões junto com pára-quedas — Feng ou Cliff tinham apenas de puxar a corda fornecida para suas respostas para flutuar almofadados até o chão. Redfield, no entanto, não dava trégua. Inclinou-se em sua cadeira e disparou perguntas como o advogado que fora trinta anos antes.

— Eu gostaria de colocar este documento nos anais — disse ele ao escrevente. — Um documento chamado Fungi. Senhor Xiang, reconhece isso como seu trabalho? — E passou uma página fotocopiada para Feng.

— Esta é a letra de Cliff — disse Feng.

— Concedido. No entanto, minha compreensão é que estas são transcrições de ditos e definições que vocês inventaram no laboratório. Por exemplo: "Verbas Governamentais para Pesquisa de Câncer: VGPC (acrônimo): imposto dos doentes. Conferência (substantivo): boca-livre do câncer."

— Estas eram definições atribuídas a mim — disse Feng nervosamente. — Pretendia-se que fossem jocosas.

— E eram?

— É claro.

Redfield esquadrinhou sua cópia.

— "Pesquisar (verbo): procurar de novo. Iniciativa de pesquisa (verbo): procurar de novo nos próximos cinco anos de financiamento." — O congressista arrancou os óculos de leitura. — Talvez estas definições tentassem ser jocosas, mas são também muito reveladoras.

— Eu tenho de interromper — disse Byron Zouzoua. — Esta é uma linha extraordinária de interrogatório, que não está focada em experiências ou dados, mas na cultura do laboratório.

— Em minha opinião, essa cultura é altamente relevante — disse Redfield —, particularmente quando é uma cultura que zomba das realidades econômicas da pesquisa médica.

Zouzoua devolveu:

— Eu me preocupo com o foco sobre coisas efêmeras como piadas particulares. O senhor está tentando caracterizar uma cultura científica que é, na verdade, complicada pelas diversas culturas nacionais envolvidas. O senhor está desviando este inquérito de fatos frios e sólidos para um campo de análise cultural e de caráter. E como rapidamente notamos, senhor, a análise de caráter pode facilmente se converter em um assassinato de caráter.

— Eu entendo sua posição — disse Redfield, que não se desculpou por ter mostrado a sua. Enquanto prosseguiu, nenhum detalhe foi pequeno demais e nenhuma conexão tangencial demais para deixar de ser perseguida.

— Recebemos a análise da tinta de suas três páginas de notas — disse ele a Cliff —, e as revelações são inequívocas. Você usou uma caneta para registrar estes dados sobre seus ratos. Uma caneta para registrar os números de identificação deles, a data de sua dissecação e o resultado da injeção com o vírus R-7. Uma caneta foi usada aqui, apenas uma, o que sugere que de fato estas anotações foram feitas no mesmo dia... não foram, como você afirmou antes, apontamentos feitos em momentos diferentes, no correr de meses.

Estas notas se referem a um grupo de ratos e a um conjunto de dados. Você publicou parte dos dados, mas sonegou o resto. Eu...

Tim Borlan meio que se levantou de sua cadeira.

— Eu gostaria de registrar minha forte objeção a esta implicação de meu cliente. Apesar de repetidos pedidos, não fomos capazes de examinar as chamadas análises de tinta. Não fomos inteirados dos métodos pelos quais o Serviço Secreto estudou a tinta na página. Não nos permitiram o contato com os agentes que conduziram a análise, nem recebemos cópia do relatório deles. Fomos vendados e apanhados de surpresa por um processo que parece destinado a intimidar meu cliente e confundir a evidência à mão. Até recebermos estes materiais, meu cliente não pode responder a perguntas sobre o tema.

Foi uma defesa vigorosa. Mesmo assim, Sandy olhava para a mesa, desalentado por se sentar com os outros, que estavam se curvando aos argumentos processuais dos advogados. Cliff e Feng falavam cautelosamente. Estavam circunspectos e temerosos, treinados por seus advogados a falar pouco e responder ao pormenor, ou não responder nada. Onde estava a indignação que Sandy achava que eles deviam sentir?

Marion nunca fora uma grande oradora em público. Leu sua declaração preparada sem levantar os olhos da página uma única vez. Quando Redfield a questionou sobre que tipo de supervisão ela tinha proporcionado a Cliff e Feng, respondeu hesitantemente.

— Você acha que poderia ter feito mais para observar seus pesquisadores no laboratório? — cobrou Redfield.

— Sim — disse ela.

Sandy olhou para ela, pedindo silenciosamente: Marion, olhe para ele nos olhos, pelo menos. Diga a ele: sim, claro, poderia ter feito mais, mas em um laboratório é necessário delegar alguma coisas. Não estava lá no momento que estes experimentos foram conduzidos, mas os métodos, os resultados e a estratégia subjacente a eles sempre estiveram sob minha jurisdição.

— Você presumivelmente é responsável por estes estudantes de pós-doutorado que trabalham em seu laboratório — disse Redfield.

Não estudantes, corrigiu Sandy silenciosamente. Lembre a ele de que não são estudantes. Mas Marion não corrigiu Redfield.

— Presumivelmente você trabalha numa função de supervisão — disse Redfield.

Marion concordou com a cabeça.

— Então onde estava enquanto estes experimentos aconteciam? Onde estava quando seus estudantes registravam seus resultados?

Ela se encolheu, visivelmente abalada. Sybil Halbfinger tentou interromper como representante de Marion, mas Redfield permaneceu implacável.

— Eis minha pergunta: você fez *qualquer coisa* para salvaguardar o processo científico?

Ann viu o pescoço e os ombros de Sandy se retesarem, seus dedos se apertarem. Ele estava com raiva, e a raiva crescia à medida que Redfield questionava Marion. Entrara na sala obedientemente e ouvia quieto, submetendo-se aos termos e às restrições da audiência. Mas como Redfield interrogava Marion daquela maneira? Como a tratava com tal desrespeito? Ela sabia mais que dez Redfields; sua mais insignificante conjetura valia mil de suas panacéias. Marion, suplicava ele internamente, fale claro.

Com o coração batendo mais forte, Sandy reprimiu seu desejo de interromper. Mordia os lábios, esperando sua vez de falar. A sessão era longa e ameaçava exceder seu tempo, e ainda assim Sandy aguardava furiosamente na mesa. Os repórteres se evadiam, se arrastando porta afora para outras salas. Os congressistas que já haviam falado também tinham pedido para sair. Cada um deles falou o que tinha a falar e deixou o recinto. A pequena sala, antes tão lotada, estava se esvaziando. Quando finalmente chegou sua vez, Sandy mal tinha uma audiência. Não havia uma multidão para absorver sua ira, nem sua declaração pré-escrita chegava perto de expressar sua indignação. "Um manifesto é desnecessário no caso", informara-o Thayer enquanto preparavam a declaração de Sandy em Boston. "Uma recapitulação de sua carta em defesa da ciência é exatamente do que não precisamos."

Sandy olhou fixamente o texto à sua frente. A linguagem de Thayer era bem ponderada, coberta de refinado desprezo com relação ao CIPC e seu inquérito. Mas desprezo não era o que Sandy queria no momento. Seu advogado o aconselhara a lutar com ramos de flores, e Sandy precisava de lanças e sabres. Ergueu os olhos de sua declaração escrita e viu Redfield olhando no relógio e confabulando com um assessor atrás dele.

Presenciara um tribunal de um homem só disfarçado de uma audiência da Câmara dos Deputados. Vira Redfield interrogar Cliff, Feng e até Marion. Sua garganta se contraía à medida que lia. Vira Redfield bombardear e triturar sua própria parceira e colaboradora, a melhor cientista que conhecia — e de longe a de mais princípios. Como deixaria isso passar? Como deixaria aquele charlatão brutalizá-la?

Colocou sobre a mesa seu pronunciamento escrito.

— O que vi aqui hoje me chocou e repugnou — irrompeu ele, ignorando a pressão da mão de Houghton-Smith em seu braço. — O que presenciei hoje não tem lugar no que chamamos de um país democrático.

Como Louisa conhecia bem seu pai. Ele gostava mesmo de um *beau geste* e adorava se lançar à frente em um debate acalorado, sozinho em seu cavalo. Era astuto e pragmático, mas seu sangue subira, e ele se esquecera de si mesmo.

— Vim aqui participar de um inquérito aberto e honesto — disse Sandy —, e o que encontrei foi nada mais que um espetáculo, uma caça às bruxas na qual uns poucos e desventurados pesquisadores foram expostos em uma vitrine, reféns do ataque do deputado Redfield à pesquisa científica na América. Viemos aqui, cidadãos americanos e um cidadão chinês, buscar uma chance de provar nossa inocência e limpar nossos nomes. Em vez disso, sofremos um questionamento hostil, um inquérito ultrajante do Serviço Secreto e tentativas repetidas de virar contra nós nossos documentos pessoais e até mesmo nossas piadas particulares. Tudo isso em nome da responsabilidade pública. Sr. Redfield, o senhor falou muito sobre a cultura do logro na pesquisa científica hoje. Com todo o respeito, senhor, me sinto compelido a questionar a cultura deste inquérito: uma cultura de interferência governamental e intimidação, uma cultura de ódio, ignorância, paranóia e suspeição que posso comparar apenas ao macarthismo.

Agora Redfield ouvia. Todos na sala ouviam. Em vão, Houghton-Smith sussurrava no ouvido de Sandy. Em vão, Ann rezava em silêncio para seu marido se conter, mas Sandy não havia terminado. Violava o protocolo, certamente prejudicando sua própria causa, mas não iria parar de falar — na verdade, não conseguiria.

— É um acidente o senhor conservar uma lista de cientistas dos quais não gosta? — perguntou ele a Redfield. — Ou sou eu o único a olhar a Lista Vermelha e ver os espectros daqueles homens e mulheres que foram colocados numa lista negra? É um acidente...

Redfield não deixou Sandy terminar. Deixando de lado seu próprio pronunciamento final, ele respondeu ao fogo de Sandy com o seu.

— Nós temos uma fina tradição neste país de assumirmos o papel de vítimas quando somos chamados à responsabilidade — disse ele —, e o senhor faz muito bem o papel de vítima. Mas vamos nos lembrar de quem são as verdadeiras vítimas quando se fala em fraude científica. Não é o senhor, Dr. Glass, nem eu, nem qualquer dos meus colegas aqui. As vítimas são o público esperançoso e desiludido. Vejo que o senhor está ofendido. Como médico e cientista, o senhor se sente ofendido por um comitê governamental chamá-lo à responsabilidade. Ofende-o profundamente questionarmos seu trabalho, seus métodos e seus resultados, bem como investigar informações que o senhor insiste serem de natureza privada. Deixe-me perguntar: se esta pesquisa é privada, então por que aceitar financiamento público para ela?

"O senhor professou surpresa e choque com o questionamento feito aqui. O senhor sabe o que me choca? O que me choca é esta aura de direito de posse que têm os cientistas americanos. Estou chocado pela expectativa e pela crença públicas. De onde eu venho, confiança é uma coisa que se conquista. O que o senhor fez para conquistar minha confiança?

"Há outra vítima nesta matéria — disse Redfield. — E o nome dela é Robin Decker. O senhor a conhece bem, mas optou por não ouvi-la. Ela procurou o senhor e Marion Mendelssohn para falar das irregularidades que vira e das alegações fraudulentas que pronunciara. Foi a outros cientistas e pleiteou um inquérito abrangente. No entanto, suas opiniões receberam apenas um exame apressado. Desde aquela época, em busca da verdade, ela perdeu anos de pesquisa para recomeçar em uma posição técnica humilde. Abriu mão de seu salário de pós-doutor e de seus benefícios. Quando chegou a Washington para testemunhar esta semana, hospedou-se na casa de amigos de parentes, porque não podia se dar ao luxo de pagar um hotel. Vamos lembrar quem são as verdadeiras vítimas.

Marion ouvia abatida, quase pesarosa, a esta descrição da luta de Robin. Mas Sandy balançava a cabeça desafiadoramente.

— Robin teve um inquérito abrangente — declarou Sandy. — Não finja que foi de outra maneira. Nós temos as declarações de todos os cientistas que participaram.

— Está bem, vamos falar então do *seu* espetáculo — devolveu Redfield. — O seu laboratório é o regime opressor. O senhor dirige lá um sistema totalitário. A sua cultura é de verdades aceitas, corrompidas por seu desejo de mais e mais financiamentos e uma avidez de resultados rápidos. O seu laboratório é apenas um dos exemplos de uma longa lista que o CIPC está agora trazendo à luz. Lá, o exagero é recompensado. E as mentiras, justificadas.

Redfield estava fazendo jus à sua fama, pois seu rosto se enrubescia.

— Eu culpo os cientistas seniores em cada um dos casos. Eu culpo os investigadores dirigentes que alimentam emendas apressadas e engendram um caminho rápido de sucesso até as riquezas dos laboratórios farmacêuticos ou a glória acadêmica. Eu culpo os dirigentes que deveriam saber melhor o que estão fazendo — disse ele, quase cuspindo as palavras. — Vocês são colaboradores no verdadeiro sentido da palavra. Vocês recompensam a desonestidade intelectual. Frente à boa publicidade, vocês sacrificam as boas práticas. Em face de resultados possíveis, vocês sufocam toda discordância. Suas racionalizações não são melhores do que as daqueles alemães que colaboraram com os nazistas.

Os assessores de Redfield encolheram-se. Por reflexo, Ian Morgenstern inclinou subitamente a cabeça, como se evitasse uma bordoada. Na paixão do momento, Redfield não se deu conta. Falou apenas com Glass. Ao lado de Sandy, Houghton-Smith estava pasmo. Sandy falara temerariamente; esquecera-se de tudo — e ainda assim provocara o congressista a alturas retóricas ainda mais traiçoeiras. Redfield invocara os nazistas. Como no tênis, Sandy se aproveitara do erro e marcara um ponto.

Sandy, porém, não era um jogador de tênis. O dia estava ganho, mas ele não se retirou da tribuna. Ao mesmo tempo em que Houghton-Smith fazia gestos para seu cliente desistir, Sandy inclinou-se para seu microfone e disse:

— Eu insisto em responder à última declaração do senhor Redfield.

Um funcionário anunciou que o tempo se esgotara. O deputado do Tennessee sugeriu que eles suspendessem a sessão e depois a retomassem.

— Desculpe — disse Sandy. — Eu não posso deixar isso passar.

A tribuna era sua de novo: todos, homens e mulheres, permaneciam chocadamente despertos.

— Senhor — disse Sandy —, eu protesto contra suas observações como um cientista, como um americano e, acima de tudo, como um judeu. Seis milhões de pessoas de meu povo morreram no Holocausto, entre eles membros de minha família. Comparar minha conduta à dos colaboradores nazistas é um insulto para mim e para toda a comunidade judaica. Sua afirmação foi além do mau gosto; foi profundamente anti-semita, e eu exijo um pedido de desculpas.

A sala ficou silenciosa por um momento. Boa jogada, pensou Jacob. Na fileira de trás, Jeff Yudelstein observava, maravilhado. Mesmo ele, o mais jovem dos repórteres, percebia o que Sandy Glass havia conseguido. Redfield estava na defensiva. Ainda petulante, era ele agora quem tinha de se explicar. Sua analogia não pretendera ser uma ofensa ao povo judeu, mas uma acusação de corrupção na comunidade científica, uma cultura na qual a falsidade era recompensada e aqueles que diziam a verdade eram abatidos. Sua analogia, talvez infeliz, talvez enganadora, não se tratava de forma alguma de um menosprezo à memória sagrada daqueles que haviam perecido. Ele se esclarecia com vigor, mas era tarde demais. As palavras haviam escapulido de sua boca e vazado para todos os blocos de notas e gravadores, para se multiplicar na imprensa escrita, nas rádios e em todo canal a cabo de acesso público.

Aquilo seria ótimo para Feng. Byron Zouzoua apercebeu-se disso instantaneamente. O Holocausto ultrapassara tudo. A acusação de anti-semitismo elevara o discurso a um nível inteiramente novo. A atenção da mídia sobre Feng, o chinês brilhante e inescrutável, mal podia competir com isso, o *faux pas* anti-semita do deputado.

Thayer Houghton-Smith sentiu seu estômago chacoalhar, do desespero para a esperança. Tinha quase desistido de seu cliente, que se comportara como macaco em loja de louças, e ele então invocou o Holocausto. Soltara uma bomba H. O que havia a dizer além disso? Sandy era mesmo um gênio?

Era insano? Marion gostaria de saber, parcialmente admirada por seu excesso retórico.

Ann inclinou a cabeça para esconder seu rosto perplexo. Tinha certeza de que Sandy nunca antes proferira na vida palavras como aquelas. Seu marido nunca usara o termo *meu povo*, a não ser em piadas sobre judeus. Instintivamente, compreendeu que ele utilizara uma metonímia: por *povo*, queria dizer Marion. Quando exigiu desculpas, exigiu desculpas a Marion, pelo tratamento áspero que haviam lhe dado. Mesmo agora, depois daqueles anos todos, sua profunda ligação com Marion, seu amor por ela, ainda apanhavam Ann de surpresa. Doía vê-lo defendê-la tão temerariamente, assisti-lo se jogar na frente dela, ainda que Ann sentisse, desprendida e politicamente, que este comportamento deveria fazê-la orgulhosa.

9

ENQUANTO REDFIELD saía da sala apressado cercado por seus auxiliares, repelindo a imprensa numa manobra de retaguarda, Charlotte e Louisa Glass encontravam-se em um ônibus de dois andares uma hora ao norte de Boston para visitar Kate em Hill. O final de semana dos pais da Hill Academy deveria começar naquela noite, e Ann, com seu zelo habitual, pedira que uma delas fosse à escola fazer companhia a Kate até que os pais chegassem, na manhã seguinte. As duas irmãs se ofereceram. Não era apenas o caso de tomar conta de Kate — parecia também uma questão de orgulho familiar ir para Hill, hastear a bandeira e guardar o fronte doméstico.

As irmãs eram as duas únicas passageiras no ônibus, e o motorista parecia ter se esquecido delas ao acelerar atravessando as fazendas acastanhadas. A John Parrish Hill Academy não tinha uma só colina em seu nome, e Charlotte viu o campanário da igreja a grande distância.

— Por favor! Por favor! — gritou para o motorista. Balançando, ela e a irmã se dirigiram para a parte da frente.

— Ah, chegaram — disse o motorista.

— Nossa parada é aqui — disse Charlotte irritada.

— Relaxe — murmurou Louisa, e Charlotte olhou-a com uma careta, por ela se parecer tanto com Ann.

Tropeçaram porta afora, evitando por pouco uma poça de lama, e carregaram suas bagagens ao longo da estrada de mão dupla que cortava o campus. As duas também tinham freqüentado a Hill e se sentiam quase velhas e sábias ao seguirem pelos campos vastos e barrentos em direção ao pátio principal. Parrish Hill tinha um ar etéreo, romanesco como se houvesse parado no tempo há cem anos. Ao sul, o solo inclinava-se suavemente até o grande lago. A oeste, um bando de estudantes circulava, como garotas na fazenda em um quadro de John Everett Millais, as faces ruborizadas pela luz rósea da tarde, com bastões de lacrosse inclinando-os sobre seus ombros.

Louisa respirou fundo. Como era doce o ar comparado ao esfumaçado da cidade. Ela havia esquecido.

Uma pequena figura corria em direção a elas, visível de uma enorme distância. Finalmente ela chegou correndo, esbaforida.

— Vocês ouviram alguma coisa? — perguntou ela.

Charlotte balançou a cabeça.

— Nós provavelmente já estávamos no ônibus quando mamãe tentou ligar.

— Ah — disse Kate, pegando uma das malas de Louisa.

— Está leve — disse Louisa. — Deixe que eu carrego.

— Não, eu carrego. Você é convidada — disse Kate.

Louisa olhou para Charlotte, deleitada e tocada por ver como Kate estava feliz em vê-las. Hill era um lugar tão bonito e tão desolado.

— Vocês estão com fome? — perguntou Kate. — Há uma recepção de abertura no velho ginásio, mas só às oito. Podemos jantar cedo. — Ela vestia uma saia de veludo marrom e sua meia-calça tinha um fio puxado. Seu casaco era velho, desbotado e verde.

— Você realmente devia pedir umas roupas novas para mamãe.

— Não acho que nesta semana ela tenha tempo de ir ao shopping — respondeu Kate no mesmo tom de censura que havia lhe granjeado o apelido familiar de Kate, A Santa.

As três caminharam diretamente para o refeitório, apanharam bandejas e ficaram na fila. Por força do hábito, Charlotte procurou seu cartão de identidade de Harvard e depois se lembrou que ele não era necessário. Os convidados entravam e saíam livremente para o jantar. Não havia seguranças ou chaves. A escola simplesmente ficava num lugar distante demais para considerarem necessárias tais precauções.

Com o jantar nas mãos, as três olharam ao redor por alguns momentos.

— Onde vocês querem sentar? — perguntou Louisa.

— Não sei — disse Kate.

— Bem, onde estão seus amigos?

Surpreendida, Kate perscrutou o salão de jantar. Não estava certa de que pudesse arranjar pessoas em qualquer mesa que pudesse qualificar como amigas.

— Seus pseudo-amigos? Seus amigos imaginários? — provocou Charlotte.

— Tudo bem, tudo bem. — Kate conduziu suas irmãs até a ponta extrema de um grupo de aparência bastante literária, onde as apresentou a uma garota francesa chamada Sylvie, que usava um lenço Hermès; um jovem divertido de óculos chamado Stephen; um tipo alegre e atarracado, Monty; um outro, sofisticado, Nick, e um pequeno garoto, Matthew, certamente o judeu da turma. Cada um deles disse oi, educadamente. Depois continuaram a falar entre si sobre a produção de *Equus* na primavera.

Como de costume, Kate foi relegada a contemplar seu jantar. Começou a beliscar seu ravióli nadando no molho de tomate, seu pudim de chocolate e suas duas fatias de pão de alho. Era quase aceita pelos outros — e certamente era tolerada —, mas não era um deles. Trabalhava com eles na revista literária, mas seus poemas nunca eram escolhidos. Era secretária do grupo de teatro, mas ninguém a considerava uma atriz e nunca tivera um papel no palco. Era triste dizer, mas em Hill ela era bastante comum. Não era africana, nem mesmo afro-americana. Não tinha tios no Senado. Seu pai não era um mago de Wall Street. Sua mãe não era uma ativista famosa, nem sua família comparecia à temporada de ópera em Nova York. Hill orgulhava-se de sua diversidade. Para lá acorriam estudantes de todo tipo de formação privilegiada. Havia também os que superavam assombrosas privações. Neste caso, mais uma vez, Kate não correspondia. Não tinha escapado dos campos de extermínio do Camboja, nem fora colhida como uma rosa do centro de Baltimore por uma bolsa de estudos. Os *literati* de Hill tinham afeição por ela, mas ela não podia afirmar que eram seus amigos íntimos.

Stephen era um pouco diferente. Era charmoso — e até próximo —, quando escolhia ser. As pessoas diziam que seu avô era rico, mas seus parentes o tinham educado em uma comunidade no Oregon. Adorava informações enigmáticas, livros raros e antiguidades. Comprara uma bengala vitoriana numa loja em Boston e fora suspenso por isso, sob a alegação de que armas não eram permitidas no território da escola. Afirmava que seu nome do meio era Dedalus. Aquilo soava extravagante e pretensioso, mas com ele nunca se sabia. Podia ser verdade.

— Ei, Kate — chamou Stephen do outro lado da mesa. Louisa fitou-o; ele era tão familiar. — Pode me emprestar seu *Tristram Shandy*?

— Onde está o seu?

— Perdido.

— Onde?

— Minha querida — disse ele professoralmente —, se eu soubesse onde o havia perdido, obviamente ele não estaria perdido.

— Não empreste nada para ele — disse Monty.

— É, eu não faria isso — disse Matthew a ela.

— Por favor, eu imploro — disse Stephen, aproximando-se e ajoelhando-se diante dela.

— Tenho certeza de que há um exemplar na biblioteca — disse ela.

— Coisa ruim — disse ele.

Louisa então se lembrou de onde o tinha visto.

— Ele era Próspero — sussurrou para Charlotte.

Fizera o papel de Próspero na montagem de *A tempestade*, no ano anterior. Louisa reconheceu a expressão caprichosa em seu rosto, os óculos redondos, a maneira como falava — formal, mas ao mesmo tempo irreverente. Fizera um tipo tão estranho, com aqueles óculos e o bastão de madeira. Uma mistura de inocência e sofisticação, parte Phileas Fogg do Reform Club, parte o Pequeno Príncipe de Saint-Exupéry. Agora, devia ter pelo menos um metro e oitenta de altura, e era muito desengonçado e despreocupadamente tonto. E tentava pegar emprestado livros de Kate!

Charlotte inspecionou Stephen com um olhar penetrante. Afinal de contas, sabia alguma coisa sobre jovens imaturos.

Naquela noite Charlotte e Louisa aninharam-se em sacos de dormir no quarto de Kate, no sótão. Anos antes, alguma garota colara adesivos fosforescentes no beiral suspenso. Galáxias de pequenas estrelas e planetas encheram o quarto assim que Kate apagou a luz.

— Parece um planetário. — Louisa estava deitada, admirando a vista.

Charlotte, no entanto, foi direto ao ponto.

— Você deve ficar esperta com Stephen — disse a Kate.

— Por quê? — perguntou Kate.

— Por que ele é uma encrenca — disse Charlotte.

— Como assim?

— Você sabe o que eu quero dizer.

— Ela acha que ele gosta de você — disse Louisa, entretida.

Kate sentou-se na cama, genuinamente surpresa.

— Não gosta, não.

— Fique decididamente longe dele — advertiu Charlotte.

— Mesmo? — Kate sentiu-se provocada pela sugestão. Sempre presumira que Stephen gostava mais de meninos do que de meninas, mas, na verdade, não estava certa.

— Ele é uma encrenca.

— Por quê?

— Não dê ouvido a ela — aconselhou Louisa. — Ela está rabugenta e não quer saber de homens.

— É? Nem de Jeff?

— Quem?

— Você terminou com Jeff?

— Joguei ele fora — disse Charlotte.

— Jogou suco de cranberry em cima dele, isso sim — emendou Louisa.

— Bom, papai vai...

— Eu não estou falando disso com papai — disse Charlotte, rispidamente.

— Ela está com medo de fazê-lo feliz demais — Louisa disse a Kate.

— Engraçadinha — disse Charlotte.

— Ele vai descobrir, de qualquer jeito — disse Louisa, que não tinha sido nem de longe filosófica quando terminou com seu próprio namorado, no ano anterior.

— Eu só queria... — começou Kate.

Charlotte interrompeu.

— Ah, não venha dizer que não gosta de Stephen.

— Não, eu só queria que mamãe telefonasse de Washington. Ela não costuma agir assim.

— Ela vai estar aqui amanhã — disse Louisa —, e então vai lhe contar tudo, tintim por tintim.

— Espero que papai não tenha perdido a calma — disse Kate, em voz baixa.

— É claro que ele não perdeu a calma — disse Charlotte. — É para isso que existem os advogados.

— Para não deixá-lo perder a calma?

— Para perder a calma por ele.

— Eu meio que achei que no fim eles iam chegar aqui e me fazer uma surpresa — disse Kate.

— Ora — disse Louisa carinhosamente. — Você sabia que seríamos nós.

— *In loco parentis* — murmurou Kate.

— Até eles voarem até Boston, pegarem o carro e chegarem aqui...

— Eu sei, mas pensei vagamente que a chegada de vocês fosse só um plano de contingência da mamãe — disse Kate. — Vocês acham mau sinal, se a audiência tiver terminado tarde?

— Não! Por que você é sempre tão alarmista? — perguntou Charlotte, embora isso fosse exatamente o que ela estava pensando.

As estrelas fosforescentes esmaeceram, e as irmãs ficaram silenciosas enquanto pensavam no pai. Perderia seu posto no instituto por uma acusação injusta? Teria de se demitir da Harvard Medical School? Não eram dúvidas povoadas por questões materiais — nunca ocorreu a elas perder a casa ou terem de sair da escola. Eram muito tenazes — e ao mesmo tempo muito protegidas — para ter tais idéias. As preocupações delas eram todas com o pai. Suas identidades ainda estavam ligadas à dele, envoltas em sua causa e sua carreira. Seu brilho era o ponto focal da família delas. A vida delas fora estruturada por suas horas impossíveis, seus finais de semana de plantão, suas ausências. O trabalho dele como um curador, sua pesquisa, sua arrogância benevolente eram todos parte do mito central de suas infâncias, e elas temiam parcialmente a demolição daquele mito, o estilhaçar de seu deus doméstico. O que aconteceria com a família então? Que nova religião as guiaria?

O que seria dele? Sandy Glass nunca se sentira tão bem em sua vida. Virara a mesa contra seus acusadores e estava jubilante. Como Zouzoua previra, o barulho da mídia se afastara de Feng. Redfield, com a escolha de suas palavras, ao mesmo tempo chocantes, racistas e infelizes, acendera uma luz vermelha e dirigira a fúria pública contra si mesmo.

O rebuliço com os comentários de Redfield espalhavam-se por toda a imprensa e, em particular, o próprio advogado de Sandy chamou-o de brilhante, enquanto os artigos sobre o *faux pas* de Redfield pululavam: editoriais castigando o congressista, declarações oficiais da Comissão Judaica Americana, da Liga Antidifamação e dos presidentes das organizações judaicas mais importantes. Havia pedidos para Sandy falar perante a seção médica das Filantropias Judaicas Combinadas, de Boston, e um alarido para que Redfield renunciasse como presidente da Comissão de Energia e Comércio. Que situação deliciosa! Que saborosa confusão!

Poucos se deleitavam mais com a agitação do que os pacientes de Sandy. Abraçavam-no em suas visitas no consultório e, em seus quartos, saudavam-no como um campeão de volta ao lar.

— Redfield realmente enfiou os pés pelas mãos — disse Mary Stoughton. Tinha um tubo respiratório em seu nariz, para receber oxigênio extra, e falava em arrancões ofegantes, mas planejava chegar até seu nonagésimo aniversário.

— Enfiou mesmo — disse Sandy.

— É a coisa mais absurda que ouvi na minha vida — disse Mary à filha mais velha, que zelava por ela ao lado da cama. — Ele chamou o doutor Glass de nazista. Eu disse para a enfermeira hoje cedo: "Chamaram o doutor *Glass* de nazista. Redfield tem de renunciar a seu posto."

— Veremos — disse Sandy, abrindo um sorriso.

— Mamãe está rascunhando uma carta para o Sr. Redfield — disse Helen Stoughton, que vinha tomando notas em um bloco amarelo.

— É disso que eu gosto — disse Sandy, apertando a mão de Mary na sua. Sua pele era branca e quebradiça, e as veias azuis transpareciam. A velhice se apossara dela, o câncer a devastava, e ela se agarrava tenazmente a cada dia. Ainda sabia as horas e acompanhava a sina de seus companheiros. Sempre gostara de seu jovial médico judeu, principalmente quando ele aparecia no noticiário. Ela torcia pelo time dele. Na verdade, ele *era* a o time, lutando bravamente por meio dos jornais, enfrentando Redfield e a Câmara dos Deputados. Mary nunca duvidou que ele fazia isso no interesse dela.

— A próxima coisa que temos a fazer é promover uma intensificação de nosso trabalho aqui — disse Sandy a Marion no almoço.

— Bem que eu gostaria — disse Marion.

— E por que não podemos? Qual é o problema agora?

— Bom — disse Marion —, nós temos muito a terminar na tese de Feng e Prithwish sobre o câncer ósseo.

— Aquela coisinha ? — zombou Sandy. — Achei que você tinha resolvido isso semanas atrás. — Ele apanhou o rascunho da mesa dela. — Você ainda mantém Robin como co-autora?

— O projeto era dela, antes de ela sair — respondeu Marion, simplesmente.

Sandy praticamente riu de exasperação. Ela era tão escrupulosa.

— Ela fez uma contribuição — disse Marion —, ainda que pequena.

— E esta seria a mesma Robin que está tentando destruir nossas carreiras?

— Nós já tivemos essa discussão.

— É como incluir Benedict Arnold na lista dos Fundadores da Pátria. Por sua contribuição inicial à Revolução Americana. — Ele passou rapidamente pelas primeiras duas páginas, fortemente anotadas com a caneta vermelha de Marion. — Você está gastando um tempo excessivo com isso. Mal vale a sua atenção.

Ela não respondeu. Ele estava certo — os resultados eram modestos, mas ela tinha de fazer aquilo. Por mais que estivesse aliviada de ter terminado sua parte nas audiências da subcomissão, por mais impressionada que estivesse com o desempenho de Sandy, sua ansiedade era tal que não deixaria passar nada na tese de Feng.

— E Cliff? — perguntou-lhe Sandy.

— Ele está enfrentando um pouco de dificuldade.

— Por quê?

— O que você acha? Ele está assoberbado e com a atenção desviada pelos repórteres, pela preparação para as audiências...

— Ora, por favor — cortou-a Sandy. — Vamos sair dessa, está bem? Eu estou muito cansado destas desculpas. Esta é exatamente a hora em que ele deveria estar fazendo o melhor de seu trabalho. Deveríamos estar estalando os chicotes para Cliff terminar o trabalho. Temos de mostrar ao CIPC de que espécie de material seus resultados são feitos.

— É fácil para você dizer — falou Marion, em tom de reprovação. Ela mesma se sentia sobrecarregada. Por um lado, queria mergulhar no trabalho editorial, revisando a tese do câncer ósseo até que a tempestade lá fora amainasse. Por outro, era insano apurar aquelas pequenas contribuições enquanto a força central do trabalho do laboratório permanecia em suspenso. O novo artigo de Cliff, impublicável até o fim do inquérito, continuava sob custódia.

Ela começava a sentir como uma mulher com um saco de ouro escondido em casa. Ansiava por depositar seu tesouro numa publicação acadêmica, mas tinha de esperar pelo menos outro mês pelos resultados do inquérito da CIPC. Tinha tantos planos para o trabalho de Cliff, tantos projetos de novos experimentos. Mal tinha contado a Sandy sobre metade deles, e agora se desesperava com receio de que ladrões seqüestrassem suas idéias ou, mais provavelmente, fabricassem suas próprias versões independentemente. Perguntava a si mesma se as circunstâncias estavam distorcendo sua perspectiva. O inquérito que a impedia de publicar, o escrutínio que estorvava todo o seu trabalho e a defesa, que ocupava tanto de seu tempo, pareciam apenas aumentar o potencial do R-7. Paradoxalmente, em sua cabeça, parecia que quanto mais o CIPC os questionava, melhores ficavam os resultados de Cliff. Ela, que sempre praticara a modéstia, agora sofria da suspeita de que tocara em algo formidável.

— O inquérito tem seu preço — disse ela em voz baixa.

— Olhe, o inquérito é algo que podemos superar. Cientificamente, é irrelevante. É só política, não tem mérito. Você viu o artigo? Nós tornamos nossa posição abundantemente clara. Deixar que o CIPC nos atinja é o grande erro. Cliff devia estar trabalhando cada vez mais intensamente.

— Acho que você não percebe...

— Eu percebo tudo — interrompeu-a Sandy.

Naquela mesma manhã ele vira Kristen Braverman, uma paciente de câncer de mama uma vida toda mais jovem que Mary Stoughton. Os filhos de Kristen ainda estavam na escola primária. Sandy tratava-a agressivamente. Seu rosto estava descarnado, sua pele apresentava uma coloração acinzentada, envenenada que estava pela quimioterapia e por sua própria doença, ainda mais virulenta. Não estava se saindo tão bem quanto ele esperara, mas havia drogas. Sandy tentava convencê-la disso.

Os olhos dela eram de um azul puro, um azul de medo. Ele, porém, nunca olhava muito nos olhos de seus pacientes. Era muito mais seguro pegar na mão deles e rir, fazer brincadeiras. Tomara a mão de Kristen firmemente na sua e dissera: "Se você acha que se sente mal, imagine como se sente seu tumor."

Ela sorrira palidamente para seu marido, como se dissesse: "É isso que a gente tem de agüentar de nossos médicos." Mas Mike Braverman não estava disposto a fazer piadas com um oncologista. Ainda estava cambaleante com o diagnóstico de sua mulher, acostumando-se com a idéia de que sua mulher pudesse morrer. Era apenas um novato procurando as palavras, os meios, as roupas de inverno neste novo país, o da doença.

— Que outras opções nós temos? — perguntava Mike a Sandy continuamente. Naquela manhã, seguira Sandy pelo corredor até o posto de enfermagem e de lá para o saguão de tom pastel, onde, assustado, pressionou por obter uma previsão melhor do que estava por vir.

Sandy podia ter feito uma pausa para compadecer-se com Braverman ou ter deixado as lágrimas rolarem, mas não acreditava em prantear antes do tempo. No outro extremo, podia ter dispensado o marido angustiado e passado para a próxima consulta, mas nunca era tão abertamente brusco, mesmo quando estava atrasado. Algumas palavras sobre o espírito? Uma pequena oração? Conselhos sobre os poderes curativos da meditação? Sandy deixava isso com os capelães. Em vez disso, ficou com o marido de sua paciente na janela do saguão, que ia do chão ao teto, e mirou a cidade com suas fileiras de casas, parques verdejantes, ruas labirínticas curvando-se, enredando-se e voltando-se sobre si mesmas. Fitou Cambridge, depois do rio Charles, e disse: "Estamos trabalhando com o que temos à mão." Falava com a afetação científica do nobre pronome *nós* que, como sabia, as famílias achavam mais reconfortante. "Neste exato momento, investigamos novos tratamentos."

— Por que você não pára de inventar desculpas para Cliff e o manda circular comigo? — disse Sandy a Marion. — Isso poderia acender um fogo sob seu... Desculpe, poderia imbuí-lo de algum sentimento de urgência.

Cliff tinha um sentimento de urgência, e lutava continuamente. No andar de baixo, examinava cada gaiola, observando suas pequenas criaturas róseas. Observava seus ratos recém-saudáveis, o último grupo que identificara como em remissão. Rapidamente, inspecionava as tropas fileira por fileira. Uma das gaiolas chamou sua atenção. Havia algum rato faltando? Deveria haver quatro ali dentro.

Ele puxou a gaiola e ergueu-a para olhar. Dois animais se movimentavam. Os outros dois estavam deitados e fracos no fundo da gaiola. Estavam vivos, mas mal se mexiam. Não sangravam e não havia sinal de luta, mas mesmo quando os cutucou com seu dedo enluvado, eles não correram.

O que estava acontecendo? Estavam morrendo? Os tumores estavam de volta? Ou havia uma epidemia na colônia? Seu coração disparou enquanto isolava os dois animais flácidos. Isso não era bom, não era nada bom. Uma epidemia, logo quando precisava mais dos animais. É claro que faria a eutanásia naqueles atingidos. Os dissecaria e tentaria entender. Iria até Marion. Contataria imediatamente a equipe de veterinários. Fechou os olhos por um momento, parado diante das prateleiras de gaiolas. Estava se apressando em suas conclusões. Dois ratos infectados não significavam necessariamente um desastre. Ainda assim, teve um pressentimento nauseante.

Foi até Beth, na mesa dela no primeiro andar, e tentou contar o que vira.

— Se estão morrendo agora, acabou. Não vou ter uma segunda chance.

Os olhos dela estavam enrugados de preocupação quando pegou o telefone e disse:

— Philpott Institute.

Cliff começou a chacoalhar uma caixa de clipes de papel, despejando os clipes na palma da mão e colocando-os de novo na caixa.

— Um momento que vou transferi-lo — disse Beth. Durante todo o tempo seus olhos estavam fixos nele, ansiosos, surpresos de vê-lo naquele estado.

— Tenho medo de que as coisas comecem a dar errado — confessou ele quando Beth desligou.

— Eu tenho certeza que de que você vai descobrir exatamente qual é a causa do problema. — Ela tentava tranqüilizá-lo.

Ele balançou a cabeça. Tudo tinha de estar perfeito — aquele era o momento de reforçar seu trabalho anterior. A mera premonição de um problema iria alimentar a dúvida e inflamar o CIPC.

— São apenas dois ratos, certo?

— Não, não — disse ele, impaciente. — É com os outros que estou preocupado. — Ela não tinha idéia do que ele queria dizer.

Durante todo o resto daquele dia, ele e Marion trabalharam juntos. Sacrificaram os animais doentes e os outros da mesma gaiola e enviaram todos os quatro corpos para análise. Examinaram os outros ratos da colônia e não encontraram evidência de doença. Marion estava ativa e calma.

— Não saberemos de nada até termos os resultados das necropsias — disse ela a Cliff enquanto eles tiravam suas galochas descartáveis.

— E se...?

— Não vamos nos preocupar por antecipação — disse ela. É claro que sabia exatamente o que ele temia. Como ele, receava uma epidemia na colônia, mas, em sua mente racional, o risco naquele ponto era apenas teórico. Cliff, e apenas Cliff, estava tomado por premonições de que todos os seus animais poderiam morrer. Sua imaginação se adiantava e ele pressentia a dura decisão de Marion de exterminá-los todos. Perdera seu novo trabalho, a prova crucial de suas idéias e de sua inocência. Tentou enfatizar possibilidades melhores, mas só conseguia cismar com um terrível fim.

Naquela noite, deitou-se em sua cama desarrumada e flutuou entre o sono e a vigília. Sonhou com seus animais rijos e mortos, semi-sepultos em sua forragem. Sonhou com gaiolas e prateleiras de gaiolas, enormes peças de equipamentos, centrífugas, espectrômetros despencando de um céu claro. Eram de cores lindas, dos mais profundos azuis e negros, e ele não podia deixar de olhá-los enquanto caíam. As máquinas estavam sobre ele, esmagando-o, e ele tentava se abrigar, esticando-se até Robin desesperadamente, arrancando o grosso roupão no qual ela se embrulhava, acariciando seus pálidos ombros sardentos, soltando seus longos cabelos finos. Envolveu as pernas dela com as dele, puxou-a sobre si e nunca se sentiu tão seguro ao segurá-la em seus braços, exceto pelo fato de que ela não se deixava beijar.

Acordou afogueado, com o coração disparado e confuso. Lavou o rosto e caminhou pelo quarto, tentando se acalmar. Estava horrorizado de sonhar com ela, de querê-la e, acima de tudo, de ser possuído por ela daquela maneira, por senti-la dentro de si. Sentiu, de uma forma terrível, que estava se tornando como ela, prevendo o pior. Atacando-o por dentro, ela penetrara sob sua pele e assim, súbita, inesperadamente, ele começou a ver o mundo através dos olhos dela. A pesquisa, que um dia parecera monótona — e depois viciante —, agora era uma empreitada trágica, uma esperança falsa dando lugar a outra, o progresso despedaçado pela má sorte, as grandes expectativas fadadas à desilusão.

10

Ela pensava nele constantemente, no que ele havia feito e dito, mas acima de tudo no que faria quando ouvisse as conclusões do inquérito. Imaginava como Uppington, Marion e Sandy responderiam, mas pensava especialmente em Cliff, pois, secretamente, sabia qual era o resultado da investigação. Fora contatada por Morgenstern e conhecia pelo menos parte do que o CIPC planejava relatar. As conclusões seriam divulgadas em dias. Ele admitiria a verdade, por fim? Ou revidaria com mais veemência? Subitamente, temia ter sido de alguma forma ferida por ele. Ficava acordada até tarde e às vezes deixava as luzes acesas durante a noite. Certa vez ouviu uma grande explosão e sentou-se na cama terrificada. Foi nas pontas dos pés até a sala e viu que uma estante de livros sobrecarregada despencara no chão. Não havia risco de ele se aproximar. Ela dizia isso para si mesma o tempo todo. Ainda assim, não conseguia se desvencilhar de seu medo, do culposo preço que pagava por sua longa batalha para machucá-lo.

Em uma noite de maio, ela e Nanette deixavam o Harvard Square Nickelodeon. Abriam caminho em meio à multidão que chegava ao cinema e, enredada naquele fluxo, Robin ergueu os olhos e viu o rosto de Cliff. Ele estava com Beth e viu-a instantaneamente. As faces dela queimaram, e ela se sentiu corar até a ponta das orelhas. Com um golpe de vista, ele atingiu seu sentimento de justiça ofendido e reduziu-a a seu âmago magoado. Ela se afastou, rechaçada e humilhada. O que ela vira na expressão dele? Nenhuma culpa, nem confusão, nem medo. Apenas desdém.

Durante toda aquela semana, sentiu a opressiva acusação no olhar dele. Sentia a raiva dele em todos os cantos, inclusive no laboratório de Uppington, onde os outros pesquisadores alinhavam-se tacitamente com ele. Eram friamente polidos, mas falavam com ela apenas o necessário.

Há milhares de maneiras de fracassar honradamente. Pode-se fracassar ao tentar arrumar um emprego, pode ser que um equipamento falhe, pode haver uma falha na comunicação ou nos nervos, assim como se pode fracassar na tentativa de obter fundos. Podem roubar sua idéia. Seu orientador pode ser roubado por outra universidade e você ficar órfão, deslocado e alienado. Seu laboratório pode se mudar, seus animais podem morrer, se recusar a procriar ou sofrer um stress pós-traumático. Você pode escolher o projeto errado no lugar errado, bem como o projeto certo na hora errada. Todas estas eram maneiras aceitáveis de fracassar, trilhas estabelecidas. Robin, no entanto, insistia em que tinha fracassado porque outras pessoas em seu laboratório haviam mentido. Isso era inédito. Em todos os jornais ela era a "agitadora", famosa como acusadora. No laboratório de Uppington, no entanto, era uma vira-casaca. Uppington a havia acolhido e os estudantes dele aceitaram isso, mas não aprovavam o que ela fizera.

Apenas uma pós-doutora tratava Robin gentilmente. Era obesa, inglesa e nova no laboratório. Usava tênis, calças pretas de poliéster e suéteres gastos e prendia seus grossos cabelos para trás em caprichosos rabos-de-cavalo. Seu nome era Simone, e ela se formara em Israel.

Na primeira vez que Simone puxou conversa, Robin achou que era apenas por ela ser nova e pelos outros ainda não a terem informado do status de Robin como pária. Mas Simone falou com Robin mais de uma vez sobre seus problemas com seus colegas de moradia.

— Eu gostaria de achar meu próprio apartamento — disse ela a Robin —, mas os aluguéis aqui são tão exorbitantes!

Estavam na sala refrigerada, onde Robin examinava um lote de células.

— Você foi ao departamento de alojamento? — perguntou Robin.

— Claro. Onde você acha que encontrei esses preços absurdos? — disse Simone.

Robin abriu um grande tanque de nitrogênio líquido e tirou de dentro dele um rack de metal incrustado de gelo.

— É ridículo viver aqui — disse Simone, no momento em que um dos estudantes universitários de Uppington entrou apressadamente. Grande e desajeitado, ele trombou forte com Robin ao se espremer para passar.

— Ei! — vociferou Simone.

— Desculpe — disse ele.

Robin fechou o tanque. Vapores brancos espiralavam no ar, teatralmente.

— Obrigada — sussurrou ela para Simone enquanto escapava para o laboratório.

O telefone na parede não parava de tocar e os estudantes de Uppington permaneciam debruçados sobre seus trabalhos com notável indiferença. Robin não pôde deixar de pensar que esperavam que ela, a refugiada, atendesse o telefone para eles. Ela esperou, e o telefone continuou tocando. Esperou, e ninguém se mexeu.

— Alô — disse ela, finalmente, pegando da parede o antigo telefone preto.

— Robin Decker, por favor. — Era uma voz de homem, aguda e segura.

Ela ficou tão surpresa de ouvir seu próprio nome que demorou a responder. E então disse, em voz baixa:

— É ela.

— Oi, Robin — disse ele, tão informalmente como se falassem todo dia. — É Art Ginsburg.

Ginsburg! Os olhos dela esquadrinharam rapidamente os equipamentos do laboratório e os outros pós-doutores.

— Eu queria lhe dar os parabéns — disse ele.

— Por quê? — perguntou ela, subitamente se dando conta de que os outros não estavam tão concentrados e que já não estavam inteiramente virados de costas para ela. — Como assim? — Ela comprimia o telefone contra a orelha.

— Tenho boas notícias, é claro. — Ele tentava ser colegial, até amigável. Imediatamente ela temeu que algo tivesse dado errado com o relatório, com o CIPC, com o artigo de algum jornalista. Esforçou-se para ouvir mais, mas ou Ginsburg não queria trair uma confidência, ou estava se deliciando muito com sua informação privilegiada. Ele disse apenas: — Você vai ver amanhã no *Times*.

Com expressão rígida, Sandy Glass corria pelas ruas de Chestnut Hill. Seu jornal ainda não chegara. Mesmo assim, ele se fortalecia para o que viesse a encontrar. Fez uma curva em torno da entrada de carros de uma propriedade velha e malconservada. As árvores agora floriam, com a grama e as ruas polvilhadas de pétalas brancas. Ele mal percebeu. Permanecera acordado na noite anterior, cochilara no começo da manhã e quase engatara no sono. Forçara-se para fora da cama e saíra porta afora.

Não sabia exatamente o que o *Times* iria publicar, nem a extensão do dano que veria naquele dia. Em sua mente, no entanto, não havia hipótese de não passar por cima de todo obstáculo ou inverdade que o CIPC colocasse em seu caminho. Não tinha nenhuma dúvida. Estava totalmente sem medo. Via-se sozinho na batalha, cercado mas intrépido, como um bombeiro envolto nas chamas. Não pensou em Robin. Sua única preocupação era com o pessoal de seu laboratório. Tirá-los de lá com segurança era tudo que importava para ele. Estava determinado a carregar Marion em segurança até o chão.

Normalmente tão cuidadoso com seu ritmo, correu demais e chegou em casa sem fôlego. Curvou-se sobre seu próprio portão, com cãibra, ofegante e procurando o jornal no passeio de arenito azulado. As luzes estavam acesas e Ann o esperava na cozinha com o *Times* aberto. Sentiu um certo incômodo por ela ter visto a matéria primeiro.

— Sandy. — Ela procurava as palavras. — Parece que... Bem, você devia...

Ele apanhou o primeiro caderno, viu seu nome e inalou o artigo todo em um segundo. Absorveu-o todo, do começo ao fim. O *New York Times* "obtivera" uma cópia do rascunho do relatório do CIPC sobre o laboratório. A divulgação oficial do relatório seria feita só dali a semanas, mas lá estava em preto-e-branco, para todos lerem. O CIPC encontrara provas de fraude.

— Thayer ligou enquanto você corria — disse Ann.

É claro que não havia dúvida de como o *Times* obtivera a cópia do relatório do CIPC. Fora trabalho de Redfield, que perdera as estribeiras e pagara por isso, mas retomara o juízo. Esperara sua hora e atirara as descobertas do CIPC sobre um público crédulo, emboscando seu inimigo como um experimentado predador.

Ann falou de novo.

— Sinto muito — disse —, mas tenho certeza que...

Ele não ouviu, já se atirara em direção ao telefone.

— Ele deixou o número de sua casa — disse ela a Sandy, ainda achando que ele estava ligando para Houghton-Smith.

— Não — disse ele, discando impacientemente, esticando o longo fio do telefone para longe dela e entrando na sala de jantar. — Eu tenho de falar com Marion.

A notícia espalhou-se pela família, provocando um choque. A injustiça dos veredictos, sua publicação surpreendente e vingativa — toda uma fé abalada. Louisa estava a caminho da porta quando Charlotte lhe telefonou.

— É tão antiético — disse ela a Charlotte. — Como é que a imprensa pode abocanhar uma coisa dessas, resultados preliminares? Publicaram como se fosse uma condenação. E o que chamam de entrevista com papai foram apenas três linhas de comentário, e ele disse que foi citado erroneamente em tudo.

— Os jornalistas querem ser os primeiros — disse Charlotte. — Para eles é apenas uma corrida. Na verdade, não se importam com a acuidade.

— Quais são ao padrões deles? — perguntou Louisa, atirando-se na cama com o telefone na mão. — Eles não têm interesse na verdade!

— O jornalismo não tem a ver com a verdade. Você sabe disso — disse Charlotte. Ela estava calma e autoconfiante, muito segura de seu ódio por Jeff, pelo jornalismo e por todos os jornalistas. Era Louisa, sua irmã, quem estava estarrecida. Ver seu pai humilhado daquele jeito! Vê-lo apresentado pelo CIPC como alguém enganado por um pesquisador ambicioso. Sabia que ninguém se recuperava rapidamente de tal golpe. Fora uma agressão tão grande à reputação de seu pai que sofrera o golpe e estremecia por ele.

— O que ele vai fazer? — perguntou ela, assim que conseguiu falar com sua mãe. Ela caminhava para lá e para cá com o telefone na estreita sala de seu apartamento.

— Bem — disse sua mãe, no tom tranqüilizador e confiante que Louisa detestava. — É claro que vamos conversar com nosso advogado sobre o próximo passo. Marion também está falando com o advogado dela. Vamos precisar ver o texto integral do relatório do CIPC e sem dúvida apelaremos.

— Quando eu posso falar com papai?

— Ele acabou de sair para o instituto — disse Ann, acrescentando de maneira calmante e irritante. — Ele vai ficar bem.

Louisa não acreditava que sua mãe ainda usava aquele tom de voz com ela. Aquela voz de "é perfeitamente normal" que utilizara para enfrentar a puberdade e outras crises. Ann não convencia, é claro. Compreendia tão bem os temores de suas filhas que elas sentiam não ter privacidade. Sandy nunca era compreensivo, e isso elas tinham como certo.

— Não se preocupe, querida — disse Ann.

Ora, deixe isso para Kate, pensou Louisa ao desligar o telefone.

Mas Kate, distante em Hill, já falara com sua mãe. Ela se agachou perto do telefone público na escadaria e necessitou extremamente do tom morno e familiar de Ann. Depois da notícia, Kate temia ir sozinha tomar o café-da-manhã no refeitório — o trabalho e o bom nome de seu pai haviam sido brutalmente atacados. E Cliff? Como ele sobreviveria ao relatório e continuaria trabalhando? Sentiu-se ainda pior por ele... e em seguida culpada pelo sentimento.

Apenas a fome compeliu Kate a sair de seu quarto e ir para o café-da-manhã. No refeitório, pegou sua bandeja e passou pela mesa onde os funcionários colocavam os jornais para os alunos que os assinavam. Havia pilhas do *Boston Globe*, do *Wall Street Journal* e, evidentemente, do *New York Times*. Tentou não olhar. Virou as costas, mas o nome de seu pai em um jornal solto chamou sua atenção. O artigo estava em um box, debaixo da dobra. Seu estômago revirou quando viu a palavra *Glass* e depois a manchete "Ratos e Homens".* Apanhou duas caixinhas de cereal, uma tigela, um copo de

*Alusão ao romance homônimo de John Steinbeck. (*N. do T.*)

leite e uma banana, lutando contra o impulso de voltar para seu quarto. Nunca se sentira tão visível como quando se forçou a entrar no salão de jantar.

— Oi, Kate — disse Nick, e Stephen jogou seu próprio jornal no chão para dar lugar à bandeja de Kate.

Ela escorregou numa cadeira e começou a descascar deliberadamente uma banana.

— Oh, Deus — disse Monty num tom camarada, bocejando e espreguiçando.

— Quer que eu pegue um café para você? — perguntou Sylvie.

— Obrigada — disse Kate, embora nunca bebesse café.

Quando Sylvie retornou da cafeteira que os europeus usavam, Kate tentou tomar um golinho na xícara que ela ofereceu. Como o mundo parecia frio. O café amargo fez permanecer um gosto terrível em sua língua.

Os outros permaneciam na mesa, falando pouco. O salão começava a se esvaziar, e Kate pegou seus livros para a aula de latim.

— Eu realmente não estou com vontade de ir — confessou ela.

— Então vá a outro lugar — disse Stephen.

Ela o olhou ceticamente.

— Hoje é apenas meio período — observou Monty. Tinham aulas aos sábados e meio-período às quartas-feiras.

— Eu iria com você — disse Stephen displicentemente.

— Não posso matar a aula — disse ela.

— Então escape durante a tarde.

Ela se lembrou vagamente da advertência que Charlotte fizera sobre Stephen. Muito mais forte no momento era a camaradagem que ela sentia da parte dos seus pseudo-amigos. Suas bochechas queimaram quando ela se deu conta de que os outros a socorriam à sua maneira, cercando-a de solidariedade. Eram aristocratas — e nada disseram sobre o assunto. Mas houve outras ocasiões em que cada um deles precisou de um apoio moral. Houve um dia em que o pai de Matthew teve seu perfil publicado no *Wall Street Journal* e seu rosto desenhado a bico de pena, embora o texto do artigo fosse muito menos delicado, com referências ao "homem conhecido como o rei das ações podres". Houve a briga entre a mãe de Sylvie e seu marchand, menos registrada, mas ainda assim dolorosa. O divórcio dos pais de Stephen e a expulsão do irmão de Monty. Conheciam um pouco sobre humilhação pública na Hill Literary Society. Kate não entendera isso antes. Agora olhava os outros com surpresa, gratidão e um certo embaraço. De repente, ainda que brevemente, tornara-se um deles.

Sandy teria ficado tocado pela preocupação de suas filhas se tivesse tempo, mas estava no instituto, atendendo a todas as solicitações. Primeiro apressou-se até o escritório de Hawkins para avaliar a reação dele à notícia.

— Bem, *bom* não é — disse Hawking a Sandy enquanto se sentavam no escritório do diretor.

— Evidente que não é bom — disse Sandy —, mas é uma oportunidade de assumir uma posição.

— Achei que tivéssemos tomado uma posição — disse Hawking secamente. — Nos envolvemos aqui em nossa pequena batalha pela liberdade acadêmica.

— Mas não é uma pequena batalha — disse Sandy. — É uma guerra, e o CIPC é apenas uma parte dela. Você não percebe? Eles estão na mão de Redfield. Não se trata apenas de nós, mas sim de controlar a pesquisa científica por meio do financiamento público. Primeiro ele nos calunia, depois cortará severamente nossos fundos. Você não vê? Ele quer legislar sobre nossos programas de pesquisa. E isso tem de parar.

— Bem, é claro que eu entendo — disse Hawking. — Consigo ver isso com clareza. A questão é se a batalha pode ser vencida aqui e agora, num instituto que tem sido deficitário nos últimos três anos. A questão é se temos os recursos e o tempo para travar uma guerra como essa.

Sandy inclinou-se sobre a mesa e examinou o distinto e cavalheiresco cientista à sua frente. Fora um pesquisador maravilhoso em seu tempo. Agora os restos de cabelo em sua cabeça eram brancos. Hawking era articulado, por vezes até sábio, mas lhe faltava imaginação.

— É uma questão de equilíbrio — disse Hawking. — É uma questão de considerarmos os outros projetos e os outros financiamentos pelos quais lutamos. Não queremos nos ver sitiados.

— Mas nós estamos sitiados. Este é o ponto — disse Sandy. — Uma política de apaziguamento nunca vai funcionar, porque todos os projetos neste instituto, todos os financiamentos no país, estão interligados. Onde nos questionaram, vão questionar outros pesquisadores também. Onde desconfiarem de um resultado, chamarão também os outros cientistas de mentirosos. Toda a comunidade científica é suspeita para Redfield e seu povo. Você mesmo disse isso numa carta aberta — acrescentou Sandy, esquecendo-se astutamente de que ele mesmo escrevera a carta. — Toda a comunidade científica está sob julgamento.

Hawking encostou-se na cadeira e pensou no encontro dos curadores do instituto, que aconteceria naquele mês, e nas negociações com Harvard, que haviam se estendido demais e ameaçavam fracassar. Pensou nos dois cientistas seniores que estavam sendo cortejados por empresas farmacêuticas e não pôde negar que o Philpott estava sitiado.

— Não temos outra chance a não ser entrar nesta batalha — disse Sandy a ele — e podemos vencer, absolutamente. Querem falar sobre ética? Vamos falar sobre ética. Qual é a ética do CIPC? Querem falar sobre provas? Sobre a omissão de dados? Adotaram uma hipótese de culpa baseados em três pedaços de papel. O CIPC selecionou uma fração minúscula dos dados do R-7 e usou-a em seu relatório, ignorando totalmente todo o resto. Pegaram as queixas de uma pós-doutora descontente e as amplificaram tornando-as uma *cause célèbre*. Onde está a discussão de Hackett e Schneiderman sobre as motivações de Robin? Onde está a manifestação de suas intenções políticas?

— Calma, Sandy, calma — murmurou Hawking.

— Eu só estou falando do que todos nós sabemos — declarou Sandy. — O Serviço Nacional de Saúde *criou* o CIPC para apaziguar a Comissão de Energia e Comércio. Redfield tem o orçamento do Serviço Nacional de Saúde em suas mãos. Nós dois sabemos que o CIPC foi criado especificamente para sacrifícios rituais perante o Congresso. É um fórum de execuções públicas. Redfield posa com grande pompa e assiste ao CIPC armar um conflito ao colocar as palavras de um pesquisador contra as de outro. Fazem um circo brilhante, não? Com gladiadores se fazendo em pedaços, excitando o público, aterrorizando a comunidade científica. Os seus cientistas seniores são atirados aos leões. Se nós não questionarmos este sistema, ninguém ficará a salvo. Esta *não é* uma pequena batalha.

— Não, claro que não — disse Hawking.

— É uma luta imensa. E nossa única escolha é vencer.

— É melhor saber exatamente onde o inimigo se coloca. É melhor saber o que ele pensa e o que pretende fazer — disse Sandy a Marion e Cliff ainda naquela manhã na privacidade do escritório.

Cliff, pálido e sentado diante dos dois, aquiescera com a cabeça,

— O inquérito foi uma farsa — disse Sandy. — A subcomissão da Câmara parecia uma coisa da década de 1950. E a matéria que vazou a averiguação é desprezível. É triste. Na verdade, é trágico que a desconfiança pública dos cientistas chegue a este ponto. É doloroso ver jornalistas e políticos brincando assim com os temores do povo. Mas eu posso prometer que nossa apelação terá o mesmo espaço na imprensa e nossa exposição do CIPC, o mesmo tempo.

Inconscientemente, Cliff começou a clicar a tampa da pipeta que segurava. Clique, clique, clique, estalava o instrumento, como se estala a tampa de uma caneta esferográfica retrátil.

— Eu sei que é muito para absorver — disse Sandy, olhando de modo incisivo para Cliff. — Eu sei que você quer terminar...

— Eu só quero continuar trabalhando — disse Cliff. Não percebera, mas passara no teste de Sandy. A determinação ainda estava lá.

— Há mais uma coisa... — disse Marion.

— Os resultados da necropsia. — As palavras pareceram inchar e ocupar a garganta de Cliff.

— Não há sinais de infecção — disse ela.

Ele respirou de novo. A colônia estava a salvo.

— Mas há sinais de recorrência — disse ela. — Pequenos tumores perto das glândulas mamárias e em outros locais.

Isso não pode ser, protestou ele intimamente. Aqueles ratos estavam em remissão. Ele os havia tratado com o R-7 e eles estavam saudáveis. Por que estavam reincidindo?

— Deus meu, por que agora? — murmurou ele.

— Por que não agora? — devolveu ela, e ele se retraiu frente ao súbito rancor. Não fora a resposta ponderada que ela procurara.

Milhares de desculpas chegaram à ponta da língua dele e lá morreram. Sentia muito se soara infantil. Sentia por falar sem pensar, por pensar alto, pela qualidade inferior de seus pensamentos. Glass começou a falar de novo, mas Cliff mal ouvia. A voz dele parecia baixa e tênue perante a tempestade silenciosa do desagrado de Marion.

Ela era a difícil. Era ela quem ficava tremendo no escritório, tricotando furiosamente, consumida pela dúvida.

— Eu acho que talvez devamos publicar uma nota na *Nature*, apenas para falar de alguns dos temas questionados em nosso artigo — disse ela a Sandy depois que Cliff saiu.

— Nada disso! — disse ele, horrorizado. — Não vamos fazer nada disso.

— Não pensei numa retratação — disse ela. — Apenas em uma explicação dos dados, para tratar das objeções feitas no inquérito.

— Não vamos nos retratar de nosso artigo, nem mesmo parcialmente — disse Sandy. — Não vamos nos permitir desculpas idiotas. Não vamos nos acovardar por uma campanha concertada contra nós.

— Acho que devíamos esclarecer nosso trabalho — disse Marion.

— Nosso trabalho está perfeitamente claro — disse Sandy. — Três juízes independentes e os editores de uma publicação acadêmica acharam nosso trabalho perfeitamente claro e convincente. Se isso não está claro para Redfield, é por conta de sua ignorância e de um preconceito.

Ela comprimiu os lábios e inclinou-se sobre os pontos cerrados de seu tricô.

— Marion — disse ele. — Se você sabe a verdade, tem de lutar por ela.

— Eu só não quero que haja qualquer dúvida sobre nossa pesquisa — disse ela.

— Mas você sabe o que nós fizemos. Isso é só política. Você não pode perder isso de vista. — Ele balançou a cabeça. — Acho que às vezes confio mais em você que você mesma. Ouça. Sabemos o que fizemos. Sabemos de nossos resultados. Nada pode mudar isso.

Ela acolheu sua intenção de acalmá-la com gratidão. Depois do choque da notícia, depois da longa e cansativa manhã na qual nada parecera dar certo, Marion começou a se sentir ela mesma de novo.

— Que bom que eu o tenho por perto — disse ela para Jacob ao telefone.

Jacob poderia tê-la lembrado de que Sandy a metera naquela confusão, apressando a proposta de financiamento. Poderia ter mencionado que Sandy abrira a porta para o CIPC ao pressionar Marion a deixar Cliff agir sem controle em seus experimentos com o R-7. Havia muitas coisas que Jacob poderia ter dito a ela, mas ele ficou quieto. Não queria arriscar parecer desdenhoso com os problemas de Marion ou ressentido com Sandy. Não machucaria Marion num momento daqueles.

— Ele tem sido extraordinário — disse ela a Jacob, e seu elogio era sincero, pela maneira como Sandy a encorajava. Ele era um evangelista, pensou. Um evangelista do tipo mais notável, por conseguir fazer alguém dar toda uma volta e retornar à sua posição original. Qual era o nome para um evangelista como esse? Alguém que podia converter uma pessoa a ela mesma. Alguém que não deixava você vacilar, que não tolerava qualquer dúvida, mas que aderia à sua primeira idéia.

Kate não era de forma alguma ela mesma. Estava irresponsável e indulgente. Ela e Stephen haviam escapulido da escola de tarde. Ela, que praticamente nunca violara uma regra da escola, flanava pelas ruas da cidade e desperdiçava tempo. Que delinqüência admirável — podiam ir a qualquer lugar. O Jardim Público, Chinatown ou as lojas de Newberry Street. Sentiu-se deslocada. Ambos se sentiam, longe de Hill, com seus exames de geometria e traduções de Tácito, sua igreja empertigada e seu campanário encimado por um galo dourado como cata-vento. Kate praticamente estremecia quando alguém olhava em sua direção. Quase esperou ser presa por vagabundagem quando ela e Stephen desceram do ônibus. Ela agora tinha certeza de que Charlotte estava correta sobre Stephen. Ele era uma encrenca, mas Kate também era. Apenas nunca percebera isso antes.

Pegaram a Green Line para a Huntington Avenue. Se fossem apanhados, provavelmente seriam suspensos — e estariam jogando fora milhares de dólares de educação, fora da escola.

— Mas eles não vão nos apanhar — disse Stephen com ar experiente, fazendo-a perguntar a si mesma se ele fazia isso o tempo todo. Esperava que ele não percebesse que seu coração estava aos pulos. Ela nunca agira como alguém de 16 anos. Era tão melancolicamente desencantada. Agarrava-se à sua recém-descoberta anomia tão firmemente quanto à sua bolsa. E ainda assim sentia-se imensamente feliz. Mal se lembrava da conversa com sua mãe e de sua angústia com relação ao pai — quase afugentara seus próprios sentimentos. Ela não conhecia esta lógica antes, a de combater os problemas grandes com os pequenos. Com a sensação de uma séria degringolada, seguiu Stephen e entrou no Isabella Stewart Gardner Museum.

Guardaram seus casacos na portaria e deixaram para trás o dia frio de primavera. Samambaias, lírios em potes, orquídeas, gengibre e árvores floridas tomavam o pátio coberto de vidro. As paredes interiores eram róseas como o interior de uma concha do mar e quatro andares erguiam-se sobre pilares de mármore e arcos mouriscos. Enquanto caminhavam pelas extremidades do pátio, Kate e Stephen passaram por cadeiras e frisas de pedra, ferro trabalhado de igrejas e de camas reais da França. Tapeçarias com jovens mulheres da nobreza suspendiam-se nos corredores com colunatas, e as escadarias eram adornadas com painéis japoneses de madeira marchetada.

— Eu gostaria de ter uma casa assim — disse Stephen, enquanto entravam numa sala ornada com vestimentas e madonas de rostos solenes.

Kate quase riu.

— O problema é que não se consegue mais pinturas como essas. — Ele falava sério, como se realmente pretendesse comprar uma. Passaram para uma sala vermelha com retratos de corpo inteiro de jovens de armadura e depois para um salão verde-pálido adornado com tapeçarias e espelhos de prata parcialmente manchados. Havia coleções de rendas e rosários e uma liteira esmaltada digna de uma princesa.

— Este lugar é um conto de fadas — disse Kate.

Chegaram a um grande saguão em caixotão, com as paredes cobertas de óleos holandeses proibitivos. Havia um jovem Rembrandt em seu auto-retrato, e ele parecia extremamente entediado pelos cavalheiros sorumbáticos e pelas senhoras de rostos impassíveis ao seu redor. Kate parou para observar o artista com seu chapéu de pluma, um bigode discreto e olhos pequenos e indiferentes. Mas Stephen foi direto ao Vermeer, *O concerto*, colocado sobre uma mesa baixa.

— É este que eu adoro — disse ele a Kate. — Veja esta composição na diagonal.

Ela sabia que ele estava se exibindo e se sentia lisonjeada e atemorizada ao mesmo tempo. Era assim que ela tinha soado ao ler Donne para Cliff? Tão acadêmica e ansiosa?

Fixou os olhos no Vermeer, no chão de ladrilhos em preto-e-branco, as três figuras no clavicórdio, tocando e cantando perante sua tampa pintada.

— Parece tão sereno e distante, tão harmonioso — disse ela. — Tudo é uma questão de equilíbrio.

— Não é, não. É tudo uma questão de sexo — disse Stephen. — Vê o quadro na parede acima deles? É *A cafetina*. E percebe como o homem e a mulher à direita estão ligados por aquela sombra negra? E veja aquele violoncelo em primeiro plano, deitado no chão como o corpo nu de uma mulher.

Kate tentou interpretar as figuras sombrias de *A cafetina*. Olhou fixamente para a forma curva do violoncelo no chão.

— Você tem uma mente suja — disse ela.

— Não sou eu, é o quadro.

— Você faz Vermeer parecer tão imoral.

— É disso que eu gosto nele — disse Stephen maliciosamente, tirando seus óculos de aros dourados e limpando-os na ponta de seu suéter. — Está tudo lá... sexo, engano, traição, escondido em plena vista.

— Você acha que os modelos tinham idéia disso? — perguntou Kate.

— Tenho certeza de que depois tiveram.

— Mas isso seria uma difamação.

— Talvez eles tenham gostado — disse Stephen.

Lágrimas iradas brotaram nos olhos de Kate.

— Não gostaram, não — disse ela.

— Provavelmente eram apenas modelos pagos — disse Stephen, aflito por vê-la tão perturbada.

Ela o encarou.

— Está bem, chega de Vermeer para você. — Ele a guiou pelos ombros até a sala verde-pálido, com baús entalhados do tamanho de caixões, peças de altar e procissões de figuras com mantos. Kate mirou dois anjos num painel de madeira. O dourado em torno deles estava fissurado, gasto e avermelhado, como couro velho rachado.

— Sinto muito — sussurrou Stephen.

Ela não respondeu.

— Você viu o Ticiano?

— Shh — ela disse.

E então ele parou de falar. Ficaram em pé juntos na frente dos anjos e dos santos — e apenas olhavam.

Ser acreditada, tornar público seu conhecimento, ter sua compreensão ratificada! Robin praticamente dançou no trabalho naquela tarde. Teria de novo uma vida e uma chance de um futuro na vida científica. As mentiras de Cliff haviam sido expostas, e ela não mais era a incompetente, a histérica de ciúmes, mas sim a vindicada pelo próprio CIPC.

No saguão, Uppington caminhou entusiasmado em sua direção e gaguejou.

— É um veredicto muito... muito... impressionante — disse ele a Robin em particular. — Mas espero que você... espero que todos, todos nós, que possamos, e poderemos, chegar a um fim nessa... acho que você me entende.

Não foi exatamente um endosso retumbante, e ela o deixou acabar de falar com uma indignação íntima. Uppington tratou-a com benevolência quando precisou, mas mesmo ele achava a vitória dela difícil de engolir. Ela atacara quando poderia ter sido reservada — não apenas duvidara, mas tornara suas dúvidas públicas. Envolvera-se com pessoas que poucos cientistas aprovariam, associara-se com o inimigo e marcara pontos ultrapassando os limites.

Quem havia trapaceado, então? Não Cliff, mas Robin. Trapaceira. Trapaceira. Entrou no laboratório e nenhum dos estudantes de Upppington se dignou olhar para ela. Continuou trabalhando, orgulhosa, a cabeça erguida; lembrou-se de todas as ligações que recebera naquela manhã e dos pedidos de entrevista. Fora daquele prédio, em público, em Washington, e certamente em alguns outros laboratórios, havia gente que lia os jornais e a aplaudia. Disse a si mesma que trabalhara sozinha antes e que era forte o bastante para continuar assim. No entanto, ansiava por alguma palavra de validação, algum pequeno sinal dos austeros estudantes e dos circunspectos pós-doutores de Uppington. Capturou o olhar de Simone na bancada ao lado, mas ela ficou subitamente absorta com as células à sua frente — e voltou-lhe as costas.

Parte 6
Questões Abertas

1

Robin estava sentada na sala de audiência acarpetada de azul no Conselho de Apelações do Serviço Nacional de Saúde e percebeu que a hora dos amadores tinha passado. A tribuna pertencia a Houghton-Smith, Borland, Halbfinger e Zouzoua. Declarações filosóficas sobre verdade e prova e posições políticas sobre a responsabilidade pública haviam cedido lugar a argumentos processuais. O fato de os analistas do Serviço Secreto não terem formação científica real, de as cópias de suas descobertas terem sido sonegadas aos advogados dos pesquisadores, o fato de os veredictos do CIPC terem vazado para o *New York Times* mas misteriosamente terem demorado a chegar em Boston, bem como o fato de diversas páginas deste veredicto terem desaparecido dos processos quando eles finalmente chegaram, devido ao que se chamou de um "descuido de um funcionário" — estes eram os blocos da estrutura de defesa de Cliff. Sua defesa dependia da descoberta da personalidade e dos motivos de Robin. Na primavera a pressão fora sobre Cliff, mas agora, com o retorno do calor de agosto, era Robin quem se encontrava sob julgamento.

Como ela fora ingênua e precipitada ao chamar Cliff a prestar contas. Larry e Wendy não a tinham advertido meses atrás para não se envolver com o CIPC? Não lhe haviam dito que ela seria a ovelha do sacrifício? O CIPC publicara suas descobertas, mas a conclusão de fraude era como uma mensagem escrita na areia. Não um julgamento final, mas sim uma abertura para ações retumbantes e ataques odiosos ao comportamento de Cliff. Ela observou os três distintos cientistas do conselho de apelações, sentados em paciente contemplação. Eram um médico eminente, um especialista em doenças infecciosas e uma administradora de alta patente do Serviço Nacional de Saúde, uma mulher negra formada em saúde pública. Todos tomavam notas e ouviam atentamente a voz polida e pretensiosa de Tim Borland.

— Provavelmente uma má idéia — leu Borland, do diário de Robin. — Mas eu o deixei...

— Perdão — interrompeu o advogado de Robin. — Você acabou de afirmar que sua principal preocupação é com o curso dos fatos entre janeiro e maio. Este é um registro do verão anterior.

— Acho que a informação é essencial — devolveu Borland — se tivermos de entender exatamente quando e como Robin Decker se virou contra meu cliente.

— Eu discordo — disse Laura Sabbatini de imediato. — E eu acho que você deveria reconsiderar o que eu julgo ser uma abordagem extremamente perigosa.

— Perigosa para quem? — perguntou Borland.

Mas eu o deixei me beijar, lembrou-se Robin enquanto os dois advogados discutiam e o presidente do conselho de apelação, o médico vivaz e quase careca, tentava mediar. Cliff teria uma audiência em separado. Não havia ninguém na sala, a não ser os dois advogados e os três distintos cientistas. Isso bastava de sobra. Juntos, constituíam um quorum para a humilhação. Mesmo durante todas as argumentações e interrupções, Robin ouvia suas palavras expostas.

Tentava não as ouvir, mas as ouvia da mesma maneira. Sabia exatamente o que tinha escrito e via precisamente para onde Borland se encaminhava. Ele a seguia subindo as escadas para o apartamento.

"Deixei-o me beijar e subir. De manhã queimamos as torradas e ficamos sem pão. Daí tentamos cereais, mas não havia leite, então ele disse que, na verdade, não queria comer..."

Evidentemente, ela sempre soube que isso aconteceria. E Laura, é claro, enfrentava Borland a cada passo. Robin tentara se endurecer, mas não havia como se preparar para aquilo. E era curioso como a dor era aguda, como suas próprias palavras cortavam. Quem ela havia sido, quando deixara Cliff se enovelar nela? Quem ela tinha sido mesmo?

Como agitadora, recebera suas recompensas. Fora convidada a ir a uma importante conferência de biologia para participar de um painel sobre ética na pesquisa. Dera uma entrevista para o *Boston Globe* e a fotografaram, de pé e muito nervosa, nos degraus de tijolo diante do Philpott Institute.

Tomas apertara suas mãos nas dele e a parabenizara.

— Eu sabia que você iria vencer — disse ele. — E sabe por quê? Porque eu nunca confiei em Cliff, mas nunca disse nada porque vocês estavam juntos. Mas a verdade a libertará, certo? Eu sabia exatamente como tudo isso ia acabar.

— Tenho os recortes do *Times* pregados sobre toda a minha geladeira — disse-lhe Nanette... e não falava do refrigerador de casa, mas daquele grande e prateado do laboratório, para onde todos os técnicos acorriam quando queriam se informar.

Billie ligara para Robin em casa. Com sua voz arfante, disse que finalmente estava deixando o laboratório para se livrar das contaminações do prédio e devotar mais horas à força-tarefa de Cambridge sobre A Síndrome dos Edifícios Doentes. E, mais urgentemente, para poder reivindicar seus direitos no Philpott em tempo integral. — O fato de alguém que eu conheço ter vencido em face de toda essa corrupção me comove — disse a Robin. — Quero que você saiba disso. Sei que nós não trabalhamos muito tempo juntas, mas você foi uma influência importante para mim.

— É mesmo? — perguntou Robin. Não pretendia soar rude. A pergunta algo maldosa simplesmente escapara.

— Muito importante — disse Billie. — Na verdade, quando escrevi minha carta de demissão, citei você e suas lutas como uma de minhas inspirações primárias.

Como era estranha a maneira como o sucesso e o fracasso encerravam um ao outro. Como a vingança e a humilhação haviam se mostrado próximas. Houve um tempo em que dizer a verdade parecia necessário, uma medida drástica de sobrevivência no meio científico. Mas suas idéias e sua compreensão haviam sido apropriadas por outros — e sua noção de sobrevivência profissional, tristemente mal empregada. Como se imaginara livre de Cliff? Agora, estava certa de que os dois se afogariam juntos. Ela o tinha superado durante o inquérito, mas durante a apelação sentiu que ele a puxava para baixo ainda com mais força.

Agora ela se penitenciava. Agora começava a pagar pelo que dissera e fizera. Não deveria ter considerado o preço de uma guerra científica como a que promovera? Não deveria ter levado em consideração o fato de que as palavras são efêmeras?

Ela insistira em questionar o caráter de Cliff, e assim, em certo sentido, apesar de todas as objeções de Laura, era natural que os advogados de Cliff questionassem também o dela. Havia começado a explorar questões morais obscuras. Deveria estar surpresa com as criaturas que a jogavam na lama? Com suas próprias palavras ásperas a lhe cortarem de volta?

— "Às vezes eu desejo dano a ele... dano físico" — leu Borland alto.

E, claro, Laura Sabbatini mais uma vez objetou. Pediu ao distinto painel que considerasse o que era ou não relevante à apelação.

Insistiu que Borland se ativesse aos dados científicos. Ela notou que Borland mostrara que o Serviço Nacional de Saúde havia invadido a privacidade de seu cliente, pegado notas fora do contexto e difamado seu nome, mesmo quando o próprio Borland se permitia exatamente as mesmas táticas na defesa de Cliff. A advogada de Robin objetava e insistia — e conseguiu engajar o painel numa discussão ampla de parâmetros aceitáveis de provas num caso como aquele. Robin tentava se sentar ereta. Tentava olhar para frente, para o conselho de apelação, e estudar seus rostos gentis e profissionais.

— Você quer justiça? — Akira a desafiara.

— É claro — dissera ela.

— E está disposta a sofrer por isso?

O que era a justiça? Um relatório oficial do Serviço Nacional de Saúde? Um artigo no jornal? Um painel sobre ética? Este tipo de justiça parecia fugaz, uma vingança logo ultrapassada pelo tempo. Ela já mal sabia o que era a justiça, mas sofria.

No momento em que seu advogado discutia longamente com o de Robin em Washington, Cliff trabalhava na sala de animais, dissecando ratos. Sacrificara um novo grupo, mas a taxa de remissão ainda estava acima dos 60 por cento. Continuava encontrando novas recorrências. Na mesa de dissecação, estudava os cadáveres à sua frente e os números em seu caderno. Horas haviam se passado, e ele permanecia trabalhando, levantando peles flácidas com pinças, examinando tumores emergentes e glândulas mamárias normais.

A recorrência era uma descoberta intrigante em si mesma. O que ela queria dizer com relação à interação entre vírus, sistema imunológico e células cancerosas? Como as células cancerosas afloravam de novo? Como poderiam se regenerar depois de um extermínio total? Por um lado, estava fascinado pelo fenômeno. Por outro, estava quase fora de si com a ansiedade. Temera uma epidemia viral na colônia. Teria sido um terrível revés, mas aquilo era devastador. Não era apenas azar, era o próprio fracasso do R-7.

Cliff fora um estudante talentoso, mas desleixado. Havia se superado no colégio e até na faculdade, confiando mais na memória e na sagacidade do que na compreensão. Foi apenas na faculdade que começou a se dedicar totalmente ao trabalho e, ainda assim, havia sido petulante, tomando cada publicação como algo a que tinha direito e sua sorte de principiante como sua justa recompensa. Só com o R-7 começara a aprender o que era o trabalho. Agora era cuidadoso, dedicado até quase ao ponto de excluir todo o resto. Como, então, aqueles experimentos e aqueles animais podiam deixá-lo na mão, se aprendera tanto?

Abriu seus animais um a um e examinou-os por dentro. As glândulas mamárias, com o primeiro par quase na altura do pescoço de cada rato. Os vasos sanguíneos vermelhos serpenteando sob a pele rósea. Um número razoável de animais ainda estava livre do câncer. Ele dizia a si mesmo que os saudáveis ainda formavam maioria. Havia modelado um padrão, até que os resultados fizessem sentido e as observações aleatórias se resolvessem formando um modelo extremo. Mas os modelos científicos eram implacáveis, e esquemas como os dele famintos por um número cada vez maior de provas, vorazes por fatos. E se seus resultados fossem apenas temporários? Tremeu ao pensar na questão. Não tinha avaliado antes a pesquisa, seu valor ou o real sofrimento que ela envolvia. Era muito estranho que, com todo o seu trabalho com animais, e todos os sacrifícios, ele nunca tivesse compreendido que se tratava de vida e morte.

— Não me deserdem agora — sussurrou ele para os pequeninos corpos sobre a mesa.

Numa fresca tarde de outubro, Sandy entrou no escritório, recém-chegado da ponte aérea de Washington, e declarou:

— Estamos ganhando.

— Verdade? — perguntou Marion secamente.

O laboratório não estava mais na defensiva. Os advogados lidavam brilhantemente com a apelação. E por isso, naturalmente, Marion estava infeliz.

— Mas você *nunca* está feliz — observou ele.

Ela estava reclamando do tempo de pesquisa que perdera com a apelação. Deplorava cada hora e cada dia longe do laboratório.

— Mas você sempre reclama — disse ele.

— Sandy — falou ela, com um tom de voz que o fez parar de brincar, pelo menos temporariamente.

Desapontado, viu como ela se tornara pálida e cansada. O inquérito e a controvérsia a tinham extenuado. Não a protegera o bastante do mundo mesquinho lá fora.

— Você tem razão — disse ele. — Muito tempo perdido. Você devia estar trabalhando. Não vamos mais desperdiçar nossa atenção com isso.

— É fácil para você dizer isso — disse ela, levantando-se para se dirigir ao corredor.

— Eu falei sério. — Abriu a porta do escritório para ela. — Por favor. — Deu um pequeno empurrão nela, como se para tocá-la de volta ao laboratório. — Volte para lá. Eu prometo que nós não vamos mais falar da apelação.

— Não faça promessas que não possa cumprir — disse ela.

— Como é que você sabe se posso ou não cumprir minhas promessas?

— Acho que conheço você muito bem — disse ela.

— Então não presuma sempre o pior.

E aí foi a vez de ela brincar, com cara séria:

— O pior geralmente é uma presunção segura.

— Não seja tão cautelosa — disse ele totalmente sério, embora sorrisse. Falava absolutamente do coração. — E não deixe que todo esse absurdo político a amedronte.

Ainda assim, ela se preocupava. Os laboratórios de Stanford e Cornell não estavam conseguindo os resultados que buscavam com o R-7. Em Cornell, P. K. Agarwal havia tido algum sucesso inicial, mas nada na escala dos resultados de Cliff. Em Stanford, Richard Hughes deparara com numerosos problemas com o vírus e concluíra que a amostra enviada por Cliff havia degelado parcialmente no caminho. Cliff preparava novas amostras para Hughes e conversava extensamente com Agarwal ao telefone sobre métodos e condições de replicação dos experimentos com o R-7. A repetição de experimentos em laboratórios diferentes obviamente não acontecia da noite para o dia. Marion não tinha o direito de esperar resultados apenas para aplacar sua própria ansiedade ou impressionar o conselho de apelações do Serviço Nacional de Saúde. Sabia melhor que ninguém que resultados científicos não apareciam subitamente por encomenda, de modo que tentava dominar seu desejo de confirmação do trabalho de Cliff.

E se os problemas em Stanford e Cornell não fossem facilmente resolvidos? Não eram, na verdade, as primeiras tentativas de reproduzir o trabalho dele, e pensar no fracasso de Robin a assombrava. É claro que havia circunstâncias atenuantes. Robin nunca havia julgado os resultados de Cliff de forma imparcial. Marion se arrependia amargamente de ter dado à Robin a tarefa de replicá-los. Mas seria muito embaraçoso e potencialmente devastador se dois respeitados investigadores de outras instituições também não conseguissem replicar os resultados de Cliff.

E ainda havia as recorrências. Em condições normais, ela teria observado um fenômeno como aquele com intensa curiosidade e puro prazer. Mas agora? Por que agora? Cliff havia feito a mesma pergunta, e ela o censurara por reagir de modo tão infantil. Em particular, porém, à medida que os animais adoeciam, ela começava a ecoar sua pergunta ridícula. Por que, na verdade, agora? Temia outro desastre público.

Sandy, no entanto, tinha razão. Isso não era maneira de pensar. Ela era uma pesquisadora, não uma política ou uma assessora de imprensa. Não permitiria que o CIPC invadisse ainda mais. Caminhou pelo corredor e olhou para dentro do laboratório, onde Prithwish trabalhava com os dois novos pós-doutores, Mikiko e Nir. Deu uma espiada na sala refrigerada e no saguão — e finalmente achou Feng na despensa.

— Tenho um trabalho para você — disse ela.

Ele se virou, surpreso por ela ter tido o trabalho de ir encontrá-lo entre as prateleiras de vidros limpos.

— Quero que você examine as novas recorrências com Cliff — disse ela.

Ele mal piscou.

— Precisamos entender o que está ocorrendo com os tumores recorrentes — disse Marion. — Cliff tem trabalhado nisso o dia todo, mas está sufocado. Vai precisar de ajuda.

— Sinto muito — disse Feng.

Ele havia respondido tão baixo que por vários momentos ela não percebeu que tinha se recusado.

— Eu gostaria de poder ajudar — disse ele, virando-se de costas.

Ela o estudou. Durante todo o seu tempo de laboratório, Feng nunca havia se recusado a fazer o que ela pedia. Com certeza, nunca rejeitara uma solicitação direta.

— Estou começando novos experimentos com os tumores ósseos — disse a ela, desculpando-se. — E estou treinando Miki.

Vindo de Feng, isso era praticamente insolente. Ela estava se enraivecendo, mas tentava não deixar transparecer.

— Eu acho que isso é vitalmente importante para Cliff e para o laboratório — disse ela.

— Acho que eu não ajudaria Cliff em nada — objetou Feng. — Fiquei muito tempo longe do trabalho dele. Tenho certeza de que arruinaria seus experimentos, porque meses se passaram desde que eu o ajudei em seu projeto.

Aquilo não era insubordinação nem preguiça. Era Feng se distanciando do trabalho de Cliff. Feng estava deixando claro que cortara os laços com o R-7 definitivamente. Durante toda a publicidade do R-7 e o inquérito, tentara se manter de cabeça baixa. Tinha feito sua parte e, quando necessário, havia cooperado. Mas agora ela sentia como Feng usava seus silêncios como armas, como manejava a timidez em sua própria defesa. Não iria trabalhar de novo com o R-7. Ela poderia mandá-lo fazer isso o quanto quisesse, mas ele não mudaria de idéia. Nunca falaria contra Cliff como colaborador nem expressaria dúvidas, se tivesse alguma. Era muito incerto de si mesmo — e reservado demais. E não tocaria no trabalho de Cliff. Havia algo errado.

Ela não tocou no assunto com Sandy. Não queria que ele a animasse, nem consolasse, nem provocasse Feng. Sequer para Jacob ela desabafou. Precisava pensar sozinha. O que Feng sabia de Cliff? O que vinha escondendo dela? Esconder suas dúvidas sobre o trabalho de Cliff teria sido tão ruim quanto mentir. E esconder até agora sua falta de confiança! A própria idéia a enfurecia. Não tinha abordado Feng logo no início? Não havia lhe pedido para dizer francamente se sentia que havia algo impróprio? Por que ele teria sonegado a verdade? Se queria se distanciar de Cliff, aquela teria sido a hora de fazê-lo. Aquela teria sido a sua chance. Não, ele não poderia saber de nada naquela ocasião. Mas suspeitava de alguma coisa agora? Será que com o tempo ele chegara à conclusão de que o trabalho de Cliff era simplesmente complexo demais, carregado demais de dificuldades? O CIPC teria conseguido minar inteiramente sua confiança? Isso parecia mais plausível. Como teria dito Sandy, a política da situação amedrontara Feng.

A situação *era* amedrontadora. A idéia de que Cliff pudesse ter trapaceado era estranha a ela; a idéia de que qualquer cientista pudesse trapacear, improvável. Mas por vezes os próprios resultados de Cliff pareciam improváveis também — e fugazes. Quando Sandy e ela se levantaram para defender seu trabalho, seus argumentos foram inflexíveis, seus propósitos foram determinados e os motivos corruptos de seus inimigos, bastante claros. Mas quando ela refletia sozinha sobre tudo o que se passara, o sucesso do laboratório se assemelhava a um breve sonho. O caminho à frente, cientificamente, estava longe do óbvio. Quanto aos inimigos, o laboratório parecia agora ser seu próprio inimigo, e os possíveis colaboradores de Cliff espalhavam mais obstáculos no caminho do R-7 que qualquer pessoa na subcomissão de Redfield.

Ela não sucumbiria à dúvida. Já afiara seus hesitantes instintos antes. A dúvida era sua aliada, a pedra de amolar para suas mais agudas questões. Agora, lutava contra a dúvida como se fosse meramente uma emoção, e não um tipo de inteligência também. Rechaçava a dúvida como outra pessoa poderia ter combatido a autopiedade. Enquanto trabalhava, tentava pensar como Sandy e rejeitar o medo e a falta de confiança que a assolavam. Na sala dos animais, pegou os ratos de Cliff e segurou-os sob a luz. Apalpando um por um, examinou os sem tumores, aqueles com quase nenhum e os poucos que haviam sofrido recorrência. Segurou os corpos contorcidos dos animais e conferiu as etiquetas em suas orelhas com o livro de registros. Eles eram claros e acurados, e as anotações de Cliff estavam atualizadas. Mas como poderia saber se ele ajustara ou revisara os números — ou se sacrificara ratos sem contar a ninguém? Ele poderia facilmente ter matado aqueles animais que não se ajustavam à história que queria contar. Os pós-doutores respondiam a Marion, mas ela dependia deles para a verdade de suas respostas. Não podia monitorá-los todos os minutos do dia.

Jacob estava praticando nos fundos do apartamento quando ela chegou em casa. Ouviu suas melodias elaboradas e suas pausas, mas não podia encará-lo. Em vez disso, entrou no pequeno quarto de Aaron.

— Oi — disse ele quando ela entrou.

Grande demais para sua pequena escrivaninha, Aaron sentava-se recurvado, trabalhando com problemas de xadrez no papel. Sua luminária era um globo terrestre translúcido que jogava uma luz azulada sobre suas pastas de escola e seus cadernos. Sua cama beliche ficava contra a parede. Ele insistira na cama quanto tinha quatro anos de idade. Marion havia lhe sugerido então que uma cama beliche não seria necessária, mas Aaron nem quis ouvir falar de outra coisa, argumentado: "Vai servir quando eu tiver visitas." Agora a cama de baixo tornara-se um depósito. Gradualmente os ursinhos de Aaron e seu sapo de pelúcia migraram para lá, junto com velhos cadernos escolares, seus cubos, esferas e poliedros de Rubik.

— Como vai você? — perguntou Marion.

— Bem.

— E como foi na escola?

— Bem — disse ele.

— O que você fez hoje?

— Nada de mais.

Ela olhou os diagramas de xadrez impressos sobre a mesa por sobre os ombros dele. Com apenas seis semanas do novo ano escolar, ele não achava o terceiro ano do ensino médio terrivelmente interessante.

— Papai sabe que você está em casa? — perguntou ele.

Ela balançou a cabeça.

— Você poderia dizer a ele? Ele está trabalhando naquela música há *muito* tempo.

— Tudo bem — disse ela sem sair, e ele levantou os olhos brevemente, atento mas não desconfiado.

— O que você faria se alguém trapaceasse com você num jogo de xadrez? — perguntou ela.

— Ninguém faria isso — respondeu ele, com racional inocência.

— Mas suponha que fizesse.

— Ninguém faria isso. — Ele franziu as sobrancelhas e piscou, tentando proteger sua mente de uma idéia tão contra sua intuição... alguém que jogava xadrez violar as regras, que eram absolutamente o prazer do jogo.

— O que você faria?

— Acho que eu teria de perguntar por quê.

2

— POR QUE VOCÊ SE IMPORTA com o que seus vizinhos pensam? — perguntou Nanette a Robin na fila do Janus Cinema.

Robin olhou para baixo.

— Eu os vejo o tempo todo nas caixas de correio ou mesmo no elevador. É só Larry ou Wendy chegarem perto de mim e parece que não existo. Eu desapareço.

— Por favor — disse Nanette. — Eu tive um *chefe* que não falou comigo durante três anos. Nos odiávamos tanto que só nos comunicávamos por intermédio dos alunos da faculdade.

— Três anos?

— Bom, talvez não tenham sido três anos. Acho que foi mais para três meses.

— E como você se manteve no emprego?

— Ah, ele me demitiu. Mas a questão é que não me deixei atingir.

— Mas eu tenho de conviver com essas pessoas — disse Robin, enfiando as mãos no fundo dos bolsos de sua jaqueta.

— Então, eu tive de conviver com meu chefe, também. É a mesma coisa — disse Nanette.

— Talvez eu devesse me mudar — disse Robin.

Nanette recusou isso.

— O problema é que você é fraca. É sensível demais. Eu sempre disse isso. Você tem de ser dura. Faça suas coisas e ignore todo mundo. Você é boa na primeira parte, mas ao mesmo tempo quer que todos gostem de você. Desista.

— Eu não preciso que ninguém goste de mim — retorquiu Robin. — Eu só preciso de meus amigos.

— Eles não eram seus amigos de verdade — disse Nanette.

— Eram, sim — disse Robin com tristeza. Eram amigos reais, mas ela ofendera suas mais profundas crenças. Era uma herege, pois tinha perdido a fé na seleção natural das idéias.

— Dois para *As bruxas de Eastwick* — disse Nanette, voltando-se para Robin. — Você está brincando? Não pode se mudar. Você tem um contrato.

— Eu nem sei também se conseguirei ter um emprego por muito mais tempo.

— O quê? Uppington vai demiti-la?

— Não, mas acho que ele não vai me oferecer uma posição plena.

— Ele não prometeu?

Ela balançou a cabeça. Ele insinuara, sugerira e pedira desculpas, obviamente. "Sinto muito mesmo, Robin. Mas não tenho orçamento para você agora", dissera ele. E ela começara a entender que jamais teria.

— Pare de se lastimar — ordenou Nanette. — Uma pipoca grande — disse ela ao garoto na confeitaria. — *É claro* que com cobertura. Quer uma bebida? Tem trocado? — perguntou a Robin.

Carregando suas pipocas, refrigerantes gelados e canudinhos, desceram pelo corredor acarpetado de vermelho até o cinema no subsolo e acharam duas cadeiras próximas da tela.

— Por que você não usa óculos? — resmungou Robin, enquanto se afundavam em suas cadeiras.

— Por que você não procura um novo emprego e acaba com isso? — respondeu Nanette. — Ah, outra coisa — acrescentou ela —, eu não preciso de óculos. Eu prefiro sentar perto para ser envolvida pelo filme.

— Ah, claro — disse Robin.

— Ginsburg tem uma vaga — disse Nannete. — Akira me disse que ele está procurando um novo pesquisador.

— Você consegue todas as suas informações com Akira?

— Bem, ele devia saber — disse Nanette, com os olhos na tela, assistindo ao trailer de *Arizona nunca mais*. — Vamos ver isso.

— Como assim, ele devia saber?

— Bom, ele vive com o cara. Devia saber se ele está contratando.

— Ele vive com Ginsburg?

— Shh. Você não sabia disso?

— Não, você nunca me contou.

— Ora, Robin — suspirou Nannete. — Eu tenho de soletrar tudo para você?

— Desculpe, eu achei que ele fosse só...

— Ei, abaixe a voz — sussurrou Nanette, que tinha grande reverência pelo cinema. — Está começando.

— Ele é tão esquisito — suspirou Robin de volta. — Eu nunca poderia trabalhar para ele.

Nanette meneou a cabeça e pegou mais pipocas. Adorava Robin, mas sua amiga tinha uma deficiência — faltava-lhe um gene de cinismo. Ela não conseguia simplesmente rir ou desculpar as pessoas pelo que haviam feito. Sem dúvida, esta deficiência de cinismo permitira a Robin colocar todo o laboratório a seus pés. Nanette a tinha em alto respeito e gostava dela por isso. A experiência de Robin com a justiça fora notável — e não teria funcionado com uma pessoa normal. Um pesquisador com uma tolerância comum para o absurdo, a injustiça e a dissimulação nunca poderia ter levado o caso tão longe. Como Nanette desejava instilar em Robin algum cinismo — e como desejava ajudar Robin a se tornar mais leve e sorrir.

— Não seja ridícula — disse a Robin agora. — Ninguém disse que você também teria de viver com ele.

Naquele outono, os murmúrios seguiam Cliff onde quer que ele fosse. Murmúrios haviam acontecido antes, mas conversas invejosas eram coisas ocultas. Agora, depois do inquérito do CIPC, e sem a confirmação de suas descobertas por outros laboratórios, rumores sarcásticos e expectativas frustradas esbarravam nele em todo canto. Havia problemas com o R-7 em Stanford e Cornell. Em outros laboratórios, em outras mãos, seus resultados sensacionais simplesmente não rendiam. Com certeza havia algo errado. Seus resultados não deviam ter sido a nova grande revelação? Ou havia um grão de verdade nas acusações de Robin? Beth ouvira algumas pessoas falando ironicamente de seu trabalho. Prithwish quase saiu no braço com dois sujeitos do segundo andar para defendê-lo.

— Como anda a tese? — atacou um dos pesquisadores, enquanto destrancavam suas bicicletas das barras diante do prédio.

— É só esperar — Prithwish devolveu.

— Não responda — disse Cliff.

— Esperar pelo quê?

— Por quanto tempo?

— Vocês vão ver — gritou Prithwish, meio atrapalhado com as correntes, como sempre fazia quando estava com muita raiva. — E vamos ver quem vai rir por último.

Se apenas essa "hora" finalmente chegasse. Cliff ansiava calar todos os seus críticos com seu novo êxito. Sentia-se infeliz com sua necessidade de novos resultados, mas não podia produzi-los do nada. Não podia resolver todos os problemas num instante.

Desejava a si mesmo um sucesso ainda maior do que tivera antes, mas subitamente todos os aspectos de seu trabalho eram problemáticos, desde a nova linha celular que usava até o tamanho de suas agulhas. A mulher que substituíra Billie era jovem e inexperiente, e com freqüência ele tinha de refazer o trabalho dela. Quando, no entanto, reclamou da incompetência de Francesca, Marion respondeu com um silêncio pétreo.

Ela e Sandy não o tratavam mais como um colega júnior. Raramente o chamavam ao seu escritório para discutir o R-7. A lealdade pública deles fora infatigável, mas os dois agora estavam exaustos e muito menos generosos em particular do que haviam sido durante as audiências. Marion mostrava-se particularmente fria, e ele sofria com suas ordens abruptas. Pedia que ele fizesse milhares de pequenas tarefas, ao mesmo tempo que esperava que continuasse e de alguma forma resolvesse todas as questões em aberto suscitadas por sua pesquisa do passado.

— Se os ratos estão apresentando recorrência — vociferou ela —, é você quem tem de descobrir por quê.

— Eu sei disso — respondeu Cliff —, mas vai levar tempo. As células não estão prontas, e eu não tive quase nenhum apoio nas últimas seis semanas.

— Não me importa — disse ela. Estavam de pé perto de um microscópio, e ela falava em voz baixa para que Francesca não ouvisse. — Não quero ouvir desculpas.

— Você me disse que Feng ia me ajudar — protestou Cliff. — Onde está ele?

Não havia tido a intenção de irritá-la. Apenas queria se defender, mas ao mencionar Feng, ela atacou.

— Este é o seu trabalho — sibilou ela. — É o seu projeto, e você não tinha problemas em reconhecer isso quando tudo estava bem. Esta é a sua descoberta... e a sua carreira.

— Eu percebo isso.

— E, portanto...

Ele estava confuso. Queria que terminasse a sentença por ela? Ela o deixou em suspense, e ele não ousou falar.

— Portanto — disse ela —, *é sua responsabilidade.*

— Ele não tem sido tudo o que poderia ser — disse Marion a Sandy. Estavam andando de novo, subindo e descendo a Oxford Street. O céu estava encoberto naquele dia de novembro, e Marion insistira em trazer seu guarda-chuva que, como Sandy dissera, nunca falhava em desviar as chuvas. — Não tem feito nada do que se poderia esperar.

Sandy encolheu os ombros.

— Deveria ter sido, poderia ter sido... não há mais sentido em perder tempo com isso.

— Não, acho que você não entendeu — disse ela lentamente. — Pensei muito nisso. Considerei todos os problemas, as confusões e ambigüidades de seu trabalho. Vasculhei tudo na minha cabeça... e acho que os resultados de Cliff foram apressados e que nossas conclusões foram agressivas. Publicamos cedo demais... não havia o bastante lá. Suas descobertas eram muito frágeis para apoiar um programa de pesquisa tão ambicioso.

— Suas descobertas nos garantiram um financiamento importante — disse ele.

— E dada a situação atual, não estou certa de que merecem uma bolsa de pesquisa federal.

— Bem, o Serviço Nacional de Saúde pensou diferente — disse Sandy. — Embora fossem gostar de ver o dinheiro de volta.

— Talvez nós devêssemos devolver o dinheiro — disse Marion.

— Do que você está falando? Esta é uma bolsa de pesquisa de fundo perdido, e não um contrato de governo para a fabricação de tranqueiras. Pesquisa significa risco, significa exploração, e não a entrega de resultados especificados. Apresentamos o trabalho de Cliff como um exemplo do tipo de coisa que podemos realizar.

— Mas nós não sabíamos o bastante. Ele mesmo não sabia o quanto o R-7 podia fazer. Havia muitas questões.

— Marion, eu disse antes e vou dizer de novo: Se tentar responder a cada questão antes de apresentar seu trabalho, ou publicá-lo, ou solicitar financiamento, você não vai acabar absolutamente nada.

Ela cutucou a calçada com a ponta do guarda-chuva.

— Aquilo foi rápido demais, Sandy. Nossa abordagem foi oportunista.

— Marion!

— Eu me culpo por ter pressionado tanto Cliff a produzir.

— Ele se colocou sob pressão — contrapôs Sandy.

— Ele mentiu.

Finalmente, ela o dissera. Dissera as palavras em voz alta. Ela e Sandy ficaram cara a cara com a acusação entre eles. Ela sabia que ele objetaria e a censuraria por perder a fé. Sabia que a veria como uma covarde — e temia sua reprovação por ceder às forças unidas contra eles. Ela detestava deixá-lo sozinho no apoio de um programa de pesquisa cada vez mais impopular e não-factível. Mesmo assim, tinha de falar. Ele era seu amigo mais próximo, seu parceiro, e se tivessem que trabalhar juntos, não podia esconder dele suas idéias. Não podia traçar estratégias ou colaborar de forma alguma se não confessasse sua mudança de sentimento.

— Acho que ele de fato pode ter suprimido alguns dados — disse ela — e exagerado em outros casos. Pode ter usado atalhos em seus procedimentos... e particularmente em suas dissecações. Acho que sua manutenção de registros pode ter sido pobre porque às vezes não havia nada a registrar.

— Tudo é possível — concedeu Sandy calmamente.

Ela estudou seu rosto. Imaginou que fosse uma de suas aberturas retóricas e esperou que ele continuasse e lhe dissesse como, na verdade, aquele não podia ter sido o caso. Mas ele fez uma pausa, e ela percebeu, surpresa, que não estava longe de concordar com ela.

— Temos de deixá-lo ir — disse ela.

Ele aquiesceu com a cabeça, e ela suspirou de alívio. Ele estava com ela, então. A tensão deixou seu rosto, e ela se permitiu aquele seu sorriso belo e raro.

— Mas — acrescentou ele — ele não sai antes de ganharmos nossa apelação.

— Você não está falando sério — disse ela.

— Completamente sério. Com que cara você acha que iríamos ficar se o deixássemos sair agora? Estaríamos concedendo tudo ao CIPC, permitindo que eles desrespeitassem nosso bom nome e o de quaisquer outros pesquisadores que se dobrarem a seus caprichos.

— Não — disse ela.

— Marion, Redfield não se importa com sutilezas. Não faz distinções entre um pós-doutor desencaminhado e uma fraude total. Ele nos quer como sua prova à corrupção nos meios científicos do país e não vai conseguir isso. Nós não merecemos. Não seremos punidos por terem mentido para nós.

— Nós somos responsáveis pelo que acontece em nosso laboratório — disse Marion.

— Talvez nosso pós-doutor não fosse digno de nossa confiança. Talvez não merecesse nossa defesa — disse Sandy. — Ainda há questões em aberto. O ponto é, ele fica até o final do inquérito. Depois disso, a decisão que tomarmos sobre ele é problema nosso.

Como ele era impassível. Seu pragmatismo a atordoava. Ele havia sido sempre assim, tão teimoso, tão calculista? Não conseguia pensar outra coisa dele, ouvindo-o falar assim. Mas ela se desmerecia também, por se envolver numa conversa como aquela, por ouvi-lo e mal argumentar. Perguntou a si mesma o quanto realmente discutira com ele em todo aquele tempo. Sempre gostara dos debates deles, mas, no final, quem tomava as decisões? Ele não a usara durante todos aqueles anos? Não tinha se apropriado do programa de pesquisa dela? Se isso fosse verdade, estaria confessando a si mesma que também o havia usado. Dependia dele para fazer o trabalho sujo que ela não condescenderia em tocar ela mesma: a política, as escaramuças científicas e, enfim, o ambicioso exagero por assuntos quentes e resultados que valessem a pena ser noticiados. Agnóstica como era, apoiara-se nele por sua fé científica. Nunca considerara se a fé fora pura, fulgurando com tal força e com dados tão pífios a apoiá-la.

— Não me olhe desse jeito — disse ele.

Sabia que ela desaprovava sua fala tão franca... e sentia muito, mas abandonar o barco não era uma opção. Simplesmente não concederia a Marion uma admissão de derrota. Ela não era prática, e isso era ao mesmo tempo sua força e sua fraqueza. Nunca considerava as aparências. Ela estava com raiva dele, mas era ele quem tinha de tirar o melhor daquela situação. Era ele quem rescaldaria o que sobrara e prepararia o laboratório para o trabalho futuro.

Durante todo aquele mês frio e garoento, Sandy tocou seus negócios, encontrando-se com Houhgton-Smith, acalmando Peter Hawking, esperando ativamente o resultado da apelação. Era bom em se proteger de emoções desagradáveis, mas não de Marion. Haviam sido tão próximos, e a admirava tanto. Estava arrasado por perder seu bom julgamento.

Um frio desagradável os envolveu. Quando estavam a sós, tinham dificuldade de falar um com o outro. Tinham trabalhado tanto tempo juntos e sobrevivido a tantas coisas que nunca haviam imaginado que algo fosse mudar. E aquele conflito em torno de Cliff finalmente os distanciara. Opunham-se em silêncio — Marion insistindo em que confrontassem Cliff, Sandy insistindo na espera. A parceria deles era tal que nenhum deles colidia abertamente contra o outro. Sandy nunca censurava Marion em público, e Marion não castigou Cliff em particular. A posição deles já era precária, e Marion conhecia a força deles como uma frente unida. Nunca revelariam a brecha entre eles. Eram tão cuidadosos um com o outro que os novos pesquisadores pós-doutores mal percebiam que havia algo errado. Apenas os antigos, Cliff, Feng, Prithwish e Natalya, sentiam a inflexibilidade e o desgaste.

Em casa, as famílias deles percebiam uma mudança de maré. Marion falava amargamente a Jacob sobre as admoestações de Sandy, sua abordagem maquiavélica da ciência, sua mesquinhez, seu foco constante em fundos, políticas e apresentações. "Ele nunca considerou o conteúdo importante", disse ela a Jacob. "Nunca valorizou a pesquisa por si mesma, apenas pela publicidade que o laboratório pudesse receber. É um jogo. Para ele a ciência é um jogo, e eu fui tola por não ter entendido isso."

Jacob ouvia as queixas dela, balançava a cabeça, servia-lhe café, mas nunca sorria ou falava: "Eu não lhe disse?"

Ann também notou a desavença, porque Sandy não falava nada sobre Marion. Recusava-se a falar dela — ou mesmo a ouvir seu nome. Quando Ann perguntava como estava Marion, ignorava a pergunta ou respondia de modo rabugento: "Ela está como sempre esteve."

No Dia de Ação de Graças, Kate ficou surpresa ao ver que não havia lugares reservados na mesa para Marion, Jacob e Aaron.

— Foram para a Flórida — disse Louisa.

— Para a Flórida? Por quê?

— Primos — Louisa disse.

— Nunca visitaram primos antes — disse Kate.

— Ela e papai se desentenderam — disse Louisa.

— Ela e papai? — perguntou Kate.

— Eu sei — disse Charlotte de modo perverso. — Como é que eles um dia iam se desentender?

A mesa estava posta, e a manteiga derretia nas fôrmas de broa de milho. Sandy acabara de destrinchar o peru quando seu bip disparou e ele foi chamado ao hospital para uma emergência. Elas ajudaram a mãe a guardar as coisas perecíveis e embrulhar o prato de peru em papel-alumínio. Ele supostamente estaria de volta em uma hora e provavelmente poderia demorar mais, mas o alimento se manteria. Todos estavam acostumados com aqueles atrasos.

A tarde foi longa e silenciosa. Ann recolheu-se a seu estúdio, desesperada para trabalhar um pouco. Na sala, as meninas falavam baixo para que ela não ouvisse.

— Eles podem perder a apelação — disse Louisa a Kate. — As coisas não vão bem. É por isso que os dois estão se estranhando.

— Mas não vão perder — disse Kate.

— É possível — disse Charlotte. — O trabalho de Cliff não está se sustentando.

— Quem lhe disse isso? — desafiou-a Kate.

— Mamãe — disse Charlotte.

— Não acredito.

Charlotte esticou-se no sofá.

— E então papai agora acredita que Cliff fez algumas coisas erradas.

Kate balançou a cabeça.

— Mas isso não é verdade — disse ela.

— Por quê? Porque você tem uma paixão por ele? — provocou Charlotte.

— Não tenho uma paixão por ele! Nunca tive. Jamais gostei dele — mentiu Kate, sem sucesso. As irmãs riam dela e lhe atiravam almofadas do sofá e da cadeira de couro de leitura, e Kate apenas cobria a cabeça e implorava a elas para que parassem. Esquivando-se, ela fechou os olhos, embaraçada e confusa. Sempre imaginara Cliff inocente e certamente nunca havia sonhado que ele fizesse qualquer coisa para ludibriar. Lembrou-se da primeira vez que o havia encontrado, ele fora tão charmoso... e se sentia tão infeliz. O jeito como tinha dito o quanto adorava pesquisar. Lembrou-se de seu ávido interesse pela poesia de John Donne e de seu pedido de uma citação literária para sua tese. Lembrou-se de cada palavra que ele lhe dissera, e de cada sorriso que lhe concedera. Mas lembrou-se, particularmente, de seu desespero silencioso. Naquilo, fora um soldado — como um belo soldado da Primeira Guerra Mundial, desesperado para escapar das trincheiras, questionando o próprio significado do conflito. Envergonhava-se de pensar como havia gostado dele por aquilo, por sua dor, por seu trabalho penoso e angustiado, pelo sofrimento no laboratório sob as ordens de seu pai. E repentinamente, para seu horror, conseguiu imaginá-lo fraudando seu trabalho em troca de grandes resultados. Ele quisera escapar e se transformar; odiava seu trabalho, odiava a mesmice de tudo e chegara a pensar que não havia um fim para aquilo. Desesperara-se de vencer pela maneira árdua, entediara-se mortalmente com a realidade de sua posição. Sempre flertara com a idéia de desistir da ciência e escolher a arte.

Marion não podia mais trabalhar assim. Segurara sua emoção por duas semanas, pensara cuidadosamente sobre tudo o que Sandy dissera e considerara cada custo. Não continuaria trabalhando com alguém desonesto nem deixaria suas suspeitas aumentarem sem conceder a Cliff uma chance de se defender. Sabia que confrontar Cliff prejudicaria ainda mais sua parceria com Sandy, assim como sabia que qualquer atitude que tomasse contra Cliff agora causaria um dano irreparável à apelação. Mesmo assim, testaria sua hipótese. Falaria com ele sozinha.

Tirou-o do laboratório numa certa manhã, bem antes do horário de Sandy chegar, sentou-se com ele no escritório e disse:

— Quero saber o que aconteceu.

— Como assim? — perguntou ele.

— Você sabe do que estou falando. — Do outro lado da mesa, ela esperava.

Cliff, porém, não se intimidou com seu olhar penetrante. Não se virou nem olhou furtivamente para a porta.

— Quero saber exatamente o que você fez com o R-7. Quero saber exatamente por que dois laboratórios importantes não conseguem reproduzir seus resultados.

— Se eu soubesse, diria a você. Se eu entendesse o problema, estaria neste momento ao telefone com Agarwal e Hughes.

Ela cruzou os dedos.

— Vou lhe dizer o que eu acho. Acho que suas pretensões não têm fundamento ou são, no mínimo, exageradas. Acho que seus registros, seu...

Ele ergueu as mãos e disse:

— Jogaram todo tipo de acusação em cima de mim, e agora vem essa nova teoria segundo a qual o fato de dois laboratórios ainda não terem reproduzido meus resultados me torna culpado em retrospecto. Eu respondi a todas as perguntas sobre meu procedimento e minhas experiências, discuti cada pedacinho do experimento com o CIPC. Não sei o que mais posso fazer. Ou você acredita em mim ou não.

— Acreditamos em você e o defendemos — disse Marion. — Por isso, colocamos nossa reputação em jogo. Por que você não nos mostrou todos os dados?

— Você viu tudo.

Ela o encarou.

— Não, acho que não.

Ele estava pálido, frustrado e indignado.

— Não sei o que mais posso lhe dizer. Você vai pensar o que quiser pensar.

— Eu não penso o que quero pensar, seja lá o que for — respondeu ela —, e essa é a diferença entre nós. Por que você não publicou todos os seus dados?

— Eu publiquei.

— Tudo.

Ele praticamente gritou.

— Sim! Sim! Cada pedaço de dado relevante.

— Ah. — Ela se recostou bruscamente na cadeira.

— Não, eu me expressei mal.

Ela segurou a respiração. Tinha-o nas mãos. Não por conta de um desabafo raivoso, como ele imaginava, mas pela hesitação que veio a seguir. Ela o olhou fixamente, como se tivesse feito uma descoberta ultrajante.

Ele chafurdava. Escutava sua própria voz, e as palavras extravasadas em sua defesa, mas durante um momento até ele mesmo ouviu suas sentenças como fórmulas vazias. Seu credo era ensaiado, sua paixão era crível, mas não deixava de ser uma representação.

— Quando eu disse relevante, quis dizer relevante àqueles experimentos específicos naquela data.

Ela cravou os olhos nele, com uma arrepiante fascinação.

— Não. Relevante para os resultados que você queria.

— Isso não é verdade. Não é verdade de jeito nenhum — protestou ele.

Mas ela descobrira o equívoco que esperava ouvir, a confusão intencional na mente dele, a raiz de tantas belas idéias infundadas. Era isso: ela o apanhara.

— Você não percebe? — disse ela. — Não consegue ver? O trabalho não é bom. Não está correto.

Ele não percebia. Estava com a guarda erguida de novo. Mais uma vez sustentou que não havia feito nada errado. Ela queria uma confissão, e ele não tinha nada a confessar. Afinal de contas, ele não podia confessar a Marion o que não confessaria a si mesmo. O que ele disse a si mesmo sobre seu trabalho não era exatamente o que havia feito. O que havia feito, não exatamente o que devia ter feito. As noções que Cliff tinha de suas atitudes ainda eram coerentes e internamente consistentes. Para sua segurança, agarrou-se à sua defesa.

Talvez seu trabalho com o R-7 tivesse sido mais sobre idéias do que sobre fatos; talvez suas descobertas tivessem sido mais intuitivas que inteiramente empíricas. Falando rigorosamente, não quebrara o pescoço de todos os seus ratos, mas os sacrificara com gás. Não dissecara todos os animais. Não optara por discutir todo fragmento de dado, mas correra à frente com o menor conjunto de resultados surpreendentes que descobrira. Aspectos de seus dados eram para ele tão convincentes que em sua cabeça preponderavam sobre todo o resto. Peneirara o que era relevante, e o resto eliminava como resíduo.

— Eu nunca pensei que você fosse permitir ser influenciada pela opinião pública — disse ele.

— Não a opinião — respondeu ela. — A realidade.

— Achei que você fosse paciente — disse ele.

— Você não sabe o que é paciência.

A voz dele tremia de frustração.

— Como você pode dizer isso? Eu venho trabalhando noite e dia...

— Não importa — disse ela quase como uma ordem. — Não importa se está correto. Nós vamos nos retratar do artigo da *Nature*.

Ele se sobressaltou, chocado. Nunca havia sonhado que Marion pudesse ser tão instável, especialmente depois de tê-lo defendido tão lealmente antes. Imaginava perfeitamente Sandy atacando-o severamente, com raiva, ou se voltando contra ele, mas não Marion. Ela fora ao mesmo tempo empregadora e professora, resoluta em seu apoio.

— Você vai deixá-los vencer. Você vai deixar Redfield mandar em seu jogo por você.

— Não, eu mando em meu próprio jogo — disse ela. — E eu não acho que seus resultados sejam confiáveis, nem suas conclusões verdadeiras.

— Você não pode retratar meu trabalho — explodiu ele, mas obviamente o trabalho pertencia a ela e a Sandy. A tese era propriedade do laboratório, e eles podiam fazer com ela o que bem entendessem.

— Eu não publico resultados falhos — disse ela.

— Não são falhos.

— Eu não acredito mais nisso.

— Você acha mesmo que baseei todo este trabalho em mentiras? — perguntou ele, desesperado. — Você não pode se sentar aí e...

— É ciência de má qualidade — disse ela. — Eu não a apóio e não posso continuar trabalhando com você.

— Você quer dizer que não pode ser *vista* trabalhando comigo — replicou ele.

Ela não se dignou a responder a isso. Na luz fluorescente do escritório, seus olhos escuros o atingiram com tal ferocidade que ele mal conseguia respirar. E, subitamente, ela o abandonou, voltando-se para a papelada em sua mesa.

— E o trabalho que eu estou fazendo agora? — perguntou ele.

Ela não respondeu.

— E o meu financiamento?

— É dinheiro que já foi gasto — murmurou ela.

— Você está me pedindo para sair hoje?

Ela deu de ombros.

— Não importa. — Ela não se deu ao trabalho de levantar os olhos. — Você pode vir ou não. Pode terminar o ano ou não. Não faz diferença para mim. Eu não vou trabalhar com você.

O repúdio de Marion ecoava em seus ouvidos. Ela o dispensara. Em seus piores momentos, sentia que ela — e não o CIPC, o deputado

Redfield ou Robin, mas a própria Marion — havia roubado seu futuro. Como se tornaria um cientista agora? Como conseguiria ânimo?

Foi ao trabalho todos os dias. Silenciosamente fez o que tinha de fazer, trabalhando com culturas de células de novos tumores em seus ratos. Como haviam feito muito tempo antes, os outros pós-doutores o observavam e trabalhavam silenciosamente em torno dele. Ele disse a si mesmo que Marion não importava, mas sabia que aquilo não era verdade.

Quando o correio chegou, ele mal notou o pequeno pacote marrom endereçado a ele. Então viu o endereço do remetente e abriu o embrulho.

Kate havia lhe enviado um novo livro, uma cópia em brochura de *O retrato de Dorian Gray*. Folheou as páginas, mas não havia um bilhete. Suavemente, largou o livro e jogou fora a embalagem de papelão. A história de Wilde do belo e jovem Dorian e sua dissimulação poderia ter sido a última estaca no coração de Cliff, exceto pelo fato de que, por sorte, não a conhecia.

3

MARION AFASTOU AS COBERTAS, mas depois as puxou de volta. Virou o travesseiro, em vão. Apesar de Sandy, deixara Cliff ir embora. Falara com ele de maneira muito direta, para que não encontrasse esperança ou ambigüidade em suas palavras. Não tinha idéia do que iria fazer — e não se importava. Em poucos meses ele estaria fora, e ela começaria novamente. Já tinha começado, com Nir e Miki, e eles eram promissores. Nir viera com altas recomendações do Weistzman Institute e era sempre uma presença no laboratório, com suas grandes mãos e grandes opiniões. Miki viera da UCLA, um pequeno dínamo. Mas quem sabia com certeza como iriam se dar? Miki podia ser brilhante, bem como também facilmente apresentar resultados vulgares. Levava meses e anos para se saber. Este era o tempo que se levava para conhecer as pessoas.

O tempo era do que mais se arrependia, porque olhava retrospectivamente todo o trabalho de Cliff como tempo perdido. Surpreendentemente, Sandy ainda não havia enxergado isso. Quando Marion mencionou a retratação da tese de Cliff, ele ainda falara sobre os resultados da apelação e sugerira simplesmente escrever uma nota sobre as ambigüidades da tese. Recusava-se a enxergar o fato de que não havia nada a salvar naquela situação. Ela mesma mal podia encarar a idéia, mas ela estava ali. Eles teriam de recomeçar. E havia outra coisa. Ela havia percebido que começar de novo significava deixar o próprio Sandy ir embora. O nome de Sandy, seu rosto, todas as suas entrevistas, tudo estava ligado ao R-7. Fora ele o principal porta-voz da pesquisa. O advogado mais franco de Cliff, agora terminantemente sem remorso, involuntariamente otimista, mesmo na derrota. Começar de novo significava para ela se divorciar de tudo pelo que Sandy trabalhara — e de cada vitória de Pirro que ele havia conquistado. Começar de novo significava afirmar sua própria voz e seu novo nome, desenhar um novo programa de pesquisa e uma nova abordagem. Reconstruir sua reputação de consistência e zelo e retomar o trabalho lento e meticuloso no laboratório. Significava trabalhar de novo sem qualquer pensamento de glória, seguindo pequenas observações em vez de impor grandes idéias.

Significava pensar pequeno.

Esta era a longa rota e o caminho à frente — para ela, a única via. Sabia que teria de desistir de Sandy e de todos os seus esquemas de atalhos, suas visões de uma passagem mítica, seus sonhos de vôo. Mas não tinha palavras para dizer isso a ele. Não conseguia encontrar tempo nem lugar.

O dia chegou em fevereiro. A cidade estava amontoada de neve. Feng, Nir, Miki e Prithwish trabalhavam todos no laboratório, e Nir perguntava por que ele e Miki tinham de manter os registros da colônia no andar de baixo.

— Não somos escravos — declarou ele. — Isso é trabalho para técnicos de laboratórios. Isso é um absurdo.

— Pare de reclamar — disse Prithwish. Falava em tom brincalhão, mas Nir não achou graça. Nir não era alto, mas de alguma forma ocupava um enorme espaço no laboratório. Parecia um lutador, com seus ombros largos e o pescoço grosso e musculoso. Servira no exército israelense e não podia falar sobre o que fizera lá.

— Eu quero entender por que nos dão este trabalho — insistiu Nir.

— Na verdade, nem me incomoda muito — disse Miki subitamente.

Nir encarou o pequeno traidor ao seu lado.

— Eu posso lhe dizer a verdade, mas você não ia gostar — disse Prithwish.

— Bem...

— É só porque você é novo. Só isso.

— Em outras palavras, um técnico de laboratório é superior a mim — disse Nir.

Feng reprimiu um sorriso enquanto esperava pela centrífuga, lendo o livro que encontrara. "Das sombras irreais da noite volta a vida real que conhecemos", leu. "Temos de reassumi-la onde a deixamos, e cai sobre nós uma sensação terrível da necessidade de conservação da energia no mesmo círculo desgastante de hábitos estereotipados, ou um selvagem desejo, é possível, de que nossas pálpebras se abram alguma manhã sobre um mundo que tenha sido remoldado mais uma vez no escuro para nosso prazer, um mundo no qual as coisas teriam formas e cores novas, e mudado..." Feng fechou *O retrato de Dorian Gray*, abriu a centrífuga e apanhou seus tubos coloridos. Que estranho cansar do mundo por ele não se alterar. O próprio Feng sempre gostara de acordar de manhã e encontrar tudo como tinha deixado. Sempre apreciara particularmente o fato de que, não importava quão freneticamente se procurasse alguma coisa, os objetos não podiam se levantar por si mesmos e andar de um lugar para outro. Era uma satisfação muito grande seus livros ou chaves estarem com freqüência exatamente onde haviam sido colocados. Perguntou a si mesmo, com sua ironia característica, se estava preso ao trabalho de bancada porque gostava daquele tipo de ordem mundana. Nunca acharia a pesquisa encantadora. Cliff certa vez registrara no caderno a definição de Feng de experimento como "uma série de humilhações". Todo mundo rira, por ser uma verdade. A ciência dizia respeito, antes de mais nada, ao fracasso, e o trabalho de bancada consistia, basicamente, em reveses. Conduzir uma pesquisa científica era como escalar uma escada rolante que descia e depois se multiplicava, dividia-se e desdobrava-se em mil novos caminhos em mutação. O desafio não era se mover para cima ou para a frente, mas apenas, com freqüência, manter-se ereto. Como era satisfatório, então, e prazeroso, quando os objetos permaneciam no mesmo lugar, e as formas e cores subitamente se comportavam de forma previsível. Estas eram as recompensas inesperadas da vida científica, as ocasionais consistências.

Ele se preparava para uma entrevista de emprego na Rice University. Havia também uma vaga em Columbia, mas o chefe de biologia de Rice estava perseguindo Feng e insinuando fortemente que também acharia uma colocação para Mei. Feng estava ansioso com a idéia de Nova York. Quando fora a Manhattan fazer uma palestra e vira os trens, museus e restaurantes, quando andara apressado pelas ruas com o assistente do chefe do departamento assobiando para um táxi, havia sentido vontade de se mudar para uma grande cidade. Mas Marion disse que aceitar uma posição em Rice, particularmente se houvesse um emprego para Mei, seria a coisa prudente a fazer. Feng, é claro, concordou. Ele e Mei não tinham nenhum dinheiro e, como Marion observou, Rice os ajudaria a obter seus vistos de trabalho. Dois empregos fixos e o departamento jurídico da universidade podiam tornar possível a residência nos Estados Unidos.

Feng, no entanto, se perguntava se Marion não teria enfatizado Columbia se as circunstâncias fossem diferentes. Ela certamente estava ansiosa em vê-lo colocado, mas poderia ser mais ambiciosa com ele se não a tivesse irritado com seu silêncio sobre o trabalho de Cliff. Ela perguntara sua opinião, exigira que tomasse uma posição, e ele se abstivera. Insistira que ele investigasse o que havia de errado, e ele se recusara. Não se arrependia de ter se oposto a ela. Talvez seu pensamento tenha sido isolacionista. Mas o que podia fazer? Ela tinha poder, e ele não tinha nenhum. Ele dissera a si mesmo, defensivamente, que o laboratório era dela, não dele. Era Marion quem tinha de decidir no que acreditava e o que fazer. Se ela tinha uma falha, era esta — sua incerteza quanto aos seus próprios julgamentos, sua necessidade de se apoiar em outras pessoas para ratificar suas próprias conclusões. Ela sempre fingia não se importar, mas o fingimento não se sustentava. Ela se preocupava demais. Para ela, o laboratório era vida e morte, toda decisão era problemática, todo desapontamento era uma traição pessoal. Era uma romântica, sempre lutando, e quando se tratava de trabalho, não tinha senso de humor, não entendia a piada cósmica.

Ela estava sentada no escritório, editando sua retratação formal do artigo do R-7, quando Sandy entrou com o rosto iluminado de prazer. Sorria largamente, quase ria. Ela não o via feliz assim havia meses.

— Nós triunfamos — disse ele. — Thayer me ligou, e ganhamos a apelação. Temos uma decisão contra o CIPC, uma censura à subcomissão de Redfield e um clamor pela reforma dos processos usados nos julgamentos de omissão ética no Serviço Nacional de Saúde. Temos tudo!

Sybil Halbfinger já tinha ligado. Marion virou-se para ele e disse, gravemente:

— Eu sei.

Desta vez nenhuma averiguação vazara para a imprensa. Misteriosamente, as conclusões do conselho de apelação não chegaram de forma nenhuma ao público — mas Sandy cuidaria disso. A declaração dos membros do painel não poderia ter sido mais forte. O inquérito de fraca condução, a invasão de privacidade, a intimidação que Sandy, Marion e Cliff haviam sofrido, o uso questionável do Serviço Secreto, o vazamento de documentos e a extrapolação que o CIPC fizera, intencionalmente, por vezes quase caprichosamente, das provas em questão — todos estes aspectos foram detalhados no relatório do conselho de apelação, de 47 páginas. As conclusões do conselho eram inequívocas. Apesar das irregularidades nos dados do R-7, não havia provas de fraude.

— "A manutenção falha dos registros não indica necessariamente um desejo de enganar" — lia Cliff à mesa com Tim Borland em um almoço de comemoração no Romagnoli. — "Resultados científicos inconsistentes não são, necessariamente, proporcionais à manipulação de dados. Conclusões imperfeitas ou mesmo falsas não conotam necessariamente afirmações fraudulentas."

— Mas esta é a melhor parte. — Borland inclinou-se sobre a mesa e virou diversas páginas. — Você viu? "Este painel recomenda uma revisão externa imediata das estruturas e dos processos usados para o julgamento de omissão ética no Serviço Nacional de Saúde, com particular ênfase na relação entre o CIPC e a Comissão de Energia e Comércio da Câmara.

Cliff balançou a cabeça.

— Como você se sente? — perguntou Borland.

— Não sei — disse Cliff com sinceridade. — Ainda não bateu.

Borland riu.

— Mas vai bater. Vai mesmo.

Ainda assim, Cliff sentia-se ligeiramente entorpecido ao deixar o Romagnoli. Caminhou em direção à Park Street Station e atravessou o Public Garden, com suas árvores nuas e retorcidas, os botes em forma de cisne guardados e as floreiras cobertas de palha e de uma poeira de neve. No Frog Pond, congelado, patinadores giravam e serpenteavam, deslizavam, rodopiavam e caíam no gelo branco. Ele podia pegar a linha T de volta a Cambridge ou alugar patins para passar a tarde. Estava livre, não estava mais sobrecarregado com as acusações do CIPC ou de Marion. Livre da culpa e livre de Robin. Com um ímpeto de felicidade, se deu conta de que poderia trabalhar de novo com um nome limpo.

Fora poupado — e estava purificado e humilde com a vitória. Como alguém que sobrevive a um naufrágio, ou a uma doença terrível, pediu a Deus força e sabedoria e resolveu fazer um recomeço melhor. Cometera erros sérios e admitia isso para si mesmo. Dera passos equivocados. Perdera anos de trabalho e teria de começar de novo com um projeto estimulante. Fora bombardeado e injuriado, mas não estava desiludido, mesmo agora. Nem preocupado ou triste, mas ansioso para se refazer. Com a experiência, descobrira o que nunca antes soubera completamente: amava a ciência, o trabalho lento e exaustivo, a agitação da descoberta. Nunca desistiria daquilo.

E caminhava, os sapatos rangendo no caminho tomado de neve, sentindo seu espírito reviver depois de longos meses de tormenta. Tinha um grande dom — seu talento para o restabelecimento, sua capacidade de ver a si mesmo como personagem de um romance em formação. Apenas um pouco de encorajamento, e a dúvida e a confusão de Cliff se dissiparam. Tendo espaço para a esperança, via o futuro estendido à sua frente, sem obstáculos a bloquear o caminho e com possibilidades gloriosas a cada esquina.

Robin percebia agora que todo o seu trabalho fora em vão. Apesar do CIPC, apesar do fracasso de Cliff em reproduzir seu trabalho em outros laboratórios, ele vencera. Falou com sua própria advogada e ouviu a sentença do conselho de apelação.

— Os advogados deles transformaram isso num referendo sobre procedimentos e práticas — disse Laura Sabbatini a Robin naquela manhã ao telefone. — Infelizmente, não conseguimos levar a comissão de apelação a considerar os méritos do caso.

Robin ouviu com atenção, mas nada disse. O que havia a dizer? Era assim que as coisas haviam se resolvido, e não havia nada que pudesse fazer. Não havia maneira de apelar da decisão da comissão de apelação.

— Você entende o que quero dizer? — perguntara-lhe Sabbatini.

Robin disse que sim. Não estava pasma, como Cliff ficara. Não teve de esperar que a notícia a atingisse. Desligou o telefone no laboratório de Ginsburg, onde vinha trabalhando desde o segundo dia de janeiro, e tentou relaxar com o alvoroço à sua volta. Tentou esquecer tudo menos as tarefas da manhã — extrair DNA de amostras de tecido, colocar novas células em placas e dividir as colônias mais antigas.

No entanto, poucos acontecimentos ou emoções escapavam à atenção de Ginsburg. Era um investigador que adorava perambular por seus espaçosos laboratórios, rondar e medir seus domínios. Quando estava na cidade, caminhava entre seus pós-doutores e fazia observações oportunas e sugestões assustadoras. Robin, ao chegar, havia tido a impressão de que ele estava em todo lugar ao mesmo tempo.

— O que foi? — perguntou a ela, que estava no microscópio. — Algo errado?

Mais uma vez sua face corada traiu-a ao perceber que Ginsburg devia ter ouvido sobre o relatório do conselho de apelação. Era bem próprio dele — saber de todas as notícias... e saber cedo.

— Vamos sair um minuto — disse a ela, que o acompanhou até o saguão.

— Sinto muito — disse ele —, e tenho certeza de que você também.

Ela tentou falar. Queria dizer algo estóico e de improviso. *Bem...* ou, *as coisas são assim mesmo.* Ou, *a vida é assim.* Mas os clichês eram penosos.

Ele a observava atentamente, escolhendo suas palavras.

— Você foi muito bem — disse, por fim.

— Obrigada — disse ela, enquanto tentava esquivar-se de volta para o laboratório.

— E às vezes — continuou ele — a verdade tem de bastar.

Ela olhou para ele e sorriu, vaga e quase imperceptivelmente. Isso o agradou. Sentiu que dissera a coisa certa. Na verdade, ela pensava em Ginsburg, com todas as suas honras e seus prêmios, sua cadeira em Harvard, e se perguntava se a verdade, que devia ser o bastante para ela, era o suficiente para ele também.

— Mas não é um triunfo apenas para nós — dizia Sandy a um repórter ao telefone. — Na verdade, não é nosso mesmo. É um triunfo do inquérito honesto em todo o país.

Em todo o país, pensou Marion. Que frase grandiosa, quase fantástica. Ele falava entre aspas. Essa era uma daquelas coisas que ela amava e odiava em Sandy.

Estivera ocupado toda a manhã, descendo as escadas correndo para falar com Hawking, falando constantemente ao telefone, marcando entrevistas, espalhando as novas. Estivera ocupado, quase vertiginoso. Alegremente, deslizava com a cadeira entre a mesa e o arquivo, e ela tinha de se safar rápido para não ficar em seu caminho. Era quase como nos velhos tempos. E ela sabia que agora era a hora de falar.

Ela esperou que ele desligasse o telefone, respirou fundo e disse:

— Sandy, preciso falar com você.

Ele se virou para ela ágil e impacientemente.

— Não, espere, eu tenho uma coisa para contar primeiro.

Ela se sentiu surpresa e desprevenida. Pensara tanto no que dizer — e em como — que ficou quase paralisada ao perder o ritmo.

— Eu aceitei um novo emprego — disse ele, radiante. — Vou ser o chefe de um novo hospital particular de câncer em Wellesley. É um negócio totalmente novo, dedicado a combinar pesquisa e tratamento. Chama-se Stoughton Clinic e estaremos começando no ano que vem.

— Uma clínica particular! — De tão chocada e espantada, Marion esqueceu tudo que planejara dizer a ele.

— O que há de tão chocante nisso?

— Você vai gastar todo o seu tempo levantando dinheiro — deixou escapar.

— E você acha que não sou bom nisso? — desafiou-a ele.

— Mas...

— Mas o quê?

— Você pode fazer melhor que isso — disse ela, desviando o olhar.

— E você é uma esnobe — lembrou-a ele, acrescentando despreocupadamente: — Eu resisti a eles o quanto pude.

— Não é verdade. Você não resistiu. Nunca resistiu a nada.

Ele deu de ombros.

— Fizeram uma proposta que eu não podia recusar.

Mesmo para ele, aquilo tudo era um pouco escorregadio demais, um pouco temerário. E ela entendeu, então, que ele sabia exatamente o que ia em sua mente e o que ela vinha planejando nos últimos dias e semanas. Era orgulhoso demais para suportar o discurso que ela havia preparado. Não a ouviria falar sobre como agora tinham de tomar rumos separados. Como era típico dele, decidira agir antes. Era exatamente o jeito dele: cavalheiresco e egoísta ao mesmo tempo. Deixaria o laboratório por um montante de dinheiro incalculável, esvaziando a dolorosa justificação dela. Ele a poupara disso. Ela devia estar aliviada — e, num certo sentido, estava. Então por que sentia que ele a estava abandonando e se vendendo? Era mesmo tão próprio dele se apropriar do momento dela, arrancar a decisão de suas próprias mãos — e depois fazê-la sofrer por isso.

— Você poderia ter me consultado — disse ela — antes de decidir aceitar este emprego.

— O quê? Pedir sua permissão? Dar um aviso prévio? — Agora ele se eriçava. — Perdão. Eu não sabia que tinha de pedir a você para sair.

— Você poderia ter levantado a questão — disse ela — e discutido o assunto comigo.

— Não é interessante que depois destes anos todos você ainda me veja como seu empregado? — disse ele.

— Não vejo, não — disse ela.

— Vê, sim, Marion.

Ferida, ela replicou.

— Você era meu igual, e nós partilhávamos tudo por igual.

— Não é verdade. Você sabe que isso não é verdade.

— Você sempre teve o que quis — retrucou ela. — Tudo. Você acha que lá vai ter mais liberdade?

— Sim — disse ele com prazer.

Ela balançou a cabeça.

— Eles vão moer você — disse ela. — E você vai ficar à disposição deles. Vão fazer você ficar viajando e fazendo reuniões todo dia.

— Nós teremos experimentos científicos próprios — disse ele.

Ela o olhou com reprovação.

— Você vai ser um administrador. — Entoou as palavras como se fossem uma sentença de morte.

— Tudo bem — devolveu ele. — Vou ser um administrador. Serei um executor. Administrarei pessoas, dinheiro, equipamentos e projetos e cuidarei para que as coisas aconteçam. Não tenho medo disso. Acorde e olhe em torno, Marion, e talvez você finalmente perceba que para se conseguir fazer uma coisa neste mundo, você... até mesmo você... tem de administrar.

— Você acha mesmo que vai conseguir fazer pesquisa em uma clínica particular?

— Absolutamente. Muito mais do que você.

Nisso ela levantou os braços, porque ambos sabiam que isso simplesmente não era verdade.

— E você sabe por quê? — prosseguiu ele, apesar de tudo. — Porque eu tenho um plano.

— Você sempre tem — disse ela.

— Eu tenho um plano, e esta é a diferença entre nós, Marion. Quando eu tenho um plano, eu o realizo.

— Isso é um plano? Começar uma clinicazinha?

— Clinicazinha? Eu falei de nosso orçamento? Nós vamos comprar o Philpott e vender como ferro-velho. Você nem teria meios de evitar isso.

E ela já sentia falta dele, de suas bravatas, de seu prazer na competição, seu senso de humor. Já sentia falta de brigar com ele. Sentia falta das discussões constantes, das incessantes conversas na hora do almoço. E do que eles tinham sido um para o outro antes do inquérito. A parceria deles não era perfeita, mas ela o respeitara, plenamente. E ele, por sua vez, fora maravilhosamente desrespeitoso. Ele era a única pessoa do mundo que já a havia provocado. Jacob e Aaron não eram provocadores, e ninguém do laboratório ousaria.

— Sandy — disse ela.

Ele examinou o rosto dela e viu sua contrariedade, sua desaprovação e, por trás de tudo, sua tristeza. Via tudo isso, mas a conhecia bem demais. Sabia que com ela não haveria uma segunda chance. Ela não pediria para ele ficar.

Naquele final de semana, Jacob surpreendeu Marion com uma reserva para jantar no Pudding.

— Qual é o motivo para isso? — perguntou ela, olhando à sua volta o caro restaurante iluminado por velas.

— O êxito da apelação, para começar — disse ele, levantando sua taça de vinho.

— Ah, isso — disse ela. — É mais causa de embaraço do que de celebração.

— E há a entrevista de Feng.

— Ele vai para Houston na segunda — disse ela.

— E parece ter boas chances lá.

— Veremos — respondeu ela ceticamente, enquanto cutucava sua salada de faisão defumado.

— E há a oferta de trabalho para Prithwish na Genentech.

— Isso foi muito bom — disse ela, ligeiramente mais animada.

— Estão todos tomando seus rumos — disse Jacob. — Até Cliff. O que você disse que ele estava fazendo?

— Bom, aparentemente ele tem uma chance em Utah.

— Você vai ver como eles vão se virar bem — disse Jacob.

— Suponho que sim. — Ela não queria soar ingrata. Estava profundamente agradecida pelo conselho de apelações ter poupado seu laboratório, tremendamente aliviada de acabar com a questão do CIPC e seus inquéritos desconfiados, com a política e as práticas eticamente duvidosas dos últimos dois anos. Ainda assim, a idéia de recomeçar lhe doía. Teria de desenvolver planos qüinqüenais para obter financiamento. Como Sandy era bom com planos grandiosos, e como ela odiava a idéia de projetar seu trabalho no futuro, assegurando aos outros que os resultados aconteceriam, embora até agora não houvesse nenhum. Ele fizera isso durante anos, para que ela não sujasse suas mãos. Teria de ir às conferências para vender o laboratório e nunca conseguiria trabalhar porque ficaria viajando e ao telefone e sempre, sempre sendo interrompida. Ela pensava nisso desoladamente, sentada com Jacob numa mesa bem acima da Holyoke Street.

Jacob, porém, não estava nada desolado. Nunca estivera tão feliz, e seus olhos escuros nunca haviam estado tão amorosos e faiscantes.

— Tente ver do jeito que eu vejo — disse ele a Marion. — É uma oportunidade. Tente não se subestimar, pois você sempre está à altura da situação. Você sabe que sim.

Se apenas conseguisse fazê-la ver quanto melhor estava naquele momento do que estivera em anos; como estava mais enriquecida agora, sem os talentos ruidosos e os recursos questionáveis de Sandy. Ela rejeitara toda uma linha de pesquisas, um universo de possibilidades vazias. Agora o mundo estava à sua frente. Sua mulher estava livre — liberada de meias-verdades e dados espetaculares. Estava livre dos moinhos de vento da publicidade. Livre dos elogios falsos e dos escândalos, e, mais ainda, ele desempenhara seu próprio e pequeno papel para liberá-la. Não deixava de se parabenizar por ter estado certo sobre o vírus desde o começo. Estava feliz, verdadeiramente feliz. Adorava o carneiro na mesa, o vinho, e o fato de que o que antevira e sonhara havia acontecido. Era discreto por natureza — e introspectivo, quase contido — exceto naquele momento de celebração. Parecia que a criança precoce dentro dele escapara — a criança brilhante que ele fora dançava com justa satisfação, e a alegria soltou sua língua.

— Eu sempre soube que o trabalho de Cliff era bom demais para ser verdade — disse ele. — Eu falei exatamente isso para Robin.

Ela pousou o garfo no prato.

— Do que você está falando?

Ele congelou por um segundo, mas logo se recobrou.

— Eu disse isso para quem quisesse ouvir — lembrou-a —, principalmente você.

— Como assim? — perguntou ela. — Quando você falou com Robin?

Ele percebeu que havia falado demais. Nunca deveria ter mencionado o nome de Robin.

— Quando você falou com ela? — pressionou Marion.

— Não é importante. Faz muito tempo — disse ele. — Antes disso tudo acontecer. Não importa.

— Você disse a ela que os resultados eram bons demais para ser verdade?

— Dei a ela minha opinião. Você sabe que eu detestava a tese do R-7. Isso não era segredo.

— Mas você disse a Robin que a detestava?

— Claro que não — disse ele. — Nunca falaria nada assim tão diretamente.

Não, ela pensou, olhando para seu astuto marido.

— Eu nunca trairia uma confidência para alguém como ela — insistiu ele.

— Mas poderia sugerir — disse ela.

— Não, não. Você me entendeu mal. Esqueça tudo que eu falei.

Ela não podia esquecer. Nem podia ficar lá sentada com ele e continuar a comer, enquanto ele celebrava o fim de uma pesquisa falsa, de investigações falhas, e se jactava de suas insinuações.

— Marion — disse ele —, deixe-me explicar.

Ela deixou a mesa. Atravessou o restaurante aveludado e saiu porta afora, passando pelo banheiro das mulheres e a chapelaria no saguão. Não tinha o tíquete para apanhar seu casaco, mas não se incomodou com isso. Desceu correndo as escadas e, sem hesitar um momento, começou a caminhar para casa.

O vento era cáustico, mas ela vestia uma boa blusa de lã e disse a si mesma que não importava. Atravessou Harvard Yard e chegou à Quincy Street antes de começar a sentir o frio. Como Jacob estava satisfeito. Como estava satisfeito consigo mesmo. Esta era a idéia que ela não podia tolerar. Estava deliciado por ela ter falhado. Não, isso não era correto. Ele estava vibrante por Sandy ter falhado com ela. Era isso: ele estava em êxtase por ver Sandy derrotado. Porque, obviamente, odiava Sandy com todas as suas forças. Sandy era rápido e mundano; era um clínico, e não um acadêmico de verdade. Era um jogador. E Jacob odiava Sandy por ele sempre querer algo da ciência: novo tratamento para seus pacientes, glória para si mesmo, dinheiro para o laboratório. Isso era uma blasfêmia, trabalhar com a ciência querendo acontecer e se aproveitar, pesquisar tão impacientemente, tentar distorcer um relatório para ganho pessoal e social. Odiava Sandy por ter tratado do processo de publicação com tal desmazelo e a levado junto. Acima de tudo, Jacob odiava Sandy por isso — por seqüestrar a imaginação dela, seduzindo-a para seu parquinho de diversões irresponsável e irreprimível. Na cabeça de Jacob, ele era apenas um transtorno e um mágico. Era um especialista em delírios e relações públicas: truques de salão e habilidade manual. E mesmo assim ela e Sandy haviam sido inseparáveis. Jacob não podia tolerar isso.

Seu marido não era ciumento. Não da maneira usual. Não era tão primitivo, mas havia tido muita disposição para usar o ciúme de Robin. Para soprar dúvidas nos ouvidos de Robin. Para encorajá-la a agir onde ele não podia. Ela sabia que nem Jacob poderia ter planejado o que Robin fizera — ou antevisto qualquer inquérito. Mas o fato de que ele estava contente com os resultados; a idéia mesma de que ele pudesse ter imaginado sequer parte do que viria! Quase sem pensar, ela atravessou a Quincy Street, afastando-se de Inman Square e de casa.

Em vez disso, entrou no instituto e caminhou pelos corredores vazios e bem iluminados e esfregou as mãos geladas. Ele a amava. Ela sabia disso. Daria sua vida por ela. Na verdade, dera, de muitas formas. Havia se sacrificado por ela e por ela sublimara sua imaginação. Mas, na verdade, de quanto Jacob abrira mão... e o quanto transferira para os ombros dela? Fizera uso de toda a pressão para que ela desse certo e entregara a ela toda a sua ambição profissional e toda a sua dor, sua aguda fome de perfeição. Projetara nela sua esperança e sua determinação... e toda a fúria de sua mente implacável.

O escritório estava silencioso. O lado de Sandy estava tomado de papéis e anotações, recados amassados e fotografias de suas filhas e Ann. A mesa de Marion, claro, estava arrumada e limpa. O cursor âmbar do seu computador piscou para ela. Sandy vinha insistindo que ela precisava de um extravagante Spark Station, mas ela era frugal demais.

— Ele adora gastar o dinheiro das dotações — dissera Jacob certa vez, em tom de crítica.

— Ele é bom para conseguir o dinheiro — respondera ela. — Por que não deveria gastá-lo?

Obviamente Jacob estivera certo a respeito de Sandy — estivera certo a respeito de tudo. Como era difícil para seu marido estar sempre certo. Certamente era difícil para todos à sua volta. Ele era bom demais para ser verdade. Como era trágico enxergar dentro das pessoas, diretamente através de todas as suas veleidades. Ela abriu a gaveta de sua escrivaninha e tirou de lá seu tricô. Numa sacola de plástico, estavam as duas peças para a frente do cardigã e também as mangas. A peça grande de trás estava quase pronta — ela a esticou sobre a mesa e examinou seu trabalho.

Sua mãe, Alice, a ensinara a tricotar, e a ensinara bem. Quando era adolescente, Marion tricotara para si mesma um suéter de angorá azul. Certa noite, ela deixou o suéter quase terminado na cadeira perto da cama. De manhã, quando acordou, o suéter se fora, e uma maçaroca de fios de lã azul espalhava-se sobre a cadeira, junto com suas agulhas.

— O que aconteceu? — perguntou ela à sua mãe, furiosa.

— Eu descobri um erro — disse sua mãe, depois explicou, como se tivesse feito a Marion um tremendo favor: — Ia até embaixo, então eu desmanchei até a terceira carreira para você.

Mesmo anos depois, a mãe de Marion não tinha idéia de por que ela havia ficado com tanta raiva.

— Se você comete um erro — dissera a Marion —, tem de desmanchá-lo.

Mas o suéter não era de sua mãe. Os experimentos não eram de Jacob para ele os anular. Marion alcançou suas longas agulhas prateadas de tricotar envoltas por pequenas laçadas de meses de trabalho. Tirou uma agulha, depois a outra. Delicadamente, arrancou a lã e viu dois pontos desaparecerem. Puxou mais o fio, e toda uma carreira de pontos desapareceu, e depois outra. Devagar, meticulosamente, ponto por ponto, ela começou a desmanchar o suéter de Jacob.

Quinze minutos depois Jacob a encontrou, e a visão da lã crua sobre a mesa de Marion fez com que estacasse. Intuíra para onde ela tinha ido — e também pensou em levar seu casaco, mas ficou aterrorizado na porta do escritório dela, quase com medo de cruzar a soleira.

— Me perdoe — disse ele.

Ela nem quis olhar para ele. Largou a lã e recostou-se na cadeira. Ann em parte estava certa quando considerara Marion rancorosa. Marion não tinha uma natureza fácil. Não via o mundo com leveza, nem se dobrava facilmente aos outros. Mesmo assim, forçou-se a contemplar seu marido parado na porta. Compreendia a fé que depositava nela — sua fé obscura, preocupada, crítica, tão diferente da fé de Sandy. Mesmo em sua raiva, entendia sua ambição por ela e sua inveja desassossegada e inconfessa.

— Me perdoe — repetiu ele.

Ela suspirou, levantou, pegou o casaco com ele e disse:

— Tenho certeza que vou perdoar.

4

SANDY NÃO FOI À CONFERÊNCIA anual de câncer naquele maio, em São Francisco, mas fingiu que não se importara. Chegou até a dizer a Ann que se arrependia de todo o tempo que passara longe da família em tantos anos, e que esta era uma das razões principais de ter desistido do laboratório e suas contínuas reuniões.

Certa noite, ele se virou na cama e envolveu-a com os braços. Abraçou-a com força, e ela o beijou e tentou confortá-lo. Não precisou perguntar o que havia de errado. Sabia que ele simplesmente sentia falta do laboratório e do jogo da pesquisa. Mais do que tudo, sentia falta de Marion.

— A vida não deve estar sendo fácil para ela — disse a Ann ao virar as panquecas para o brunch de domingo. — Na verdade, ela não é uma boa colaboradora... com a maioria das pessoas.

— Não — disse Ann.

— Não faz parte da natureza dela — disse Sandy. — Ela é muito reservada, reticente e...

— Egoísta — completou Ann maldosamente.

Sandy olhou para ela por um momento, chocado, e gargalhou.

— Isso mesmo, um pouquinho egoísta demais.

*

O aniversário de Ann caiu no fim de semana da conferência naquele ano, e como Sandy estava em casa, as garotas vieram da escola e prepararam um grande jantar de família. Louisa preparou salmão cozido e Charlotte serviu batatas e aspargos perfeitos. Mas Kate embaralhou-se com o bolo e em desespero jogou fora sua primeira tentativa. A sobremesa atrasou, e quando finalmente foi servida, consistia em um bolo coberto com morangos e creme de leite. Houve muita provocação na mesa.

— Deve ter havido um tempo em Hill em que ensinavam culinária — disse Sandy.

— Com certeza, no século XIX — disse Kate.

— Bom, talvez devessem restaurar a cadeira — disse Sandy.

— Engraçadinho — disse Kate, impassível, embora tivesse derramado algumas lágrimas na cozinha.

— Você escolheu uma receita ambiciosa — murmurou Ann.

— Tentamos fazê-la desistir — disse Louisa.

Kate deu de ombros.

— Parecia interessante.

Ann inclinou-se, beijou-a e tirou o cabelo da frente de seus olhos. Ansiava por escová-lo e prendê-lo para trás. Havia um namorado, agora — um garoto alto e desajeitado que Ann encontrara exatamente uma vez. Pelo que Charlotte dissera, Ann entendeu que Stephen era muito esperto, muito rico e muito indômito. Kate não podia desmentir esses dois primeiros traços de nascença — e tentara explicar o terceiro. A verdade era que Stephen fora suspenso algumas vezes da escola. Aparentemente iria se graduar, mas aproveitaria o ano seguinte para viajar para a Itália. Ann estava encantada que o amigo de Kate não iria com ela para Brown. A separação deles, pensava Ann, era algo para se esperar com devoção. Kate não sentia a mesma coisa, mas, como seu pai, tentava não mostrar seu desapontamento.

Sandy estava em boa forma. Acabara de acusar Charlotte de covardia por não se matricular na escola de medicina e agora ria de Louisa, que resolvera fazer um curso intensivo de russo.

— O que aconteceu com Hooke? — cobrou ele. — O que aconteceu com os primeiros biólogos ingleses modernos?

— Não estou mais estudando Hooke — disse Louisa.

— Que vergonha.

— Por quê? Você me disse que Hooke era uma perda de tempo.

— Gatinha, tudo é uma perda de tempo — disse Sandy. — Pelo menos, no caso de Hooke, você conhecia a língua.

— Mas eu sei o que quero fazer agora — disse Louisa. — Eu sei o que quero estudar.

— E o que é? — perguntou Ann.

— Lysenko — anunciou ela triunfalmente.

— Meu Deus, ele nem era um cientista! — Seu pai suspirou.

— Era, sim.

— Era um boneco de Stalin.

— Mas é esta a questão! — Os olhos de Louisa brilhavam. — Ele atrasou a genética das plantas em cem anos, sem mencionar que arruinou a economia agrícola soviética e causou...

— Achei que você procurasse cientistas para admirá-los — disse Ann.

— Mas eu acho que os cientistas corruptos são muito mais interessantes... de um ponto de vista político, não concorda? — perguntou Louisa. — Pode-se examinar a interação entre ciência e política e a corrupção do processo científico. E agora os arquivos soviéticos estão começando a se abrir. É um território virgem. Assim que aprender a língua, posso ir para a Rússia e mergulhar em coisas que ninguém nem tocou nos últimos quarenta anos!

— Ou então você poderia criar algo na ciência você mesma— disse Sandy. Não conseguia entender por que alguém podia recusar tal oportunidade, a de se engajar diretamente em problemas científicos. Suas próprias horas no laboratório e no escritório com Marion haviam sido as mais felizes e importantes de sua vida. Entendera que não podia mais trabalhar com ela, e ele mesmo rompera a relação. Estranhamente, porém, ainda tinha problemas de entender que a parceria terminara. Na verdade, ele sonhava que ainda trabalhavam juntos. Sonhos maravilhosos e cheios de detalhes. Ele comia seu sanduíche no escritório e ela remexia seu suco de blueberry. Ela levava o guarda-chuva, para o caso de chover, e caminhavam ao sol, Oxford Street acima. Debatiam a linguagem de uma nova proposta de financiamento, enredados por resultados inesperados, celebrando uma nova vitória, furando Agarwal.

No entanto, Sandy não ia colaborar com grandes descobertas. Ia cuidar de pacientes ricos. Não sentiria mais a excitação da caça; ia levantar dinheiro. Sabia de tudo isso assim que acordava.

Havia esperado algo muito melhor. Agora fora deixado a si próprio, quando o que queria era se superar. Fora interrompido. E sofria por Marion. Disfarçava bem, mas sentia a falta dela mais do que a própria Ann jamais saberia. Perguntava a si mesmo quando passaria um dia sem pensar nela. Tinha 52 anos de idade e vira mais a morte do que a maioria das pessoas. Ainda assim, com toda a sua experiência, nunca havia sentido uma perda como aquela antes. Ele fora inabalável. Como oncologista, contara com sua habilidade de fazer muito e refletir pouco. Agora, subitamente, percebia que não era invencível, que não podia conquistar tudo que desejava, que suas oportunidades eram finitas e que a morte chegaria para ele também.

E eles mal tinham começado. Depois de 12 anos, mal tinham começado. Nunca havia imaginado que o tempo deles acabaria. Não estava acostumado a terminar nada do que gostasse. Se ficasse deliciado com um concerto da sinfônica, iria a outros. Tinha ingressos para toda a temporada; ouviria a grande música interminavelmente. Se corresse uma vez na maratona de Boston, correria outra vez. Corria todos os anos e exultava quando os tempos de qualificação para seu grupo de idade ficavam mais fáceis. Estava acostumado ao sucesso — e tivera sucesso. Esperara plenamente casar-se com uma mulher adorável e brilhante, viver em uma casa requintada e enviar suas filhas para as melhores e mais caras escolas. Conquistara tudo o que imaginara, menos a grande ciência. Fora seu melhor sonho, e não conseguira torná-lo realidade sozinho. Agora, sem Marion, via pela frente um oceano de possibilidades, mas sem um barco para atravessá-lo. Podia apenas ficar parado, impotente, olhando o mar.

Mais tarde, na mesma noite, foi visitar Kristen Braverman no hospital. Os novos tratamentos não haviam dado resultado. Ela havia sido readmitida e estava com medo.

Disse a ele que tinha problemas para dormir porque tinha medo de não acordar de novo, e ele a confortou, dizendo-lhe que muitos pacientes tinham problemas de sono. Falou que aquela dificuldade era natural; era uma queixa totalmente comum. Naquele momento sua voz ficou embargada. As palavras saíram num murmúrio rouco. Ele tossiu e se recompôs. Não iria desabar ao lado do leito de Kristen. Devia a ela mais do que isso.

Aquelas conversas agora eram mais difíceis. Seu otimismo, antes inatacável, já não era tão formidável. Ainda podia confiar em seu ego e em sua arrogância, mas não podia mais correr de um leito para o outro com a mesma rapidez. O problema é que olhava seus pacientes e percebia que era como eles. Esperava, como eles, atento e esperançoso, por algum progresso, por alguma nova descoberta. Ele mesmo não era mais um pesquisador, nem um co-investigador, e agora cuidava daqueles que sofriam. Como eles, tinha de depositar sua fé em outras pessoas. Sempre fora bom em motivar os pacientes a aceitar os protocolos do tratamento, a dor, os procedimentos complexos e por vezes inúteis. Era muito mais difícil para ele aceitar suas próprias limitações, expressar um otimismo que havia perdido e uma fé na pesquisa que não estava mais em seu poder.

Naquela noite, porém, tentou não deixar sua tristeza transparecer. Puxou para um lado a pesada cortina do hospital, e o céu da noite se espremeu contra o vidro. As ruas curvas e as luzes da cidade resplandeciam abaixo.

Fez seu discurso para Kristen — o mesmo que fizera ao marido dela, meses antes. Apontou para a janela, na direção de Cambridge, e começou a contar para Kristen, nos termos mais imponentes, das pesquisas que vinham sendo feitas sobre o câncer.

— Estão trabalhando com o problema — disse ele. — Estão trabalhando o tempo todo. — E tentou soar confiante, até desafiador. Tentou banir a morte do quarto. Mas não utilizava mais o pronome *nós* quando falava de pesquisa. Descera sobre ele uma disposição melancólica e a mais ineficaz humildade. — A pessoa mais brilhante que conheço está trabalhando com estes problemas — disse ele a Kristen. — Se alguém pode encontrar uma nova terapia, este alguém é ela. Na verdade, eu sei que ela encontrará.

Sabia que Marion não sentia falta dele da mesma maneira. Ela tinha o trabalho. Não tinha tempo para ruminar, e ele se sentia feliz por isso. Ele a imaginava bem longe, em São Francisco, no salão branco e dourado do Fairmont Hotel. O salão estava lotado de colegas e competidores, e ela estava prestes a subverter todas as teorias aceitas sobre o câncer de mama. Ia soltar resultados gloriosos, fascinantes, arrebatadores.

Na verdade, sua palestra não tinha nem de longe uma grande audiência. Não era uma grande palestra de abertura. Ela falava em uma pequena sala de reuniões para 45 pesquisadores, entre eles Art Ginsburg e sua equipe. Marion reparou em Ginsburg, e em Robin, à sua esquerda. Viu-os instantaneamente. Ginsburg tinha mais poder que Marion, uma reputação mais notória e uma abordagem mais agressiva. Mas não estava acima dela. Com freqüência, colocava seus estudantes para trabalhar em problemas que ela e seus pós-doutores estavam perseguindo. Um onívoro e cientista tagarela, recolhia qualquer coisa que brilhasse. Agora, na audiência, ele esperava que ela falasse. Ela se preocupava de os resultados serem pouco impressionantes e ao mesmo tempo sentia que seu trabalho era bom o bastante para ele querer roubá-lo. Como ele devia ter se deleitado em colocar Robin sob sua asa, levar a pesquisadora da própria Marion para o seu lado. Robin sentava-se afetadamente com seu bloco de notas no colo e olhava direto para Marion, desafiando-a a olhar de volta.

O que você quer?, perguntou Marion a Robin silenciosamente. Você já teve sua audiência e sua cobertura na mídia. Teve suas alegações examinadas inteiramente, provadas, refutadas e depois corroboradas por outros laboratórios. O que você quer agora?

Robin não sabia exatamente o que queria, mas sabia o que não conseguiria. Marion era, por constituição, incapaz de pedir desculpas.

Robin não seria perdoada por ter se voltado contra o laboratório, por ter mostrado tal desrespeito a Marion. Ela sempre soubera disso. Ou se estava com Marion ou se estava contra ela, e Robin gostava de sua posição, próxima a Ginsburg, cercada pelos estudantes de seu enorme laboratório. Sentiu uma ligeira agitação nos momentos que antecederam a palestra de Marion enquanto se juntava aos outros, com os dados de Marion à vista deles. E, é claro, Robin sentia-se envergonhada por pensamentos tão cruéis e irritada consigo mesma por tal pequenez.

Marion parecia pequena atrás do atril. Sua voz era baixa e ela estava tensa. Teve problemas com suas transparências, e Ginsburg revirou os olhos. Aos cinco minutos de palestra, ele olhava o relógio. Robin sentia-se quase protetora em relação àquela mulher em seu tailleur azul-escuro. Queria correr e ajustar o projetor. Queria colocar a mão atrás de seu ouvido e dizer a Marion para que falasse mais alto. Queria de alguma maneira salvar sua antiga mentora.

Ela percebia o quanto Marion odiava falar em público; sabia que Marion desejava que Sandy estivesse lá em seu lugar.

Marion esforçava-se para falar mais lentamente e com mais clareza, e o esforço a empalidecia. Robin sentiu ternura por ela, embora Marion tivesse sido totalmente injusta. Havia nisso também uma espécie de triunfo, o de sentir-se forte o bastante e independente o bastante para poder ser caridosa. Idolatrara Marion antes e queria emulá-la. Agora ela via Marion através dos olhos de Ginsburg, e ela parecia irrequieta e nervosa. Robin nunca havia detectado o que Ginsburg pôde farejar a quilômetros — nunca entendera o medo de Marion.

Isso tornou muito mais dramático e assombroso o momento em que Marion chegou a seus novos resultados sobre a metástase. Subitamente, ao revelar os novos dados, ela jogou fora toda a sua incerteza. Agora Ginsburg estava ereto e atento, e a sala de reunião silenciara. Todos os pesquisadores presentes pareceram se aproximar. A voz baixa de Marion tornara-se mais forte. Sua investigação se decompunha em três pontos principais. Não era carismática, mas suas idéias eram. E quando lançava suas enunciações, era a arqueira atirando flechas na audiência. Cada uma de suas afirmações era incisiva, brilhante e caracteristicamente autocrítica.

Dez mãos se levantaram assim que Marion parou de falar. O ambiente foi tomado por uma centena de perguntas, inclusive de Ginsburg. Robin anotava sua própria questão. Estava tão absorta que levantou a mão antes de todos.

Marion olhava para o público com alguma satisfação, embora não tivesse esquecido o pobre começo, que durara até metade de sua apresentação. Olhava as mãos levantadas e gostava do interesse em seu trabalho, ainda que lamentasse os dias que perdia viajando. Tomou um gole de água e observou Ginsburg escrevendo furiosamente, depois olhou para sua antiga pesquisadora, sua criança rebelde com a mão erguida. Do que você precisa agora?, perguntou Marion a si mesma. Estranho que ela nunca tivesse colocado a questão daquela maneira antes. Sempre considerara o que ela exigia, o que merecia ou não. Do que ela precisava? Este era o enigma, mas, como acontece com freqüência, moldar a questão apropriadamente tomava um longo tempo. Do que ela precisava? Naquele momento calmo, claro, quase jubiloso depois de sua palestra, a resposta começava a chegar a Marion. Ah, sim, é claro, ela pensou com alguma surpresa. E chamou Robin.

Agradecimentos

Quero agradecer a diversos cientistas por partilharem sua perícia comigo. Muitos agradecimentos a Annie Penn por sua perspectiva histórica e suas questões incisivas, e a Paula Fraenkel pelo brilhante aconselhamento em temas tanto literários quanto científicos. Meu agradecimento especial a Tom Schwarz por seus comentários detalhados e criteriosos. Philip Standel usou sua rica experiência para responder a questões sobre o cuidado e a criação dos ratos. Jonathan Singer, Lisa Spirio e Jeanne Winsten me permitiram observá-los trabalhando no Whitehead Institute. Sou profundamente grata por sua generosidade.

Este livro foi composto na tipologia Minion, em
corpo 11/15, e impresso em papel off-white 80g/m²
no Sistema Cameron da Divisão Gráfica
da Distribuidora Record.